KB097903

시크릿 허즈밴드

The
Secret Her's Band

시크릿 허즈밴드

김류현 장편소설

고즈넉
이엔티

시크릿 허즈밴드

1쇄 발행 2021년 10월 8일

지은이 김류현
펴낸이 배선아
편 집 박미애
디자인 엄인경
펴낸곳 (주)고즈넉이엔티

출판등록 2017년 3월 13일 제2021-000008호
주소 서울특별시 중구 청계천로 40, 1203호
대표전화 02-6269-8166 **팩스** 02-6166-9199
이메일 gozknockent@gozknock.com

ⓒ 김류현, 2021
ISBN 979-11-6316-208-7   03810

표지/내지이미지 Designed by Freepik

달과 뉴욕 사이에서 할 수 있는
가장 최선의 일은 사랑에 빠지는 거니까.

차 례

1장
불시착

"Be my wife, butcher."

팔굽혀펴기를 하는 제임스의 단단한 근육이 연신 요동치며 꿈틀거렸다. 그의 구릿빛 몸을 음흉하게 내려다보던 룸메이트는 오늘도 퇴짜 맞을 소리를 하고야 만다.

미국 뉴욕 주의 클린턴 교도소. 제임스가 이곳에 온 지 8개월째 되어가니까 족히 200번 넘게 청혼을 받았을 거다.

"알지, 제임스? 나 멕시코에 가면 부자라는 거. 수영장 딸린 집이 일곱 채야. 전용기도 있고. 힘들게 일할 필요 없다니까? 그냥 내 옆에 있기만 하면 돼, 베이비."

거구의 멕시코인 빅은 과장되게 느끼한 목소리를 내며 제임스의 근육질 몸을 위아래로 훑었다.

"빅, 또 얘기해줘야 돼? 넌 내 스타일이 아니라니까."

빅은 제임스가 게이가 아닌 걸 알고, 제임스도 빅이 그 사실을 알고 있다는 걸 알지만 오늘도 비슷한 레퍼토리의 시시껄렁한 농담을 주고받는다. 감옥에서의 시간은 느리게 흐르니까.

이민자들의 도시, 뉴욕. 그런 뉴욕에서도 이곳만큼 다인종이 밀집된 곳이 또 있을까. 백인, 흑인은 말할 것도 없고 히스패닉, 아랍계, 중국계, 필리핀계…… 수감자들이 나라별로 헤쳐모여 축구를 해도 너끈히 월드컵 본선 경기 정도는 할 수 있었다. 다종다양한 수감자들 사이에서도 한국계인 제임스는 유독 시선을 끌었다.

동양인 특유의 동안 때문에 그를 20대 풋내기로 보는 치들도 있었지만, 그들은 곧 자신의 판단이 틀렸음을 깨닫곤 했다. 간결하고 절도 있지만 우아한 행동거지. 이는 오랜 시간 자기 삶을 통제하고 단련해온 사람의 것이었다.

슬림하지만 단단한 근육, 그에 비해 단정한 외모는 다른 오해를 불러일으키기도 했다. 쾌적한 실내 헬스클럽에서 기성복 같은 근육을 키운 화이트칼라처럼 보였으니까.

거친 수감자들에겐 적당히 수족으로 부리며 화풀이하기 딱 좋은 대상이었다. 하지만 이게 웬걸. 샤워실에서 먹잇감을 향해 달려드는 그들 눈에 띄인 건, 제임스의 손과 팔뚝에 빼곡하게 새겨진 칼자국과 흉터들이었다.

기겁한 수감자들이 못 참고 그의 전직을 물어댔지만 그때마다 제임스는 어깨를 으쓱하기만 했다. 수감자들은 그를 보스의 죄를 대신 뒤집어쓴 갱단의 중간 보스 정도로 추측했고, 그 소문은 곧 기정사실처럼 받아들여졌다.

덕분에 제임스는 쉽게 범접할 수 없는 사람이 되었는데, 웃으면 또 전혀 다른 사람이 되었다. 눈꼬리에서부터 뺨 중앙으로 이어지는 얼굴 근육이 미소를 품으면 긴 보조개로 둔갑해버렸기 때문이다. 특히 반달이 되는 눈과 눈꼬리에 살짝 잡히는 주름은 그가 자주 웃는 사람이라는 걸 알려줬다.

모든 수감자에게 깍듯한 대우를 받는 클린턴 교도소의 거물 빅도 그의 특유의 낙천성과 유머 때문에 제임스와 허물없이 지냈다. 모두를 적으로 돌리는 사람보다 모두와 친구가 되는 사람이 더 강한 법이니까. 보통내기가 아니란 걸 빅도 한눈에 알아본 것이다.

"어떤 나라에서는 지참금만 주면 결혼할 수 있다던데…… 제임스, 널 거기로 납치해 가야겠어."

"그 어떤 나라에선 동성 결혼이 불법일걸?"

제임스는 빅이 건네준 수건을 받아 땀을 닦으며 장난스레 웃었다.

"그리고 납치하려면 오늘이 기회야. 당신보다 먼저 청혼한 사람이 밖에서 기다리고 있거든."

오늘은 항소심 재판 선고기일이었다. 그의 여자친구 제니스가 이날만을 손꼽아 기다리고 있었다. 얼마 전 면회 온 친구 로빈도 재판 결과를 낙관하고 있었다. 로빈은 제임스의 무죄를 입증해줄 결정적인 목격자를 찾았다고 했다. 그의 증언이 채택되면 석방은 확실하다며 희망적인 소식을 가져다주었다.

가족과 다름없는 친구 로빈과 곧 가족이 될 연인 제니스. 그들을 곧 만날 꿈에 부푼 제임스는 서운해 하는 빅에게 더없이 애틋한 작별 인사를 건넸다.

시간이 되자 교도관이 다가와 곤봉으로 철창문을 탁탁 치며 말했다.

"제임스 영, 나갈 시간이야."

그는 심호흡을 한 뒤 교도관이 열어주는 철문 밖으로 당당하게 걸어 나갔다. 이 걸음이 곧장 뉴욕의 보금자리까지 이어지리라 굳게 믿으며. 오늘 밤, 제니스와 마주 앉아 따뜻한 저녁식사를 함께 하리라 상상하며.

여기가 어디였지?

제니스의 침대 위? 아니면 다시 감옥으로 돌아온 건가!

하지만 등과 엉덩이 아래로 느껴지는 감각이 낯설었다. 그 생경한 촉감은 곧 불길한 예감을 불러일으켰다. 가늘게 뜬 눈꺼풀 사이로 의식이 스며들면서 웅웅대던 소리들이 낯선 언어로 변환되었다.

"잠시 후, 오전 2시 17분. KZ909편은 대한민국 인천에 도착합니다. 승객 여러분께서는……."

서서히 초점이 또렷해지자 그의 눈에는 비행기의 내부가 보였다. 그리고 좌석 모니터에 뜬 대한민국 지도도. 그제야 지난 24시간의 일들이 주마등처럼 스쳐 지나갔다.

법정 안, 제임스 영을 미국 영토에서 즉시 추방한다는 금발의 판사.

방청석에서 자신을 절망적으로 바라보는 로빈의 얼굴.

뭔가 잘못됐다며 울부짖는 자신의 목소리.

자신을 끌어내려는 법정 경위들과의 실랑이.

이민국 직원에게 인계되어 한국행 비행기에 짐짝처럼 실려가던 순간.

몸부림 치다 지쳐 잠시 늘어진 틈에 음료수를 건네는 승무원.

얼결에 삼킨 음료수에 섞인 신경안정제.

곧이어 블랙아웃.

　지난 일들이 악몽처럼 떠오르며 머리를 짓이기듯 밟아댔다. 24시간 전만 해도 뉴욕에 있었는데 별안간 한국이라니. 순간이동과도 같은 감당할 수 없는 변화에 속이 메슥거렸다. 비행기가 착륙하자 연락을 받고 미리 대기하고 있던 공항경찰들은 아직도 정신이 혼미한 그를 비행기에서 끌고 나왔다.

　출입국사무소에 대기하던 남자는 공항경찰이 대신 건네준 몇 가지 서류를 훑어보더니 제임스를 향해 무료하게 말했다.

　"고국에 오신 걸 환영합니다."

　오랜만에 듣는 한국말인 데다 사무적이고 건조한 말투다 보니 제임스는 쉽게 말뜻을 이해하지 못했다. 뒤늦게 '환영'이라는 단어가 무얼 뜻하는지 깨닫자 제임스는 뱃속이 묘하게 뒤틀렸다.

　환영? 대체 무얼? 빈털터리로 새 출발하게 된 걸 환영한다는 건가.

아니면 미국에서 쫓겨난 흉악무도한 범죄자 주제에 고국으로라도 돌아올 수 있게 된 걸 환영한다는 건가.

"앞으로 당신은 10년간 미국 본토는 물론 괌, 사이판 등 미국령 국가의 입국이 거부됩니다. 영, 윤, 제 씨."

출입국 직원은 '제임스 영'이란 이름 대신 서류상에 적힌 한국 이름을 고약하게 발음했다.

영윤제

20년 넘도록 불린 적 없던 그 이름을 듣자 신경안정제로 가라앉아 있던 분노와 억울함이 다시 끓어올랐다. 뉴욕경찰에 잡혀간 그 순간부터 지금까지 모든 것이 잘못되었다. 추방선고는 제임스에게서 가족이나 다름없는 많은 사람들을 떼어놓고 이산가족을 만들었다. 8개월간의 수감은 아무것도 아니었다. 진짜 형벌은 지금부터였다. 사랑하는 사람이 아무도 없는 땅에서 자신에게도 낯선 이름으로 여생을 살아야 하는 형벌.

제임스의 왼손 약지에는 아직도 제니스가 끼워준 반지의 감촉이 남아 있었다. 반지의 빈자리를 느끼는 사이 공항경찰들은 출국 게이트 밖으로 제임스를 던져놓고 돌아섰다.

"안 돼! 다시 데려가. 버릴 거면 차라리 데려가서 죽여버리라고!"

제임스가 게이트를 거슬러 올라 그들에게 달려들었다. 건장한 두 명의 남성은 그를 떼어내려 했지만 마지막 힘을 다해 발악하는 사람을 쉽게 제지하지 못했다. 결국 다른 출입국 직원들까지 몰려와 제임스를 떼어놓았다. 제임스의 몸부림에 진을 뺀 이들은 앙갚음이라도 하듯 그를 있는 힘껏 내동댕이쳤다. 게이트 밖으로 멀리.

"그렇게 억울하면 10년 후에 비자 신청을 다시 하세요. 허가가 나긴 어렵겠지만."

그들의 싸늘한 말이 제임스의 머릿속 열기를 확 낮췄다. 더 이상 난동을 피워도 소용이 없겠구나. 재판정과 이민국에서 실랑이했을 때도 더 가혹하게 다뤄지기만 했다. 지금 저들에게 자신은 바다 건너 날아온 성가신 범죄자일 뿐이다.

언제라도 그를 번쩍 들어 공항 밖으로 던질 준비가 된 이들은 벽처럼 늘어서서 공격적인 태세를 취했다. 제임스는 그들을 한동안 노려보다가 졌다는 듯 두 손을 들어보이곤 제 발로 인천공항 출입구 방향으로 걸어 나갔다.

공항 건물을 나서며 제임스는 억지로 생각을 끌어 모았다. 지금 내가 할 수 있는 최선이 뭐지. 뭔가 방법이 있을 거야. 변호사를 통해 입국 방법을 모색해볼 수도 있다. 그사이, 제니스가 한국과 미국을 오가며 지낼 수도 있겠지. 그럼 일단 제니스와 통화해야 했다. 자신의 추방 소식을 듣고 눈이 짓무르도록 울고 있을 그녀를 안심시켜야 했다. 하지만 지금 나에겐 핸드폰이 없다.

요즘 세상에 핸드폰이 없는 경우는 단 두 가지뿐이었다. 찢어지게 가난하거나, 갓 태어난 신생아거나. 한국 땅에 닿기 전에는 둘 중 어느 경우도 해당되지 않았지만 지금은 추방당해 디지털 미아가 됐으니 둘 다 영 틀린 말은 아니게 됐다.

땅값이 천정부지인 뉴욕에는 자신 소유의 가게와 아파트가 있어도 지금 당장 주머니에는 동전 한 닢 들어 있지 않았다. 그리고 태어난 지 35년이 넘었지만 이 땅에서는 신생아와 다름없었다. 추방이라는 형벌은 이렇게나 위력적이었다. 21세기에 절대 할 수 없는 경험을 하게 만드니.

제임스는 자신을 비껴 물처럼 흘러가는 사람들을 훑어보았다. 모두가 핸드폰을 가지고 있었다. 하지만 막 추방당한 범죄자가 국제전화를 써야 한다면 선선히 빌려줄 사람이 얼마나 있을까. 10대 시절 미국 뒷골목을 떠돌 때 익혔던 기술이 벼락처럼 떠올랐다. 인생 목표가 정해진 순간부터 쓰지 않았던 그 기술. 잠시 저항감이 일었으나 체면 따위 차릴 처지가 아니었다.

어차피 바닥이야. 더 떨어질 곳도 없어.

'KZ909······ KZ909······.'

진미는 '짐 찾는 곳' 전광판 앞에서 방금 내린 비행기의 편명을 되뇌었다. 4번 레일에서 캐리어를 찾아 나오자마자 뒤늦게 핸드폰을 켰다. 곧바로 본부장의 메시지가 들어왔다.

'오 팀장, 도착하면 연락줘요.'

진미는 바로 전화해 뉴욕 출장의 결과를 전달했다.

"네, 본부장님. 막 도착했습니다. 계약서도 잘 받아왔습니다."

"그래, 수고했어요."

젊은 목소리의 주인공은 서린F&B의 김석 본부장이었다. 진미가 8개월 전 사표를 내겠다 마음먹었을 때 퇴사를 만류한 사람도 그였다. 해외 유명 레스토랑의 아시아 1호점 론칭 프로젝트를 맡아달란 간곡한 요청에 진미는 마음을 돌렸고, 그 후 적합한 곳을 선정해 드디어 계약을 완료했다.

우여곡절이 많았지만 아이러니하게도 그만두려 했던 일이 그녀에겐 도피처가 되어주었다. 일에 몰두할수록 지옥 같은 시간을 버틸 수 있었으니까.

"팀원 구성되는 대로 실사 가겠습니다. 미스터 베일즈는 한 달 후에나 한국에 올 수 있을 것 같고요. 세부사항은 제가 내일 아침 바로 보고……."

"아니, 잘 도착했나 확인하려고 연락한 겁니다. 오늘 늦게 도착했으니까 내일은 오후쯤 출근해요."

본부장은 진미의 도착시간을 알고 일부러 지금쯤 연락한 것이다. 내일은 느지막이 출근하라는 말을 전하기 위해. 고맙긴 해도 본부장의 이런 배려 때문에 진미는 가끔 회사사람들의 오해를 샀다. 그냥 내일도 정시에 출근 해야지. 출근까지 6시간 남았네, 짧은 한숨을 훅 내쉬곤 진미는 습관처럼 핸드폰을 겉옷 주머니에 넣었다.

제임스의 눈에 그녀가 들어왔다. 공항 출입구 앞에서 지갑을 찾는지 얼굴을 커다란 쇼퍼백에 파묻고 있는 여자. 정신이 다른 데 팔린 사람의 겉옷 주머니에서 핸드폰을 빼내기란 어린애 사탕 뺏는 일처럼 쉬웠다. 역시 사람은 기술을 배워야 한다. 특히 몸으로 익힌 기술은 쉽게 잊히지 않는 법이다.

간단히 핸드폰을 손에 넣은 제임스는 CCTV를 피해 공항을 빠져나갔다. 그리고 어둑한 풀숲 근처 한적한 곳에 이르러 제니스의 전화번호를 눌렀다. 하지만 수화기 너머 들려오는 건 잘못된 번호라는 음성.

다시 기억을 더듬어 로빈의 핸드폰 번호를 눌렀지만 역시나 같은 안내가 흘러나왔다. 젠장! 스스로가 한심했다. 자신은 디지털 미아이기 이전에 디지털 의존증 환자였다. 로빈과 제니스가 번호를 바꾼 게 아니라면 문제는 그의 기억력이었다.

제임스는 심호흡을 하고 다시 번호를 떠올렸다. 제니스에게 전화가 올 때마다 핸드폰 액정에 뜨던 그 번호를. 머릿속에 떠오른 숫자를 하나씩 누르고 통화버튼을 눌렀다. 드디어 울리는 신호음! 신호음이 길어질수록 심장이 조여 왔다. 제발. 제발, 받아. 제니스!

딸깍.

"Hello."

드디어! 그토록 원하던 목소리가 건너편에서 들려왔다.

"Jennis! It′s me, James!"

"James?"

되묻는 그녀의 목소리에는 당황한 기색이 묻어났다. 하지만 이런 사소한 걸 신경 쓸 겨를이 없었다. 그때 핸드폰으로 또 다른 수신음이 들려왔기 때문에. 젠장. 지금쯤 상황을 알아차린 주인이 자기 핸드폰으로 전화를 거는 중일 것이다.

계속 들려오는 수신음에 마음이 급해진 제임스는 일단 속사포처럼 자신의 상황을 먼저 전하기 바빴다. 그리고 제니스에게 일단 한국으로 와달라고 부탁했다. 마지막 제임스의 말에 핸드폰 너머에선 긴 침묵이 이어졌다. 그리고 들려온 답변.

"나 비행기 못 타."

"미안. 뭐라고 했어?"

"……."

"제니스? 내 말 들려?"

"……나 임신했어."

그제야 제니스가 몇 개월 전부터 면회를 오지 않은 이유를 알 것 같았다. 마지막 재판에 오지 못한 것도. 그런데 자신이 수감된 건 8개월 전이다. 왜 임신 소식을 지금 알리는 거지? 당연히 떠오르는 의문을 억지로 눌러놓고 제임스는 일단 기뻐했다.

"출산일이 언제래? 아이는 건강하대? 아들이야, 딸이야? 제니스, 걱정 마. 내가 돌아갈 방법을 찾아서……."

더 이상 듣기 힘들다는 듯 제니스는 낮은 목소리로 제동을 걸었다.

"제임스."

"……?"

"미안해."

또 뭐가 미안하다는 걸까. 잔뜩 가라앉은 목소리를 듣자 그는 불길한 예감이 스쳤다.

"나 임신 3개월이야."

핸드폰을 쥔 제임스의 손에서 스르륵 힘이 빠져나갔다.

얼마나 시간이 지났을까, 공항으로부터 점점 멀어지고 있던 제임스는 어느새 도로 한가운데를 걷고 있었다. 칠흑 같은 어둠이 도로의 형체마저 잠식해가고 있었고 오랜 세월 켜켜이 묵은 짙은 고단함이 그의 어깨 위로 무겁게 내려앉았다.

신은 나에게 염치가 없어도 너무 없다. 세 번이나 어딘지도 모를 곳에 내동댕이치는 건 너무도 가혹했다. 이제 그만 생을 멈추라는 신의 사인 아닐까. 인생 어딘가에 행복이 숨어 있다고 착각하며 진작 끝냈어야 할 삶을 고집스럽게 이어온 것은 아닐까.

최악의 상황에도 유머를 던질 수 있을 만큼 긍정적이던 그였지만 이젠 더 이상 일어날 힘이 없었다. 기억도 나지 않는 어린 시절에 엄마를 잃고, 브롱크스 뒷골목에서 아버지가 비명횡사하는 모습을 지켜봤다. 그런데도 그는 낯설고 차가운 미국 땅에서 끝끝내 살아남았고, 마침내 가족을 만들었다. 새로운 가족을 만들면 행복해질 거라 생각했다. 세상에 나 홀로 남겨진 기분은 이제 들지 않을 거라고.

하지만 또 혼자가 되었다. 혼자. 아무도 나를 기다리지 않는다. 그

말은 세상에서 나 하나 사라져도 알아차릴 사람이 없다는 뜻일지
도…….

　아까부터 진미는 수맥을 찾는 사람처럼 노트북을 들고 공항 주변
을 어슬렁거렸다. 손에 든 게 노트북이 아니라 엘로드였다면 덜 미친
것처럼 보이려나. 컴컴한 풀숲을 헤매고 있는 제 모습에 기가 차 엉
뚱한 생각도 해봤지만 그러나 저러나 정신머리 없어 보이긴 마찬가
지일 것이다.

　핸드폰이 없어진 걸 안 순간, 공중전화로 전화를 걸었다. 딸깍, 누
군가 핸드폰을 받았는지 신호음이 끊겼다.

　"제 핸드폰 주운 분이세요? 거기 어디세요? 제가 갈게요. 여보세
요? 들리세요?"

　미지의 상대에게 급하게 말을 건넸지만 전화는 대꾸도 없이 바로
끊어졌다. 혹시 분실한 게 아니라 도둑맞은 걸까. 한국에선 거의 일어
나지 않는 일이라 의아했지만 가능성이 없진 않았기에 진미는 공항
로비 한복판에서 꾸역꾸역 캐리어를 열어 노트북을 꺼냈다.

　그녀에겐 뭔가에 골몰하면 물건을 자주 떨구는 버릇이 있었다. 그
중 자주 잃어버리는 것은 역시나 핸드폰이었다. 일전에도 구글 계정
으로 로그인해 연동된 핸드폰의 위치추적을 했던 적이 있다. 그땐 서
류더미 아래 깔려 처량한 울음을 우는 핸드폰을 구조했었지. 허나 이
번에 모니터 속 지도가 가리키는 위치는 생경했다. 공항 건물에서 한

참 떨어진 곳이었다.

지도에 표시된 반경까지 찾아간 진미는 '벨소리 울리기' 기능을 눌러 더욱 정확한 위치를 수색했다. 어디선가 희미하게 들리는 전화벨소리. 하지만 쉽게 위치를 가늠할 수 없었다. 막 스포츠댄스에 입문한 초짜처럼 동에서 서로, 서에서 북으로 스텝 밟듯 이리저리 왔다갔다 하다가 겨우 풀숲 사이에서 핸드폰을 발견했다.

찾았다는 안도감도 잠시, 불길한 예감이 스멀스멀 피어올랐다. 제대로 된 소매치기라면 바로 핸드폰 전원을 껐을 텐데 왜 이런 데다 던져둔 걸까. 핸드폰을 꽉 움켜쥐고 고개를 들자마자, 기분 나쁜 마찰음이 멀리서 들려왔다.

끼익. 그리고 이어지는 한 남자의 신경질 섞인 고성.

"야, 이 미친놈아, 죽고 싶어 환장했어? 안 꺼져!"

도로 쪽으로 고개가 저절로 돌아갔다. 승용차 운전자가 차 앞에 우두커니 선 남자를 향해 고래고래 소리를 지르고 있었다. 그러나 남자는 아무것도 들리지 않는 것처럼 그 자리에 미동도 없이 서 있었다.

운전자는 더 어쩌지 못하고 쌍욕을 내뱉으며 핸들을 돌려 옆 차선으로 빠져나갔다. 도로 위에 위태롭게 서 있던 남자는 방해물이 사라졌다는 걸 깨달았는지 별안간 걷기 시작했다. 넋이 나간 사람처럼. 새벽이라 도로는 한산했지만 남자는 차량 주행방향과 반대로 걷고 있었다.

"저기요! 거기서 나오세요. 위험해요!"

진미는 핸드폰을 주머니에 넣고 노트북은 옆구리에 낀 채 남자에게 다가가며 소리 질렀다. 넋이 나가 걷던 제임스가 문득 발걸음을 멈췄다. 어딘지 모르게 익숙한 목소리였다. 문득 최면이 풀린 듯 소리 나는 곳을 찾아 천천히 고개를 돌렸다. 저 여자, 아는 얼굴이다. 그 얼굴과 함께 제임스의 기억이 소환되었다. 자신이 나락으로 떨어지기 전날, 뉴욕에서의 마지막 밤을 보낸 여자.

저 여자가 왜 여기 있는 거야.

자신을 뚫어지게 쳐다보는 남자의 반응에 진미도 문득 숨을 멈췄다. 왜 날 저렇게 쳐다보는 거야. 그때, 멀리서 달려오는 불빛에 남자의 옆얼굴이 드러났다.

어? 저 남자가 왜 여기에.

뉴욕 출장 중 짬을 내 찾아다녔던 그 남자가 지금 이곳에 서 있다니. 그때와 달리 생기 잃은 모습을 하고서. 아니, 삶의 의욕마저 깡그리 타버린 듯한 눈빛이었다. 두 사람은 잠시 서로 바라보기만 한 채서 있었다. 그러다 문득 진미는 멀리서 달려오는 불빛의 정체가 차량 헤드라이트라는 사실을 깨달았다.

"위험해요!"

진미가 급하게 외쳤지만 제임스는 건전지가 다 된 로봇인형처럼 달려드는 차량을 망연자실 바라볼 뿐이었다. 피할 힘이 없는 건지, 아니면 피할 의지가 없는 건지 알 수 없었다.

진미는 정신이 아득해졌다. 두 번은 겪고 싶지 않던 일이 눈앞에서 또다시 펼쳐지려 하고 있었다. 달려오는 차. 그 차 앞에 서 있는 사람의 실루엣. 속수무책으로 비명만 내지르는 자신. 결국 차에 치여 공중에서 붕 떴다 떨어지는 사람. 둔탁하고 기분 나쁜 마찰음 소리.

안 돼!

누군가 또 목숨을 잃는다면 더는 견디기 힘들 것 같다. 진미는 뛰었다. 제임스를 향해 달려가 그대로 몸을 날렸다. 제임스를 부둥켜안은 무모한 행동에 더 놀란 건 진미 자신이었다.

한 덩어리가 된 두 사람의 몸이 공중에 붕 떴다. 진미의 왼쪽 팔뚝과 제임스의 오른쪽 팔뚝이 거의 동시에 시멘트 바닥에 내다꽂혔다.

"여보세요. 정신이 들어요? 눈 좀 떠보세요!"

결국 차에 부딪힌 걸까. 119 구급대원의 목소리, 공항경찰의 현장을 통제하는 소리와 사이렌 소리, 도로 위에 사람이 있을 줄 몰랐다며 황망해 하는 승용차 운전자의 목소리들이 제임스의 희미한 의식 사이로 섞여들었다.

"죽지 마. 죽으면 안 돼."

그리고 신음하듯 읊조리는 작고도 간절한 목소리. 그 목소리는 여전히 자신의 팔뚝을 꼭 쥔 여자의 것이었다. 그 환청 같은 소리를 들으며 제임스의 의식은 점점 옅어져 갔다.

2장
404 Not Found

"어이쿠, 침대가 얼마나 높았길래······."

데칼코마니처럼 여자는 왼팔에, 남자는 오른팔에 임시 부목을 한 채 나란히 베드에 실려오자 응급실 레지던트가 작게 혼잣말을 내뱉었다.

레지던트의 입가에 슬쩍 비쳤다 사라지는 음흉한 미소를 보고도 진미는 그 말이 무슨 뜻인지 알아채지 못했다. 함께 온 119 구급대원이 사고경위를 설명하자 그는 뒷머리를 긁적이며 사과했다.

"아, 죄송합니다. 야밤에 이렇게 실려 오는 커플이 종종 있어서요. 순간 무게중심을 못 잡으면 침대에서 추락······."

레지던트는 거기까지 말하고 입을 다물었다. 부적절한 발언이었다는 걸 한 박자 늦게 깨닫는 바람에 진미는 그가 상상한 그림이 뭐였는지 같이 상상해버리고 말았다. 젠장, 이런 심각한 순간에 떠올릴 그림은 아니잖아. 그런 상황이 생겼다면 이미 8개월 전 그날, 뉴욕 호텔에서 일어났겠지. 공항 앞 시멘트 바닥이 아니라. 그리고 아무리 남자와 접촉사고가 오랜만이라 해도 이렇게 오랫동안 의식을 잃을 만큼 격정적으로 덮치진 못할 것 같은데…….

33년 인생 가장 민첩하고 용감했던 순간의 대가가 오해라니. 진미의 결백, 아니 그녀의 인명구조 활동을 확인시켜줄 남자는 아직도 눈을 뜨지 못하고 있었다. 자신이 구하긴 했지만 여전히 누구인지 알 수 없는 이 남자는 구해준 보람도 없이 고집스럽게 눈을 감고서 자초지종을 설명해주지도 않는다.

"언제쯤 정신이 들까요?"

진미는 왼팔에 깁스를 해주는 레지던트에게 남자의 상태를 물었다.

"MRI를 찍어봐야 알겠지만 머리엔 외상이 없는 거 보니 큰 탈은 없을 겁니다. 문제는 오른쪽 어깬데……."

레지던트는 진미의 상태는 뼈에 실금이 간 정도지만 남자는 어깨 부상이 심각하다며 수술방을 마련하는 중이라고 했다. 남자가 수술실에 들어가는 걸 보고 나서야 진미는 한숨 돌릴 수 있었다.

수술실 앞 의자에 앉아있는데 경찰들이 찾아와 진미에게 사고 경위를 물어왔다. 진미는 잃어버린 핸드폰을 찾아 공항 밖으로 나갔다가 차에 치일 뻔한 남자를 구했노라고 자초지종을 설명했다.

"핸드폰 훔친 사람을 구하신 거네요."

경찰은 공항 CCTV로 남자의 동선을 역추적하다가 남자가 진미의 핸드폰을 소매치기하는 모습을 포착했다며 의외의 이야기를 전했다. 내 핸드폰을 훔친 게 이 사람이라고? 뉴욕에서 아무 대가 없이 내게 호의를 베풀던 사람이 소매치기를 했다고? 진미는 혼란스러웠다. 그동안 무슨 일이 생겼기에 이렇게 변해 버렸을까. 왜 얼굴 가득 절망을 담고선 달려오는 차 앞에 서 있었던 걸까. 8개월 전 내가 기억하는 그 사람이 맞다면 그럴만한 사정이 있었을 거야. 그의 사연을 헤아려보던 진미의 주머니 안에서 요란한 소리가 울렸다. 7시, 출근 준비 시간을 알리는 핸드폰 모닝콜이다. 창문 너머론 이미 해가 무심하게 밝아 있었다.

"오 팀장, 뉴욕에서 갱스터랑 쌈박질이라도 했어? 깁스는 또 뭐야?"

아까는 침대 위 추락사고로 오해받더니 이번엔 갱스터야? 나의 부상에 불온한 상상을 하는 사람들이 왜 이렇게 많은 거야.

진미가 깁스한 왼손을 훈장처럼 가슴께 얹고 사무실에 출근했을 때 씨도 안 먹힐 농담을 지껄인 건 외식개발부 1팀 최 팀장이었다. 칸막이를 사이에 두고 한 공간을 쓰는 최 팀장은 연신 입을 비죽거리며 꼬투리 잡을 일이 생겨 신난다는 표정을 지었다.

한때 자신의 팀장이기도 했던 40대 중반의 남자는 진미가 2팀장으로 승진했을 때부터 노골적으로 진미를 견제했다. 그녀가 주도적으로 론칭시킨 외식브랜드를 두고는 소 뒷걸음질 치다 쥐 잡은 걸 가지고 어린 걸 승진시킨다고 대놓고 뒷말을 하고 다녔다.

그 성공이 소 뒷걸음질이 아니었단 게 몇 번의 후속타로 입증되자 그 견제는 더욱 심해졌다. 그게 너무나 노골적이라 피가 얇아 속이 훤히 들여다보이는 딤섬 같다는 생각이, 그를 볼 때마다 들었다. 딤섬에겐 미안한 일이지만.

공항경찰이 가져다준 캐리어에서 대충 입을 만한 옷을 골라 입고 한숨도 못 자고 출근한 터라 보이지 않는 피로가 어깨를 짓누르고 있었다. 진미는 귀찮은 질문이 이어질까 싶어 별일 아니라는 듯 대꾸했다.

"가벼운 접촉사고가 있었어요. 큰 사고 아니에요."

"사고? 무슨 사고요? 그런 말 없었잖아요?"

이 진심어린 염려의 말은 눈앞에 있는 딤섬의 입에서 나온 것은 아니었다. 돌아본 자리에 서 있는 건 진미의 늦은 출근을 독려한 김석 본부장이었다.

누가 그를 두고 서린그룹의 막내아들, 그러니까 재벌 3세라고 하겠는가. 열에 아홉은 인정하는, 취향을 타지 않는 귀공자 스타일의 미남. 그의 외모는 재벌 3세를 연기하는 배우에 가까웠다.

특별대우 받는 인상을 주지 않으려 부득불 무거운 몸을 이끌고 정시 출근했는데 지금 이 남자의 표정이 진미의 수고를 모두 허사로 돌려버렸다. 누가 봐도 그의 얼굴엔 '오진미를 엄청 걱정하고 있음'이라고 쓰여 있었다. 그리고 문제는 사무실 안 직원들도 그 표정을 해석해버렸다는 것.

김석이 진짜 배우고 여기가 촬영장이었다면 적어도 이렇게 난처할 일은 없을 텐데……. 안타깝게도 진미는 그를 상대할 만큼의 미모를 갖추지 못했고 이 미남은 그녀와 자신의 관계를 숨기는 일에 무감했다. 진미의 당황한 표정을 읽었는지 본부장은 한마디를 남기고 먼저 방으로 들어갔다.

"내 방으로 와요."

회사원들이 무서워하는 상사의 명령이 있다면 그 중 하나가 바로 이걸 거다.

'내 방으로 와요.'

무슨 날벼락이 떨어질까, 혹시나 트집 잡힐 만한 실수를 한 건 아닐까. 아니, 특별히 꾸지람 받을 일이 없다 해도 사방이 막힌 상사의 공간으로 들어가는 순간, 긴장은 따라오기 마련이다. 하지만 진미는 다른 이유에서 그 소리가 무서웠기에 본부장이 그 말을 내뱉은 순간 의식적으로 다른 직원들의 표정을 읽었다.

'도대체 만날 둘이서 무슨 얘기를 하는 거야?'

'얘기를 하는 건지, 딴 짓을 하는 건지 어떻게 알아?'

독심술이 있는 건 아니다. 그렇다고 피해망상이 있는 것 또한 아니다. 진미는 저들의 표정이 뜻하는 바를 직접 들었다.

2년 전, 김석은 서린F&B의 본부장으로 발령받았다. 그 후, 김석이 진미에게 틈만 나면 내 방으로 오라고 해대는 통에 직원들은 두 사람 사이를 미심쩍게 여겼다. 그 바람에 진미가 본부장 '오피스 와이프'라느니, 시원찮은 끼를 부려 본부장을 구워삶았느니 하는 말들이 나돌았다. 진미가 팀장이 된 것보다 김석 본부장이 부임한 시기가 더 늦었음에도 불구하고 말 빠른 사람들은 진미의 승진이 다 김석 본부장 빽이라는 헛소문을 부지런히 옮겼다. 어린 나이에 팀장 자리를 꿰찬 데는 다 이유가 있다고.

그럴듯한 소문일수록 진실로 둔갑하기 십상이다. 직원들은 회사 곳곳에서 자신들의 '가정'을 '팩트'인 양 수군댔다. 할 말 다 하고 살 만큼 당찬 그녀였지만 어디서부터 바로 잡아야 할지 모를 소문 앞에 선 투명인간이 될 수밖에 없었다. 사방에 지뢰가 매복된 지뢰밭을 걷는 것처럼 화장실에서, 복도 모퉁이를 돌아 나오는 길에서 불시에 펑! 자신에 대한 뒷말을 밟을 때면 버럭, 대나무 숲을 향해 외치고 싶었다. 임금님 귀는 당나귀 귀! 본부장보다 내가 먼저 입사했다고! 팀장은 순전히 내 힘으로 된 거야! 오피스 와이프 같은 게 아니라고!

그녀는 오히려 김석의 비밀 과외선생에 가까웠다. 조선시대 세자의 교육을 담당하는 시강원이 있다면 21세기 서린F&B에는 후계자를 비밀리에 교육하는 오진미 책사가 있었다. 다른 계열사를 돌다가 벼락에 콩 구워먹듯 이곳으로 승진해온 김석은 외식업 실무에 무지했다. 쏟아지는 업계 속어와 약어들 앞에서 김석의 낯빛이 하얗게 질려갈 때 하나님이 보우하사 대학 동기 오진미를 만난 것이다.

서린그룹에 입사한 지 10년 차. 서린F&B에 자리 잡은 지 7년 차. 외식개발부 팀장 3년 차인 진미는 김석보다 직급은 낮았지만 근무 경력으로 보면 훨씬 선배였다. 그것도 꽤나 능력 있는 선배. 자신에게 실무를 가르쳐줄 임무를 맡기기엔 이만한 적임자가 없었다. 적절한 조언이 필요할 때면 김석은 진미를 불렀고 그의 비서는 자신보다 더 많이 호출되는 진미를 점차 가자미눈을 뜨고 지켜봤다.

김석은 자신 때문에 진미가 곤란한 소문에 시달리고 있다는 걸 짐작하고 있었지만 그렇다고 근무 사이마다 갖는 그녀와의 독대를 포기할 순 없었다. 매초매시 자신의 자질을 평가하고 의심하는 임원들 사이에서 진미는 유일한 숨구멍이었기 때문에.

그런 그녀의 신변에 이상이 생기다니. 김석은 가슴이 덜컹 내려앉았다.

"어떻게 얼마나 다친 거야?"

진미가 방으로 들어오자마자 안절부절못하며 서성이던 김석이 얼른 다가서 물었다. 하지만 진미는 그 모든 복잡한 상황을 말할 수 없었다. 8개월 전 하룻밤을 같이 보낸 남자 때문에 교통사고가 났다는 사실을. 자신은 왼쪽 팔 깁스를, 그 남자는 오른쪽 팔 깁스를 사이좋게 했다는 사실, 그 남자가 수술실에 들어가 아직 깨어나지 못해서 아까부터 마음은 콩밭에 가 있다는 사실을…….

진미는 이 모든 걸 간단히 축약했다.

"공항에서 나오는데 차에 살짝 치였어요. 핸드폰이 떨어져서 줍다가……."

대학 동기이긴 했지만 진미는 회사에서 한 번도 김석에게 말을 놓은 적이 없었다. 보는 이가 아무도 없는 '그의 방'에서도. 공과 사가 확실한 타입이었다.

"설마 나한테 전화하다 그런 거야?"

"아닙니다."

단답형으로 튀어나온 대답에 김석은 불안해졌다.

"제대로 검사한 거 맞아? 정 박사님한테 연락할 테니까 김 기사 차 타고……."

진미는 전화기를 들려는 김석의 손 위에 자신의 손을 반사적으로 포갰다. 그의 손이 순간 미세하게 움찔거렸다.

"일에 지장 있는 상태로 출근할 만큼 미련하진 않아요, 본부장님. 그것보다 아침 회의 참석하시죠. 시간 다 됐습니다."

가끔 너무 많이 앞서나가는 김석을 자중시키는 것도 진미의 몫이었다.

아침 전체회의에서 진미는 승전보를 안고 돌아온 개선장군이었다. 뉴욕 외식업계에 급부상한 레스토랑 '델리카시'의 프랜차이즈 계약을 따내고 돌아온 그녀는 마침 깁스까지 하는 바람에 치열한 전투를 승리로 이끌고 개선문을 통과한 장군처럼 보였다. 의도치는 않았지만 꽤나 효과적인 분장이었달까.

레스토랑 델리카시는 할리우드 로맨스 영화의 배경으로 등장해 유명해졌다. 그 때문에 인지도를 얻은 델리카시는 자갓 서베이, 미슐랭 빕구르망, 블루리본 서베이에도 꾸준히 랭크되며 호평을 받았다. 작년, 우연한 기회에 이곳 시그니처 메뉴를 직접 맛본 진미는 더 많은 이들에게 이 요리를 선보이고 싶었다. 그 단순한 염원으로 델리카시 아시아 1호점 론칭을 제안했을 때 임원들과 직원들의 반응은 시종 '감탄사'로 일관됐다. 감탄을 하지 않는 감탄사로.

흥, 또 무리수 던지네.

쳇, 무슨 수로 그런 유명 레스토랑을.

흠, 그냥 둬. 어차피 안 될 거니까.

진미로서도 엄청난 도전이었다. 일단 오너 셰프가 서린F&B와 다른 경쟁 외식업체를 놓고 조건을 저울질한 데다가 만약 계약이 성사된다 하더라도 성공은 또 다른 문제였다. 잘해봤자 본전, 못 하면 독박이었다. 매출이 매일매일 눈앞에 드러나는 외식 분야에서 남의 실패는 나의 성공, 아니 성공까지 아니더라도 나의 안위를 담보한다. 이 건물 사람들은 모두 한 배를 탄 듯 보이지만 대다수가 진미의 프로젝트가 실패하길 바랐다. 지금도 그녀를 비스듬히 꼬나보는 저 최 팀장을 포함하여.

전부터 외식개발부 2개 팀이 하나로 통합된다는 소문이 있었는데 만약 그렇게 된다면 오 팀장과 최 팀장, 둘 중 하나는 좌천이 확정이었다. 델리카시 성공 여부가 이 둘의 명운을 가를 터였다.

계약 성사라는 산 하나를 넘고 이제 본격적인 대장정의 시작. 팀원과 자신의 운명이 달린 델리카시 서울 1호점 오픈을 논의하면서도 웬일인지 진미의 시선은 틈틈이 핸드폰을 향했다. 담당 간호사에게 부탁해 남자가 깨어나면 연락을 달라고 했기 때문이다. 핸드폰에 신경을 뺏긴 탓에 평소 같으면 막힘없이 진행됐을 회의가 오늘따라 더 더뎠다.

수술은 진작 끝났다는데 왜 아직도 소식이 없는 거야.

진미는 자기도 모르게 손가락을 빠르게 책상 위에 톡톡댔다. 그녀의 마음을 알아차리기라도 한 듯 핸드폰이 파르르 몸을 떨었다. 진미는 양해를 구한 다음 핸드폰을 움켜쥐고 복도로 나갔다. 통화 버튼을 누르고 남자의 상태를 묻는데 간호사가 가늘게 떨리는 목소리로 말했다.

"큰일 났어요. 그 남자분 사라졌어요."

"그게 무슨 말이에요? 아까까지만 해도 안 깨어났다고 하셨잖아요."

"그러니까요. 그래서 계속 자는 줄 알았는데 병실에 가보니까 침대가 비어 있었어요."

의식을 차린 후에 자신의 거처로 돌아간 걸까. 아무리 그래도 말도 없이 병원을 떴을 리가. 혹시 병원비를 낼 형편이 안 돼 도망간 거라면?

뉴욕에서 보았던 그는 경제적으로 꽤 여유 있는 사람 같았는데…….

문득 진미는 자신의 핸드폰을 물끄러미 들여다봤다. 맞다. 자신의 핸드폰을 훔쳐서 달아났을 때 남자가 통화한 상대. 그 사람한테 남자가 누군지 물어보면 된다. 통화내역을 살펴보니 미국의 국가번호로 시작되는 번호로 3분 여간 통화한 기록이 남아 있었다.

진미는 그 번호로 재발신을 해보았다. 여러 차례 끊었다 다시 걸었지만 번호의 주인은 끝내 전화를 받지 않았다. 아니, 신호가 금방 사서함으로 넘어가는 것으로 봤을 때 이건 명백한 수신거부였다.

문득 컴컴한 도로 위에서 보았던 남자의 황망한 눈빛이 떠올랐다. 생의 의지를 모두 놓아버린 그 표정이. 불길한 예감이란 잉크가 뜨거운 물에 용해되듯 온몸에 퍼져갔다. 차에 치일 뻔한 건 미처 몸을 못 피해서가 아니라 그 스스로의 의지였다면?

진미는 지체 없이 본부장 방으로 다시 들어갔다. 처음으로 조퇴를 해야겠다 말하는 부하직원을 김석은 의외라는 듯 바라봤다. 이유를 묻는 상사에게 진미는 두루뭉술하게 둘러댔다.

"집에 일이 생겨서요."

아차, 진미에게 집에 일을 만들 만한 가족은 없었다.

"집에 일?"

치밀하지 못했던 진미의 변명을 듣고 그녀의 집안사정을 대충 아는 본부장은 갸웃했다.

"집 하수관이 터져서 물난리가 났다고 옆집에서 연락이 와서요. 빨리 수습을 해야 될 것 같습니다."

문자 그대로 '집'에 생길 만한 일로 핑계를 늘어놓았다. 진미는 본부장실에서 나와 소지품을 챙긴 다음 뛰듯이 회사를 빠져나왔다. 정문을 나와 종종걸음을 치기 시작한 진미의 걸음은 곧 달리기로 바뀌었다.

병원에 들러 다시 한번 그의 부재를 확인하곤 진미는 경찰서로 달

려가 남자의 수색을 부탁했다. 하지만 진미를 응대한 형사는 심드렁
했다.

"좀 기다려보시죠. 몸도 성치 않은데 곧 돌아오겠죠."

안 돌아올 것 같으니까 하는 말이지. 자살할 것 같다는 말까지 해
야 하나.

"심각한 신변의 위협이 있을지도 몰라요."

"범죄자가 아닌 사람을 찾으려면 실종신고를 해야 하는데…… 실
종신고는 가족 사이에서만 할 수 있어요."

가족이라. 지금의 상황에서 그와 가족이 될 방법은…….

"결혼할 사이예요."

"아가씨는 이름도 모르는 남자와 결혼합니까? 거참, 용감하시네."

형사는 기가 찬 듯 웃어제꼈다. 이미 신원불명으로 입원한 남자를
찾아달라고 부탁했던 터였다. 아차, 오늘은 실수가 잦다.

"그럴 수도 있죠! 첫눈에 반해서 아무것도 묻지도 따지지도 않고
결혼을 약속했어요! 됐어요?"

자기가 말하면서도 어이가 없었다. 비웃는 형사의 말투에 발끈해
서 되는대로 주워 섬겼지만 그녀의 평소 결혼관과는 전혀 상관없는
말이었다. 아니, 결혼관이라는 게 있기는 했었나.

하지만 여기서 물러설 그녀가 아니었다. 그동안 그녀가 일 잘하는
직원으로 인정받은 데는 정확한 타깃 분석력이 한몫을 해왔다. 타깃
의 특징을 파악하고 나면 그 분석을 기초로 대담하게 밀어붙인다. 지

금 각종 민원에 넌덜머리를 내는 공무원께 필요한 것은 명분이다. 범죄자가 아닌 사람은 찾을 수 없다면 범죄자로 만들면 되지. 일단 사람은 살리고 볼 일이었다.

"경찰은 병원비를 떼먹고 도망간 범인은 안 잡나요? 무임승차, 아니 무임진료는 죄가 아닌가 보죠?"

진미가 기어코 찾아낸 죄명을 듣고 나서 형사는 낮게 끙, 소리를 냈다.

"경범죄에 해당되죠."

진미는 이때다 싶어 이런 환자가 많아지면 대한민국의 공공의료는 어떻게 되겠냐며 얼른 이 몰지각한 먹튀범을 찾아내라 목소리를 높였다. 모르는 사람이 보면 영락없는 병원 직원이었다. 그제야 형사는 무거운 엉덩이를 움직이기 시작했다.

실종 3시간째.

형사는 병원 CCTV로 남자의 동선을 파악했다. 그는 입원해 있던 404호실에서 빠져나와 병원 로비를 빠져나갔고 다시는 돌아오지 않았다.

극한의 상황에서 극도의 침착함을 발휘하는 게 진미의 특기라면 특기였다. 진미는 연락처를 받아둔 공항경찰에게 전화해 남자의 신원을 찾아달라 부탁했다. 일단 남자의 신상명세를 파악해야 빨리 찾을 수 있을 터였다.

실종 7시간째.

공항경찰은 교통사고가 있던 곳 근처에서 '영윤제'라는 사람의 한국 임시여권을 발견했다고 알려왔다. 임시여권이라면 현지 대사관에서 긴급으로 발급받았다는 것인가? 그렇다면 여행 중 여권을 분실했단 말인가? 원래 국적이 한국이었다고? 내추럴 본 뉴요커인 줄 알았는데? 그럼 불과 48시간 전, 뉴욕 부티크 호텔 앞을 서성였던 건 애초부터 헛수고였다는 건데…….

이틀 전, 진미는 델리카시의 오너 셰프와 최종 계약서에 도장을 찍은 것으로 뉴욕 출장의 모든 임무를 완료했다. 비행기 탑승시간까지는 아직 여유가 있었다. 진미는 지금 이 순간을 위해 구상해놓은 시나리오를 펼쳤다. 8개월 전 여기 뉴욕에서 만났던 남자를 우연인 척 재회하는 것.

계획대로만 된다면 그 남자와 차 한 잔을 하면서 잠깐이나마 대화를 나눌 수 있을 것이다.

진미는 회사에서 예약해줬던 체인호텔로 돌아가 계약서를 고이 서류가방에 넣어놓고 캐리어에서 원피스를 꺼냈다. 평소 하던 옷차림이 아닌 실루엣이 드러나는 실키한 원피스를.

준비해온 원피스를 차려입고 평소보다 화장도 공들여 하고 호텔을 나선 진미는 기억을 더듬어 8개월 전 그와 시간을 보냈던 부티크 호텔을 찾아갔다. 진미는 호텔 1층 카페에서 커피를 마시다가 지나가는 그 남자를 우연히 만나면 이렇게 말할 생각이었다. '어머, 여기서 또 뵙네요'라고.

혹시 하늘이 그 '우연'을 돕지 않는다면 커피를 마시고 나오면서 갑자기 기억났다는 듯 호텔 프런트에 가서 이렇게 물을 작정이었다. '혹시 여기 한국계 스텝 안 계신가요? 전에 친절히 대해주셔서 인사나 하고 가려고요'라고.

막상 호텔 앞에 당도해서야 진미는 깨달았다. 자신이 준비한 대사가 무용지물이란 사실을. 호텔 건물 전체를 빙 둘러 가림막이 쳐 있었고 전면에 걸린 플랜카드엔 '리뉴얼 중. 10월 재개장'이라는 글귀가 바람에 나부끼고 있었다.

'그래, 뭐…… 우연히 만나면 감사인사나 하려고 한 거잖아. 그뿐이야. 정말 그게 다잖아. 그 사람 그때는 반지도 끼고 있었어. 지금은 없을지도 모르지만. 아니, 내 말은…… 사람이라면 모름지기 은혜는 갚고 살아야 하는 거니까…….'

진미는 뼈대만 남은 호텔을 쓸쓸하게 올려다보며 필사적으로 진짜 마음을 부정했다. 발길을 돌려 터덜터덜 걷던 진미의 원피스 속으로 지나가는 택시가 만든 바람이 예고도 없이 찾아들었다. 온몸으로 스며드는 찬 공기와 함께 그날의 기억이 섬광처럼 떠올랐다.

3장

Between the Moon and New York City

8개월 전.

<u>드르르, 드르르.</u>

온몸에 물기가 다 빠져나간 듯 힘없이 앉아 있던 진미는 핸드폰 진동음에 퍼뜩 정신을 차렸다.

가방을 열어 핸드폰을 꺼내보니 이미 같은 번호로 부재중 전화가 13통이 와 있었다.

"오진미 씨? 지금 어디쯤이세요?"

어디냐니. 지금 여긴 화장터다. 나의 피붙이가 불길 속에서 사그라지는 중이다. 하지만 저장되어 있지도 않은 번호의 주인에게 전후사정을 설명할 순 없었다.

"누구시죠?"

진미가 겨우 힘을 그러모아 되물었다. 하지만 되돌아오는 목소리에는 신경질이 잔뜩 묻어 있었다.

"오진미, 오영숙 씨. 오늘 사이판 여행 예약하셨죠? 두 분 안 오셔서 다른 고객들까지 출발 못 하고 있어요."

아…… 오늘이었다. 엄마의 환갑 기념으로 생애 첫 모녀여행을 가기로 한 날. 못난 딸 때문에 엄마는 결국 딸과의 여행도, 첫 해외여행도 가보지 못하고 먼저 천국으로 여행을 떠났다. 3일 내내 울어서 마른 줄 알았던 눈물이 다시 울컥, 샘물처럼 터지려 했다. 진미는 잠긴 목소리를 가다듬고 말했다.

"죄송합니다. 오늘 못 가요."

"네?"

어이없어 하는 여자의 목소리.

"이렇게 당일에 일방적으로 취소하시면 어떡해요? 위약금 있는 거 아시죠?"

전화 속 여자가 취소 약관을 읊는 사이 화장터 직원은 타고 남은 재를 처리해 납골함에 담았다.

덤덤하게 납골함을 받아들고 복도를 걸어 나오던 진미의 귀에 로비에서 기다리던 조문객들의 대화가 들려왔다.

"저 나이 먹도록 시집도 안 가서 이게 뭐야. 남편도, 시댁식구도 없으니 상갓집이 썰렁하잖어."

"아이구, 기지배가 일 욕심만 부리다가 사단이 났구만 그래."

"참, 딸내미 새벽에 마중 나갔다가 차에 치인 거라매?"

"평생 식당 부엌에서 종종 거리더니 좋은 날도 못 보고…… 쯔쯧. 죽은 사람만 불쌍하지."

죽은 사람만 불쌍하지…….

1년 전 즈음, 엄마도 같은 말을 했었다. 지인의 발인에 참석하고 돌아와 소파에 털썩 주저앉으면서. 진미는 엄마의 혼잣말 같은 넋두리이겠거니 싶어 별다른 대꾸를 하지 않았다. 그런데 엄마는 평소와 다른 감상을 덧붙였다. 아마도 고인의 나이가 자신과 비슷해서였을 터였다.

"납골함을 찬장 같은 데 들어앉히는데 이상하게 내가 다 깝깝시럽대."

진미는 말뜻을 알아채지 못하고 물음표를 얼굴에 띄웠다.

"죽은 사람이 함에 들어 있다고 생각해봐야. 좁은 데 갇혀서 눈에 보이는 건 바로 앞에 있는 딴 납골함뿐이잖여."

엄마는 별안간 납골함에 들어앉은 이를 자신으로 치환해 감정이입하고 있었다. 도대체 왜…… 하는 생각이 들었지만 일단 적당히 장단이나 맞춰주었다.

"가족들이 보러 오잖아."

"에이구, 평생 좁은 주방에 갇혀 손님만 기다리다 살았는데 죽어서도 언제 올지도 모르는 가족을 기다리기만 하라고? 그러는 거 나는 싫다. 나는 할 수만 있으면 훨훨 다니면서 유람이나 하고 싶어. 못 보던 거 실컷 구경이나 다니면서."

"별…… 말도 안 되는 소릴 해."

상상이 현실이 될까 봐 진미는 얼른 말을 돌렸다. 그 후로 엄마는
정작 자신이 그런 이야기를 했다는 사실을 깡그리 잊어버린 것 같았
지만 진미는 이상하게 그 말이 계속 마음에 남았었다. 상조회사 직원
들이 고인을 묘지에 모실지, 납골당에 모실지 조심스레 물어왔을 때
만 해도 엄마의 소원 성취는 불가능하다고 생각했다.

"땅에 묻히나, 납골함에 갇히나…… 갇혀 있는 건 똑같겠죠?"

혼잣말 같은 물음이 뭘 말하는 건지 의도를 몰라 상조회사 직원들
은 허둥댔다. 그러곤 부지런히 고객의 니즈를 탐색하며 물었다.

"그래도 최고급 송학자개함을 하시면 납골당에 들어갔을 때 보기
가 좋을 겁니다. 아니면 금장함은 어떠신가요? 시중에선 400만 원이
넘는데 저희가 특별히 DC해서……."

아마도 그때였을 거다. 납골함을 들고 도망을 쳐야겠다고 생각한 건.

몇 시간 후, 진미는 검은 상복을 입고 공항을 횡단했다.

캐리어를 끌고 가는 여행객들 사이에서 검은 상복의 여인은 이목
을 끌기 충분했다. 몇 사람은 내가 지금 저승사자를 본 건가 싶어 되
돌아보기도 했고, 또 대부분은 그녀를 보며 수군댔다. 진미는 아랑곳
없이 곧장 항공사 데스크로 향했다.

"가장 빠른 비행기로 주세요."

진미는 가방을 열어 서류봉투에 둘둘 말려 있던 부의금 뭉치를 턱
내려놓으며 말했다.

"목적지가 어디든 상관없습니다."

'가장 빨리 출발하는 비행기'라는 룰렛을 돌려 도착한 곳은 뉴욕이었다.

도시의 불빛이 검은 강물에 번져 흐르는 이스트 강과 브루클린 브릿지가 한눈에 보이는 브루클린 브릿지 파크에서 진미는 찬바람을 그대로 맞으며 오래도록 서 있었다. 11월의 뉴욕을 견디기에 공항 매장에서 급히 사 입은 흰 티와 검은 진은 역부족이었다. 하지만 마음 깊은 곳에서부터 부는 공허함 때문인지 진미는 피부로 스며드는 추위를 느낄 새가 없었다.

화려하면서도 따뜻한 도시의 불빛이 넘실대는 가운데서도 자연이 잘 어우러진 풍경을 진미는 넋을 놓고 바라봤다. 며칠 전부터 갑갑했던 가슴이 조금씩 트이는 것 같았다. 그제야 진미는 주변을 둘러볼 수 있었다. 저마다 사랑하는 사람들과 야경을 감상하는 이들의 표정은 누구보다 행복해 보였다.

그래, 여기야.

진미는 아까부터 품속에 꼭 껴안고 있던 천가방에 손을 넣어 가져온 걸 꺼내려 했다. 그때였다. 강물을 하염없이 바라보던 진미의 어깨에 누군가 외투를 걸쳐준 것이.

놀란 진미가 어깨를 감싸는 손길의 주인을 올려다보는데 동양계 남자가 눈을 찡긋하며 영어로 말을 걸었다.

"허니, 이렇게 입고 나오면 어떡해? 내가 말했지, 뉴욕의 가을은 눈을 홀리게 만들고 그 틈을 타 감기를 선물한다고."

외투를 여며주는 남자의 행동거지가 너무나 친근해 진미는 순간 이 남자를 오랫동안 알아왔던 사람이라고 착각할 뻔했다.

"누, 누구시죠?"

"맞죠? 한국분?"

당황한 진미의 입에서 순간 한국어가 튀어나오자 남자는 설핏 웃으며 그녀의 어깨를 감싸며 말했다.

"다행이네요. 저놈들이 못 알아들을 테니까."

남자는 진미가 품고 있는 가방을 내려다보며 말했다.

"그렇게 그걸 꼭 껴안고 있으니 나 돈 많으니 제발 가져가주세요, 하는 것 같잖아요. 아까부터 저놈들이 그쪽 가방에서 눈을 떼질 않던데요."

천가방 안에는 비행기 값을 치르고 남은 부의금 봉투가 있었다. 그러나 진미가 꼭 껴안고 있었던 건 봉투가 아니라 공항 약국에서 산 가루소화제 철제통이었다. 물론 지금 그 안에 든 건 소화제가 아니지만.

"관광객들 상대로 하는 이 동네 소매치기예요. 아까부터 쫓아오는 거 몰랐어요?"

진미가 의아한 눈을 하자 남자는 등 뒤에 서 있는 백인들을 보라는 듯 턱짓을 했다.

진미는 놀라 남자가 가리킨 두 명의 백인을 돌아봤다. 자신들이 오래도록 뒤쫓아 온 먹잇감에게 건장한 동행이 있다는 사실을 알게 되자 그들은 엿 됐다는 표정을 지으며 바닥에 침을 찍 뱉고 돌아섰다.

안 그래도 뉴욕에 도착한 아침부터 진미는 반쯤 넋을 놓고 뉴욕 거리를 정처 없이 돌아다녔다. 누가 그녀의 심상을 낚아채가도 모를 만큼 주위를 살필 정신 같은 게 없었다. 지금까지 아무 일도 일어나지 않았다는 사실이 더 놀라울 지경이었다.

진미는 자기도 모르는 위험으로부터 지켜준 남자가 고마우면서도 이런 과한 친절을 베푸는 이유가 뭘까, 의아했다. 과연 숨은 의도는 없는 걸까 싶어 진미는 남자의 눈을 들여다봤다.

검고 맑은 눈에는 사사로운 악의는 찾아볼 수 없었다. 진미를 향해 웃는 남자의 얼굴엔 긴 보조개가 피어올랐다. 진미는 이 선한 사마리아인의 밝은 기운을 상대하기엔 지금의 자신이 너무나 음울하다고 느꼈다. 그가 자신의 어둠에 물들지 않게 얼른 쫓아내야겠다고 생각하며 입을 뗐다.

"다행이네요. 뺏기지 않고 증거인멸 할 수 있어서."

남자는 호기심 어린 얼굴로 진미를 쳐다봤다. 진미는 가방을 내려다보며 말했다.

"사람을 죽였거든요. 강에 던져버리려고 갖고 온 건데."

남자는 무시무시한 소리에도 당황하지 않고 흥미롭다는 표정을 지으며 말했다.

"혹시 연쇄살인마는 아니죠? 저도 죽일 건가요?"

"한 번은 봐드릴게요. 얼른 도망가세요."

진미는 외투를 벗어 남자에게 돌려주며 말했다.

도로 외투를 받아 브루클린 브릿지 파크를 돌아 나오는 제임스의 발걸음은 무거웠다. 정말 저렇게 두어도 괜찮을 걸까. 사실 제임스는 오늘 그녀를 세 번 마주쳤다. 아침 센트럴파크에서, 자정께의 카페테리아에서 그리고 이곳 브루클린 브릿지 파크에서. 그때마다 그녀는 맹수가 바글거리는 정글에 떨어진 초식동물처럼 무방비해 보였다.

그녀를 두 번째로 조우한 곳은 그의 단골 가게인 카페테리아였다. 추수감사절을 맞이해 칠면조 구이 대신 터키 샌드위치를 주문해놓고 기다리는데 그녀가 시야에 들어왔다. 시켜놓은 음식에는 손도 대지 않고 멍하니 앉아 있던 그녀가.

아침, 센트럴파크에서 조깅했을 때도 벤치에 우두커니 앉아 있는 그녀를 보았다. 그녀는 마치 벤치에서 오려다 붙인 것처럼 그때와 같은 차림, 같은 자세로 죽은 듯이 앉아 있었다. 음식을 가져오던 웨이트리스 베티가 제임스도 그녈 보고 있다는 걸 깨닫고는 그녀를 힐끗 넘겨다보며 말했다.

"벌써 두 시간째야. 음식에 손도 안 대고 저러고 있어."

식당에서 가장 무서운 손님은 컴플레인을 거칠게 하는 손님이 아니다. 아무런 코멘트 없이 음식을 남기는 사람이다. 하지만 그녀는 딱히 음식에 불만이 있어 보이진 않았다. 한입도 뜨질 않았으니까.

사람들은 극도의 스트레스를 받을 때 폭식을 한다. 상황을 이겨내기 위한 동물적이고 본능적인 반응이다. 하지만 먹지 않는 건 다르다. 그건 좀 더 죽음에 가까운 일이었다. 제임스는 경험으로 그 사실을 알고 있었다.

그는 그녀를 찬찬히 살폈다. 여전히 눈빛엔 초점이 없었지만 두 손만은 가방을 꼭 움켜쥐고 있었다. 마치 손끝에만 의지가 달린 사람처럼. 베티는 여전히 주문한 음식을 건드리지도 않는 그녀가 신경 쓰이는지 한마디를 덧붙였다.

"한국드라마에서 저런 상황에서 하는 말이 있던데……."

20대 중반의 히스패닉인 베티는 한류 마니아였다. 단골손님인 제임스가 한국계인 걸 알고 난 후 그녀는 제임스에게 지극한 관심을 보여 왔다. 한국에 대해 이것저것 물어왔지만 제임스는 번번이 속 시원한 답변을 해주지 못했다. 어려서 한국을 떠나왔고 이 땅에서 살아남기 위해 모든 에너지를 쏟아 붓느라 모국에 관심을 가질 여력 따윈 없었으니까. 요리를 앞에 두고 손도 대지 않는 상황을 표현하는 한국말 역시 제임스는 들은 바도, 아는 바도 없었다. 하지만 이 영리하고 열정 넘치는 한류 팬은 곧 그 표현을 생각해냈다.

"아, 제사 지낸다!"

"제사?"

"사람이 죽으면 음식을 차려놓고 묵념을 하는데 그걸 제사 지낸다고 하거든."

사람이 죽으면?

제임스는 그제야 그녀 머리에 꽂혀 있는 하얀 리본을 발견했다. 제임스가 알 길은 없지만, 그건 진미가 공항 의류매장에서 상복을 갈아입을 때도 미처 떼지 못한 것이었다.

제임스의 눈길이 그 리본에 머물렀다 떨어지는 사이, 그녀는 슬그머니 일어나 먹지도 않은 음식 값을 치르고 자리를 떠났다. 제임스의 눈도 자연스럽게 카페테리아를 나서는 그녀를 쫓았다. 그리고 카페테리아 유리 너머로 그녀를 따라붙은 두 명의 남자가 보였다. 제임스도 얼굴을 알 만큼 이 일대를 전전하는 소매치기들로, 가끔 강도짓도 서슴지 않는 질이 나쁜 놈들이었다. 제임스는 먹다 만 샌드위치를 두고 부랴부랴 그녀를 뒤쫓았다.

세 번째 브루클린 브릿지 파크에서 그녀를 만난 게 완전히 우연만은 아니었던 것이다. 하지만 뭔가에 홀린 듯 이곳까지 그녀를 쫓아오면서도 제임스는 스스로에게 되뇌었다. 오랜만에 산책이나 할 겸 걷는 거지 그녀를 쫓아가는 건 아냐. 내가 뜨내기 관광객을 뭐 하러 걱정하겠어.

일촉즉발의 위기에서 그녀를 구하고 브루클린 브릿지 파크에서 돌아 나오며 그는 다시 생각했다. 걱정을 좀 하면 어때. 오늘 같은 날, 신이 선물한 행운을 다른 사람한테 조금 나눠줄 수도 있잖아.

걸음을 멈추고 그녀가 서 있던 곳을 다시 돌아봤다. 그녀는 가방 속에서 철제통을 꺼내 뚜껑을 열었다. 잠시 후, 그녀가 서 있던 난간 아래 강물로 안개처럼 흩뿌려지는 무언가가 보였다. 그리고 이 순간을 위해 간신히 버티고 있었다는 듯, 여자는 다리를 후들거리더니 이내 그 자리에 주저앉았다. 제임스는 곧장 그녀에게 달려갔다.

"안 되겠네. 그쪽 생각보다 더 위험인물 같은데……. 뉴욕시민의 안녕을 위해서라도 잡아가야겠어요."

주저앉았던 진미는 소리가 나는 곳을 올려다봤다. 미소가 인상적이었던 사마리안이 가쁜 숨을 내쉬며 그녀를 내려다보고 있었다. 잡아가겠다는 사람 치고 그의 눈빛에는 연민이 서려 있었다. 그 눈빛에 진미는 될 대로 되라는 심정으로 말했다.

"그럼…… 좋은 감옥 있으면 소개시켜줄래요?"

남자는 엷은 미소를 띠며 고개를 끄덕였다. 그리고 주저앉은 진미에게 손을 내밀었다. 진미는 남자의 손을 잡았다. 그녀는 남자의 따뜻한 손을 잡고 나서야 깨달았다. 자신이 지금까지 추위에 떨고 있었단 사실을.

진미를 일으켜 세운 남자는 다시 외투를 벗어 그녀의 어깨에 덮고 지퍼를 여몄다. 찬바람으로부터 마치 어린아이를 보호하듯.

진미는 제임스가 이끄는 대로 고풍스러운 부티크 호텔로 들어갔다. 프런트 직원과 친숙하게 인사를 하고 룸키를 건네받아 방까지 안내하는 남자를 보고 진미는 그가 이곳 직원이리라 짐작했다.

12층, 가장 꼭대기 층에서 내린 제임스는 배정받은 방으로 진미를 안내했다.

남자는 먼저 방 안으로 들어가 실내 온도를 체크했다. 그리고 조명들을 모두 켜 방안을 환히 밝혔다.

방에 별 이상이 없다는 걸 확인하더니 이제 진미가 들어가도 괜찮다는 듯 방문을 열어주며 옆으로 비켜섰다. 호의 이상의 다른 뜻이 없다는, 선을 넘지 않겠다는 걸 알려주는 매너 있는 행동이었다.

"쉬어요. 따뜻한 물에 몸도 좀 녹이고. 수감번호 1213번."

남자는 다시 장난기 어린 얼굴로 문에 붙은 방 번호를 읽어주었다. 필요한 건 뭐든 리셉션 데스크에 부탁하라 하더니 좋은 밤 보내라는 말까지 남기고 그는 퇴장했다.

하루 종일 차가운 야외에서 떨던 진미는 서서히 스며드는 온기에 긴장이 풀어졌다. 침대 끝에 털썩 앉으며 테이블 위로 던지듯 가방을 올려두었다. 부드러운 재질의 천가방이 축 처지면서 안에 들어있던 핸드폰이 떨어졌다. 진미는 그제야 자신이 비행기를 탈 때 꺼둔 핸드폰을 아직까지 켜지 않았다는 사실을 깨달았다.

전원 버튼을 길게 누르자 오래 잠들어 있던 핸드폰이 그제야 부르르 기지개를 켰다. 핸드폰 액정에는 확인을 기다리는 SNS 메시지 알람 수십 개가 떠 있었다.

진미를 무사히 방까지 안내하고 내려온 제임스는 프런트 직원에게 자신의 카드를 건네며 말했다.

"방값은 이걸로 결제해줘. 다른 서비스도 이걸로 해주고."

제임스와 꽤 친분이 있어 보이는 직원은 호기심 가득한 눈빛으로 물었다.

"한국에서 알던 친구야? 누군데 이렇게까지 신경을 써?"

"글쎄, 빚 받을 거 아니니까 굳이 누군지 알 필요 없을 거 같은데."

너스레를 떠는 제임스를 보고 프런트 직원은 못 말린다는 듯 고개를 절레절레 흔들었다.

"그럼, 무슨 일 생기면 연락줘."

여자에게 각별히 신경 써달란 당부를 남기고 호텔을 나가던 제임스는 문득 손목시계를 내려 봤다. 새벽 2시. 카페테리아에서 그녀를 봤을 때가 언제였더라? 호텔 문을 나섰던 제임스는 급히 프런트로 뛰어 들어와 물었다.

"지금 주방에 사람 있어?"

똑똑.

얼마 후, 룸서비스 카트를 앞세운 제임스가 다시 1213호 앞에 서서 방문을 두드렸다. 하지만 방안에서는 어떤 인기척도 들리지 않았다.

다시 똑똑.

그리고 여전히 묵묵부답.

불길한 예감에 제임스는 프런트로 달려가 마스터키를 받아왔다.

방에 들어선 제임스는 불안한 상상이 현실이 되지 않길 바라며 객실 안을 재빨리 둘러봤다. 그녀는 어디에도 없었다. 그사이 어딜 간 거지? 그녀의 부재에 당황해하던 제임스의 눈에 테이블 밑에 떨어져 있는 핸드폰이 들어왔다. 테이블 위에 올려놓으려고 핸드폰을 잡았다가 그는 무심코 액정화면을 건드려 화면을 켜고 말았다.

– 너희 진미 어머니 장례식장 갈 거야? 걔 우리 할아버지 돌아가셨을 때 안 왔는데 가야 되나.

– 그래도 진미는 홀어머니뿐이잖아.

– 걔가 뭐 우리 경조사 챙긴 적 있니? 맨날 봉투만 달랑 냈지. 혼자만 잘나가면 다야?

– 잘 나가긴. 김석 알지? 우리 1학년 때 잠깐 같이 학교 다녔잖아. 걔가 진미 회사 본부장이래. 이번에 승진한 것도 다 김석 빽이라던데?

– 암튼 난 못 가. 나 다음 달 결혼식인 거 알잖아. 거기 갔다가 마라도 끼면 어떡해.

– 누가 대표로 조의금 걷어서 갔다 와라.

– 야! 여기 진미 있잖아. 진미 빼고 방 만들라니까!

'지윤님이 대화방을 나갔습니다'
'승혜님이 대화방을 나갔습니다'
'보경님이 대화방을 나갔습니다'

핸드폰을 들고 있던 손이 맥없이 떨어졌다. 20여 년 전, 이 거리를 떠돌던 자신과 닮은 그녀를 발견하고 딱 하룻밤만 익명의 그녀를 위한 익명의 은인으로 남고 싶었는데…… 젠장!

진미.

굳이 알려고 하지 않았던 그녀의 이름을 알아버렸다. 덩달아 그녀가 겪은 불운과 수모까지도.

불행의 소용돌이에서 행여 그날의 자신처럼 발을 잘못 디뎌 추락하지 않도록 그저 손만 잡아주려고 했는데 자꾸 상황이 한 발짝 더, 한 발짝 더 다가가 선을 넘게 만든다. 이 여잔 지금 어디 있는 거야. 제임스는 핸드폰을 꺼내 프런트에 있는 친구에게 연락했다.

"내가 데려온 손님 나가는 거 봤어?"

"아니, 계속 로비 지키고 있었는데 아무도 안 나갔는데."

"알았어."

전화를 끊자마자 제임스는 뛰는 가슴을 부여잡고 침착하게 한 층, 한 층씩 뒤지기 시작했다. 하지만 그녀는 어디에도 없었다. 그렇다면 설마?

헐레벌떡 달려간 호텔 옥상에서 제임스는 그녀를 발견했다. 환풍구 모서리에 차분한 자세로 앉아 도시의 야경을 내려다보고 있었다. 제임스는 놀란 티를 내지 않으려 잠시 숨을 골랐다. 그러곤 천천히 다가가며 부러 쾌활한 척 말을 걸었다.

"수감자가 이렇게 멋대로 탈출하면 어떡합니까?"

소리 난 쪽으로 돌아보던 여자의 눈가에는 이슬이 맺혀 있었다. 달빛에 물방울이 반사되어 반짝였지만 제임스는 못 본 척했다. 그게 그녀를 위한 최선의 배려이리라.

여자는 제임스를 보고 흠칫하더니 재빨리 손등으로 물기를 훔치며 말했다.

"바람 좀 쐬려고요. 아무래도 감옥은 갑갑해서."

"바람은 오늘 충분히 쐰 줄 알았는데……."

"달도 좀 보고요. 여긴 서울보다 달이 더 커 보이네요."

괜히 말을 돌리며 진미는 고개를 들었다. 달을 바라보는 것처럼. 달은 만월을 향해 조금씩 제 몸을 부풀려가고 있었다. 며칠 후면 둥근 달이 더욱 환한 빛을 발할 것이다.

제임스가 여자 옆에 나란히 앉아 말없이 함께 달을 올려다보았다. 이상하게 긴 침묵도 두 사람 사이를 어색하게 만들지 않았다.

"뉴욕에 살면 좋아요?"

여전히 달에다 시선을 둔 채로 여자가 먼저 말문을 열었다.

"이왕 온 거 여기 눌러앉을까 봐서요. 서울로 돌아가 봤자 아무도 없고……."

제임스는 그녀가 어떤 심정에서 그런 말을 하는지 알 것 같았다. 하지만 이곳에서 그녀는 아주 오랫동안 이방인 취급을 받을 것이다. 어쩌면 평생. 마치 자신처럼. 하지만 지금 이런 말들이 그녀에게는 하등 도움이 되지 않을 터였다.

"사람 사는 데가 다 똑같죠."

제임스의 상투적인 말에 여자는 잠시 침묵하더니, 옅은 숨을 토하며 말을 이었다.

"열심히 살았다고 생각했는데 지금까지 아주 열심히 잘못 살았더라고요. 빨리 자리 잡으면 행복해질 줄 알았는데 결국 아무도 못 지키고……. 어차피 돌아가도 아무도 없는데 여기서 다시 시작해도 나쁘지 않을 것 같아서요."

여자는 거기까지 말하고 쓴웃음을 지었다. 제임스는 진미를 돌아보며 말했다.

"그러는 여기엔 누가 있어요?"

그녀는 어깨를 으쓱이며 말했다.

"만들면 되죠."

여자는 제임스의 약지에 끼워진 반지를 턱짓으로 가리키며 말했다.

"그런 거 주는 사람이 갑자기 짜잔, 나타날 수도 있고."

제임스는 훗, 웃어버렸다.

"그럼 행운이 조금 필요하겠는데……. 혹시 1달러짜리 동전 본 적 있어요?"

"1달러는 지폐 아니에요?"

남자는 찡긋거리고 나서 주머니에서 동전 하나를 꺼내 손가락으로 튕겼다. 잠시 공중에 떠 있던 동전은 달빛에 반짝였다. 동전을 다시 낚아챈 남자가 진미의 눈앞에서 손바닥을 펴보였다. 그 위에는 정말 오래된 1달러짜리 동전이 있었다.

"1달러가 동전으로 만들어지던 때가 잠깐 있었대요. 얼마 안 만들어져서 진짜 귀한 거예요."

남자는 자랑스레 말을 이었다.

"어렸을 때 일했던 곳에서 손님한테 받은 팁이에요. 그 손님이 그러던데요. 자기가 이 동전을 가지고 난 후부터 좋은 일만 생겼다고. 저도 이 동전 받고부터 상황이 나아졌어요. 좋은 사람들도 만나고, 좋은 일자리도 생기고."

남자는 왼손으로 진미의 손바닥을 펴서 그 위에 오른손에 쥐고 있던 동전을 올려주었다.

"그런 귀한 걸 왜 저한테……"

이유를 알 수 없는 호의에 진미는 말을 맺지 못했다. 그런 진미에게 남자는 말했다.

"이게 있으면 만날 수 있을지 모르죠. 당신을 눌러앉고 싶게 만들어줄 사람."

"……"

"달과 뉴욕 사이에서 할 수 있는 가장 최선의 일은 사랑에 빠지는 거니까."

무슨 말인가 의아해하는 진미의 얼굴을 보고 남자는 갑자기 노래를 흥얼거렸다. 진미의 귀에도 익은 멜로디를.

If you get caught between the moon and New York city

The best that you can do is fall in love.

달빛에 홀린 긴지, 노랫소리에 홀린 건지 진미는 달빛에 비친 그의 그림 같은 옆얼굴을 오래도록 바라봤다. 그래, 행운이 허락한다면 그럴 수도 있겠지. 진미가 상념에 빠져 그에게서 눈을 떼지 못하고 있는데 남자는 무언가 갑자기 생각난 듯 노래를 멈추고 진미를 돌아보았다.

"지금 막 첫 번째 행운이 도착한 것 같은데요?"

"네?"

"가보면 알아요."

남자는 턱, 진미의 왼손을 낚아채더니 그녀의 손을 잡고 옥상을 빠져나갔다. 그의 손에 이끌려 계단을 내려가는 진미의 오른손에는 1달러짜리 동전이 꼭 쥐어져 있었다.

8개월 전, 선물받은 1달러 동전은 아직도 진미의 지갑 안에 고이 모셔져 있었다. 자신에게 행운을 넘겨준 남자를 겨우 찾았다고 생각했는데 다시 눈앞에서 사라져버리다니. 제발 다시 나타나. 진미는 동전을 꺼내 만지작거리며 속으로 빌었다. 행운을 불러온다는 그의 말이 진실이길 바라며. 진미는 형사로부터 소식이 오길 기다리며 환자들 틈에 섞여 병원 로비에 한참이나 앉아 있었다. 이렇게 망연자실 기다리기만 해도 되는 건가. 초조함이 밀려올 즈음 TV 속 뉴스 자막에 눈길이 멎었다.

신원불상의 남자. 고층빌딩에서 추락

철렁, 내려앉은 심장을 부여잡고 그 길로 경찰서로 내달렸다. 그리고 담당형사에게 신원불상의 남자를 직접 확인해야겠다고 고집을 부렸다.

형사는 난감해했지만 진미의 고집스런 표정에 어쩔 수 없다는 듯 핸드폰을 들었다. 전화 몇 통으로 사건장소를 확인하더니 진미를 차에 태우고 현장으로 출발했다. 형사는 여전히 이해할 수 없다는 투로 말했다.

"병원비 떼먹고 도망간 사람 찾는 거 맞아요? 진짜 결혼할 사이라도 되나 보네."

진미도 이렇게까지 그 남자의 안위에 안달복달하는 자신이 당황스럽기는 마찬가지였다. 일단 사람은 살리고 볼 일이니까. 그냥 그것뿐이야. 진미는 초조하게 창밖을 내다보며 그저 생사만 확인하면 더 이상 신경 쓰지 않겠노라고 다짐했다.

차는 다시 진미가 온 길을 거슬러 병원 쪽으로 향하고 있었다. 병원이 500미터 정도 남은 곳에서 진미는 눈에 익은 외투를 발견했다. 급히 출근하느라 출장 때 가져갔던 캐리어를 집에 가져다두지 못하고 남자의 병실 침대 옆에 세워뒀었다. 그 캐리어 안에는 혹시나 그 남자를 만나면 돌려주려고 가져온 외투가 들어 있었다. 그런데 그 외투를 입은 남자가 인도를 정처 없이 걷고 있었다. 한 손에 깁스를 한 채.

"잠깐만요!"

진미는 형사의 어깨까지 짚어 가며 차를 세워달라 부탁했다. 영문을 모르는 형사가 일단 차를 갓길로 세웠고, 그녀는 남자를 향해 달려가며 외쳤다.

"저기요! 어디 가는 거예요? 왜 도망갔어요?"

하지만 남자는 전혀 의식 못 하는 눈치였다. 그 소리가 자신을 향하고 있단 걸 모르는 듯 앞으로만 나아갔다. 진미는 숨을 헉헉거리며 남자의 어깨를 잡고 자신 쪽으로 돌려세웠다.

하…… 찾았다! 오늘 하루 종일 찾아 헤맨 그 남자가 드디어 코앞에 서 있었다. 진미의 입술에서 옅은 한숨이 터져 나왔다. 아마 그녀 인생에서 가장 길었던 술래잡기가 아니었을까. 그러거나 말거나 이 남자는 의아하다는 눈빛을 하고 진미를 빤히 바라볼 뿐이었다.

"저를 아세요?"

나를 기억 못 하는구나! 그런 남자에게 나는 당신을 기억하고 있다고, 기억하다 못해 당신이 머릿속에서 자주 섬광처럼 나타났다 흩어진다고 대답할 수 없었다. 안다고도 모른다고도 쉽게 대답할 수 없던 진미가 대답을 고르는 사이, 남자는 다시 물었다. 그리고 그 질문은 꾀꼬리를 찾아 안도하던 진미를 뜨악하게 만들었다.

"내가 누구죠?"

스핑크스의 철학적인 질문 같은 게 아니었다. 상대를 골려주려는 고약한 난센스 퀴즈도 아니었다. 이 남자는 진짜 '자신이 누구인지'를 묻고 있었다. 당신이 누구냐니. 그건 내가 당신한테 묻고 싶었다고!

뉴욕에서 남자를 처음 봤을 때 그는 부드러운 가운데 문득문득 강인한 인상을 드러냈었다. 허나 지금 여기, 그녀의 눈앞에 서 있는 남자에게선 그런 표정이 지우개로 지운 듯 말끔히 사라지고 순진무구한 아이 같은 표정만이 남아 있었다. 이 남자 정말 자신이 누구인지 기억이 안 나는 걸까?

"본인이 누군지 기억이 안 난다고요?"

그녀가 되묻자 남자는 겁에 질린 듯 잠시 말이 없었다. 그리고 공항 앞에서 봤을 때와 다른 질감의 황망함을 눈에 담고서 고개를 천천히 끄덕였다.

4장

The Alias Man

사는 곳이 어딘지, 일하는 곳은 기억이 나는지…… 잠시 한국에 여행을 온 건지, 아니면 원래 사는 곳이 한국인지…… 떠오르는 가족이나 친구가 있는지…….

남자는 어떤 질문에도 대답하지 못하고 망아지 같은 눈망울만 끔벅거렸다.

"병원에선 왜 도망갔어요? 아무것도 기억 못 하면서."

"낯선 곳이라 혼란스러웠어요. 익숙한 곳을 찾으면 기억이 날까 싶어서……."

그렇다면 눈앞에 있는 건 기억이 날까. 진미는 기대를 담아 물었다.

"그럼 나는 기억해요?"

역시나 절레절레. 그는 당신을 기억하는 게 중요한 문제냐는 듯 순진무구하게 고개를 저었다.

남자의 의도치 않은 무심한 반응에 진미는 울컥했다.

"그날 그쪽이 날 호텔로 데려갔잖아요!"

'호텔'이란 단어에 이곳 병원 진료실에서 진료와 수사를 진행하고 있는 담당 의사와 형사의 눈빛이 동시에 반짝였다.

"역시 결혼할 사이라고 말한 이유가 있었네."

형사는 입가에 묘한 미소를 띠며 중얼거렸다.

결혼할 사이? 그때까지 혼란스러운 얼굴을 하고 있던 남자는 신대륙이라도 발견한 듯 진미를 바라봤다.

"미안해요. 당신도 못 알아보고."

"아니, 그게 아니라…… 헙!"

뭐라 변명을 하기도 전에 그가 벌떡 일어나 진미에게 다가오더니 와락 껴안았다. 피앙세를 못 알아본 사죄의 뜻을 담아 힘껏.

남자의 착각을 바로 잡아줘야 한다고 생각하는 와중에도 진미는 그녀를 감싸 안은 남자가 단단한 근육과 꽤 큰 키의 소유자라는 걸 느끼고 있었다. 그녀의 얼굴이 그의 넓은 가슴에 폭 파묻혀버렸으니. 잠깐이나마 그의 포근한 품을 느끼며 생각했다. 이 남자를 뉴욕에서 찾으러 다닐 때만 해도 이렇게까지 진도가 빨리 나가길 기대하진 않았는데…….

담당 의사와 형사 앞에 선보인 진한 포옹 덕분에 결국 아무것도 기억 못 하는 이 남자의 숙식은 진미의 책임이 되었다. 아, 그리고 야속

한 병원비마저도. '병원비 떼먹고 도망간 놈'을 제 손으로 잡아놓고 결국 그 떼먹은 병원비를 제 카드로 결제한 것이다. 결혼할 남자의 병원비도 안 내는 매정한 약혼녀가 될 수는 없는 노릇이었다.

덕분에 이 미스터리한 남자에 대해 알게 된 게 있다면 대한민국 주민번호는 존재하지만 정작 건강보험료를 한 번도 낸 적이 없다는 사실이다. 그 뜻은 적어도 성인이 된 후에 한국에 거주한 적이 없다는 것. 그리하여 진미는 생각지도 못한 진료비와 검사비 폭탄에 제대로 폭격을 당했다.

오늘 밤 안에 한국에 있는 남자의 지인을 알아내는 것은 불가능하다고 판단한 진미는 남자를 병원 근처 호텔로 데려갔다. 뉴욕에서 그녀를 박력 있게 지켜주던 모습은 온데간데없고, 남자는 행여 주인을 잃어버릴까 겁을 먹고 진미 곁을 바짝 쫓아오는 대형견 같았다.

8개월 전 그때와 정반대로 이번엔 진미가 남자를 호텔 방으로 안내했다. 오른손에 깁스를 한 남자와 왼손에 깁스를 한 진미. 돌아온 오른쪽 데칼코마니는 곧 포개질 것처럼 진미 가까이 붙어섰다.

"정말 우리가 결혼할 사이는 아닌가요?"

남자는 다시 한번 조심스럽게 물었다.

"미안해요. 당신 찾으려고 형사한테 둘러댄 말이었어요."

남자의 얼굴에 실망의 기색이 역력했다. 이 여자가 자신과 애인 사이가 아닌 것에 실망했다기보다 유일하게 자신을 아는 사람이 저를 책임져줄 의무까진 없다는 사실에 실망했으리라. 진미는 남자의 표정을 그렇게 해석했다.

"애인 사인 아니지만 그래도 날 걱정할 만큼은 우리…… 가까웠던 거죠?"

진미는 정곡이 찔린 듯 뜨끔했다. 그러게. 고작해야 같이 했던 건 하룻밤이었는데 나는 왜 당신을 걱정하게 된 걸까. 그날 밤 둘 사이에 있었던 설명하기 힘든 '썸씽'을 지금 끄집어내기엔 상황이 너무 난감했다. 대답을 머뭇거리는 사이, 남자가 다시 말했다.

"그쪽이 거리에서 날 붙잡았을 때 봤어요. 당신 표정."

"……!"

"그 순간, 나도 모르게 안도한 거 같아요. 날 걱정해주는 사람이 있다는 걸 알게 돼서."

진미는 아무것도 기억 못 하는 사람을 두고 당신이 곧 죽을 것 같아 찾아다닌 거라고 말하고 싶진 않았다. 섣불리 기억을 떠올렸다가 죽고 싶은 마음까지 함께 떠오르면 안 되니까.

"기브 앤 테이크."

알아듣지 못하겠단 남자의 표정을 보며 진미는 설명 비슷한 대답을 이어갔다.

"당신은 기억 못 할지 몰라도 뉴욕에서 만난 그날…… 당신도 나한테 호의를 베풀었어요. 마음에 짐을 덜고 싶은 것뿐이었어요."

진미는 그가 브루클린 브릿지 파크에서 소매치기 당할 뻔한 자신을 구해준 일, 그리고 그날 밤 지낼 호텔방을 마련해준 일을 짧게 덧붙였다. 하지만 자신의 미담을 듣는 그의 표정은 남의 영웅담을 듣는 것 같았다. 그래서 진미는 그 호의가 자신에게 일으킨 파장에 대해선 말하지 않았다. 가령 당신 덕분에 서울에 돌아올 힘을 얻었다는 것. 당신을 보고 싶어 그 호텔 다시 찾아가봤다는 일 같은 것. 대신 진미는 이렇게 마음 쓰는 게 별거 아니라는 듯 굴었다. 하지만 그런 진미를 남자는 꿰뚫어보듯 말했다.

"그 팔, 날 구하려다 다친 거라 들었는데……."

의사는 남자의 뇌 검사 결과는 모두 정상이라며 교통사고 후 기억이 없는 것으로 보아 충격으로 인한 일시적 기억장애 같다고 말했다.

"기억을 찾으면……. 아니, 제 지인과 연락이 닿으면 다 사례하겠습니다. 병원비랑 오늘 숙박비도요."

아…… 그 지인이라는 사람과 과연 연락이 닿을 수 있을까.

몇 시간 전, 진미는 남자가 통화했던 번호로 다시 전화를 걸었다. 이번엔 수신거부가 아니었다. 아예 번호 자체가 없다는 영어 안내음이 흘러나왔다. 이 남자와의 연락 자체를 거부하겠다는 무언의 의사표시였다. 진미는 지금이 진실을 말하기에 적합한 때가 아니라고 생각했다.

"제가 아는 경찰이 있어요. 윤제 씨가 지인 찾을 수 있도록 부탁해놓을게요."

"윤제?"

남자는 자신의 이름을 듣고 갸웃했다. 진미는 공항경찰에게 전해

받은 그의 임시여권을 건넸다

"저도 이걸 보고 그쪽 이름 알았어요. 처음 만났을 때 저한테 이름 안 가르쳐주셨거든요."

남자는 여권을 펼쳐 그 안에 적힌 제 이름을 나지막이 읊조렸다.

"영윤제…… 너무 낯설어요. 이 이름……."

남자의 표정에 짙은 절망감이 스쳤다. 저 표정은 뭐야. 진미는 가슴이 철렁했다. 자기 이름조차 낯선 저 남자가 낯선 도시에서 혼자 맞을 밤은 얼마나 무서울까. 8개월 전, 자신처럼.

그때의 진미도 철저히 혼자가 되었다고 생각했다. 뉴욕이란 이국의 낯선 도시에서 죽는다 해도 얼마간은 내 안부를 궁금해 할 사람이 없을 거라고. 그 정도로 처절한 외로움을 느끼며 정처 없이 걷고 있을 때 이 남자가 자신의 손을 붙잡아주었다.

"오늘은 고마웠습니다. 그럼 조심히 가세……."

남자가 감사 인사를 하느라 고개 숙일 때, 진미는 깁스를 하지 않은 남자의 왼손 끝을 덥석 잡았다. 남자는 놀라 진미를 빤히 쳐다봤다.

"가요, 우리 집으로!"

주인 없이 호텔 방에 혼자 남겨질 골든리트리버에게 이견은 없었다. 남자는 순순히 이끄는 대로 호텔 방문을 따라 나섰다. 그리고 조심스레 잡은 그녀의 손끝을 끌어당겨 꼭 움켜잡았다. 어떤 일이 있어도 놓치고 싶지 않다는 듯.

합체된 데칼코마니는 호텔 복도를 달리듯 나란히 걸었다. 그 와중에도 진미는 생각했다. 누가 누굴 보호하고 있는지 모를 만큼 지금 잡은 손이 꽤 듬직하다고.

윤제도 생각했다. 다른 건 기억 못 해도 오늘 밤 잡은 이 손이 참 따뜻했다는 건 기억하겠다고.

그의 손을 잡고 집으로 왔을 때만 해도 진미는 몰랐다. 남자를 이 집으로 데려온 걸 후회하게 될 줄은……

그것도 하루도 지나지 않아서.

"오진미 주민님! 가택에 침입자를 발견했습니다. 지금 댁으로 오셔 야겠습니다."

윤제를 집에 두고 출근한 진미가 팀원들과 회의를 하고 있을 때 동네 파출소 박 순경에게 전화가 왔다. 하지만 진미는 민중의 지팡이의 의견을 단박에 무시했다.

"또 오버하지 말고 끊어. 나 바빠."

오랜 동네 친구 현아의 동생, 박동아 순경은 딴동네에 신혼살림을 차린 제 누나의 특명을 받고 진미의 집 주변을 과하게 순찰하곤 했다. 일전에는 집 앞 전봇대에 노상 방뇨하는 남자를 잡아다가 다짜고 짜 진미의 스토커 아니냐며 추궁하질 않나, 짜장면 그릇을 수거하러 온 배달부를 불시 검문했다가 파출소장한테 된통 혼난 적도 있다. 이 번에도 그런 의욕과다의 산물이겠거니 싶어 전화를 끊으려다 문득 자기가 집에 데려다 놓은 남자가 생각났다.

"너, 혹시!"

진미가 부랴부랴 일을 정리하고 집으로 돌아왔을 때 역시나 우려했던 일이 벌어지고 있었다.

박 순경은 여자 혼자 사는 게 분명한 진미네 2층짜리 주택에 아침부터 체격이 건장한 남자 하나가 왔다 갔다 한다는 제보를 받고 출동했다. 정체불명의 남자를 발견하고 집주인과의 관계를 묻는데 남자는 '영윤제'라는 이름 말고는 아무것도 제대로 대답하지 못했다. 수상한 상황이 박 순경으로 하여금 또다시 특유의 의욕 과잉을 부리게 만들었다. 윤제를 수갑에 채워 테이블 다리에 묶어뒀던 것이다.

"야, 박동아! 가택침입은 이 사람이 아니라 네가 한 거야! 왜 가만 있는 사람을 쳐들어와서 잡아?"

"그럼, 스토커가 아니라 아는 사람이라고?"

마침 임신해 친정으로 쉬러 온 친구 현아까지 가세했다. 부른 배를 껴안고 달려와 정체불명의 남자를 추궁한 것이다. 박 남매는 얼른 자초지종을 설명해보란 듯 진미와 윤제를 번갈아 보며 가자미눈을 했다.

"내 손님이야. 당분간 여기서 지낼 거야."

"그러니까 손님은 손님인데 무슨 손님이냐고? 손님도 종류가 있을 거 아냐. 친인척? 남자사람친구? 아니면 손님인 척하는 동거인?"

'동거인' 소리에 박 순경이 눈을 커다랗게 떴다.

"내가 알기론 너한테 친인척은 없고, 남자사람친구 같은 건 안 키우니까, 동거인 정도 될 거 같은데?"

임신 전까지 시사고발 프로그램의 작가였던 현아가 핵심을 찔렀다. 예리한 년. 현아는 진미의 흠칫하는 표정을 보고 음흉한 미소를 짓더니 진미 옆구리를 쿡 찔렀다.

"어떻게 만난 사이야? 응?"

"호텔에서 하룻밤 같이 있었다는데 사실 저는 기억이 없습니다."

진미 대신 천진난만하게 대답을 한 건 윤제였다. 그 바람에 박 남매의 눈은 더 커다래졌다. 그리고 현아의 미소는 더욱 노골적으로 변했고.

현아가 진미의 등짝을 툭툭 두드리며 말했다.

"자랑스럽구나, 친구야. 네가 드디어! 그래, 넌 좀 막 살아도 돼. 이 유부녀 언니는 그저 부러울 뿐이다."

반대로 박 순경은 경악스러운 표정으로 진미를 다그쳤다.

"누나 미쳤구나. 남자랑 동거하겠다고?"

"누가 동거한대? 잠시 여기 지낸다고 했지."

"여기가 무슨 게스트하우스냐! 여자 혼자 사는데 남자가 있으면 동거한다고 생각하지, 누가 잠만 재워준다고 생각하냐고!"

동아의 버럭질을 되받아친 건 현아였다.

"이 자식아, 네가 뭔 상관이야. 넌 동네의 안녕만 책임져. 오진미 이성 관계는 신경 끄고."

"동네사람들 버젓이 다 보는데 외간남자가 들락날락거리잖아!"

아차, 이 난동이 벌어지고 있는 1층은 얼마 전까지 식당으로 사용 돼 전면이 통유리로 되어 있었다. 진미의 집은 2층 주택으로 1층은 엄마가 장사를 하던 식당이었고, 2층은 살림집이었다. 윤제는 뭘 알 아차렸는지 얼빠진 얼굴을 한 진미에게 되레 사과를 했다.

"미안해요. 어두워서 블라인드를 올렸는데 그게 오해를 살 줄은……."

엄마가 돌아가시고 난 후, 진미는 1층 식당엔 거의 내려와보지 않았다. 구석구석 남아 있는 엄마의 흔적을 보기 힘들어 블라인드만 내려놓은 채 방치했다. 그렇다고 제 손으로 치울 수도 없었다. 그렇게 추억과 상처 사이에서 이러지도 저러지도 못하는 사이, 테이블엔 먼지가 쌓여갔고, 손길이 멀어진 조리도구와 집기엔 녹이 슬었다.

그랬던 진미가 어젯밤, 실로 오랜만에 식당 문을 열었다. 사람 손을 탄 지 오래된 탓에 제 빛깔을 잃어가던 그곳을. 건물 정면 벽에 걸려 있던 식당 간판은 지난 태풍에 반쯤 뜯겨나가는 바람에 아예 철거해버렸고, '참맛식당'이라고 삐뚤빼뚤 적힌 측면 간판만이 이 장소의 원래 쓰임을 짐작케 했다.

언덕배기에 위치한 식당은 한때 마을버스 정류장으로 쓰일 만큼 동네의 사랑방 역할을 했지만, 이미 식당 건너편 정류장엔 버스가 정차하지 않은 지 오래되었다. 하지만 사람들의 통행량이 많은 골목이라 동네 주민들은 아까부터 이 안에서 벌어지는 소동을 힐끗거리며 쳐다보고 있었다.

진미가 바깥의 낌새를 눈치채고 부랴부랴 블라인드를 내리는데,

그 와중에도 남매는 옥신각신 말싸움에 여념이 없었다. 현아는 풍기 문란의 정의가 뭐냐고 반문하고, 나이만 20대지 고루한 사고방식을 가진 동아는 누나의 말에 지지 않고 반박했다. 누가 남매 아니랄까 봐 싸울 때는 똑같이 죽자고 싸운다.

"싸울 거면 집에 가서 싸워! 너희들이 더 시끄럽거든!"

진미까지 가세한 서라운드 음향으로 가게 안은 시끌벅적했다. 그 때 세 사람의 소란을 중지시키는 굵직한 목소리가 끼어들었다.

"저기요, 말씀 중에 죄송한데 제가 한마디 해도 될까요?"

진미, 현아, 동아는 동시에 윤제를 돌아봤다. 윤제가 살포시 눈웃음을 띠고 수갑 찬 손을 흔들며 말했다.

"이거 먼저 풀어주시고 대화를 이어가면 어떨까요? 제가 이걸 하고 있으니까 이상하게 기분이 급속도로 안 좋아져서요."

수갑에선 해방됐지만 윤제는 그 후로도 한참이나 동아의 취조에 시달렸다. 호랑이 없는 곳에서 여우가 왕 노릇을 한다 했던가. 만날 파출소장한테 꾸지람 듣는 신입 순경 주제에 동아는 제법 형사 흉내를 내며 진미가 이미 했던 질문들을 쏟아냈다.

윤제를 위아래로 훑던 현아는 다시 진미의 옆구리를 쿡쿡 찔러댔다.

"야, 봤어? 피지컬 장난 아니야. 아, 봤겠구나. 좋디?"

초등학교 때는 진정 몰랐다. 쾌활 발랄했던 소녀가 산만한 배를 잡고 외간 남자를 보며 음흉하게 웃는 아줌마가 될 줄은.

"너 진짜 아줌마 같애. 그렇게 눈 가늘게 뜨면서 웃지 말래?"

"좋아서 그래, 좋아서. 웬만하면 너 출근할 때 묶어놓고 가라. 또 다른 여자 따라갈라."

현아는 그의 미지의 신상 따윈 아무래도 상관없는 듯했다. 취조를 마친 동아는 공항경찰과 윤제를 찾아준 담당 형사의 연락처까지 알아낸 후, 겨우 진미에게 등 떠밀려 퇴장했다. 괜히 미적대며 엉덩이를 떼지 않던 현아까지 보내고 나서야 진미는 한숨 돌릴 수 있었다.

"미안해요, 괜히 저 때문에……."

막상 윤제를 호텔에서 데려오긴 했지만 엄마 방에 재우기도, 그렇다고 낯선 남자와 한 공간 아래서 밤을 지새우기도 난감했다. 진미는 급한 대로 1층 식당 한편에 간이침대를 펴주었다. 출근하기 전까지만 해도 윤제는 간밤의 피로 탓인지 곤히 잠들어 있었다. 공연히 깨우는 대신 테이블에 간단한 메모와 비상시에 쓸 현금만 두고 조용히 집을 나섰던 것이다.

"내가 더 미안하죠. 괜히 치한 취급이나 받게 하고. 동아가 좀 극성이긴 해도 앞으로 많이 도와줄 거예요. 윤제 씨 지인을 찾는 데 도움을 요청하려던 친구가 동아였거든요."

미안함과 민망함이 섞인 표정으로 어쩔 줄 모르는 진미에게 윤제가 말했다.

"안심이 되네요."

"네?"

"든든한 친구들이 가까이 있잖아요."

윤제는 방금 치른 곤욕이 하나도 기분 나쁘지 않았다는 듯 헤벌쭉 웃었다. 집도 절도 없는, 심지어 자신에 대한 기억도 없는 남자가 진미 입장에서 이 상황을 해석해주다니. 이런 마음 씀씀이는 천성인 걸까. 그러다 문득 진미는 테이블 위에 현금이 그대로 있는 걸 발견했다.

"밥은요? 먹었어요?"

그는 천진하게 웃으며 고개를 저었다.

"나갔다가 집을 못 찾을까 봐."

병원에 들러 깁스를 풀고 온 진미는 윤제를 데리고 동네 나들이에 나섰다.

그의 기억이 빨리 돌아온다면 다행이지만, 계속 이 집에 머물 경우 자신이 출근했을 때 그는 스스로 끼니를 해결해야 했다. 동네 한 바퀴를 함께 돌며 윤제에게 슈퍼마켓과 편의점, 동네 시장에 있는 정육점과 카페 그리고 약국과 세탁소, ATM 기기 위치까지 알려주었다. 진미는 윤제의 가이드가 된 동시에 이 동네의 여행자가 된 기분을 느꼈다.

낯설었다. 20년 가까이 살았던 동네가.

몰랐다. 누군가와 함께 있는 것뿐인데 같은 동네의 풍경도 이렇게 달라진다는 것을.

초, 중, 고등학교를 모두 이 동네에서 다녔지만 진미에겐 스무 살 이후부터는 딱히 동네를 돌아다닌 기억이 없었다. 대학교 때는 학교 근처에서 모든 일과를 해결하고 집으로 돌아왔고, 직장생활을 한 이후에도 마찬가지였다.

딱히 동네에서 누군가를 만나 식사를 한 적도, 물건을 산 적도 없다. 주말에는 침대와 한 몸이 되어있었고, 출퇴근길에 하지 못한 쇼핑은 인터넷이 해결해주었으니까. 십 년이 넘도록 지나다닌 길은 오직 버스정류장과 집, 지하철역과 집을 오가는 골목뿐이었다. 그래서인지 동네를 유람하면서 감탄사를 더 자주 내뱉은 장본인은 윤제가 아니라 진미였다.

"어머? 초등학교 앞에 있던 문방구가 다 없어졌네. 요즘 애들은 학용품을 안 사나?"

"……."

"굽다치킨 생긴 줄 몰랐네. 담에 시켜 먹어야겠다."

윤제는 그런 진미가 신기하다는 듯 쳐다봤다.

"정말 이 동네 사는 거 맞아요?"

"그러게요. 어렸을 때는 온 동네를 헤집고 다녔는데……."

많은 것들이 변했지만 동네를 뛰어다니던 그때 그 꼬마를 기억하는 어른들은 아직도 있었다.

"식당집 딸내미 아녀?"

아이는 어른들의 얼굴을 쉽게 잊지만 어른들은 아이들의 자라는 모습을 유심히 눈에 담는다. 진미를 먼저 알아본 건 동네 시장 속옷가게의 주인아주머니였다. 엄마와 함께 첫 브래지어를 사러 왔을 때는 반짝이던 빨간색 속옷 브랜드 간판이 어느덧 분홍빛으로 바래져 있었다.

"안녕하셨어요, 아줌마."

"근데 이 총각은 누구여? 신랑인가?"

"미국에서 잠깐 놀러온 친구예요."

괜한 오해를 피하려고 진미는 그를 잠시 한국에 여행 온 친구로 소개했다. 현아와 동아한테도 그렇게 말하라고 일러뒀다.

"아하, 그래? 전에도 놀러온 적 있나? 낯이 익네."

"기억에 없는 것 보니 아마 처음인 것 같습니다. 이런 미인분을 기억 못 할 리가 없거든요."

윤제는 주인아줌마를 향해 서글서글하게 웃으며 맞장구를 쳤다. 어이, 기억상실자야, 농담은 안 잊어버렸니.

기분이 좋아진 아줌마는 미국 총각이 넉살도 좋다며 허허, 웃어댔다. 마침 진미의 눈엔 가판에 진열된 남성용 팬티가 눈에 띄었다. 남자가 살았던 적이 없으니 진미의 집에는 윤제가 입을 만한 옷은 물론, 속옷도 없었다. 진미는 윤제 귀에 대고 나지막이 속삭였다.

"혹시…… 사이즈는 기억나요?"

"네?"

"사이즈요, 사이즈."

"총각은 보자……."

진미의 귓속말에 먼저 답을 알려준 건 주인아줌마였다. 아주머니는 노골적으로 윤제의 아랫도리를 앞뒤로 훑어보더니 말했다.

"100이면 되겠네. 삼각 입나, 사각 입나? 사각으로 할려? 사각이 공기도 숭숭 통하고 신축성도 좋아."

아줌마가 사각팬티를 손으로 쫙쫙 펴볼 때마다 붉어지는 건 진미의 얼굴이었다. 한편으로 진미는 이 동네 살면서 처음 해보는 일도 있다는 걸 깨달았다. 남자와 함께 남성용 속옷을 고르는 일 같은 것.

"왠지 제 취향은 이거 같은데요? 지금도 입고 있는 걸 보니."

세 개 만 원짜리 드로우즈를 가리키며 윤제는 천연덕스럽게 웃었다. 진미는 윤제가 고른 팬티와 편하게 입을 트레이닝복도 몇 벌 골라 지갑을 열었다. 그리고 처음 해본 일 목록에 하나를 더 추가해야 겠다고 생각했다.

내 돈 주고 남자에게 속옷을 사주는 일.

"애인은 기억 안 나요? 어디 사는지, 이름은 뭔지?"

쇼핑을 마치고 둘은 대로에 난 식당에 들어와 앉았다.

"부모님은요? 어린 시절 기억도 없어요?"

음식을 기다리며 진미가 윤제에게 물었다. 하지만 그는 대답 없이 고개만 저었다.

"저도 아까 그 아주머니 보고 생각했어요. 우리 부모님은 어떤 분이실까 하고. 근데 떠올리려고 할수록 슬픈 기분만 드네요."

인생의 큰 부분을 차지했을 사람들이 떠오르지 않는다는 건 어떤 기분일까. 지퍼도, 단추도 없는 아주 무거운 가방을 메고 걷는 것과 같지 않을까. 어깨는 무겁고 힘은 들지만 무엇이 들었는지 열어볼 수도, 버릴 수도 없는 커다란 가방.

"그럼 진미 씨가 말해 봐요. 뉴욕에서 만났을 때 나는 어떤 사람이었어요?"

진미의 대답을 기대하는 윤제의 표정이 다시 환해지기 시작했다. 그의 미소가 가라앉아 있던 공기를 금세 확 바꾸었다. 그의 인적사항은 여전히 불명이지만 진미가 윤제에 대해 아는 건 하나씩 늘어갔다. 어떤 상황에서도 금방 주변 사람을 웃게 만드는 사람이란 것. 기분이 가벼워진 덕분인지 진미도 농담 같은 스무고개를 이어갔다.

"음…… 사기꾼 기질이 좀 있었죠."

"제가요?"

"나쁜 짓 해서 잡아간다면서 날 호텔로 데려갔잖아요."

"허, 아주 나쁜 놈이었네요."

"바람둥이였을지도 몰라요. 반지를 끼고서도 처음 보는 여자한테 수작 부렸으니까."

"그래서 넘어갔어요?"

드디어 주문한 칼국수가 나왔다. 진미는 김이 모락모락 나는 칼국수를 내려다보며 말했다.

"음…… 절반쯤은."

"절반?"

"그러니까 지금 이렇게 마주 앉아서 칼국수도 먹고 있겠죠? 맛있 겠다!"

진미는 칼국수를 한 젓가락 들어 입에 가져가며 말했다. 윤제는 칼 국수를 입안 가득 우물거리며 대차게 먹는 진미를 물끄러미 보더니 말했다.

"괜찮겠어요? 사기꾼에다 바람둥인데……."

"사기꾼한테도 신세는 갚아야죠. 칼국수 100그릇 정돈 더 사줄 수 있어요."

윤제는 자신을 안심시키려는 게 분명한 진미의 눈을 바라보았다. 뉴욕에서 베푼 하룻밤의 친절이 뭐가 대수라고 이렇게까지 낯선 타 인에게 관대한 걸까.

"식으면 맛없어요."

진미는 그만 쳐다보고 어서 먹으라는 듯 칼국수 그릇을 턱짓했다. 하 지만 윤제는 조금 난감한 얼굴로 칼국수와 젓가락을 번갈아 보았다.

"양손잡이인 것 같긴 한데 젓가락질은 서툴러서."

"아, 미안. 메뉴를 잘못 골랐네요."

진미는 그제야 윤제의 깁스한 손이 오른손이라는 사실을 깨달았다.

"아줌마, 저희 포크 좀 주세요."

하지만 윤제는 진미가 내민 포크를 받지 않았다.

"안 먹어요?"

"파스타도 제대로 먹으려면 두 손이 필요하지 않나?"

혹시 나보고 먹여달라는 건가? 나 참, 이 남자 얹혀사는 주제에 뻔뻔하네. 진미는 어쩔 수 없이 오른손에 포크를, 왼손엔 숟가락을 들고 파스타처럼 칼국수 면을 둘둘 말아 윤제에 입에 넣어주었다. 입안에 든 칼국수를 맛깔나게 먹는 윤제를 흘겨보며 중얼거렸다.

"개인 줄 알았는데 애네. 괜히 주워왔어."

"나 지금 들렸는데…… 혼잣말이 왜 들리지?"

진미는 들으라고 한 말이 맞다는 듯 말을 이었다.

"한국 속담에 이런 말이 있어요. 이가 없으면 잇몸으로 먹는다. 노력 좀 해보죠."

윤제는 입안에 든 칼국수를 우물거리며 새침한 눈을 한 진미를 빤히 보았다.

"노력? 이렇게?"

윤제는 보답이라도 하겠다는 건지 젓가락으로 깍두기를 푹 찍어 진미에게 내밀었다.

이 남자가 진짜……. 싫다며 고개를 저었지만 윤제는 손을 거두지 않았다.

"아! 왼팔까지 아프려고 그러네."

어쩔 수 없이 깍두기를 받아먹고 진미는 결국 픗, 웃어버렸다. 윤제는 진미의 그 미소를 보며 생각했다. 다행이다. 적어도 칼국수 100그 릇 먹을 때까진 이 여자와 함께 있을 수 있겠구나. 애써 미소로 감추어왔던 윤제의 불안이 국물과 함께 사근 가라앉았다.

5장
엄청나게 매력적이고
믿을 수 없게 위험한

"아저씨도 엄마가 강아지 못 키우게 해요?"

여덟 살 정도 된 남자아이가 윤제를 올려다보며 말했다. 아까부터 윤제의 시선이 동물병원 유리 너머 강아지들에 머물러 있으니 아이는 윤제도 강아지를 키우고 싶지만 엄마의 허락을 받지 못 했다고 생각한 모양이었다.

"음…… 그런 건 아니고, 아저씨는 누굴 돌볼 형편이 안 돼."

"왜요?"

앙증맞은 다리에 깁스를 한 포메라니안 역시 사정이 궁금한지 유리 너머에서 고개를 갸웃하며 윤제를 바라봤다. 이 상황을 어떻게 설명해야 할까. 윤제는 아이의 눈높이에 맞는 적절한 비유를 떠올렸다.

"너도 어렸을 때 아침마다 엄마가 널 어린이집에 잠깐 맡겨놓으셨지? 시간이 되면 집으로 돌아가고. 아저씨도 지금 어떤 아줌마 집에 잠깐 맡겨져 있어. 그 아줌마가 아저씨를 돌봐주고 있거든."

아이의 눈이 커졌다.

"돌봐줘요? 다 큰 어른을요?"

그러게. 다 큰 어른을 먹여주고 입혀주는 사람도 있단다. 건장한 성인남성이 '탁아' 아닌 '탁아'를 당하는 이 상황은 어린아이가 듣기에도 상식적이지 않았다. 그렇기에 이 친절에는 유효기간이 있을 터였다.

윤제는 그녀에게 짐이 되기 전에 어서 기억을 찾아야겠다는 다짐을 하며 매일 아침 눈을 떴다. 다짐만으로 해결되는 문제가 아니라는 게 문제였지만.

'나는 누구지? 어디서 누구와 살았고 무슨 일을 했던 사람일까.'

일생일대의 난제를 받은 사람처럼 이 화두를 놓고 고민했다. 하지만 그 고민은 길어질 수 없었다. 잠시 치료차 맡겨진 저 강아지들처럼 하루 종일 울타리 안에 앉아 존재론적 고민을 하는 건 적성에 맞지 않았으니까.

대신 몸이 꿈틀거렸다. 새벽 6시경, 각성제를 맞은 사람처럼 매일 그 시각이 되면 눈이 번쩍 뜨였다. 참을 수 없는 갑갑증이 밀려오면 진미 몰래 집을 나서 동네를 뛰었다. 깁스도 달리기에 큰 방해가 되진 못했다. 새벽의 찬 공기를 가르며 뛰고 나면 내가 누구인지는 몰라도 이것이 내가 평생 쌓아온 습관 중 하나구나 싶어 안정감이 찾아왔다.

집으로 돌아와 이부자리를 정리하고 있으면 진미는 전장에 나서는 병사처럼 요란한 출정식을 치르며 집을 나섰다. 출근하기 바쁜 그녀의 얼굴을 이렇게라도 볼 수 있는 시간은 겨우 몇 분. 다시 혼자 남겨진 하루는 길었고 적막했다.

윤제는 사방이 뚫린 감옥의 자발적 수감자가 되느니, 미아가 되는 편을 택했다. 처음엔 그녀가 구경시켜준 경로대로 동네 한 바퀴를 돌았다. 다음 날은 눈에 익은 골목에서부터 가지를 쳐서 더 넓게……. 그리고 다다음 날은 더 넓게, 산책하는 동네의 반경을 키워갔다.

"어이, 미국 총각! 아직도 미국 안 간 겨?"

부동산 앞을 지나는데 속옷 가게 아주머니가 산책하는 윤제를 알아보며 다가왔다. 마실 나와 있던 동네 사람들도 호기심을 반짝이며 그를 위아래로 훑었다.

"이 훤칠한 총각은 누구랴?"

"쪼 위 언덕배기 식당집 딸내미, 그 딸내미 미국 친구랴."

"근데 왜 서울 구경은 안 허고 이 손바닥만 한 동네만 쏘댕기남? 이 총각, 어제도 요 왔다 갔다 하드만."

"여행하다 팔을 다치는 바람에…… 깁스 풀 때까지 요양 중입니다."

모르긴 몰라도 윤제는 임기응변만은 탁월한 인간이었을 거다. 그러러 사기꾼 같았다던 진미의 말이 전혀 근거가 없는 말은 아닐지 몰랐다.

"뼈가 빨랑 붙으려면 잘 먹어야 되는데……. 어여 와서 이거 좀 먹어."

한가한 젊은 사람을 발견해 신이 난 동네 아주머니들은 윤제를 부동산 소파에 앉히고 자신들이 부려놓은 음식을 한 점씩 입에 넣어주었다. 그렇게 동네 사람들과 안면을 트기 시작한 윤제는 하루는 부동산에서 아주머니들 틈새에 앉아 일일드라마를 보며 한국 가족들의 생활 스타일과 복잡한 관계 역학을 배우기도 했고, 어떤 날은 놀이터 정자에 앉아 망중한을 즐기는 할아버지들에게서 한국식 체스 (바둑이랬던가) 두는 법을 배우기도 했다.

한량처럼 동네를 쏘다니기만 한 건 아니다. 동네 가게 주인들이 자리를 잠시 비울 때 가게를 봐주면서 일당으로 점심을 얻어먹었다. 언젠가는 속옷 가게에 들른 스웨덴 여행객에게 길 안내를 해주다가 주인아주머니를 대신해 빨간 내복을 야무지게 팔아치웠다. 보답으로 주인아주머니는 시골에서 보내온 거라며 햇고구마와 옥수수를 윤제에게 잔뜩 안겼다.

동네 한 바퀴를 돌며 소소한 품삯을 받아 돌아가는 길에 윤제는 사거리에 있는 이 동물병원에 꼭 한 번씩 멈춰 섰다. 그러곤 각각의 상처와 사연으로 잠시 머물고 있는 개와 고양이들을 멍하니 바라봤다. 전날까지 시무룩한 얼굴로 창밖만 내다보던 강아지가 다음 날 사라지면 괜히 안도감이 들었다. 집으로 돌아갔구나 싶어서. 저 아이들처럼 나도 언젠가 내가 있어야 할 곳으로 돌아갈 수 있겠지 싶어서…….

얼마 전부터 강아지가 갖고 싶었던지 동물병원 앞 관람객 대열에 합류했던 아이는 윤제를 보며 연신 고개를 갸웃댔다. 건장한 성인 남성이 누군가에게 맡겨져 있다니. 아이는 윤제의 팔 깁스와 포메라니안의 다리 깁스를 번갈아보다가 홀로 해답을 찾아냈다.

"아, 아저씨도 아파서 아줌마가 돌봐주는 거구나."

"음…… 그런 셈이지."

아이는 납득했다는 듯 고개를 연거푸 끄덕였다.

"그럼 아저씨가 다 나을 때까지는 강아지 못 키우겠네요. 나는 엄마가 이거 받아쓰기 백 점 맞으면 강아지 키우게 해준댔는데……."

아이는 의기양양한 표정을 지으며 품에서 어른 손만 한 카드상자를 들어 보였다.

"그게 뭔데?"

"어른이 이것도 몰라요?"

"어른도 모르는 게 있어. 사정에 따라."

"헬로카봇 직업카드잖아요."

아이는 상자에서 빳빳한 카드 한 장을 꺼내 보였다. 직사각형 모양 카드에는 청진기를 들고 있는 흰 가운의 남자 캐릭터가 그려져 있었다.

"그럼 이게 뭐게요?"

"사람."

"에이, 의사잖아요."

아이가 카드를 뒤집어 뒷면을 보였다. 뒷면에는 한글로 '의사'라고 쓰여 있었다.

"그거 나도 좀 봐도 될까?"

카드에는 소방관, 배관공, 호텔리어, 화가, 선생님, 축구선수, 정치가 같은 다양한 직업들이 그려져 있었다. 하지만 어디에도 진미가 말한 '사기꾼'과 '바람둥이'는 없었다.

"넌 아저씨가 뭘 하는 사람 같아?"

아이는 윤제를 뚫어지게 보며 깊은 고뇌에 빠졌다.

"음…… 경찰?"

경찰이었다면 진즉 신분 확인이 되고도 남았겠지. 윤제의 무반응에 아이는 다른 카드를 내밀었다.

"아님, 과학자?"

실존적 고민조차 5분 이상 못하는 내가 하루 종일 앉아 무언가를 연구한다고?

미간을 찌푸리는 윤제를 바라보던 아이가 갑자기 얼굴이 하얗게 질려 되물었다.

"설마 유괴범은 아니죠?"

카드사용 알림음은 오늘도 울리지 않았다. 진미는 일하다 몇 번이고 핸드폰을 들여다봤지만 편의점에서 김밥 한 줄 산 내역도 날라 오지 않았다.

출근할 때마다 진미는 혼자 있을 윤제가 필요할 때 사용하도록 현금을 두고 나왔다. 며칠 전에는 지갑에 현금이 똑 떨어져 카드를 건네주었다. 아직 한국 화폐 단위에 익숙하지 않은 윤제가 별안간 몇백만 원씩 긁을까 싶어 카드 사용 알림을 설정해놓는 것도 잊지 않았다. 헌데 며칠째 카드는 윤제의 주머니에서 나오지 않는 것 같았다.

워킹맘들의 마음이 이럴까. 윤제가 하루 종일 쫄쫄 굶고 있진 않을

지 물가에 내놓은 아이처럼 걱정이 됐다. 집에 IOT 카메라라도 설치해놓을 걸 그랬나. 잔소리를 들을 게 분명했지만 어쩔 수 없이 진미는 인간 IOT에게 전화를 걸었다.

"저기, 우리 집에 가서 윤제 씨 뭐 하나 좀 봐줄래?"

수화기 너머 박 순경이 대답했다.

"아까 순찰차로 지나가면서 봤는데 집에 없었어."

"없어?"

"응, 불 꺼져 있던데."

"어딜 간 거야. 하루 종일 뭘 사 먹지도 않고."

"누난 그놈이 걱정이야? 난 누나가 걱정이야! 그 새끼 언제 내보낼 거야?"

윤제의 정체를 제 힘으로 밝혀내겠다 큰소리치던 동아는 며칠 동안 이리저리 들쑤시며 수소문했다. 그리고 마침내 그가 미국에서 강제추방 당해 입국한 것이라는 사실을 알아내곤 진미에게 득달같이 달려왔다.

"강제추방이 뭔지 몰라? 죄짓고 쫓겨난 놈이라고!"

"불법 체류였겠지. 일하러 갔다가 시민권 못 따고 추방당하기도 하잖아."

"어쩜 이렇게 이해심이 넓으셔?"

동아는 괜한 소문이 퍼질까 싶어 윤제가 진미 미국 친구라는 거짓말에 동참했다. 하지만 늘 매의 눈으로 윤제를 예의주시하고 있었다.

경찰의 촉이 경광등을 울린다나 뭐라나.

한편 현아는 시사 프로그램 작가답게 팩트가 밝혀지기 전까지 어떤 판단도 보류하겠다며 다분히 중립적인 반응을 보였다. 실상은 그보다 널뛰는 호르몬에 충실히 반응하는 거였지만. 급기야 어느 날은 새벽같이 전화해 진미의 단잠을 방해하기도 했다.

"창문 열어봐! 지금 당장!"

"임산부가 아침잠도 없어? 이 시간에 웬 전화야?"

눈에 잠이 덕지덕지 묻은 얼굴로 커튼을 젖히고 창밖을 내다봤지만 정확히 무엇을 보라는 건지 알 수 없었다.

"대체 뭘 보라는 거야?"

"너의 동거인!"

"야! 동거는 무슨!"

발끈하는데, 우월한 피사체 하나가 진미의 눈에 훅 들어왔다. 한쪽 팔에 깁스를 한 채 조깅하는 저 남자, 윤제였다. 달릴 때마다 도드라지는 허벅지 근육과 젖은 티셔츠 아래 드러난 탄탄한 복근이 2층 방에서도 선명하게 보였다. 오래된 달동네 풍경과는 도무지 어울리지 않는 생경한 그림이었다.

지나가던 사람들도 금방이라도 뉴욕 마라톤대회에 나갈 것만 같은 윤제를 힐끗거렸다.

'누가 보면 센트럴파크인 줄 알겠네.'

"갑자기 분위기 센트럴파크 아니냐?"

누가 단짝 친구 아니랄까 봐 현아가 동시에 비슷한 감상을 내뱉었다. 같은 풍경을 내다보며 같은 생각을 하는, 배부른 소꿉친구를 떠올리니 헛웃음이 나왔다.

"우리 남편 같은 오징어만 보다가 완전 눈 호강이다. 나 요즘 저분 조깅 시간에 맞춰 기상해. 태교에 아주 좋거든."

"외간 남정네 보면서 실실대는 게 태교에 좋다고?"

"네가 뭘 모르는구나. 엄마가 행복하면, 아이도 행복한 거야."

그럴듯한 자기변명에 피식 웃다 다시 창밖으로 시선을 돌렸다. 그런데 어느새 윤제는 사라지고 없었다. 분명 집과 반대편으로 뛰어가고 있었는데…… 설마 길을 잃어버린 거야? 아님, 그새 또 쓰러진 거 아냐?

놀란 나머지 진미는 후다닥 1층으로 내려갔다. 식당을 둘러보고 다시 문밖으로 뛰어나가려다 우뚝 멈춰 섰다. 구석에 익숙한 실루엣이 보였다. 어느새 돌아온 윤제가 땀에 엉켜 잘 벗겨지지 않는 티셔츠를 한 손으로 끌어 올리느라 고전 중이었다.

"아, 미안해요!"

진미는 의도치 않게 윤제의 선명한 복근을 봐버리곤 황급히 몸을 돌렸다. 탈의는 며칠 전까지 그녀도 겪었던 애로사항 중 하나였다. 혼자 낑낑거리며 애를 먹던 게 떠올라 저도 모르게 내뱉었다.

"도와…… 줄까요?"

"아…… 네."

윤제에게 다가가 진미는 편하게 옷을 벗길 수 있게 그를 의자에 앉혔다. 남자는 어린아이가 된 듯 그녀에게 몸을 맡겼다. 진미가 양손으로 그의 티셔츠 끝을 잡았다. 티셔츠를 쥔 손이 윤제의 허리를 스치듯 훑고 올라갔다. 그리고 얼결에 닿아버린 무릎…… 앉아 있는 바람에 진미의 가슴께에 머무르게 된 윤제의 시선…… 짧은 순간의 긴장이 공기를 갈랐다.

윤제가 찬찬히 얼굴을 들어 진미를 바라봤다. 그의 눈빛에 진미의 숨이 멎는 듯했다.

"목소리는 맞는데……."

"……?"

"진미 씨 맞죠? 어제 퇴근하던 사람이 아닌 것 같은데……."

너무 가까이 있어 되레 어색해진 분위기를 돌리려 윤제가 괜한 농담을 했다. 진미는 막 일어나 통통 부은 자신의 얼굴이 떠올랐다.

"이 사람이 진짜!"

농담에 맞장구치듯 진미는 뒤집힌 옷을 그대로 윤제의 얼굴에 씌워버렸다. 윤제의 웃음소리가 티셔츠에 막혀 웅웅댔다.

"그렇게 보기 거북하면 그대로 기다려요. 씻고 화장하고 나올 때까지 한 시간만 그러고 있음 되겠네."

"아, 농담이에요, 농담. 빨리 벗겨줘요."

윤제는 왼손을 뻗어 진미를 더듬거리며 찾았다. 장난기가 발동한 진미는 윤제의 손길을 요리조리 피했다. 그러다 쿵, 테이블에 엉덩이를 부딪혔다.

"찾았다!"

소리가 난 쪽으로 팔을 뻗은 윤제는 진미의 팔목을 낚아채 제 쪽으로 잡아끌었다.

"빨리 벗겨줘요."

맥락과 관계없는 날것의 그 문장이 묘하게 들렸다. 진미는 머릿속에 슬쩍 스친 불온한 생각을 털어내듯 윤제의 티셔츠를 서둘러 벗겼다.

"아침마다 조깅 했어요? 출근 준비하느라 몰랐는데…….'

"이상하게 새벽이면 눈이 떠지더라고요. 그리고 막 달리고 싶어져서……. 습관이었나 봐요."

"부지런한 사람이었나 보네. 무례하긴 해도."

민낯을 놀린 앙갚음을 하겠다는 듯 뾰로통하게 대답했다. 그런 진미를 바라보는 윤제의 입꼬리가 조금 더 올라갔다.

"이상하단 게 아니라 더 좋단 말이었는데…… 왠지 친숙한 것 같기도 하고."

진미는 새초롬하게 윤제를 흘겨보았다.

"나빠."

"그럼 착한 그쪽이 한 번만 더 도와줘요."

"왜요? 바지도 벗겨줄까요?"

여전히 퉁명스러운 진미를 보다 고개를 슬며시 숙이며 윤제가 말끝을 흐렸다.

"샤워를 하고 싶은데……."

"……!"

입이 떡 벌어진 진미는 그 상태로 박제가 된 것만 같았다. 이 남자가 설마 같이 들어가서 씻겨달라는 건가. 아무리 미국 사람이라지만 이렇게까지 개방적이라고?

"미, 미안하지만 거기까진 제가……. 혹시 도움이 필요하면 아, 맞다! 동아, 동아를 불러드릴게요."

당황해 더듬거리자 윤제가 갸웃했다.

"멀리 있는 사람을 부를 필요까진 없는데……."

윤제는 테이블 위에 놓인 방수용 깁스 보호대를 가리키며 말했다.

"깁스에 물이 들어가면 안 되니까."

"아!"

진미도 깁스를 하고 있을 땐 보호대를 차고 샤워를 했었다. 도대체 무슨 생각을 한 거야! 진미는 괜히 헛기침을 하며 말을 돌렸다.

"오늘 집에 못 들어와요."

"왜요?"

"회사에서 2박 3일 워크숍이 있어요. 중요한 프레젠테이션을 준비해야 해서……."

"아……."

안 그래도 아침, 저녁 잠깐 동안을 제외하면 하루 종일 혼자 있는데 2박 3일이라니. 낯선 이 집에 혼자 남겨질 일이 막막한지 윤제의 얼굴에 벌써 쓸쓸한 기색이 스쳐 지나갔다.

진미도 자신의 퇴근을 유난히 반기던 얼굴이 떠올라 새삼 미안해졌다. 하지만 윤제는 진미를 안심시키는 말로 분위기를 바꿨다.

"집 잘 지키고 있을게요."

홍천 산기슭에 자리 잡은 리조트는 서린그룹 계열사가 운영 중인 곳이었다. 직원연수나 임원들의 신년회 같은 행사가 이곳에서 종종 열렸다. 2박 3일의 마라톤 회의를 하게 될 진미와 팀원들은 간단히 점심식사를 마치고 객실에 짐을 부린 다음 곧장 대회의실에 모였다. 매장 컨셉 디자인을 논의하러 온 디자인팀의 노 차장, 매장부지를 선정 중인 등 점포관리팀 이 대리 등도 함께였다.

"근데 미지의 투자자가 누굴까요?"

진미네 팀원, 김 주임이 운을 떼웠다. 이번 프레젠테이션은 서린 F&B 임원은 물론, 동시에 익명의 투자자에게 화상으로 전달될 예정이었다. 투자자는 프리젠테이션을 보고 서린F&B에 투자를 할 것인지, 말 것인지를 결정하게 될 것이다. 중차대한 발표인 만큼 김석 본부장은 직접 워크숍까지 참여하면서 이번 프로젝트에 심혈을 기울이고 있었다.

"그러게요. 거물급 투자잔가? 아님 외국계 투자사? 뭐 들으신 거 없으세요?"

그 질문에 다들 약속이나 한 것처럼 진미에게 시선을 돌렸다. 본부장에게 들은 바가 있으리라 생각한 모양이었다.

"글쎄요, 임원들만 아는 일급비밀인데 제가 알 리가 있나요."

그들이 지레짐작하는 내용이 무엇인지 알기에 진미는 일부러 더 천진한 표정을 하며 질문을 받아넘겼다. 실제로도 아는 바가 전혀 없기도 했고. 진미는 그저 투자가 무산되었을 때를 대비해 보안유지에 신경 쓰는 것이겠거니 짐작할 뿐이었다.

리조트에 머물러 있던 계열사 임원들과 인사를 마치고 나온 김석 본부장이 마저 자리하면서 본격적인 회의가 시작됐다. 본부장이 직접 배석한 회의는 처음이었던지라 처음엔 긴장감이 감돌았지만 격의를 없애려는 김석의 노력으로 시간이 지나면서 분위기는 많이 부드러워졌다. 여유가 감돌자 진미를 비롯해 팀원들도 허심탄회하게 의견을 내놓았고, 회의는 순항했다. 대략적인 프레젠테이션의 방향과 셀링 포인트들을 정리하고 나니 시간은 어느새 자정에 가까워졌다.

"화상 연결은 누가 담당하죠?"

김석의 질문에도 회의실은 어쩐지 조용했다. 긴 시간, 먼 거리를 달려온 팀원들의 피로가 회의 동안 조금씩 쌓여가 다들 지쳐버린 탓이었다. 더 이상 진행은 무리라 판단한 진미가 조용히 브레이크를 걸었다.

"회의실 사용 시간이 다 돼서요. 그 건은 제가 정리해서 말씀드리겠습니다."

"아, 미안해요. 내일도 달려야 하는데…… 오늘은 이만하죠."

그제야 얼굴에 어두워진 그늘이 걷히고 미소를 되찾은 팀원들이 하나둘 자리를 떴다. 진미는 김석과 남은 이야기를 마무리하려고 남아 있었다. 좀 더 논의를 이어가야겠다 싶었는데 리조트 직원이 회의실 문을 닫으러 열쇠를 들고 들어왔다.

"아. 죄송해요. 다른 분들이 방으로 올라가시길래……."

"아닙니다. 정리하세요. 그럼 오 팀장, 내 방으로 가서 마무리합시다."

스위트룸 불빛 아래 드러난 김석의 얼굴은 아까와 달리 사뭇 푸석해 보였다. 아침에 면도했을 턱수염은 까칠하게 올라왔고, 소매를 걷어 올린 와이셔츠는 많이 구겨져 있었다. 이 사업의 대외적 수장인 그의 부담감이 고스란히 느껴졌다.

그의 스트레스가 전해진 탓일까, 마라톤 회의로 그녀도 지쳐서일까, 진미의 피로는 구두 안에 고스란히 누적되어 있었다. 나머지 안건을 김석에게 보고하면서 진미는 부은 발을 살짝 들어 올렸다 내렸다를 반복했다. 김석은 불편해 보이는 진미를 물끄러미 보더니 침실로 들어갔다. 잠시 후, 호텔 슬리퍼를 들고 나와 진미 앞에 놓아주며 말했다.

"이거 신어."

있는 집 자제답지 않게 그는 늘 배려심이 넘쳤다. 하지만 그런 호의가 그녀를 늘 곤란하게 하기도 했다.

"괜찮습니다."

진미가 부드럽게 거절 의사를 표시하자, 김석이 다짜고짜 무릎을 꿇더니 진미의 구두를 벗겨냈다.

"어?"

김석의 행동이 워낙 돌발적이라 진미는 저도 모르게 신음 같은 탄성을 뱉어냈다. 진미의 맨발에다 그는 슬리퍼를 손수 신겨주었다. 얇은 스타킹 위로 그의 손길이 느껴졌다.

"둘이 있을 땐 말 편하게 해. 너까지 벽치면 나는 정말 여기서 숨 쉴 구멍이 없다."

옅은 한숨을 뱉으며 김석은 다시 소파에 몸을 깊이 묻었다. 잠시 그의 바람대로 해주고 싶어졌다. 하지만 그 마음을 모르는 게 아니다. 모른 척해야 할 뿐.

"제가 왜 말 편하게 하지 않는지…… 정말 모르세요?"

진미는 지금 김석의 행동이 선을 넘은 것임을 분명히 하듯 건조하게 되물었다.

"알어, 네가 내 오피스 와이프라고 사람들이 떠드는 거."

기어이 김석의 입에서까지 '오피스 와이프'라는 단어를 들으니 착잡해졌다. 소문이란 원래 당사자의 귀에 가장 늦게 닿는 법. 그 소문을 본부장 본인도 알고 있단 소린 결국 이 회사 직원들 모두, 진미를 그렇게 생각하고 있다는 뜻이었다.

"미안해. 내가 부임하는 바람에 너까지 오해받고……. 그래도 난 좋았어. 너 다시 만나서."

"……."

"너무 속상해하지 마. 네 실력으로 그 자리에 있는 거, 다른 사람은 몰라도 나는 아니까."

그렇게 위로해주는 김석이 그 순간만큼은 고마웠다. 하지만 어떤 말도 덧붙이지 못했다. 속상하다고 투정을 부릴 수도, 괜찮으니 신경 쓰지 말라 할 수도 없었다. 어떤 말은 진미 자신이 정해놓은 선을 넘게 만들고, 어떤 말은 진심이 아니었기에……. 정적의 무게가 부담스럽게 느껴질 무렵, 김석이 불쑥 말을 뱉었다.

"이왕 그렇게 소문난 거, 진짜 할래?"

"네?"

질문의 의도를 몰라 진미가 새된 목소리로 되물었다.

"내 오피스 와이프도 하고, 하우스 와이프도 하라고."

생각지도 못한 내용이라 진미는 순간 말을 잃었다. 농담으로 넘기기엔 타이밍이 묘했고 진담으로 받자니 너무 뜬금없는 프러포즈였다. 아니, 저 프러포즈가 진담이라면 두 사람 사이의 '썸씽'이 충분해야 했다. 둘 사이의 '썸씽'이 있었다면 그건 현재형이 아니라 과거형이었다. 적어도 진미가 기억하기엔.

진미는 대학 신입생 시절, 과 동기인 김석과 수업을 함께 들으며 친해졌다. 평범했던 우정은 곧 남녀 사이의 묘한 애정의 단계로 들어섰다. 두 사람을 의심의 눈으로 지켜보던 동기들에겐 친구 사이일 뿐이라며 조금씩 깊어지는 감정을 부인해왔다. 하지만 두 사람은 확실히 느낄 수 있었다. 둘 중 한 사람이 용기 내 다가간다면 관계는 더 발전할 가능성이 있다는 것을.

그러던 어느 날, 김석이 소리 소문 없이 사라져버렸다. 진미에게 어떤 전언도 없이. 그의 연락 두절에 진미의 허탈한 심정은 이루 말할 수 없었다. 나중에야 그가 뉴욕대로 학교를 옮겼다는 사실을 전해 들었다. 그가 서린그룹 총수의 서자로 뒤늦게 아버지의 부름을 받아 본가로 들어갔다는 사실도.

그제야 진미는 그에 대한 미련을 깨끗이 접을 수 있었다. 그는 명백히 넘겨다보지도 못할 나무였으니까. 그 나무가 지금 자신에게 독이 들었을지 모를, 탐스런 열매를 내밀며 유혹하고 있었다.

"네가 옆에 있으면 나 정말 힘이 될 거야. 확실한 내 편이 되어주면……."

"본부장님."

진미는 김석이 무슨 말을 더 할지 몰라 다급하게 말을 끊었다.

"오진미, 내가 왜 시도 때도 없이 널 호출했는지…… 너 정말 몰라?"

김석은 노골적이었고, 진미는 당황스러웠다. 아무리 그래도 이건 너무 직접적이었다. 그럼 그간 자신을 시도 때도 없이 수시로 호출했던 게 순전히 한 공간에 있기 위해서였단 말인가. 둘 사이의 썸씽이 김석에겐 현재진행형이었던가. 만약 그렇다고 해도 지금 이 상황에서 둘의 관계가 발전해봤자 지저분한 가십거리 밖에 안 된다. 진미는 이성의 끈을 부여잡고 최대한 사무적인 톤으로 말하며 자리를 정리했다.

"시간이 너무 늦었네요. 나머지는 내일 보고 드리겠습니다."

최대한 침착한 척, 당황한 티를 내지 않으려 애쓰며 복도로 나왔다. 내일 얼굴을 또 어떻게 보지. 보고를 마무리해야 한다는 생각에 객실로 따라 들어간 자신이 원망스러웠다. 온갖 복잡한 생각이 머리를 어지럽힐 때, 복도 구석에서 통화하는 소리가 들렸다.

"엄마, 물수건으로 열 내려주고 더 심해지면 택시 불러서 응급실 가요."

노 차장의 목소리였다.

40대 중반에 접어든 그녀는 아이를 둔 워킹맘이다. 2박 3일 워크숍 이야기를 꺼내자 곤란한 표정을 지었던 것이 떠올랐다. 아이에게 뭔가 문제가 생긴 것 같았다.

하지만 지금은 이 자리를 벗어나는 게 우선이다. 후들거리는 다리에 겨우 힘을 주고 자리를 뜨려는데 발끝이 시선에 걸렸다. 젠장. 그녀의 발을 감싸고 있는 건, 구두가 아닌 김석이 신겨준 슬리퍼였다. 다시 들어가야 하나, 그냥 방으로 갈까 갈등하는데 통화를 마친 노 차장과 딱 맞닥뜨리고 말았다.

노 차장의 시선이 진미 뒤편에 있는 객실번호에 머물렀다 이내 진미의 슬리퍼로 옮겨갔다. 노 차장의 얼굴이 싸늘하게 변했다. 진미는 그녀가 무슨 상상을 하는지 알 수 있었다. 아마 자신이라도 그랬을 거다.

"차장님, 그게……."

진미는 죄지은 것도 없이 뜨끔했다. 그렇지만 노 차장의 눈빛은 이미 죄지은 사람을 보는 것처럼 날이 섰다.

"두 사람 들러리 선 건 아니었음 좋겠네요."

노골적인 적의가 차가운 서릿발처럼 선뜩했다.

"그게 무슨 말씀이시죠?"

"난 돌봐야 될 아이도 있고 집밖에서 보내는 일분일초가 살얼음 같아요. 두 사람 연애놀음에 엑스트라로 따라온 거라면 다음부터 이런 자리에 부르지 말아 달라는 얘기예요."

냉정하게 돌아서는 노 차장의 뒷모습을 지켜보면서도 진미는 말문이 막혀 아무 대꾸도 하지 못했다. 처참하다는 말은 이럴 때 쓰는 건가. 지금이라도 그녀를 찾아가 당신이 상상한 그 모든 게 오해였다고 말할까. 하지만 강한 부정은 강한 긍정이라는 역사가 유구한 추론을 믿을 가능성이 더 컸다.

잠을 자야 할 방으로 돌아가지 못했다. 아니, 돌아갈 수 없었다. 노 차장이 본 것을 아무나 붙잡고 한 사람에게라도 이야기했다면 이미 소문은 눈덩이처럼 불어나 있을 터였다. 진미는 김석과 하룻밤을 보낸, 출세를 위해서라면 물불 가리지 않는 여자가 되어 있을지도 모른다. 함께 방을 쓰는 팀원들이 보낼 의뭉한 시선을 견딜 자신이 없었다. 누구에게도 말 못 할 억울한 감정이 밀려왔지만 압축팩 밀봉하듯 꾸역꾸역 목구멍 아래로 밀어 넣었다.

리조트 뒤편 산길은 어둑했다. 산책길 주변을 빙빙 돌며 객실 불이 꺼지길 기다렸다. 그러는 동안 괜히 핸드폰만 만지작댔다. 누구라도 연락이 되어 통화를 하면 이 답답한 기분을 잠시나마 잊을 수 있을까? 주소록을 뒤적여봤지만 막상 허심탄회하게 마음을 털어놓을 사람이 없었다. 윤리적인 판단을 뒤로하고 내 하소연을 듣고 내 편이 되어줄 형제자매도, 사촌도 없었다. 잠이 많아진 임산부에게 지금 전화하는 건 실례일 테다. 이 순간, 처절하게 혼자라는 생각이 들자 밤 공기가 더욱 매섭고 차갑게 느껴졌다.

밤하늘을 올려다보았다가 고개를 떨굴 때, 핸드폰에 낯선 전화번호가 떴다. 잘못 걸려온 전화라도 좋았다. 통화를 하느라 방에 늦게 갔다는 핑계가 되어줄 것 같았다.

"여보세요?"

수화기 너머 목소리가 대뜸 물어왔다.

"잘 도착했어요?"

"누구……?"

"공중전화로 전화하는 거예요."

아, 윤제였다.

"이 동네 공중전화 찾기 정말 힘드네요."

진미의 머릿속에 윤제의 현재 위치가 어디쯤인지 그려졌다. 적어도 육칠백 미터는 걸어 나와야 있는 공중전화 부스에서 전화를 걸고 있을 것이다. 윤제에겐 당연히 핸드폰은 없었고 집에 유선전화도 없었다. 식당이 아직도 영업을 하는 줄 알고 걸려오는 전화가 많아 몇 달 전 아예 없애버렸다. 윤제의 전화는 지금 같은 상황에선 너무나 수고스러운 안부였다.

"뭐 하러 거기까지 갔어요?"

"그냥요. 별일 없나 해서."

윤제의 지나가듯 무심한 말에, 느닷없이 마음 한구석이 진동했다. 자정을 넘기고 가장 깊은 밤에 다다르는 시간, 누군가의 목소리를 듣고 싶다는 텔레파시를 유일하게 수신해준 사람. 그가 나에게 '별일 없나' 하며 말을 걸었다.

"같이 사는 사람이 멀리 갔는데 걱정되잖아."

"……."

걱정……. 두 글자가 마음에 쿡 박혔다.

진미가 회사에서 야근을 할 때면 엄마는 자다 깨서 딸이 들어오지 않은 걸 확인하고 잠이 잔뜩 묻은 목소리로 전화를 걸었다. 어디니? 아직 회사야? 언제 와? 똑같은 질문들이라 성기시기만 했다. 알아서 들어갈 텐데 뭘 걱정하냐며 그땐 왜 그렇게 짜증을 냈을까. 어디니, 아직 회사야, 언제 와……. 엄마의 그 말이 오늘따라 가슴에 사무쳤다. 엄마의 걱정 어린 말을 듣고 싶었다. 그리고 전화기 너머 목소리가 그 일을 대신하고 있는 듯했다.

"오늘 별일 없었어요?"

그의 목소리를 음미하듯 눈을 지긋이 감았다가 떴다.

"……없었어요."

진미는 대답을 얼버무렸다. 그 별일을 설명할 길이 없었기 때문이다. 그런 건 아무래도 좋았다. 그의 안부 인사만으로도 충분히 위로를 받았다.

"내일은 뭐 해요?"

"그냥 또 회의."

"나는 내일 병원 가요. 깁스 풀러."

"혼자…… 서요?"

"현아 씨가 같이 가준댔어요. 자기도 그 병원에서 검진이 있다고."

"아……."

그제야 진미는 자신이 걱정했던 것이 떠올랐다.

"근데 윤제 씨는 뭐 먹고 살아요?"

"뭘 먹다니. 밥 먹죠."

"카드 사용내역이 안 날라 오잖아. 그 팔로 밥 해먹는 것도 아닐 테고."

"무서워서요."

"뭐가요?"

"100그릇 다 먹으면 쫓겨날까 봐 무서워서 아껴두는 거예요."

100그릇 다 먹으면……. 농담처럼 들리지 않았다. 그가 걱정했던 것은 이거였구나. 가슴 한구석이 찌릿해졌다.

엄마가 돌아가신 후, 집 안에는 늘 서늘한 공기가 가시지 않는 것 같았다. 일부러 보일러를 올려 냉기를 몰아내보려 해도 그건 잠시뿐 이었다. 다시 스멀스멀 퍼져 나오는 냉기는 부재한 이의 온기를 끊임 없이 환기시켰다. 그런 탓에 진미는 집으로 돌아가는 것이 늘 두려웠었다. 그런 빈 집의 냉랭한 기운을 몰아내고 다시 온도를 덥혀준 것이 윤제였다. 아마도 그건 마음의 온도일 것이다. 추워서 추운 게 아니라 마음이 추웠던 것일 뿐이다. 언젠가 그가 기억을 찾아 이 집을 떠날 때 더 두려워질 사람은 누구일까.

"이상하다. 목소리만 들으니까."

수화기 너머로 포근한 기운이 실려왔다.

"우리 이렇게 전화 통화 한 적 없었죠?"

"아마도······."

"근데 좋다. 목소리라도 들으니까."

갑자기 집에 가고 싶었다. 당장이라도 집으로 달려가고 싶었다.

"듣고 있어요?"

"네······."

수화기 너머로 그의 숨소리가 새근거리듯 들려왔다. 그리고 지금 여기보다는 조금 더 따뜻할 그곳의 밤공기 또한 온몸으로 느껴졌다.

"늦었어요. 그만 자요."

진미는 이 정도에서 그쳐야 한다는 걸 알고 있었다. 이대로 더 그의 목소리를 듣고 있다간 왈칵 눈물을 쏟고 말 것이다. 진미는 차오르는 습기를 꾹꾹 눌러 담아 마음에 없는 말을 하고 서둘러 전화를 끊었다.

그날 밤, 강원도 까만 하늘 아래의 그녀도, 서울 언덕배기 주택가에 홀로 있던 그도 아주 외롭지만은 않았다.

걱정했던 것과 달리 노 차장은 자신이 본 것을 팀원들에게 발설하지는 않은 것 같았다. 눈빛들만 봐도 알 수 있었다. 아무도 진미를 경멸하거나 빈정거리는 눈빛으로 바라보지 않았다. 노 차장 역시 마찬가지였다. 시종 사적 감정을 드러내지 않은 채 진미를 대했다. 그렇게 회의는 전과 다름없이 적당한 활기와 긴장을 안고 순조롭게 진행되었다. 프레젠테이션 준비는 별 탈 없이 소기의 성과를 거두고 무사히 종료되었다.

토요일 밤, 홍천에서 회사로 돌아온 팀원들은 짐을 부리고 나서 서둘러 퇴근했고, 진미만 홀로 사무실에 남아 자료를 정리했다. 속도를 내 끝내려 했지만 문득문득 멍해지는 것은 어쩔 수 없었다. 일하다 말고 시간이 멈춘 것만 같은 침묵에 잠겨 꼼짝도 하지 않다가 또 부랴부랴 일에 열중하기를 반복했다. 그 이유가 본부장의 프러포즈 때문인지, 노 차장의 오해 때문인지, 아니면 둘 다인지 알 수 없었다.

거의 정리가 끝나갈 무렵, 복도 끝 사무실에서 통화 소리가 들렸다. 본부장이었다. 김석은 이미 어젯밤 회의를 마치자마자 중요한 미팅이 있다며 서울로 올라간 터였다. 그가 아직 남아 있었나?

그날 밤 이후로 일부러 피한 건 아니지만 둘만 있게 되는 상황은 없었던 덕분에, 그의 제안에 대해 다시 언급할 일이 없었다. 회의 때도 아무 일이 없었던 것처럼 굴었지만 지금 마주친다면 사정이 다르다. 본부장실에서 그가 나오는 소리가 들리자 진미는 서둘러 짐을 챙겨 회사를 나섰다.

집에 가는 길은 때론 너무 길어. 나는 더욱더 지치곤 해.

이 노랫말이 자꾸 머릿속에서 맴도는 그런 밤이 있다.

기력이 모두 바닥나 몸이 천근만근일 때. 잊고 있던 허기가 깊은 곳에서부터 밀려와 한 발짝도 떼기 힘들 때. 당장 집에 갈 1리터의 연료가 없어 길 한복판에서 멈춰선 자동차 같을 때……. 특히 뭐라도 먹을 수 있을 것 같은 허기가 폭풍처럼 몰아칠 때, 동네 익숙하고 작은 술집에서 맥주를 곁들여 간단한 요기를 하고픈 생각이 간절해진다.

하지만 야심한 밤, 오래 지내온 동네에서 여자 혼자 술집에 들어가는 건 여전히 어색하고 낯선 일이었다. 중년의 아저씨들 틈바구니에 끼어 온갖 참견과 호기심을 견디며 술을 넘기다 보면 스트레스를 더 받을 것 같았다. 진미는 오늘도 결국 중간 기착지를 찾지 못하고 힘겹게 집으로 향했다.

1층 식당 불은 꺼져 있었다. 새벽처럼 일어나 조깅을 했을 테니 지금 시간이면 잠들 만도 하지.

진미는 단잠에 취해 있을 윤제를 깨우지 않으려 발뒤꿈치를 든 채 그대로 2층 계단으로 향했다. 현관문을 열고 들어가 신발을 아무렇게나 벗어던지고 거실 불을 켰다.

아늑한 기운이 온몸을 감쌌다. 뭔지 모를 좋은 향도 코끝을 스치고 지나갔다. 집 안의 채도도 한층 밝아진 것 같았다. 뭘까? 무엇 때문이지? 고개를 갸웃하며 둘러봤지만 모든 물건이 제자리를 지키고 있다는 것만 확인할 뿐이었다. 곧 실체를 알 수 없는 의심을 거두었다. 며칠 집을 떠나 있었으니 감각이 리셋되어 새롭게 느껴지는 거겠지. 긴 출장을 다녀오면 종종 느껴지는 익숙한 낯설음이었다. 진미는 대수롭지 않게 여기며 옷을 벗어놓고 욕실로 들어갔다.

물줄기가 머리카락부터 적시고 흘러내렸다. 습관적으로 샴푸를 향해 손을 뻗었는데 손에 닿지 않았다. 고개 들어보니 샴푸통은 원래 위치보다 한 뼘 정도 뒤에, 바디워시와 린스통 사이에 45도씩 몸을 튼 채 놓여 있었다. 이건 기억에 없는 가지런한 배열이었다. 갑자기 불길한 예감이 스치고 지나갔다.

찬찬히 욕실 안을 눈으로 훑었다. 변기 앞 타일 위로 못 보던 균열을 발견했다. 아까 집 안에서 느꼈던 익숙한 낯설음이 단지 느낌만은 아닐지도 모른다는 생각에 진미는 얼른 물기를 닦고 타올을 두르고 나왔다.

동시에 누군가 저벅저벅 계단을 올라오는 소리가 들렸다. 계단 끝에 다다랐는지 소리는 문 바로 앞에서 우뚝 멈췄다. 그녀의 팔 위로 쭈뼛 소름이 파도를 탔다. 진미의 목소리가 조심스럽게 나왔다.

"누구…… 세요?"

문 너머로 남자 목소리가 들렸다. '아' 하는 낮은 신음 소리 비슷한 게 들려왔다.

"누구시냐고요. 대답 없으면 신고할 거예요."

위협적으로 보이기 위해 목청을 높였지만 자신이 듣기에도 그닥

효과는 없어 보였다. 목청만 높으면 뭐하나, 덜덜 떨리는 목소리였으니. 현관 너머에서 음음, 하던 남자가 드디어 말했다.

"핸드폰이 나한테 있는데……."

핸드폰? 진미는 얼른 소파에 던져놓은 가방과 벗어놓은 옷 주머니를 뒤졌다. 정말 핸드폰이 없었다. 그럼 저 남자는 핸드폰을 떨궜을 때부터 줄곧 자신을 따라왔단 건가. 머릿속이 하얘졌다.

유선전화도 없으니 경찰에 신고를 할 방법도 없었다. 소리라도 쳐야 하나? 진미는 일단 서둘러 옷부터 입었다. 이대로 현관문을 열어 남자를 박차고 나가 1층으로 내려가 구조요청을 하자. 아냐, 그럴 바엔 동아가 있는 파출소로 달려갈까. 갈팡질팡하며 망설일 때 현관 너머의 남자가 문을 두드리며 말했다.

"잠깐 문 좀……."

남자가 말을 마치기도 전에 진미가 현관문을 확 열어 제꼈다.

눈을 질끈 감고 전력질주 하려는 순간, 묵직한 두 개의 그림자가 현관 안으로 쏟아져 들어왔다. 양복을 입은 남자와 트레이닝복 차림의 남자가 거실 바닥에 한데 뒹굴어져 엎치락뒤치락. 마치 육식 짐승들이 목을 물어뜯으며 대판 싸우고 있는 것 같았다. 꺄악, 진미의 비명이 허공을 갈랐다.

둘 다 치한이라면 자기들끼리 싸울 리는 없을 터. 누군가는 불청객을 처단하러 온 구세주일 텐데 두 남자의 격렬한 몸싸움 때문에 누가 '적군'이고 누가 '아군'인지 식별할 수 없었다.

그러나 전력의 차이는 쉽게 드러났다. 트레이닝복을 입은 남자가 양복 남자를 제압해 그의 몸통 위로 올라탔다. 양복 남자를 제압하는 트레이닝복의 남자는 윤제였다.

"너 이 새끼 뭐야!"

윤제가 양복 남자의 양쪽 어깨를 꽉 누르며 살벌한 목소리로 소리쳤다. 밑에 깔린 남자가 발버둥쳤지만 쉽게 벗어나지 못했다. 그런데 흐트러진 머리카락 사이로 보이는 얼굴은 분명 아는 이의 것이었다. 진미의 목소리가 신음처럼 낮게 흩어졌다.

"김석?"

김석의 손에는 익숙한 모양의 핸드폰이 손에 들려 있었다. 그제야 진미는 떠오르는 게 있었다. 아차, 김석이랑 마주치지 않으려고 급하게 사무실을 빠져나오다 핸드폰을 빠뜨린 모양이었다.

이런 사정을 알 리 없으니 윤제는 단단히 오해할 만했다. 그의 손이 점점 김석의 목을 조여 갔다.

"윤제 씨, 그만해요! 그러다 사람 죽어!"

진미의 목소리는 윤제의 귀에서 튕겨져 나갔다. 그의 온 신경은 치한으로 오해한 김석에게만 쏠려 있었다. 김석은 발버둥치며 윤제의 팔을 밀어내려 안간힘을 썼지만 그의 무쇠 같은 팔은 꿈쩍도 하지 않았고 윤제의 긴 팔 소매만 하릴없이 밀려났다.

그 바람에 며칠 전까지 깁스로 덮여 있던 윤제의 맨살이 드러났다. 그의 오른팔을 보는 순간, 진미는 몸이 굳었다. 팔뚝에 무시무시한 문신과 흉터가 긴장한 근육을 따라 꿈틀거리고 있었다. 형용할 수 없는 공포가 엄습했다. 방금 전까지 정체를 알 수 없던 남자에게서 느꼈던 공포가, 지금은 윤제에게로 옮겨갔다.

"그만해! 사람 죽는다고!"

진미가 비명을 지르다시피 소리를 지르며 있는 힘껏 윤제를 밀어냈다. 온몸으로 달려드는 바람에 윤제의 몸이 슬쩍 기우뚱했다. 왜 나를? 진미가 공격한 상대가 남자가 아니라, 자신이란 사실에 그는 잠시 어안이 벙벙했다.

진미가 켁켁대며 괴로워하는 김석을 일으켜 세웠다.

"본부장님, 괜찮으세요?"

"본부장?"

한쪽으로 밀쳐진 윤제는 김석을 돌아보며 진미의 말을 따라했다.

고개를 세차게 흔들던 김석은 방금 전까지 자신을 죽일 것처럼 달려든 윤제를 노려보며 말했다.

"저 사람 뭐야? 아는 사람이야?"

아는 사람······. 진미는 그 순간 어떤 대답도 할 수 없었다. 저 남자를 내가 얼마나 알고 있는 거지? 윤제는 방금 전까지 괴력을 발휘한 사람이란 게 믿기지 않게 순한 눈망울로 자신을 바라보고 있었다. 주인이 무슨 일로 혼내는지 모르는 강아지처럼.

6장
지옥에서 온 하우스 와이프

젖은 머리의 여자, 그녀를 사이에 두고 서로를 노려보는 만신창이의 두 남자.

여기가 서울 외곽의 모텔이라면 누군가는 딱 치정극의 한 장면이라고 생각할 법했다.

하지만 이곳은 살림집이 즐비한 서울 주택가의 식당 안. 요란한 소동극이 벌어졌던 2층 무대에서 내려온 세 사람은 방금 벌어졌던 일들을 되짚어보고 있었다.

"그러니까 그쪽이 진미 친구라고요?"

윤제를 노려보며 김석이 되물었다. 자신이 이해한 것이 맞는지, 아니면 윤제가 진미의 '친구'일 뿐이라는 걸 확인하는 것인지는 알 수 없었다.

"여행하다 만난 친군데 한국에 놀러 왔다고 해서 여기 묵으라고 했어요. 마침 1층도 비어 있고 해서······.”

거짓말에도 일관성이 필요한 법이다. 진미는 김석에게도 동네 사
람들한테 말한 대로 윤제에 대해 설명했다. 그리고 뭐, 딱히 거짓말은
아니잖아. 뉴욕에서 한 번 만났으니 미국 친구인 것도 맞고, 잠시 이
곳에 머무는 것도 맞으니까. 윤제가 미국에서 추방당했다느니, 기억
상실이니 하는 사연은 생략했다.

윤제가 머쓱해 하며 먼저 사과를 건넸다.

“아까는 미안했습니다. 그러니까 왜 수상하게 어슬렁거립니까.”

김석은 퇴근하는 길에 진미의 책상에서 핸드폰을 발견했다. 대학
시절, 그녀를 바래다줬던 기억을 더듬어 동네까지 찾아왔고 정확한
위치가 생각나지 않아 차를 세워둔 채 식당이 있는 이층집을 찾았다
고 했다. 그 시각 윤제는 잠자리에 막 들려던 참이었다. 커튼을 치려
다가 집 근처를 서성이는 웬 남자를 발견하고 그를 따라가 덮친 것이
었다.

“핸드폰은 내일 주면 되는데 왜 여기까지 와서 험한 꼴을······.”

진미가 김석에게 미안한 마음을 돌려 말했다.

“아직 나한테 대답 안 한 게 있잖아. 조용히 얘기하고 싶었어.”

“그 얘긴 나중에······.”

김석의 말에 진미가 윤제의 눈치를 보며 말을 흐렸다.

윤제는 아주 짧은 순간이었지만 멈칫거리는 진미의 표정을 포착했
다. 그건 몹시 어색했고, 그녀에겐 어울리지 않는 표정이었다. 그래서

직감적으로 느낄 수 있었다. 두 사람이 단순한 상사와 부하 사이는 아니란 걸. 물론 단순한 대학 동창 사이도 아니라는 걸……. 둘 사이에 흐르는 묘한 기류를 탐색하고 나니 왠지 모르게 김석에 대한 경계심이 더욱 짙어졌다. 그리고 그 경계심은 김석에게도 찾아들었다.

그가 아까 일은 다 잊었다는 친절한 얼굴을 하고 윤제에게 물었다.

"그럼 언제까지 서울에 머물 예정이세요?"

윤제의 무반응에 김석이 멋쩍은 미소를 띠며 말을 이었다.

"이 동넨 관광지랑 멀어서 여행 다니기 힘드실 텐데요. 제 친구놈이 호텔을 하는데 그쪽에 묵으시는 건 어떨까요? 진미 친구분이시라니 특별히 뷰가 좋은 방을 달라고 부탁해놓겠습니다."

호의를 가장했지만 진미에게서 당장 떼어놓겠다는 의도가 여실했다.

"그래도 제가 때려눕힌 분께 신세를 질 수야 있나요. 진미 씨가 언제 또 원치 않는 방문을 받을지도 모르고……."

윤제 역시 특유의 눈웃음을 지으며 사양했지만 그 말에는 어린애라도 눈치챌 만한 뾰족한 가시가 돋아 있었다. 그 가운데서 가장 난처한 사람은 진미였다. 그리고 이 어색한 분위기를 마무리 지을 사람도 진미, 자신뿐이었다.

"본부장님, 시간이 늦었는데……."

예상치 못한 제3자의 등장으로 방문 목적을 달성하지 못한 김석은 못내 아쉬운 얼굴로 자리에서 일어섰다.

"그럼 우리 얘기는 다음에 하자."

그 얘기는 다시 꺼내고 싶은 생각이 없었지만 기분 나빠진 그가 윤제를 폭행으로 고소라도 할까 싶어 애써 눈웃음을 그리며 고개를 주억거렸다.

진미가 김석을 배웅하고 돌아오자 윤제가 그녀의 눈치를 조심스럽게 살피며 말했다.

"미안해요. 난 진짜 치한인 줄 알고……."

김석에게 미안하다고 할 때와는 다르게, 진짜 미안한 얼굴이었다. 휴, 한숨을 쉬며 진미는 아까부터 묻고 싶었던 것을 이제야 꺼내놓았다.

"전에도 사람 때린 적 있어요?"

"모르겠어요. 반사적으로 나온 거라……."

"그 문신은 언제 한 거예요?"

진미는 윤제의 오른팔을 바라보며 말했다. 그는 도둑질이라도 들킨 양 슬그머니 소매를 내려 문신을 가렸다.

"기억이…… 안 나요."

상대를 금방이라도 죽일 것 같던 날카로운 눈빛과 단련된 완력 그리고 오른팔의 꿈틀거리는 문신. 거기에 강제추방의 이력까지. 그간 몰랐던 사실과 알고 있었던 사실들이 마구 조합되며 진미의 머릿속을 어지럽혔다.

윤제는 그녀의 혼란스런 마음을 읽은 것처럼 힘겹게 입을 뗐다.

"나도 내가 아주 나쁜 사람은 아니었음 해요."

"……."

"적어도 당신한테는."

지금 이 순간, 이 대답만큼은 진심으로 느껴져 진미는 쉽사리 어떤 대답도 덧붙일 수 없었다.

"일단 자고 내일 다시 얘기해요."

고개를 든 진미의 시선이 윤제의 뒤편으로 옮겨졌다. 풍경의 채도가 밝아진 느낌. 2층에서 받았던 인상이 식당에서도 느껴졌다.

"어?"

진미는 식당 구석구석을 둘러보았다. 엄마가 돌아가신 후, 방치되었던 녹슨 집기와 식기들은 깨끗이 닦여 있다 못해 새로운 질서를 부여받아 정리되어 있었다. 대충 포개놓았던 테이블과 의자도 벽 한구석에 가지런히 쌓여 있었다. 손이 닿지 않던 위쪽 선반과 냉장고 위에도 회색의 먼지가 말끔히 사라져버렸다. 눈이 밝아진 느낌은 착시가 아니라 진짜였다. 8개월간 차곡차곡 쌓여 있던 먼지와 때가 싹 벗겨져 있었던 것이다. 그렇다면 설마…….

"혹시 2층에도 들어갔었어요?"

"아, 그게……."

말을 흐리는 윤제의 표정에서 진미는 대답을 읽어냈다. 문신과 흉터가 가득했던 저 팔로 사람만 때려눕혔던 게 아니다. 집안 구석구석을 환골탈태 시켜놓았던 것이다.

"대박. 완전 새 집 같애!"

1층만큼이나 말끔하게 청소된 2층을 둘러보며 현아가 연신 감탄을 뱉어냈다.

"네가 2층 문 열어줬다며?"

진미가 못마땅한 눈길로 묻자 현아가 비스듬히 돌아서며 사정을 설명했다. 엊그제 함께 종합병원을 들렀던 현아와 윤제는 각자의 진료를 마친 후 집으로 돌아와 1층에서 함께 티타임을 가졌다. 그때 천장에서 물 한 방울이 뚝, 하고 찻잔 속으로 떨어졌다. 어딘가 누수가 있다는 증거였다.

마침 2층 현관 비밀번호를 아는 현아가 윤제와 함께 문을 열고 들어가 물이 새는 곳을 찾아 헤맸다. 집 안을 이리저리 둘러보던 윤제는 귀신같이 욕실 변기 아래서 누수의 원인을 발견했고 철물점에서 필요한 물품을 사와 뚝딱 마감 공사를 했단다. 진미가 샤워할 때 본 욕실 타일의 균열은 공사 후의 흔적이었던 것이다. 현아가 돌아가고 난 후, 윤제는 내친김에 2층까지 대대적인 청소를 한 것이다.

"야, 숙식제공 할 만하다. 아니, 네가 수고비를 더 줘야겠다."

"그렇게 지저분하진 않았거든!"

피식, 현아가 코웃음을 흘렸다.

"야! 내가 너 기어 다닐 때부터 봐왔는데 어디서 사기를 쳐? 너 집안일에 관심도, 소질도 없잖아."

친구가 정곡을 제대로 찔렀다. 하긴, 뭐 엄마가 돌아가신 후 집은 거의 숙직실이나 다름없었으니……. 퇴근 후, 곧바로 침대로 다이빙.

아침에는 쏙 몸만 빠져나갔고 주말에는 번아웃된 몸에 에너지를 충전하느라 말린 미역처럼 축 늘어져 있기 일쑤였다. 그사이 집 안엔 차곡차곡 세월의 먼지가 쌓여갔고, 전혀 쓰지 않던 주방은 폐업한 식당의 그것처럼 흉물스럽게 황폐해졌다.

하지만 지금은 전혀 그런 모습을 찾을 수 없었다. 주방의 양념통들은 양념통끼리, 금형은 금형끼리 열 지어 서 있었고, 주방 기구 및 싱크대, 냉장고는 물론, 냉장고 문틈 사이 고무마킹에 묻어 있던 김칫국물까지 깨끗하게 닦여 있었다. 심지어 벽과 바닥 사이 덧대진 걸레받이 위까지 반짝이는 것을 보니 아마도 손이 닿는 곳이면 모두 때 빼고 광을 낸 모양이었다.

"나 좀 빌려줘."

"뭘?"

"우리 집도 이렇게 치워주는 사람 있음, 나 평생 사랑할 수 있을 거 같아."

출근해서 일, 퇴근하면 살림. 결혼한 후 투잡을 뛰는 것 같다며 하소연하던 현아가 금방 윤제를 보쌈이라도 해갈 듯 눈빛을 반짝였다.

"그러다 퇴근하는 네 남편도 치한인 줄 알고 때려눕히면 어쩔래?"

"그래? 그거 괜찮은데?"

현아는 무슨 상상을 하는지 입꼬리를 올리며 묘하게 웃었다.

정체를 알 수 없는 남자가 깁스를 풀자마자 사람 하나 골로 보낼 뻔했다는데도 현아는 아랑곳없었다. 대신 환골탈태한 실내를 둘러보더니 신내림 받은 무속인처럼 손뼉을 탁, 치며 점괘를 내놨다.

"이건 전문가의 솜씨야!"

"전문가?"

"웬만한 남자가 이 정도까지 꼼꼼하게 청소하긴 힘들어. 너랑 같이 갔다던 호텔! 거기 직원 아닐까?"

"문신이 있었다니까."

"너 언제부터 이렇게 고리타분했냐? 문신은 패션이잖아. 문신 있음 일도 못 해?"

"김석이 죽을 뻔했다고! 위험한 사람이면 어떡해?"

"적어도 너한테 위험한 사람은 아니네. 너 구하려고 그런 거라며?"

결혼과 임신을 겪으면 가치관이 극변하는 걸까. 시사 프로그램을 할 때 모든 사람을 잠재적 범죄자로 보던 현아는 갑자기 성선설 주창자처럼 윤제의 선의를 변호했다.

그래, 나를 구하려던 것은 확실했다. 하지만 김석에게 드러냈던 살기 어린 눈빛을 보는 순간, 진미는 망치로 머리를 한 대 세게 맞은 것 같았다.

뉴욕에서 함께 보냈던 로맨틱한 밤을 잊지 못해 부풀어 오른 환상이 이성을 마비시켰나. 어쩜 그는 하룻밤 친절을 가장해 나한테 접근했을지도 모르는데 왜 그것이 선의라고 철썩 같이 믿었을까. 다른 사람들에겐 견고한 철벽을 치고 살던 내가 왜 그에게만 무장 해제되어 집까지 데리고 왔을까.

그렇다고 하루아침에 자신이 직접 데려온 사람을 매정하게 내쫓을 순 없었다. 또 그렇다고 언제 기억이 돌아올지도 모르는 사람과 위험한 동거를 계속할 수도 없었다. 진미는 그날 밤 내내 어떤 결론도 내지 못한 채 새벽을 맞았다.

드디어 프레젠테이션이 열리는 날이 돌아왔다.

아직 청중들이 도착하지 않은 빈 회의실에선 김석과 진미를 비롯한 몇몇 직원들이 아침부터 마지막 리허설을 해보느라 분주했다. 평소였다면 진미가 발표를 했겠지만 오늘은 새로운 프로젝트 프레젠테이션일 뿐만 아니라 기업의 투자설명회 성격도 있어 김석 본부장이 단상에 오를 예정이었다.

잿빛 정장에 평소 잘 쓰지 않는 은테안경으로 힘을 준 김석은 단상 위에서 준비한 대사를 조그맣게 읊조리며 마지막 점검을 해나갔다. 단상 옆 작은 책상에 자리 잡은 진미는 김석의 대사에 맞춰 PPT 슬라이드를 한 장씩 넘겼다.

마지막 스크립트까지 복기하고 나서 본부장은 가볍게 한숨을 쉬었다.

"후, 이 정도면 되겠지."

"네, 방금처럼만 하시면 되겠어요."

김석은 손에 든 파일을 넘기며 마치 자료에 대한 질문을 하듯 넌지시 물었다.

"마지막으로 물을게."

노트북 모니터를 향해 있던 진미의 시선이 김석에게로 향했다. 그의 눈길은 여전히 파일 위에 놓여 있었다.

"진짜 나랑 발전할 가능성은 없는 거야?"

당황한 진미가 프로젝터와 카메라를 세팅하는 시설팀 직원들을 둘러봤다. 이쪽의 대화는 듣지 못한 것 같았다. 그들은 곧 프로젝터 앵글을 벽에 설치된 하얀 스크린에 맞추고 회의실을 나갔다. 카메라 액정 속에는 잠시 말없이 서로를 바라보는 두 사람만 있었다.

"본부장님……."

"네가 내 옆에 있어 준다고 하면…… 난 더 큰 욕심 안 내고 버틸 수 있을 것 같아."

큰 욕심은 대관절 무슨 말인지, 무엇을 잘 버텨내겠다는 건지 알 듯 말 듯한 말들이 진미의 귀에 부딪혔다 흩어졌다. 갑자기 잊고 있던 그날 밤의 감정이 되살아났다. 그리고 깨달았다. 그날 밤, 진미로 하여금 리조트 뒤 산기슭을 서성이게 했던 감정의 실체가 무엇이었는지를.

"그날 본부장님이 저한테 뭐라고 하셨는지 기억나세요?"

"……?"

"이왕 오피스 와이프로 소문난 거 하우스 와이프도 하라고 하셨어요."

"내 말은…… 소문이 났으니 진짜로 그렇게 되면 너한테도 좋으니까……."

"저한테 뭐가 좋죠?"

예상치 못한 반문이었는지 김석의 동공이 흔들렸다.

"저희 둘이 결혼한다고 쳐요. 그럼 그날로 전 본부장의 오피스 와이프였단 소문이 실제가 되는 거예요. 제 실력이 아니라 본부장님 빽으로 이 자리까지 올라왔다는 뒷말이 진짜가 되는 거라고요."

"그게 그렇게 기분 나쁠 일인가?"

김석은 진미의 말뜻을 전혀 이해하지 못한 얼굴이었다. 뭐가 대수냐는 그의 무심한 표정을 보는 순간, 진미는 서린F&B 직원으로서의 정체성이 깡그리 무시당하는 기분이었다. 그 말엔 재벌 3세의 하우스 와이프라는 엄청난 특혜를 하사하는 듯한 태도가 담겨 있었고 뿐만 아니라, 진미의 일이 마치 자신의 와이프 자리보다 못한 일이라는 무의식도 스며들어 있었다. 직업인으로서의 진미의 존재를 떨이 취급하면서.

"제 실력으로 팀장 자리에 있는 거 안다고 하셨죠? 그렇다면 다른 식으로 말씀하셨어야죠. '연애할래'도 아니고 '하우스 와이프도 할래'라뇨? 오피스 와이프의 연장선 상에서 하우스 와이프를 찾으시는 거면 전 관심 없습니다."

진미는 남자 상사의 지휘 아래 열심히 일하는 직장 여성을 '오피스 와이프'라며 깎아내리는 게 일단 마음에 들지 않았다. 여자 상사를 보좌해 일하는 남자 직원을 가리켜 '오피스 허즈번드'라 일컫는 걸 한 번도 들어본 적이 없었다. 하지만 성별이 반대일 경우에는 '와이프'라는 이름을 붙여 그녀들의 직업적 성취를 격하시켰다. 여자들의 업무는 집안에서 남편을 내조하는 것처럼 남자 직원을 보조하는 일일 뿐이라는 뜻이 '오피스 와이프'라는 단어 안에 모두 담겨져 있었다.

김석이 '오피스 와이프로 소문난 김에 하우스 와이프도 하라'고 한 말은 아마 이런 맥락의 연장선상이었을 거다.

자기 자신도 미처 알아채지 못한 진심이 들키자 김석의 동공이 흔들렸다.

"참, 그리고 전 그 누구의 오피스 와이프도 아닙니다. 전 그냥 제 할 일을 하는 회사원이에요."

이 말 만큼은 김석의 눈을 똑바로 보며 힘주어 말했다. 김석의 표정이 순간 일그러졌다. 마침 음료수를 세팅하러 직원들이 회의실로 들어왔다. 김석은 당황한 나머지 자신이 보던 파일을 오른손으로 탁, 하고 덮었다. 그의 손등엔 그날 윤제가 만든 상처가 아직 남아 있었다. 진미는 그 상처를 보며 생소한 감정을 느꼈다. 김석을 응징해준 윤제가 새삼 고맙게 느껴졌던 것이다.

'서울시 강서구 가양동 선빈아파트 108동 1203호'

윤제는 쪽지에 적힌 주소를 택시 기사에게 일러줬다.

그를 실은 택시는 한강다리 위를 가로질렀다. 윤제는 차창을 내리고 불어오는 강바람에 잠시 얼굴을 맡겼다. 한국에 온 후 가장 긴 유람 중인 윤제의 얼굴엔 가벼운 설렘이 일었다.

택시는 다리를 벗어나 10여 분쯤 더 달려 한 아파트 입구에 다다랐다. 직육면체의 아파트들이 도서관에 꽂힌 책처럼 일렬로 빽빽이 늘어서 있었다. 윤제는 책등에 적힌 서지번호를 찾듯 시멘트 벽면에 적힌 숫자들 사이에서 108동을 찾아냈다. 엘리베이터가 어렵지 않게 그를 최종 목적지에 내려줬다.

띡띡띡띡, 도어락 비밀번호를 누르고 들어가니 웨딩사진 속 커플이 윤제의 방문을 미소로 환영했다.

"자, 그럼 한번 훑어볼까."

윤제는 방, 거실, 욕실을 둘러보며 실내의 상태를 꼼꼼하게 확인했다.

음, 역시 듣던 대로군.

집 안의 청결 상태는 진미네보다 심각하면 심각했지 덜 하지 않았다. 진미의 거처가 집주인이 어지르지도, 치우지도 않아 묵은 먼지만 차곡차곡 쌓여있는 상태였다면 이곳은 마구잡이로 어지럽혀져 있었다. 빨래통엔 세탁물이 쌓이다 못해 곰팡이가 슬어가고 있었고 싱크대엔 설거지거리가 수북했다. 방마다, 공간마다 온갖 생활 쓰레기와 벗어던진 옷가지들이 아무렇게나 널려 있었다.

상황 파악 완료.

윤제는 먼저 고쳐야 할 것이 있나 점검했다. 모든 수도꼭지와 샤워기를 틀어보고, 혹시 깜박거리는 게 있는지 조명 스위치를 일제히 올렸다. 그 다음은 본격적인 청소.

먼저 온 방에 흐트러진 양말과 옷가지를 모아 빨래를 돌리고, 또 돌렸다. 창문과 커튼을 활짝 열고 도구함에서 먼지털이개를 꺼내 구석구석 먼지를 털어내고 진공청소기를 돌리고 스팀청소기로 물청소를 했다.

빨래가 다 된 세탁물을 베란다에 널고 설거지를 하면서 주방과 냉장고 정리를 다시 했다. 그 다음은 욕실. 물때를 불리고 타일을 닦아내면 대략 세 시간에 걸친 환골탈태가 마무리될 예정이었다.

몸을 일으켜 허리를 휘휘 돌리는데, 띡띡, 현관문 열리는 소리가 들렸다. 구두를 아무렇게나 벗어던지는 소리가 이어졌다.

작은 복도를 지나 거실로 들어온 남자가 깔끔해진 집을 휘휘 둘러보더니 기분이 좋은지 허공을 향해 외쳤다.

"자기 왔어?"

어딘가 있을 자신의 동거인을 찾아 방문을 하나씩 열어보던 남자는 마지막으로 욕실로 향했다. 욕실 문틈 사이로 사람의 뒷모습이 보였다.

"집에 있으니까 얼마나 좋아? 여기서 소일거리나 하며 있지, 뭐 하러 친정을 간다고……."

그런데 뭔가 이상하다. 욕조의 오래된 물때를 벅벅 닦아내는 이의 실루엣. 굵직한 허벅지와 드넓은 등판……. 그사이 운동을 했나.

"오셨습니까?"

"누, 누구세요?"

윤제가 고무장갑을 벗어 가지런히 놓으며 이 사태의 주범을 향해 환한 미소로 인사했다.

"박현아 고객님께서 고용한 가사도우미입니다."

그러니까 어제 저녁, 현아는 노크도 없이 윤제가 있는 1층 식당 문을 벌컥 열고 들어왔다. 숨이 찬 건지, 화가 난 건지 콧바람이 씩씩 일었다.

"진미 없어요?"

"아직 퇴근 안 했는데요."

"냉수 없어요? 냉수!"

윤제는 벌겋게 달아오른 현아의 얼굴을 살피며 시원한 생수를 꺼내 건네줬다.

벌컥벌컥 물 한 컵을 다 비우고 나서 현아가 컵을 탁, 소리 나게 내려놓았다. 그러곤 혼잣말 같은 욕지거리를 마구 내뱉었다.

"어후, 이 새끼를 내가 진짜!"

윤제는 흥분이 가시지 않는 현아를 혼자 내버려둘까 하다가 생각을 바꾸었다. 할 말이 있어 온 게 분명했고, 그 말벗의 상대가 꼭 진미일 필요는 없어 보였다.

"무슨 일, 있었어요?"

윤제의 말이 끝나기가 무섭게 현아는 기다렸다는 듯 속앓이 하던 걸 다다다 쏟아냈다.

"남편이 하도 보고 싶다고 사정해서 집에 갔더니 정작 나는 3초 쳐다보고 소파에 드러누워 TV 보더라고요. 결국 나 없는 동안 지가 어지럽힌 집 치우라는 거였어요! 빨래엔 곰팡이가 펴있고 싱크대엔 라면 눌러 붙은 냄비에…… 나 설거지하다 입덧한 거 알아요?"

반항기가 넘쳐 툭하면 삐딱선을 타던 학창시절, 자신의 삐딱함이 불의에 대한 저항정신이란 걸 뒤늦게 깨달은 현아는 날라리 생활을 청산하고 대학 졸업 후 시사 프로그램 작가가 되었다.

현아는 시사 프로그램 작가답지 않은 패션 감각과 모델 뺨치는 키와 몸매를 지니고 있었다. 그녀가 방송국 로비에 들어서면 사람들은 연예인인 줄 알고 현아를 한 번 더 돌아보곤 했다. 아이돌 현아가 솔로가수로 정점을 찍으며 '우리들의 마돈나'가 된 시절, 작가 현아도 '방송국의 마돈나'로 군림했다. 그녀의 미모뿐 아니라 통통 튀는 성격과 재기발랄함에 수많은 피디, 작가, 매니저, 연예인들이 관심을 보였다. 하지만 현아는 같은 프로그램에서 만난 피디의 열렬한 구애에 최종 항복하고 말았다.

혹자는 밑지는 장사라 했고, 혹자는 프리랜서 작가가 정규직 피디와 결혼한 건 행운이라 했지만 누구와 결혼했든, 과거가 어떠했든 일하는 유부녀의 종착지는 비슷비슷했다. 밖에서는 일, 집에서는 살림에 허덕이다가 열에 아홉은 번아웃 증후군에 시달렸다. 그녀들의 멘탈과 에너지가 활활 타 재가 되는 동안 유부남들의 열에 아홉은 자발적 구경꾼이 되었고.

"지나 나나 출근 시간 똑같고 퇴근시간 똑같은데 왜 집안일은 나만 하냐고요? 그리고 지가 멋대로 잡은 집들이는 왜 내가 준비해야 되는데! 저 집들이 준비하다 유산한 적도 있어요. 이번에도 그럴까봐 일도 그만두고 엄마 집 와있던 건데……. 그 자식은 그새 까맣게 잊어버렸나 봐. 내가 어쩌다 이렇게……."

결국 현아는 하소연 끝에 눈물까지 비쳤다. 진미 못지않게 일 욕심이 많았던 현아도 결혼 초창기엔 꽤나 패기 넘쳤다. 남편과 가사분담을 정확히 해 아이를 낳고서도 절대 일을 그만두지 않겠다 했다. 손끝에 물 한 방울 안 묻히고 산 남편이지만 자신이 꼭 시류에 맞게 계몽시키겠다며.

하지만 신기하게도 현아의 눈에 보이는 온갖 잡다한 집안일이 남편 눈에는 하나도 보이지 않았다. 구석구석 청소기를 돌리라 하면 먼지가 눈에 안 보인다 하고, 가래가 눌러 붙은 세면대를 닦으라 하면 항상 물이 닿는 델 왜 닦냐 하고, 분리수거를 제대로 하라 하면 기름에 푹 전 키친타올을 종이함에 처박았다.

산더미 같은 집안일이 그의 눈에만 보이지 않는 마법에 걸린 걸까. 아니면 가만있어도 깨끗하게 치워주는 집요정이 따로 있다고 생각하나.

일류대를 나와 공중파 피디가 된 똑똑하기 그지없는 남편에게 집안일을 가르치다 현아는 자신의 복장이 먼저 터졌다. '잘 가르쳐서 가사분담은 똑같이 하겠어' 하는 다짐과 '속 터질 바에 내가 해버리고 말지'의 내적 갈등 속에서 결국 후자가 이겨버린 것이다. 그날도 현아는 잔소리하는 게 지겨워 말없이 설거지를 시작했다. 하지만 그

롯을 몇 개 씻기도 전에 내가 이러려고 결혼을 했나 자괴감이 들어 고무장갑을 집어던지고 집을 뛰쳐나왔다.

"진짜 그런 일이 있군요."

윤제는 미간을 찌푸리더니 제 일처럼 심각한 표정을 지었다.

"전 드라마에서만 있는 일인 줄 알았거든요."

부동산에서 동네 아줌마들과 자주 TV를 보던 윤제는 현아가 말한 것과 비슷한 상황을 종종 일일드라마에서 봐왔다. 남자들은 소파에 몇 시간씩 앉아 신문이나 텔레비전만 들여다보고, 여자들은 주방에서 식사준비를 한다. 남자들은 차려놓은 밥상을 받아먹고 연이어 여자들이 내놓은 과일과 차를 마신다. 고맙다는 말도 없이. 윤제는 그게 드라마에서만 있는 일인 줄 알았다. 그것도 30년 전이나 그 이전 시대를 배경으로 한 이야기인 줄 알았는데…… 그게 현재진행형의 이야기였다니.

"제가 뭐 도와드릴 일 있을까요? 깁스 푼 날, 제 병원비도 내주셨잖아요."

윤제가 진미의 집을 나와 낯선 아파트에서 대대적인 청소를 하게 된 데는 이런 사연이 있었다.

지금 눈앞에 있는 현아의 남편은 잘생기고 훤칠한 가사도우미를 노골적으로 훑어보며 눈을 부라렸다.

"이 여자가 미쳤나. 아무도 없는 집에 가사도우미? 그것도 남자를?"

윤제는 아랑곳없이 특유의 사람 좋은 눈웃음을 흘리며 다음 단계를 밟았다.

"일단 저는 고객님의 요청대로 청소를 했습니다. 확인해보시겠습니까?"

윤제는 안방, 작은방, 거실, 베란다, 주방, 욕실을 차례차례 보여주며 청소 상태를 확인시켜주었다. 집 구석구석은 물론, 창문과 창문틀 사이사이도 광이 나듯 반짝였다. 입주 이후, 이렇게 집 안이 깔끔했던 적은 처음이었다. 남자는 살짝 놀라는 눈치였다. 그가 말꼬리를 흐리며 말했다.

"일은 야무지게 잘 하셨네, 뭐."

"그럼 정산 시작하겠습니다."

"⋯⋯?"

"박현아 고객님께서는 송진철 님께 오늘 도우미 비용 포함, 결혼 생활 동안 발생한 가사노동의 대가를 다음과 같이 청구하셨습니다."

윤제는 식탁 위에서 계산기를 집어 들곤 숫자들을 눌렀다.

"현재 대한민국 최저시급 8,720원. 취침시간 제외, 하루에 출근 전 두 시간, 퇴근 후 세 시간 총 하루 다섯 시간 가사노동을 했으니 일당 43,600원. 여기서 결혼 2년차가 되었으니 곱하기 365일 곱하기 2. 총 3천백만8십2만8천 원을 지급하면 되겠습니다."

"뭐, 뭐라고? 삼, 삼천!"

진철은 자신도 모르게 목덜미를 부여잡았다.

"아참, 끝이 아니네요. 송진철 님이 가사노동을 똑같이 분담했다면 내지 않으셔도 될 돈이지만 일방적으로 고객님께 전가하셔서 두 사람 몫을 혼자 해야 했으므로, 여기에 다시 곱하기 2! 총 6천3백6십5만6천 원 지급해주시면 되겠습니다."

현아는 방송작가답게 미리 꼼꼼하게 스크립트를 작성해주었고 윤제는 외운 대로 술술 뱉어냈다.

"너 이 새끼 뭐야? 조폭이야? 깡패야? 나 방송국 피디야. 어디서 겁도 없이 개수작이야!"

진철의 머리 위로 김이 올라오는 게 보일 지경이었다.

"아, 죄송. 제대로 제 소개를 안 했네요. 전 가사도우미 겸 떼먹은 돈 받아내는 사람입니다."

가사도우미와 추심을 같이한다고? 진철은 한숨이 절로 나왔다. 이런 가사도우미가 있다는 것도, 사채업자가 가사도우미를 한다는 것도 들어본 적이 없었다. 진철은 버럭 역정을 내며 주머니에서 핸드폰을 꺼내 현아에게 전화를 걸었다.

"이 여자가 진짜! 임신했다는 핑계로 집에서 편하게 쉬면서 뭐어? 얼마를 내?"

윤제는 씨익 웃으며 그의 손에서 핸드폰을 스윽 뺏더니 바로 통화 종료 버튼을 꾹 눌렀다.

"참, 고객님께서 지금과 같은 저항을 미리 예상하시고 다음과 같은 추신을 달아주셨습니다. P.S. 위 금액을 당장 지불할 수 없을 시, 일단 가사도우미에게 일당 30만 원을 현금으로 지급할 것."

"뭐어, 사암십! 그걸 내가 왜 내? 가사도우미 부른 사람이 내야지. 못 줘! 안 줘!"

"그렇게 돈내기 싫었으면 진작 너도 집안일 같이 하지 그랬냐, 라고도 덧붙이셨습니다. 그리고 청구비용을 받기 전까지 집에서 꼼짝도 하지 말라고도 말씀하셨습니다."

"지, 지금 이 집에 눌러앉겠다고?"

윤제가 드라마를 통해 배운 건 21세기 대한민국 가족 풍경과 문화만이 아니었다. 그가 봤던 드라마에서 가끔 이런 장면도 나왔다. 사채업자가 빚을 진 주인공을 다짜고짜 찾아가 막무가내로 협박하는 장면. 윤제는 인간 복사기처럼 그들의 액션과 대사를 흉내 냈다.

"알아서 해. 돈 줄 때까지 한 발짝도 못 나가니까."

굵은 저음을 터트리는 윤제의 얼굴에서 미소가 일순간 사라졌다. 어깨를 추켜올리고 목을 좌우로 꺾자 우두둑 뼈 부딪히는 소리가 났다. 윤제는 그대로 다리를 넓게 벌려 소파에 앉았다.

진철은 그 위세에 뒷걸음질까지 쳤다. 겁이 났지만 이대로 질 수 없다는 듯 허세를 부렸다.

"해볼 테면 해봐. 이따위 협박에 넘어갈 거 같아?"

남자가 애써 쥐어짜낸 배짱은 윤제에겐 파리가 귓가에서 앵앵대는 것만도 못했다. 아무런 대꾸도 않고 리모컨을 집어든 윤제는 텔레비전을 켰다. 밤새 소파에 앉아 TV라도 볼 요량으로 소파에 반쯤 누워

편한 자세까지 취했다.

"이게 진짜! 경찰 불러줘?"

남자가 윤제의 손에서 리모컨을 확 낚아채며 소리쳤다.

윤제는 허전해진 손을 보다가 고개를 삐딱하게 돌려 남자를 노려보았다. 그러고는 금방이라도 주먹질을 할 것처럼 자리에서 일어나 소매를 걷었다. 소매 아래로 윤제의 문신과 칼자국으로 보이는 흉터들이 드러났다. 겁을 먹은 진철의 눈이 휘둥그레졌다. 말투가 더없이 고분고분해지면서.

"흠, 흠. 잘 못 들어서 그런데…… 얼마 드리면 된다고요?"

윤제의 이야기를 전해 들은 현아는 눈물이 찔끔 나도록 웃어 젖혔다.

"아, 배 땡겨. 속이 다 시원하네. 내가 달라고 할 때는 콧방귀 뀌더니 윤제 씨한테는 맞을 것 같으니까 냉큼 주고. 겁먹은 모습을 내가 직접 봤어야 되는데……."

"도움이 됐다니 다행입니다."

"윤제 씨, 다음에도 부탁해요. 아니, 다음에는 남편한테 살림 좀 가르쳐주세요. 내 말은 안 들어도 아마 윤제 씨 말은 잘 들을 거예요."

"그거야 뭐, 어렵지 않죠."

윤제는 품안에서 흰 봉투를 꺼내 현아에게 내밀었다.

"여기요. 30만 원."

"아, 됐어요. 이건 윤제 씨 거예요."

"제 병원비도 내주셨잖아요."

"그건 얼마 되지도 않았어요. 오늘 윤제 씬 이거 충분히 받을 자격 있어요."

돈봉투를 다시 받은 윤제의 표정이 세뱃돈을 받은 어린아이처럼 환해졌다.

"다행이다. 진미 씨 빚, 조금이라도 갚고 갈 수 있어서……."

"이사 가려고요?"

윤제는 그날, 소동이 있고 난 뒤로 진미가 자신을 불편해한다는 걸 느꼈다. 아니, 자신을 두려워하는 걸 느꼈다는 게 더 맞는 말일지도. 이제 팔도 다 나았으니 지체없이 떠나야겠다고 생각했다. 하지만 어디로?

현아가 적어준 집 주소를 보고 찾아가면서 윤제는 한편으로 한국에서 자신이 살았던 집이 떠올랐다. 경찰서에서 확인한 마지막 거주지.

윤제는 일을 마치고 돌아오는 길에 그곳을 찾았다. 완만한 언덕 사이에 자리 잡은 달동네. 하지만 한바탕 재개발이 있었는지 신축 건물들이 옛 풍경을 허물고 들어서 있었다. 한때 윤제의 집이었을 곳에도 새 건물이 지어져 있었다. 지은 지 10년 안팎의 건물들이 그 블록에 가득했다.

미국으로 떠나기 전, 열한 살 때까지 이 동네 구석구석을 휘젓고 다녔을 텐데 어떤 풍경도 수면 아래 잠긴 윤제의 기억을 끌어올리지 못했다.

그나마 오래되어 보이는 상점에 들러 혹시 20여 년 전, 이 동네에 살던 영윤제라는 소년을 아느냐 물었지만 아무도 아는 이가 없었다. 자신의 아버지 역시도.

　설마 찾는 게 가능할까 싶으면서도 혹시나 하는 기대를 가졌건만……. 돌아서는 윤제의 목에선 뜨거운 것이 울컥거렸다. 서울 하늘 아래 갈 곳도, 기댈 사람도 없다. 새삼스러울 것도 없었지만 묵은 상처가 덧난 것처럼 아렸다.

　그렇다면 이제 자신이 선택할 수 있는 것은 하나. 새로운 집을 찾아, 새롭게 정착하는 것뿐이다. 20여 년 전, 아버지도 막다른 길에 몰려 미국이란 낯선 나라로 터전을 옮겼을 것이다. 나 역시 이 나라, 이 도시에 이민 왔다 치자.

　"서울에서 방 구하려면 한 달에 얼마 정도 필요할까요?"

　윤제의 물음에 현아가 답했다.

　"천차만별이죠. 3, 40만 원부터 수백, 수천만 원대까지……."

　"3, 40만 원이면 어떻게든 마련할 수 있겠네요."

　"그래도 보증금으로 최소 500은 있어야 될 텐데……."

　말이 보증금 500만 원에 월세 30만 원이지, 그 가격대의 집은 안 봐도 뻔했다. 현아는 좀 더 준비가 된 다음 떠나라고 말리고 싶었지만 선뜻 그 말이 나오지 않았다. 신원불명의 남자와 기약 없는 동거를 해야 할 친구의 입장도 있으니.

　현아는 안타까운 마음에 이렇게 말했다.

"뭐라도 도울 일 있음 알려주세요."

골몰히 생각에 빠진 윤제는 500만 원의 가치를 가늠해보았다. 최저 시급이 8,720원이라면 하루 7, 8시간을 근무해도 석 달은 일해야 손에 쥘 수 있는 돈이었다. 그런데 문제는 자신의 직업이 뭐였는지도 전혀 모른다는 것이다. 일을 하려면 이력서 경력란을 채워야 할 텐데 거기다 무얼 적을 수 있을까.

잘하는 일이 뭐였는지 모른다면 지금 할 수 있는 일을 하는 건 어떨까? 내가 당장 할 수 있는 일이라면…… 윤제는 현아에게 조심스럽게 물었다.

"혹시 남자 가사도우미가 필요한 사람이 또 있을까요?"

서린F&B 정문으로 고급 세단들이 속속 들어섰다.

세단에서 내린 이들은 임원들만 이용하는 급행 엘리베이터로 가장 높은 층까지 직행했다. 대회의실에 도착한 임원들이 속속 착석하고 장내가 정돈되자 진미는 미지의 투자자와의 화상 연결을 지시했다. 곧이어 오늘의 프런트맨 김석이 단상에 올라 발표를 시작했다.

"그간 저희 서린F&B는 급변하는 식문화 트렌드에 발맞춰 변화를 도모해왔습니다. 럭셔리한 분위기의 애프터눈티 카페 'LONDON CHILLING', 혼밥족들을 위한 가성비 식당 '모두의 혼밥'을 성공적으로 론칭하며 최근 3년간 가파른 성장세를 보였습니다."

김석은 진미가 주도했던 프로젝트를 열거하며 미지의 투자자를 향해 이 회사의 경쟁력을 어필하고 있었다. 아까까지 진미의 뼈 있는 말에 당황해하던 모습은 온데간데없이 자신감 넘치는 얼굴로. 역시 그는 훌륭한 배우였다.

"요즘 2040들은 평소엔 가성비를 따지지만 특별한 날에는 자신들에게 베푸는 사치를 아끼지 않습니다. 그건 음식에서도 마찬가지죠. 어떤 연예인은 우스갯소리로 그러더군요. 하루에 겨우 두 끼를 먹는데 아무거나 먹으면 화가 난다고. 저도 그렇습니다. 그 분노가 맛있는 외식 브랜드를 만드는 데 도움을 준 것 같고요."

그의 계산된 농담에 임원들이 웃음을 보냈다.

"맛있는 음식을 먹으며 특별한 사치를 누리는 날, 여행 간 기분까지 내면 어떨까요? 거기에 SNS에 인증사진까지 올릴 수 있다면, 완벽한 하루가 되지 않을까요?"

진미는 SNS라는 단어를 신호 삼아 인스타그램에서 해시태그 델리카시(#Delicacy)를 검색했다.

김석의 뒤쪽 스크린 위로 뉴욕 델리카시 레스토랑을 배경으로 한 많은 사진이 동시다발적으로 떠올랐다.

"뉴욕 브런치 레스토랑 '델리카시'는 미슐랭 빕구르망과 블루리본 서베이에 매해 선정되는 것은 물론, 자갓 서베이(Zagat Survey)에서 선정한 뉴욕 레스토랑 BEST 10 중 한 곳으로 현재 뉴욕에서 가장 힙한 브런치 레스토랑입니다."

진미는 그중 한국 관광객이 찍은 사진을 클릭했다. 친구로 보이는 네 명의 한국인 여성들은 델리카시의 메인 메뉴를 입으로 가져가며 카메라를 향해 상큼한 미소를 짓고 있었다. 그녀들이 그 순간 느끼는 행복이 표정으로도 충분히 전해졌다.

곧이어 진미는 미리 준비한 사진 슬라이드를 클릭했다. 연인, 친구, 가족들, 동료…… 다양한 관계로 연결된 사람들이 저마다 델리카시에서 즐거운 한때를 만끽하고 있었다. 머리를 맞대고 카메라를 향해 브이자를 그리는 친구들, 마지막 디저트 조각을 아빠가 먹는 바람에 앙, 울음을 터뜨리는 다섯 살배기 아이, 카메라를 보며 수줍게 웃는 이제 막 연애를 시작하는 연인들……. 그들 모두는 각기 다른 모양새로 행복해 보였다.

자신이 만든 사진 슬라이드인데도 다시 보니 행복감이 오롯이 전해졌다. 진미도 그들처럼 뉴욕의 델리카시에서 특별한 사람과 함께 시간을 보내고 싶었던 적이 있었다. 하지만 그 바람은 이루어지지 못했고 어쩌면 끝내 이루어지지 못할 것이다. 미국에서 추방당한 윤제는 다시 뉴욕으로 돌아갈 수 없을 테니. 윤제는 진미가 그런 바람을 가지고 있다는 사실을 까맣게 모르고 있겠지.

"세상에서 오직 뉴욕에만 있는 특별한 레스토랑을, 서울 도심 한복판에서 만날 수 있다면 어떨까요? 지친 일상 속에서 몇 시간 짬을 내 뉴욕 여행을 가는 기분을 낼 수 있다면, 그야말로 가성비, 가심비 모두 만족시키는 한 끼가 되지 않을까요?"

김석의 자신감 넘치는 말투가 좌중을 휘어잡았다.

몇몇 임원들이 가볍게 고개를 끄덕이는 모습도 진미의 시선에 포착됐다.

"저희는 최대한 뉴욕 본점과 비슷한 입지조건을 가진 지역을 선별해 '도심에서 걸어가는 뉴욕 여행, 그곳에서 맛보는 특별한 힐링'이라는 컨셉으로 델리카시 서울 1호점을 오픈하려고 합니다. 이곳에서 맛있는 음식으로 리프레시 하실 수 있도록 뉴욕 본점과 최대한 똑같은 인테리어를 구현하고, 무엇보다 음식 맛을 100% 재현해내겠습니다. 고객분들이 이곳에서 찍은 사진을 인스타그램에 올리면 아마 이런 댓글이 달릴 겁니다. '어머, 너 언제 뉴욕에 갔다 왔어?'라고요."

진중한 임원들 사이에서도 옅은 웃음이 터져 나왔다. 이날 동원된 임원들은 호응을 유도하는 방청객과 별반 다르지 않았지만 이 순간만큼 그들이 보인 반응은 진짜임에 틀림없었다. 백문이 불여일견. 레스토랑과 메뉴에 대한 백 가지 설명보다도 사진 속 손님들의 생동감 넘치는 표정이 중년의 임원들에게도 먹힌 것이다. 투자자의 반응을 전혀 알 수 없었지만 진미는 직감적으로 이 프레젠테이션이 성공했다는 걸 알 수 있었다. 그녀의 예감은 대체로 빗나가는 적이 없었다.

"발표 들어주셔서 감사합니다. 지금까지 서린F&B 본부장 김석이었습니다."

김석 본부장이 마지막 인사를 건네며 단상에서 퇴장했다. 아까의 실랑이는 까맣게 잊어버린 듯 진미는 김석을 보며 옅은 미소를 지었다. 어쨌거나 실수 없이 발표를 마쳐준 그에게 보내는 격려랄까. 이 순간만큼은 자신과 무성한 소문을 생성해내는 남자가 아닌, 한 고비를 같이 넘긴 팀원으로서 동지애마저 느껴졌다.

"나쁘지 않네."

방금 전까지 내내 화상으로 발표를 지켜보던 여자는 한마디 말로 프로젝트에 대한 평을 남겼다. 그런 그녀의 시선에 노트북과 자료를 정리하느라 아직까지 화면 구석에 남은 진미가 보였다. 여자는 진미를 턱짓으로 가리키며 말했다.

"뭐 좀 나왔어?"

여자의 뒤에 서 있던 수행비서가 그녀에게 미색 서류봉투를 내밀었다. 봉투 안에는 사진 여러 장이 들어 있었다. 모두 김석과 진미에 초점을 맞춘 사진이었다.

회의 후 팀원들과 섞여 식당으로 향하며 대화하는 김석과 진미의 모습. 리조트에서 산책하면서 진미에게 일정을 보고 받는 김석의 모습…… 여자는 사진 속 김석의 시선을 눈여겨봤다. 진미에게 꽂힌 그 선명하고 감정적인 시선을. 그녀의 오른쪽 입꼬리가 미세하게 실룩였다. 그렇다고 그녀의 얼굴이 불쾌해 보이지는 않았다. 되레 새로운 게임을 시작하는 이의 가벼운 흥분이 서려 있었다.

"투자 조건, 다시 협상해봐야겠어."

여자는 사진 속 진미를 바라보며 소파 팔걸이를 손가락으로 톡톡 두드렸다. 체스판 위의 말을 어디로 옮길까 고민하는 사람처럼.

다음 날 아침, 진미는 회사 건물로 들어서며 사회생활용 미소를 장착하고 있었다. 미소와 자신감은 회사원들의 갑옷이랄까. 자신감이 없어도, 미소가 나오지 않아도 억지로라도 만들어내야 전장에서 살아남을 수 있다. 하지만 오늘만큼은 전날의 여운 때문인지, 승리의 도취감 때문인지 자연스럽게 입꼬리가 올라갔다.

로비로 들어선 진미는 눈에 익은 얼굴들을 보고 가볍게 인사하며 엘리베이터로 향했다. 그런데 사람들 사이로 평소와 다른 공기가 떠다녔다. 어떤 사람들은 진미의 눈을 일부러 피하는 것 같았고, 몇몇은 진미를 힐끗 보더니 저희들끼리 수군댔다.

"그 프로젝트 잘 돼가는 거 아니었어?"

"그러게. 설마 둘이 깨진 건가?"

이상한 낌새를 느끼고 진미는 걸음을 멈췄다. 고개만 돌려서 자신을 곁눈질로 지켜보는 직원들의 동태를 살폈다. 오피스 와이프라는 소문이 최근 들어온 신입사원들 사이에 다시 퍼진 것일까. 그래도 이렇게 노골적으로 수군대진 않았다. 그럼 왜지?

웅성거리는 소리에 눈이 돌아갔다. 게시판 앞에 오늘 따라 유난히 많은 사람들이 모여 있었다. 무슨 공지라도 붙었나? 진미가 게시판으로 향하자 사람들은 그녀가 마치 바이러스 숙주라도 되는 것처럼 순식간에 흩어졌다.

[인사이동]

오진미

서린F&B 외식개발 2팀장 → 자연밥상 제주 중문지점 총괄 매니저

머리 위로 벼락이 치는 듯했다. 인사이동? 도대체 왜? 그것도 제주지점에? 이건 인사이동이 아니었다. 누가 봐도 콕 찍어서 내린 명백한 좌천인사였다. 도대체 영문을 알 수 없었다. 진미는 빠르게 머리를 굴렸다. 설마 어제 그 거절 때문에 빈정 상한 김석이 내린 보복성 인사인가. 아니면 프로젝트 투자가 무산되어 경질성 인사를 내린 것인가. 아니다, 투자 결정이 하룻밤 만에 났을 리가 없다. 그렇다면 대체 왜? 머릿속에선 물음표와 느낌표가 번갈아 오갔다.

진미는 책상 위에 가방만 던져놓고 곧장 본부장실로 향했다. 비서가 있는 사무실 문을 확 열고 들어가자 비서가 그녀를 막아섰다.

"본부장님 지금 안 계십니다. 들어가시면 안 돼……."

말이 끝나기도 전에 진미는 본부장실 문을 벌컥 열었다.

"계시네요. 마침."

김석은 진미가 올 줄 알았다는 듯 검토하던 서류철을 덮고 나서 사무적인 얼굴로 그녀를 마주 보았다. 그가 비서를 향해 고개를 까닥이자 비서는 조용히 문을 닫고 나갔다. 단둘만 남자 진미는 단독직입적으로 물었다.

"인사이동, 이유가 뭡니까?"

"……."

"설마 본부장님 하신 제안, 그걸 거절해서입니까?"

김석은 일어나 테이블 모서리에 기대앉았다. 잠시 진미를 바라보더니 시큰둥하게 대답했다.

"그래, 맞아. 네 대답이 영향을 주긴 했지."

설마……. 그 대답이 그렇게 쉽게 나올 줄은 몰랐다. 하우스 와이프가 되어달라는 요구에 거절한 대가가 좌천이라고? 김석은 뜸을 들이지 않고 바로 말을 이었다.

"케이호텔에서 이번 프로젝트에 투자하기로 했어."

케이호텔? 미지의 투자자가 케이호텔이었단 말인가. 그건 처음 듣는 이야기였다.

"케이호텔에서 투자받는 것과 제 인사이동이 무슨 상관이 있죠?"

"그쪽에서 투자해주는 대신 조건이 두 개 있었어."

"……?"

"첫 번째, 나와 구상경과의 결혼."

사업적인 조건을 이야기할 줄 알았는데 전혀 의외의 대답이라 진미는 놀라지 않을 수 없었다. 거기다 결혼상대가 구상경이라는 사실에 더 놀랐다.

구상경은 대한민국 재계 세 손가락 안에 꼽히는 구성그룹의 외동딸이자 케이호텔 대표였다. 그녀가 아들이었다면 손위 오빠 둘을 제치고 진즉에 후계자로 낙점됐을 거라는 게 재계에 떠도는 소문이었다. 어리지만 그만큼 영민하고 사업 감각 또한 탁월했다. 그런 탓인지 오빠들이 그녀의 혼사에 각별히 신경 쓰고 있다는 소문이 나돌았다. 그녀가 더 이상 세를 키우지 못하도록 재계 인물이 아닌 정계나 언론계 집안의 아들을 사위로 염두에 두고 있다는 것이다.

"곧 기사가 나갈 거야. 구상경과 내 열애 스캔들. 구성 어른들은 내가 탐탁지 않고, 전부터 외식사업에 관심 있던 구상경은 결혼으로라도 사업을 확장하고 싶어 하고……. 집안 반대를 무마하기 위해서 구상경이 그린 큰 그림이야."

"그렇다면 투자 두 번째 조건이 저의 좌천인가요?"

"맞아."

진미는 망치로 머리를 세게 맞은 기분이었다. 대체 왜!

"그쪽에서 내 뒷조사를 했더라고. 알지? 그쪽 정보력이 정보기관보다 나은 거. 구상경이 나와 너에 대한 소문을 들었나 봐. 대외적으로 연애결혼으로 정리되어야 하는데 오 팀장 존재가 신경 쓰이는 모양이야."

어이가 없었다. 기가 찼다. 정보력이 좋긴 뭐가 좋아? 진짜 정보력이 훌륭하다면 그 소문이 소문일 뿐이라는 것도 알아야지.

아니 잠깐, 그렇다면 김석이 나한테 프러포즈 비슷한 걸 할 때 이미 결혼 이야기가 오가고 있었단 말이잖아. 그런데도 나한테…….

"잠깐만! 혼담이 오가는 와중에 저한테 그런 말씀을 하신 건가요?"

"나 이 결혼하기 싫었다. 네가 긍정적인 태도만 보였다면 투자까지도 없던 일로 하고 싶었어. 그런데 넌 그걸 거절했고 난 선택의 여지가 없었어."

선택의 여지가 없었다고? 허울 좋은 핑계였다.

"투자도 성사됐으니 이제 너는 빠져라?"

"오 팀장도 알잖아. 집안에서 내 입지……. 이 결혼 성사돼야 서린 F&B도 더 성장할 수 있어."

아무것도 없는 혈혈단신 진미에게 청혼한 사람한테서 '입지'니 '성장'이니 하는 말이 잘도 나왔다. 나한테 떡밥 던질 때는 그런 생각이 안 들었나 봐?

"안식년이라고 생각하고 제주도에 1년만 가 있어. 내가 다시 부를 거야. 그리고 오 팀장한테 진 빚 꼭 갚을게. 내려가기 전에 휴가는 원하는 만큼 쓰도록 해."

뭐라고 항변해야 하는데, 욕이라도 하고 싶은데 한마디도 나오지 않았다. 충격으로 굳어 있는 진미에게 김석이 사무적인 지시를 하듯 말했다.

"참, 델리카시 관련 업무는 1팀 최 팀장한테 인계해줘."

말투는 부드러웠지만 내용만큼은 더 없이 냉정했다. 진미가 차린 밥상을 하루아침에 넘기라는 매정한 명령.

"김 비서, 다음 스케줄 어디랬죠? 차 대기시켜요."

진미에게 당장 이 방에서 나가라는 듯 김석은 전화를 들어 비서를 호출했다. 하지만 진미는 그가 본부장실을 나간 후에도 한참 동안이나 그 자리에 붙박힌 듯 움직이지 못했다.

7장
비밀과 거짓말

상점의 간판들만 허공에 떠서 빛을 발하는 한밤의 음산한 뒷골목. 휑하고 좁고 어둑한 길을 홀로 걷는 한 사람이 보인다. 성별도, 나이도, 인종도 알 수 없는 불명의 수상한 자가 바람이 먼저 지나는 길을 따라 큰길가로 향한다.

대로변에 다다르자 저 멀리 깜빡이는 파란불이 눈에 들어온다. 잠시 머뭇대는 것 같더니 결심한 듯 횡단보도를 향해 뛰기 시작한다. 손에 든 물건을 놓칠세라 팔뚝에 힘이 잔뜩 들어간다. 그걸 기다리는 사람이 있는 모양이다. 물건을 전해주려는 몸짓이 간절해 보인다. 그래야 상대방의 웃는 얼굴을 볼 수 있기라도 한 것처럼. 어서 서두르라며 깜빡거리는 파란불을 향해 달린다…….

픽.

지면에서 그의 몸이 멀어진 만큼 그의 간절했던 바람도 멀어진다.

검은 지프 위로 떠오르는 사람의 얼굴은 잘 분간되지 않는 중년의 여성이었다, 윤제를 퍽 닮은 중년의 남성이 되었다, 어린 윤제의 얼굴이 되었다, 현재 윤제의 모습이 되었다, 이내 성별이 바뀌어 젊은 여자의 얼굴이 되었다.

여자의 몸이 차가운 콘크리트 바닥에 떨어질 때 마침내 그 얼굴을 확실히 알아볼 수 있었다. 진미였다.

'안 돼!'

비명을 지르며 윤제가 잠에서 깼다. 꿈이었다. 이마에는 물을 적신 것처럼 식은땀이 맺혔다. 시계는 새벽 2시를 가리키고 있었다. 까무룩 정신을 놓은 10분 사이에 악몽이 찾아온 것이다.

이것은 악몽일까, 기억일까. 그것도 아니라면 어떤 불길한 징조일까.

윤제가 꿈의 형체를 되짚어 더듬거릴 즈음 문득 투둑거리는 소리가 들렸다. 어느새 밖에선 추적추적 비가 내리기 시작했다. 빗소리에 진미가 들어오는 발소리가 들리지 않을까 봐 간이침대에서 벌떡 일어나 불을 켰다.

윤제는 진미가 야근하는 날이면 귀를 쫑긋 세우고 그녀의 귀가를 기다렸다. 불을 끄고 누워 있긴 했지만 깊게 잠들진 않았다. 계단을 올라가는 지친 발소리, 현관문이 덜컹 열렸다가 닫히는 거친 소리, 욕실의 잔잔한 물소리가 그치고 나면 그제야 잠에 들었다. 하지만 지금 위층에선 어떤 소리도 들리지 않았다.

불길한 예감이 짙어졌다. 식당 문을 나서 공중전화까지 미친 듯이 뛰었다.

진미의 핸드폰 번호를 급하게 눌렀지만 번번이 기계음으로 넘어갔다. 현아, 동아 남매에게도 연락했지만 잠들었는지 받지 않았다. 회사가 상암동 근처란 얘기는 들었지만 정확히 회사 이름이 뭔지, 위치는 어딘지, 부서나 직급은 어떻게 되는지 아무것도 몰랐다.

또다시 집까지 뛰었다. 비밀번호가 뭐였더라? 누수 때문에 현아가 현관문을 열었을 때를 떠올렸다. 그녀의 손가락 움직임을……

몇 번의 실패를 거친 후에야 띠링, 경쾌한 소리가 들렸다. 다행히 진미는 비밀번호를 바꾸지 않았다.

현관문을 벌컥 열고 들어가 진미의 방으로 들이닥쳤다. 청소를 할 때도 진미의 방은 일부러 건너뛰었었다. 여자가 자는 방에 허락 없이 들어가는 것은 예의에 어긋나는 일 같아서. 하지만 지금만큼은 예외였다. 그녀에 대한 불안감 말고는 어떤 감정도 들지 않았다.

텅 빈 방에서 무엇부터 해야 할지 알 수 없었다. 일단 책상과 서랍을 뒤졌다. 아무리 찾아도 주소록이 있는 수첩 같은 건 나오지 않았다. 하긴 요즘 같은 시대에 누가 연락처를 따로 적어놓을까.

혹시나 싶어 책상에 덩그러니 놓인 노트북을 켜봤지만 암호가 걸려 있었다. 윤제는 미친 사람처럼 책장에 꽂힌 브랜드 전략이니 마케팅 기법 같은 책을 빼내 탈탈 털었다. 지금 무얼 찾고 있는지, 무얼 찾아야 하는지도 모른 채. 그때 책 속에서 진미가 책갈피 삼아 꽂아놓은 명함 한 장이 툭 떨어졌다.

세상은 어둡고 그의 마음은 더 캄캄한 밤이건만, 서린F&B 로비 불빛은 대낮처럼 휘황찬란했다. 눈부신 조명에 잠시 눈을 감았다 뜨고 나서야 시야가 트이는 것 같았다. 윤제는 빗물이 뚝뚝 떨어지는 옷도 털지 않고 곧장 안내데스크로 향했다. 고갤 떨구고 팔짱을 낀 채 쪽잠을 자던 경비원이 윤제의 몰골을 보고 잠깐 놀란 기색이었지만 진미의 이름을 듣고는 난감한 표정을 지었다.

"오진미 팀장님은 오늘 일찍 퇴근하신 걸로 알고 있습니다."

더 물어볼 게 없나 떠올리며 윤제는 우두커니 서 있었다. 그러곤 꾸벅 고개를 숙인 다음 돌아섰다. 그는 경비원의 한 마디에 어떤 의미가 숨어 있는지 아무런 의심도 못 했다. 일개 야간 경비원이 수백 명이 넘는 사원들 속에서 진미의 퇴근 시간까지 알고 있다는 것이 무슨 뜻인지를. 그러나 이 순간엔 지금 여기가 그녀의 회사가 맞고, 그녀는 지금 회사에 없다는 사실만이 중요했다.

이제 어디로 가야 할지 알 수 없었다. 동네 사람들에게 들었던 그녀의 이야기가 조각이 되어 머릿속을 떠다녔다. 진미식당 딸내미가 서울에 있는 좋은 대학을 갔다느니, 어릴 때는 골목대장 노릇을 하며 동네 놀이터에서 살았다느니, 하는 이야기들. 허나 그 어느 것도 '그녀가 말도 없이 집에 돌아오지 않을 때 어디로 가야 하나?'란 질문에 답이 되진 못했다.

회사에서 나와 택시를 잡기 위해 손을 들었다가 문득 내렸다. 혹시 아까의 꿈이 예지몽이라면? 이 길 어딘가에 그녀가 있다면? 윤제는 아까 택시로 지나왔던 길을 되짚으며 빗속을 달렸다.

달리는 내내 아랫입술을 질끈 물었다. 내가 누구인지 모른다는 핑계로 지금껏 그녀를 제대로 알려고 하지 않았다. 나에게 호의를 베푸는 여자에 대해 아무것도 모른다. 아무것도…….

두 시간쯤 지난 것 같았다. 윤제 자신조차 미아가 된 게 아닌지 의심스러웠지만 비를 맞으며 그저 달릴 수밖에 없었다. 움직이는 것이라면 바람에 날리는 비닐봉지까지도 놓치지 않으려 눈을 부릅떴다.

어느덧 동네 어귀 버스정류장까지 다다랐다. 지나쳐 달리려다 익숙한 버스정류장에 저절로 눈길이 머물렀다. 그리고 거기 윤제의 시선을 끄는 게 있었다. 입술을 고혹적으로 내밀며 립스틱을 바르는 여배우의 광고 프린트. 그 아래 진짜 형체가 있는 여자의 입체적인 실루엣. 밤새 찾아 헤매던 그녀가 여기 있었다. 부모님이 우산을 가지고 오지 않아 학교 처마 밑에서 빗줄기가 잦아들기를 기다리는 아이처럼, 우두커니 그렇게 앉아 있었다.

"오진미!"

여배우의 그림자처럼 앉아 있던 진미는 반 박자 늦게 목소리의 주인공을 올려다봤다. 윤제였다. 그가 심장이 터지도록 여기까지 달려왔다는 걸 진미는 알지 못했다. 윤제가 말을 잇지 못하고 허리를 숙인 채 헉헉거리는 게 낯설기만 했다.

생각지도 못한 그의 출현에 진미는 감출 게 있다는 게 떠올랐다. 아직 남아 있을지 모를 눈물자국을 얼른 손으로 지우며 말했다.

"여긴 어떻게……?"

"여기서 뭐 하고 있어요?"

자기도 모르게 말이 다그치듯 나왔다.

"갑자기 비가 와서. 비만 그치면 가려고 했는데……."

진미는 엉겁결에 혼이 나는 아이처럼 말끝을 흐렸다. 윤제는 아, 탄식하며 후회했다. 억양이 자기도 모르게 너무 높았다는 걸 그제야 깨달은 것이다. 이 새벽에 그녀를 찾아다니러 돌아다닌 게 억울해서가 아니었다. 기꺼이 자신에게 보금자리를 내어줬던, 누구보다 어른스러워 보였던 그녀에게 무슨 일이 일어났을까 봐 스스로도 두려웠기 때문이다.

당신이 이런 슬픈 얼굴로 나를 보고 있을 때 난 아무것도 해줄 게 없는 걸까. 윤제가 입을 뗐다.

"내가 누구인진 몰라도 당신에 대해선 알아야겠는데……."

"……?"

진미는 무슨 말인지 몰라 눈을 끔뻑이며 그를 바라보기만 했다. 그의 가슴이 크게 오르락내리락했다.

"이렇게 갑자기 사라져 버리면 어딜 찾아가야 되는지, 누구한테 물어봐야 되는지…… 나는 하나도 모르잖아."

"윤제 씨……."

진미는 그의 눈을 바라봤다. 그의 눈빛에 숨어있던 두려움이란 감정이 슬쩍 모습을 드러냈다.

"진미 씨 기다리다 깜빡 잠들었는데 악몽을 꿨어요. 컴컴한 밤에 당신이 차에 치이는 꿈을……. 아무것도 할 수 없어서 너무 괴로웠어."

자신이 말하고 싶은 게 정확이 무엇인지 윤제 자신도 알 수 없었다. 그저 혼란스러운 지금의 감정을 두서없이 쏟아낼 뿐.

"그러니까 내 말은…… 당신한테 무슨 일이 생겼을 때 오늘처럼 아무것도 못 하고 기다리고만 있긴 싫단 말이에요. 진미씨가 왜 늦도록 집에 오지 않았는지, 왜 이런 얼굴로 여기 앉아 있는지……. 나한텐 말해도 돼. 아니, 말해줘요."

진미는 이 남자가 왜 혼비백산한 얼굴로 달려와 알 수 없는 말들을 늘어놓는지 그 사정을 알 수 없었다. 하지만 두서없이 쏟아놓는 말들의 행간에서 그 진심만큼은 읽을 수 있었다. 자신을 걱정하는 마음을. 그 진심의 온도가 느껴지자 벼락같이 추위가 밀려들었다. 비를 맞고 정처 없이 걸을 때는 느낄 새 없었던 한기가 그가 끼친 온기 때문에 상대적으로 더욱 매섭게 느껴졌다.

윤제는 가늘게 떠는 진미의 손끝을 보았다. 그리고 어서 집에 가자는 듯 손을 내밀었다. 진미는 무거운 덤벨을 들어 올리듯 힘겹게 오른손을 올려 그의 손을 맞잡았다. 그 순간…….

"오진미!"

익숙하면서도 어쩐지 익숙하지 않은 음식 냄새가 방 안으로 스며들었다.

가스레인지가 작동되는 기계음이 우웅거리며 들리는 것 같았다. 무언가 뭉근하게 졸여지고 있는 걸까? 사뭇 낯선 느낌이 들어 슬며시 눈을 떴다. 엄마가 돌아가시고 난 후, 들어본 적 없는 소리. 그걸 만들어내고 있는 건 윤제였다.

이불을 천천히 걷고 일어나 침대 모서리에 앉았다. 방바닥에 발이 닿는 느낌이 생경했다. 저도 모르게 콜록, 헛기침이 나왔다.

방문 너머 인기척을 들었는지 윤제가 문을 두드렸다. 네, 하자 방문을 살짝 열어 얼굴을 빼꼼 디밀었다. 진미가 깬 걸 확인하더니 잠시 후 진미 앞에다 죽 그릇을 대령했다.

"이게…… 뭐예요?"

"이번엔 진짜 먹어야 돼요. 나 죽만 세 번째 끓이는 거야."

윤제가 진미 앞으로 숟가락을 내밀며 툭 반말을 던졌다. 공연히 투정이라도 부리는 아이처럼. 내가 죽 끓이느라 얼마나 고생했는지 알아봐 달라는 아이처럼.

"세 번?"

"남들 밥 세 번 먹을 시간에 잠만 잤잖아요."

어제 새벽, 버스정류장에서 그대로 쓰러진 진미를 들쳐업고 집까지 왔다. 급한 대로 수건으로 물기를 닦아내고 침대에 눕혔다. 이마를 짚고 열부터 쟀다. 미열이 있었지만 시간이 지나도 다행히 열은 더 오르지 않았다. 해가 뜨는 대로 병원을 데려가려 했지만 너무 곤히 잠들어 있어 일단 그대로 두기로 했다. 대신 윤제는 장을 보러 나갔다. 일어나면 배가 고프겠지 싶어서. 일단 메뉴는 죽. 레시피는 진미의 책장에 있던 요리책에서 가장 맛있어 보이는 것으로 선택했다.

점심이 지나도록 진미는 깨어날 생각을 안 했다. 문병을 왔던 현아와 동아는 이제나저제나 그녀가 깨어나길 기다리다가 대신 식어버린 죽을 먹고 돌아갔다. 돌아가기 전에 현아는 친구의 얼굴을 한참이나 들여다봤다. 그러곤 참 세상 걱정 없는 얼굴로 잘도 잔다고 투덜거렸다.

다시 저녁. 윤제는 지금 즈음이면 일어나겠지 싶어 새로 죽을 끓였는데 마침 진미가 방에서 나왔다. 좀비처럼 흐느적거리며 화장실을 들어갔다 나오더니 그대로 방으로 들어가 침대에 쓰러져 또 잤다. 두 번째 죽은 윤제가 대신 먹었다.

왜 이렇게 오래 자는 걸까. 혹시 머리라도 다친 건 아닐까. 윤제는 잠든 진미를 차마 어쩌지 못하고 위성처럼 그녀 주위만 맴맴 돌았다. 방안에서 깬 기척이 나는지 귀를 쫑긋 세우던 윤제는 결국 베개를 들고 그녀의 방으로 가 침대 옆 바닥에 누웠다. 잠자는 백설공주의 난장이가 된 마음으로.

세 번째 죽을 만들기 위해 다시 마트를 가는 길에, 동네 약국을 들렀다.

약사는 진미의 상태를 듣더니 약을 지어주는 대신, 기력이 쇠해서 그럴 수 있으니 맛있는 걸 먹이라고 했다. 한국에서는 낙지를 먹으면 쓰러진 소도 일어난다는 옛말이 있다고 덧붙이며. 그렇게 탄생한 게 지금의 낙지 전복죽이었다.

그 옆 반찬 종지에는 잘게 찢은 장조림도 예쁘게 담겨 있었다. 말이 세 번이지, 죽을 새로 하고 또 새로 하는 게 얼마나 수고스러웠을까.

그래도 흉내는 제대로 낼 줄 아네. 정갈한 차림새에 진미는 맛이 없더라도 맛있게 먹어줘야겠다 생각했다. 헌데 의외로 맛이 괜찮았다. 그 정도가 아니었다. 정말 훌륭했다.

"세 번이나 연습해서 그런지 맛있네. 맛있게 만들 때까지 기다린 거지."

진미는 고마운 마음을 에둘러 장난 어린 말로 대꾸했다. 윤제가 그녀를 흘겨보았다.

"계속 맛있었어."

다시 한 숟가락을 뜨자 윤제가 장조림을 올려주었다. 오래 씹을 것도 없이 뭉근하게 잘 끓여진 죽이었지만 진미는 천천히 오래도록 맛을 음미했다.

윤제는 그런 진미를 말없이 바라보았다. 아이가 약을 제대로 먹는지 확인하는 아빠처럼.

그렇게 빤히 보고 있으니 왠지 얼굴이 뜨거워지는 것 같았다. 자기도 모르게 붉어진 얼굴을 들키지 않으려 진미는 고개를 숙였다. 누군가 밥을 먹는 자신의 모습을 이리도 뚫어지게 바라본 적 있던가. 그 바람에 머리카락이 뺨 위로 흘러내렸다. 윤제는 손을 뻗어 그녀의 머리칼을 귀 뒤로 넘겨주었다. 그 손놀림이 자주 해온 일인 것처럼 자연스러웠다.

뺨에 닿은 그의 손길에 놀라 진미가 반사적으로 고개를 들었다. 그와 눈이 마주쳤다. 그의 눈빛을 보자 어제 새벽에 보았던 그의 얼굴이 덩달아 소환됐다. 세상 걱정을 모두 담고 있는 것 같던 그 눈빛. 그리고 그가 숨을 몰아쉬며 토해낸 말들도…….

'내가 누구인진 몰라도 당신에 대해선 알아야겠는데…….'
'오늘처럼 아무것도 못 하고 기다리고만 있긴 싫단 말이에요.'

궁금한 게 많지만 진미가 식사를 마치기 전까진 아무것도 묻지 말아야지. 윤제는 몇 번이나 입을 달싹거리다 다시 입술을 오므리길 반복했다.

그의 마음을 읽었는지 진미는 지나가는 말처럼 먼저 어제의 일을 꺼냈다.

"어제 공항에 갔었어요."

"거길 왜 갔어요?"

그녀는 숟가락으로 죽을 뒤적이며 별일 아니라는 듯 툭 내뱉었다.

"나 어제 진행하고 있던 프로젝트에서 잘렸거든. 너무 허탈해서 회사에서 나오자마자 택시 타고 공항 갔어요. 엄마 보려고…….”

엄마를 보러 공항으로? 예상치 못한 동선이라 윤제는 뭐라 대꾸해야 할지 몰라 잠시 머뭇거렸다.

"참, 내가 얘기했었나.”

진미는 기억나지 않는 것처럼 말문을 띄웠지만, 윤제를 만났던 날 무엇 때문에 뉴욕에 갔는지 제대로 얘기해준 적이 없었다. 그날을 자세하게 꺼낼수록 아픈 기억만 소환되니까.

"윤제 씨 처음 만났던 브루클린 브릿지. 나 거기에 엄마 유골 뿌리고 왔거든요."

윤제는 더욱 궁금해졌다. 지금껏 그는 진미가 호텔 방을 잡지 못해 곤란에 처했을 때 만났다는 것만 들었다. 그래서 그녀에게 호텔을 소개해준 정도의 호의를 베풀었을 거라 생각했다. 자세한 얘기를 해주지 않았기 때문에 어떤 내용이 각색되었는지도 알 수 없었고 어떤 것들이 생략되었는지도 알 길이 없었다. 그런 이야기 뒤에 그런 아픔이 있었는지는 더더욱 몰랐다.

진미는 차라리 윤제가 모르게 하고 싶었다. 자신이 바닥을 찍은 그날을 윤제가 기억하지 못해서 오히려 다행이라고 생각해왔다. 기억을 공유하는 사람이 없으면 없는 일이 될 수 있을 것 같아서.

"그때처럼 항공사 데스크로 무작정 갔는데…… 막상 떠날 수가 없더라고. 내가 엄마를 보러 가면 당신은 여기 또 혼자 있게 되니까."

윤제는 허공으로 눈을 둔 진미를 바라봤다. 자신 때문에 발길을 돌렸다고 했다. 나 때문에 엄마를 보고 싶은 마음을 돌린 여자가 지금 내 앞에 있다. 내가 그녀를 걱정하던 시간에 그녀도 나를 걱정하며 발길을 돌렸구나. 그렇게 서로를 걱정하는 마음이 조금씩 움직여 한밤의 버스정류장에서 우리를 만나게 했구나. 어젯밤의 조우가 새삼

감격스럽게 느껴졌다.

"공항 갈 때는 택시 타고 갔는데 택시비가 많이 나왔더라고. 그래서 올 땐 공항리무진을 탔어요. 근데 멍 때리다가 엉뚱한 정류장에 내리는 바람에 비만 실컷 맞았죠."

진미는 쑥스럽다는 듯 웃어 보였지만 그 울먹이는 미소를 보는 이의 마음은 아리기만 했다.

"내가 뭐라고…… 가버리지 그랬어."

윤제는 진심에도 없는 말을 했다.

"어차피 곧 나갈 건데……."

윤제가 말끝을 흐리며 빈 죽그릇을 들고 일어섰다. 진미는 언뜻 그 말뜻을 포착했다. 윤제가 김석을 제압한 날, 진미가 어쩌지 못하고 내비친 경계심. 위험을 의식하고 있다는 눈길. 그는 내내 자신의 표정이 신경 쓰였을 것이다.

문득 진미의 눈에 바닥에 흐트러진 모포와 베개가 눈에 들어왔다. 밤새 자신의 식은땀을 닦아낸 듯한 젖은 수건도. 진미가 방을 나가는 그를 향해 중얼거리듯 말했다.

"아픈 사람을 두고 집을 나간다고? 진짜 나쁜 사람이네."

문고리를 잡았던 윤제가 뒤돌아봤다. 진미는 포근한 침대가 그녀를 끌어당기는 듯 다시 눈을 감았다.

"아, 졸려."

그것은 가지 말라고, 가지 않아도 된다는 무언의 메시지였다. 나는 다시 잠에 들 테니 당신은 내 곁에 남아 이 집을 보고 있으라는 당부였다.

이상했다. 그 말을 하고 난 후 진미는 진짜 잠에 빠져들었다. 꼬박 24시간을 자고도, 또 그렇게. 그동안 불면에 시달리던 사람이라곤 도무지 믿기지 않았다. 사실 회사를 나서기 전, 엄청난 일을 벌이고 나왔는데도 그딴 것은 하나도 걱정되지 않았다. 지금 누군가 들이닥쳐도 잠든 나를, 계속 잘 수 있게 지켜줄 사람이 있으니까. 나는 일단 내가 해야 하는 일을 하자. 밀린 숙제 같은 이 잠을 자는 것.

'두 재벌가 자제의 세기의 열애'
'뉴욕대 선후배 사이에서 연인으로'

며칠 후, 김석과 구상경의 열애 기사가 떴다.

사진 속 데이트 장소는 뉴욕의 한 스카이라운지 바였다. 뉴욕 관광객이 우연히 찍은 듯한 어설픈 구도의 사진 속에서 두 사람의 얼굴만은 또렷했다. 김석이 말한 기획 스캔들이 이것이었다.

스마트폰으로 기사를 확인하자마자 현아는 울분을 터뜨렸다.

"이 새끼는 왜 이렇게 디테일하게 개새끼인 건데?"

이미 진미에게 자초지종을 다 들었던 윤제와 동아도 말없이 분노했다.

"이거 뿌릴 준비 다 해놓고 너한테 들이댄 거잖아. 이 새끼가 어디서 간을 보고 지랄이야?"

진미는 좌천에 얽힌 속사정, 그러니까 김석과의 구질구질한 뒷얘기까지 털어놓고 싶지 않았다. 하지만 진미를 찾아온 회사 직원들 때문에 결국 모든 걸 털어놓을 수 밖에 없었다.

진미는 실은 무단결근 3일째였다. 원래는 출근해 일주일 기간 내 인수인계를 하고, 그 뒤 일주일간 휴가를 받기로 했다. 휴가 기간이 끝나면 제주도 지점에 출근할 예정이었다. 하지만 진미는 이대로 조용히 물러나주는 게 억울했다. 델리카시 프랜차이즈를 제안한 것도 자신이었고, 심지어 투자자가 탐낼 만한 프레젠테이션을 준비한 것도 자신이었다. 무려 재계 서열 최상위권의 구상경이 서린그룹 김석과의 혼사까지 고려하게 된 것도 결국 자신 때문이 아닌가.

그렇게 온갖 정성을 다해 하나하나 차려놓은 밥상인데 한 숟가락 뜨기도 전에 얌전히 남의 입에 넣어주라고? 새로 오실 세자빈 마마의 눈 밖에 나 제주도로 유배 가는 무수리와 대체 뭐가 다른가.

김석으로부터 느닷없는 인사이동 통보를 받고 나온 후, 한 시간도 안 되어 외식개발1팀 최 팀장이 진미에게 인수인계를 받으러 왔다. 그의 실룩대는 입가를 보고 있자니 더욱 울화가 치밀었다. 그간 실적으로 자신을 엿 먹였던, 새파랗게 어린 여자애가 눈앞에서 고꾸라지는 걸 목격하고 있으니 표정 관리를 못 하고 있는 것이다.

진미는 최 팀장에게 자료를 다 정리한 다음 주겠다고 돌려보낸 후 머리를 짜냈다. 이대로 조용히 물러날 순 없어. 나를 엿 먹였으면 너희들도 엿 한번 먹어 봐.

진미는 회사 공용 웹하드에서 델리카시 관련 자료를 하나씩 지우기 시작했다. 레시피와 주재료 목록, 뉴욕 델리카시에서 진미가 직접 찍어온 레스토랑 인테리어와 주방 구조, 식기 구성과 테이블 세팅 사진까지 모조리. 그리고 잠시 화장실을 다녀오는 척 그대로 회사를 빠져나갔다. 관련 자료를 미리 넣어둔 외장하드를 들고 유유히……

　그렇게 갑자기 사라진 진미 때문에 회사가 발칵 뒤집혔다. 그날도, 다음 날도, 그 다음 날도 나타나지 않는 도망자를 찾아 팀원들이 교대로 찾아오기 시작했다. 델리카시 측과 연락해 다시 자료를 받을 순 있었지만 서울 1호점 오픈 날짜가 정해진 상황에서 똑같은 작업을 두 번 하기엔 시간이 촉박했다. 게다가 델리카시 쪽에서 미숙한 일처리를 두고 문제 삼을 수도 있는 상황이었다.

　진미의 집까지 찾아와 현관문을 두드렸지만 진미가 모르쇠로 일관한 탓에, 직원들은 진미가 나올 때까지 집 근처를 어슬렁거렸다. 그들을 수상하게 보던 동네 사람들이 파출소로 신고를 넣었고, 출동한 동아는 그들로부터 의외의 이야기를 들었다. 자신들은 서린F&B 직원인데 무단결근한 진미를 찾으러 왔다는 말을.

　동아는 이들의 신원을 확인하면서 진미에게 무슨 일이 생겼구나, 짐작했다. 아무리 그대로 남의 집을 그렇게 염탐하면 안 된다며 으름장을 놓아 돌려보낸 후, 현아와 함께 진미네 집에 달려온 것이다. 진미는 결국 현아와 동아, 그리고 윤제에게까지 밝히고 싶지 않던 사건의 전말을 털어놓았다.

해외로 도피하지 못한 진미는 그들 눈에 띄지 않으려고 집 밖으로 한 발짝도 나가지 않았다. 비숙련 감시자들은 1층에 머무는 윤제가 진미의 '공식적 미국 친구'라는 사실을 모르는 듯했다. 하긴 회사 내에서 이 사실을 유일하게 아는 김석이 이를 직원들에게 알려주긴 곤란했겠지. 어떻게 그 사실을 아느냐는 질문이 이어질 테니.

윤제는 감시자들의 눈을 피해 건물 뒤편 철제 계단을 올라가 옥상에서 현 상황을 보고했다. 또 혹시 모를 예상 밖의 습격에 대비해 윤제는 대부분의 시간을 진미가 있는 2층에서 보냈다.

졸지에 남자와 동거 아닌 동거를 하게 된 진미는 갑자기 맞닥뜨린 불편한 상황을 누구에게도 호소할 수 없었다. 자신이 자초한 상황인지라…… 대신 진미는 평소에 집에서 하던 행동 하나하나를 전면적으로 재검토하기 시작했다.

커피 쏟은 자국이 선명하고 보풀이 전방위적으로 일어난 옷을 저 남자 앞에서 입어도 되는 걸까.

늘 말린 오징어처럼 누워 있던 소파에 평소처럼 대자로 누워도 되는 걸까.

늘 24시 편의점처럼 개방되어 있던 내 방의 문을 닫아야 되는 걸까, 말아야 하는 걸까. 그리고 퇴근 후 현관문을 열고 들어오자마자 벗어던졌던 브래지어를, 이 남자 앞에선 해야 하는 거야, 말아야 하는 거야…….

하지만 고민은 하루를 넘기지 못했다. 윤제는 이 집이 자기 집인

양 쓸고 닦았고, 마치 손님에게 내오는 양 진미에게 매일 다른 음식을 해다가 바쳤다.

가만있기 미안해서 진미가 옆에서 거드는 척을 하면 윤제는 빽, 소리를 지르며 어디서 배워왔는지 이런 말을 잘도 해댔다.

"그냥 냅둬요! 가만있는 게 도와주는 거야!"

문자 그대로 주와 객이 전도되는 상황에 처하니 묘한 경쟁심이 생겼달까, 잠시 잃어버렸던 주인의식을 되찾은 진미는 원래 생활하던 패턴을 자연스럽게 되찾았다.

집안일은 잘하는 사람이 하자는 암묵적 합의를 거치고 나서 결국 대부분의 집안일은 윤제 몫이 되었다. 진미가 잘하는 집안일은 세탁기 돌리는 것밖에 없다는 걸 깨닫기까진 오래 걸리지 않았다. 물론, 요리도 진미 몫은 아니었다.

음악평론가가 꼭 노래를 잘하는 게 아니듯 진미는 음식 맛은 귀신처럼 구별했지만 요리 솜씨만큼은 젬병이었다. 엄마에게 섬세한 혓바닥은 물려받았지만 손재주는 물려받지 못한 것이다.

자연스럽게 요리 담당이 된 윤제는 재미난 놀이를 발견한 아이처럼 진미 책장에 꽂힌 한식 요리책들을 하나씩 탐독하며 다양한 요리를 뚝딱뚝딱 만들기 시작했다. 말은 술술 했지만 읽는 것만큼은 초등학교 저학년 수준이었던 그는 레시피로 한글을 차근차근 배워갔다.

"어슷썰기가 뭐지?"

"음…… 그러니까 비스듬히 써는 거?"

"비스듬히는 또 뭐야?"

"45도 써는 거?"

"이렇게?"

"아니, 이렇게!"

요리책으로 한글을 배우는 어른이라니…….그래도 효과는 썩 괜찮았다. 단어의 뜻을 이해하지 못하면 진미가 직접 시범을 보였고, 윤제는 어슷썰기를 몸으로 익혔다. 진미는 자라나는 어린이들을 위해 초등학교 국어 과정에 '요리로 한글 배우기' 교과를 제의해봐야 하는 건 아닐까 진지하게 고민했다.

윤제는 요리책 속 메뉴들을 하나씩 살펴보다가 꽂히는 메뉴를 하나씩 격파해갔다. 레시피대로 계량해 착착 요리를 하면 마법같이 진미가 알던 그 맛이 났다. 그가 해주는 요리들을 먹으면서 진미는 자신이 도망자 신세라는 사실을 잠시 잊었다. 맛있는 것 먹고, 졸리면 자고…….소파에 함께 반쯤 기대 TV를 보다가 같이 깔깔대고…….대체 몇 년 만에 제대로 된 휴가인지. 자발적 감금이 졸지에 휴양을 겸한 요양이 되어버렸다.

여느 날처럼 함께 밥 먹고, 식후 차를 마시고 소리가 새 나가지 않도록 이어폰을 나눠 끼고 TV를 보는데, 현관 밑으로 메모지 하나가 쓱 들어왔다.

'팀장님. 이제 그만 자료 넘겨주세요. 회사에서 업무방해로 고소 준비 중이에요.'

더 이상 숨어 있을 수만은 없는 때가 드디어 도래했다. 상황을 쭉 지켜보던 동아가 암울한 진단을 내놓았다.

"저쪽에서 업무방해로 걸면…… 이건 빼박 철컹철컹이야."

시사프로 작가로 오래 일해 법률 지식이 변호사 뺨치는 현아도 고개를 주억거렸다.

"거기에 구성그룹까지 뒤에 있겠다. 대형 로펌에서 죽자고 덤비면 넌 인생 조지는 거야."

"구체적이고 신랄한 표현, 고맙다."

예상한 바였지만 친구의 입에서까지 객관적인 견해를 들으니 더 이상 미적대고 있을 수만은 없었다. 하지만 이대로 순순히 자료를 주고 제주도로 물러나라고? 이왕 이렇게 된 거 사표를 던지고 다른 외식 프랜차이즈로 이적하는 것도 못 할 짓은 아니었다. 하지만 이렇게 불명예스럽게 퇴장하면 과연 업계에서 자신의 몸값이 지금과 같을까. 아니, 기정사실화된 소문을 떠안고 다른 곳에 가면 그곳엔 색안경 끼고 보는 사람들이 없을까.

그리고 무엇보다 진미가 지금 가장 강렬하게 원하는 일은 델리카시의 서울 지점 오픈이었다. 내가 하고픈 일을 열심히 하는 것. 그걸 내 힘으로 쟁취하겠다는데 더 이상 어떤 이유가 필요할까.

"나 이대로 못 물러나. 내가 차린 밥상, 내가 떠먹을 거야!"

진미는 금방이라도 대치한 적의 무리를 소탕하러 갈 것처럼 비장하게 주먹을 불끈 쥐었다. 현아는 친구의 다짐을 응원해주고픈 마음은 간절했지만 현실적으로 이를 타개할 방법이 마땅치 않아 보였다. 현아가 옅은 한숨을 푸, 내뱉으며 중얼거렸다.

"유부녀였음 이런 오해도 안 받고, 유배도 안 갔을 텐데……. 오늘 처음으로 유부녀인 게 다행이라는 생각이 든다."

신세 한탄 같기도 하고, 자신을 디스해 친구를 위로하려는 것으로 들릴 수도 있었다. 물론 현아가 그런 걸 재고 말한 건 아니었다. 오래된 지우는 무슨 말을 꺼내도 자연스럽게 위안이 되는 경지에 오르는데, 둘은 이미 그런 사이였다. 중요한 건 유부녀 운운하는 친구의 말이 완전히 다른 방향으로 진미를 자극한 것이다. 그야말로 머릿속을 섬광이 훑고 지나가는 것 같았다. 진미의 고개가 자연스럽게 윤제에게로 돌아갔다.

그녀가 먹잇감을 찾은 것처럼 윤제를 바라보며 음흉한 미소를 지었다.

"그거라면 먹힐지도 몰라."

호텔 입구로 고급 세단이 미끄러지듯 들어섰다.

도어맨의 에스코트를 받으며 차에서 내린 진미와 윤제는 당당하게 호텔 로비로 들어섰다. 몸에 꼭 맞는 수트 차림의 윤제는 지금껏 보았던 모습과 영판 달랐다. 부유하고 잘나가는 월스트리트 증권맨이라 해도 믿을 만큼 지적인 분위기를 풍겼고, 진미는 청혼 받을 걸 예상하고 한껏 꾸미고 온 예비신부처럼 화사했다.

누구보다 다정한 연인처럼 보였지만 두 사람의 속내는 비장했다. 윤제의 팔짱을 끼고 또각또각 로비를 걸으며 진미는 생각했다. 지금 자신들의 모습은 마치 비밀지령을 수행하러 온 제임스 본드와 본드 걸 같다고. 머릿속에선 아까부터 007 영화의 BGM이 끊임없이 재생되고 있었다.

오늘의 미션은 구상경과의 독대. 인사이동을 군말 없이 받아들이는 순간, 끈 떨어진 연이 될 거라는 걸 진미는 직감했다. 사회생활 하면서 하나 터득한 게 있다면 '조금만 더 고생하면 다음엔 제대로 챙겨줄게'라는 약속은 99% 공수표라는 사실이다.

공수표에 제대로 된 서명을 받아내기 위해 진미는 생사여탈권을 쥔 구상경을 직접 만나야만 했다. 대한민국에서 대통령보다 만나기 어려운 게 재벌이라던데, 오늘 그 어려운 걸 해내기 위해 두 사람은 최대한 부유하고 다정한 연인처럼 보여야 한다.

엘리베이터에 당도하니 벨보이가 커플의 행선지를 물었다.

"어디로 가십니까?"

"런던 칠링, 예약했습니다."

초고속 엘리베이터는 한 번도 멈춤 없이 곧장 77층으로 그들을 안내했다. 서울에서 가장 비싼 땅. 그 위에 지어진 5성급 케이호텔 스카이라운지에는 서린F&B의 외식 브랜드, '런던 칠링'이 입점해 있었다. '런던 칠링'은 전국 10여 개 지점만을 가진 애프터눈티 카페지만 다이닝룸까지 겸비한 '런던 칠링 – 더 럭셔리'는 케이호텔 지점 단한 군데뿐이었다. 그리고 오늘 이곳에 구상경이 행차한다.

일개 직원, 오진미를 손쉽게 사찰할 수 있던 구상경도 한 가지 간과한 게 있다. 그 일개 직원 나부랭이도 구상경의 스케줄 정도는 알아낼 인맥이 있다는 것.

런던 칠링은 사실상 진미가 만든 브랜드였다. 케이호텔에 입점 시키기 위해 진미는 '더 럭셔리'란 이름까지 달면서 거의 새로운 브랜드를 만들다시피 했다. 능력있는 매니저와 미슐랭 2스타 셰프와 파티셰까지 직접 뽑아 이곳에 파견시켰다.

진미는 특히 이곳 매니저와 각별했다. 원래 서린F&B 본사 직원이었던 매니저는, 당시 남자 상사의 은근한 성희롱에 퇴사를 고민하고 있었다. 그때 진미가 그녀의 사정을 알게 되고 준비 중이던 '런던 칠링 - 더 럭셔리'의 총괄 매니저 자리를 제안했다. 외향적이고 쾌활한 성격이 매니저 일과 잘 맞을 것이라 판단한 것이다. 그녀는 진미 덕분에 퇴사하지 않고 성공적으로 이곳에 안착했다.

매니저는 자신의 잠재력을 알아봐준 진미에게 항상 고마워했다. 빚 갚을 일이 있으면 언제든지 알려달라는 말도 잊지 않았다. 그리하여 진미는 은혜를 갚겠다는 까치에게 기회를 줬다. 구상경의 방문 날짜를 넌지시 물어본 것이다.

구상경이 정기적으로 이곳에 와 시즌 메뉴를 점검하고 프라이빗 룸에서 중요한 미팅을 한다는 이야기는 일전에 들은 적이 있었다. 진미는 이 기회를 십분 살려야겠다 마음먹었다. 매니저에게 연락해 자신의 사정을 설명하자 그녀는 오늘 저녁 구상경이 들른다는 사실을 넌지시 알려왔다.

"손님, 성함이 어떻게 되십니까?"

"영윤제로 예약했습니다."

진미의 얼굴을 모르는 홀 직원이 두 사람을 호수가 내려다보이는 창가 자리로 안내했다.

윤제의 에스코트를 받으며 의자에 사뿐히 앉은 진미는 재빨리 프라이빗 룸의 위치를 눈으로 훑었다.

저곳에 구상경이 있단 말이지.

메뉴판을 보는 둥 마는 둥 하는 진미 대신 윤제가 적당한 요리 두 개를 주문했다. 먹음직스러운 파스타와 코티지 파이가 나왔지만 진미는 여전히 프라이빗 룸에서 시선을 거두지 않았다. 잔뜩 긴장해 음식 맛이 하나도 느껴지지 않았다. 진미는 다정한 연인처럼 보이기 위해 활짝 웃으며 윤제에게 복화술을 시도했다.

"구상경 가버리면 어떡해요? 빨리 시작해요!"

"기다려요. 음식 값도 비싼데 다 먹어야지."

간덩이가 왜 이렇게 큰지, 이 와중에도 음식을 여유 있게 음미하던 윤제는 식후 디저트까지 깔끔하게 비워낸 후 손을 들어 홀 직원을 불렀다.

직원은 윤제의 말을 찬찬히 듣더니 프라이빗 룸으로 향했다. 진미의 예상대로 그곳에선 구상경이 식사를 하고 있었다. 진미에게 구상경에 대한 정보를 알려주었던 매니저는 VIP를 직접 서빙 중이었다.

"뉴욕 매든스 호텔 총지배인이라는 분이 여자친구분과 방문해주셨는데요. 저희 점포에 문의드릴 게 있다고 매니저님을 찾으시는데요."

이미 언질을 들은 매니저는 처음 듣는 이야기인 척 연기를 했다.

"뉴욕 호텔이요? 거기 지배인이 왜⋯⋯?"

전언을 함께 들은 구상경이 홀직원에게 되물었다.

"용건이 뭐랍니까?"

"이 점포가 프랜차이즈인지, 다른 호텔에도 입점해 있는지 궁금하다고 하십니다."

자신이 곧 투자할 서린F&B의 외식 브랜드에 뉴욕 호텔 총지배인이 관심을 갖는다?

본능적으로 이게 어떤 의미인지 추론을 시작했다. 잠깐만 경영 감각을 동원해도 답이 나왔다. 이건 자신에게도 희소식이었다.

마침 이곳에 같이 이야기를 나눌 적절한 손님도 있겠다, 그녀는 망설임 없이 지시를 내렸다.

"식사 후 시간 괜찮다 하시면 이 방으로 모셔와요."

잠시 후, 진미와 윤제는 안내를 받아 프라이빗 룸으로 향했다.

나란히 걸어가던 윤제의 손과 진미의 손이 슬쩍슬쩍 스쳤다. 긴장으로 떨리는 그녀의 마음이 손등으로 고스란히 전해져왔다. 윤제가 그녀의 손을 꼭 잡으며 속삭였다.

"걱정하지 마요. 나 옆에 있어."

프라이빗 룸에서 대면한 구상경은 뉴스에서 본 것보다 훨씬 미인이었다. 금수저로 태어나지 않았더라도 크게 한자리를 했을 것 같은 카리스마가 눈빛에서부터 번뜩였다.

그리고 예상치 못한 또 다른 조우.

구상경의 맞은편에서 함께 식사를 하던 사람은 김석이었다. 결혼 일정을 논의 중이었는지 테이블 위엔 청첩장 샘플이 놓여 있었다.

진미는 예상치 못한 손님까지 확인하자 저도 모르게 침이 꿀꺽 넘어갔다. 그래도 최대한 침착한 미소를 지어 보이며 인사를 건넸다.

"본부장님, 여기서 뵙네요."

"오 팀장?"

몸을 돌려 문 앞에 서 있는 사람이 진미라는 걸 보고 당황했지만 그녀 옆에 있는 남자는 첫눈에 알아보지 못했다.

"안녕하세요. 두 번째 뵙죠?"

윤제가 먼저 악수를 청하자 김석은 그때서야 그를 알아보곤 적잖이 당황해했다.

구상경은 그제야 그들이 뉴욕 호텔 총지배인 커플이 아니란 사실을 알아챘다.

"누구시죠?"

"안녕하세요, 구상경 대표님. 서린F&B 오진미입니다. 사진으로 뵀을 때보다 훨씬 미인이시네요. 대표님도 절 사진으로 보셨죠?"

눈치 빠른 구상경은 사태를 대충 파악했다.

"오진미라면, 혹시?"

"이렇게 하지 않으면 대표님을 못 뵐 것 같아서 실례를 무릅썼습니다. 구 대표님께 직접 제 인사이동에 대한 변을 듣고 싶어서요."

진미의 되바라진 말에 버럭 화를 낸 건 김석이었다.

"오진미 팀장! 이렇게 경우 없는 사람이었어요?"

구상경이 잠깐만, 하며 손을 들어 김석을 제지했다. 그는 자신보다 서열 높은 이의 명령에 빠르게 입을 다물었다.

"이분은 저한테 할 말 있는 것 같네요. 두 남자분은 자리 좀 피해주시겠어요?"

윤제가 고개를 까닥이곤 그대로 뒤돌아 나갔고, 김석도 허공에다 한숨을 한 번 뿌리곤 그를 따라 나섰다.

막상 그녀를 마주하니 생각보다 많이 떨렸다. 자신보다 나이는 어렸지만 눈앞의 상대는 갑중의 갑이자, 우리나라 스물아홉 중 가장 부자인 구상경이었으므로.

"혹시 들으셨나요? 제가 빠지는 바람에 델리카시 론칭 작업이 난항을 겪고 있다는 걸."

그 난항이라면 순전히 자신이 자초한 것임에도 진미는 뻔뻔하게 나가기로 했다.

"사업을 진행하다 보면 어려움은 언제나 있기 마련이죠."

반응이 미적지근했다. 그녀는 아직 자세한 내막을 듣지 못한 모양이었다. 그도 그럴 것이 나쁜 소식은 늘 마지막에서야 최종 보스에게 전해지니까.

"어려움이 있는 것과 더 좋은 결과를 낼 수 있는 기회를 차버리는 건 다르죠."

진미는 예상과 다른 반응이라 조금 당혹스러웠지만 기죽지 않으려 최대한 또박또박 말을 되받았다. 지금 그녀를 독대하기 위해 투자한 돈이 얼마던가. 프라이빗 룸에 아무 의심도 받지 않고 입성하기 위해 렌트카 업체에서 가장 비싼 세단을 대여했고 윤제의 정장을 샀으며 진미는 청담동 숍에 들러 머리와 얼굴을 단장했다.

그래서 겨우 이 자리까지 왔지만, 막상 원하던 자리에서 진미는 결국 맹수 앞에 놓인 초식동물이었다. 잡아먹히지 않으려면 애써 그린 호피 무늬가 들통 나선 안 된다. 진미는 온갖 기를 눈빛에 끌어 모으며 그녀를 똑바로 바라봤다.

"당신을 자른 게 기회를 차버린 거다? 근거가 뭐죠?"

"첫째, 제 능력을 아신다면, 프로젝트에서 절 뺀 걸 후회하실 겁니다."

진미는 핸드백에서 파일을 꺼내 구상경에게 건넸다. 거기엔 진미가 론칭시킨 외식 브랜드 목록과 매출 그래프가 정리되어 있었다.

구상경은 진미가 건넨 자료보다 자신과 배짱이 닮은 진미를 흥미롭게 바라봤다.

"누군가는 제 자릴 메우겠지만 저처럼 잘하진 못할 겁니다. 보시면 아시겠지만 회사 내에서 매출 탑을 찍은 사람은 바로 접니다."

구상경은 그제야 파일로 시선을 돌렸다. 결재서류를 확인하는 직속 상사처럼 꼼꼼하게 진미가 참여한 외식 브랜드의 매출을 확인했다.

구상경은 자료에 집중할수록 고개가 비스듬히 기울었다. 김석이 프레젠테이션에서 자신의 치적으로 자랑하던 것이 지금 눈앞에 있는 이 여자의 기획이었다니. 이 여잔 소문처럼 김석의 뒤치다꺼리만 하는 오피스 와이프는 아닐지도 모른다. 하지만 구상경도 그녀의 말에 금세 고개를 끄덕거려줄 위인은 아니었다.

"기업의 매출을 한 개인의 공으로 돌리는 건 어불성설 아닌가요."

당연한 질문이었다. 당연한 질문이 실은 가장 대답하기 어려운 것이기도 했다. 진미는 입사 때 본 압박 면접도 지금만큼은 떨리지 않았을 거라고 생각했다. 손에 밴 진땀을 체온으로 증발시키려 작정한 사람처럼 주먹을 더 꽉 그러쥐며 말했다.

"인정합니다. 하지만 제가 없었다면 지금의 그 외식 브랜드들은 탄생조차 못 했겠죠."

구상경의 날카로운 시선이 그녀의 얼굴로 날아와 박혔다.

"그럼 두 번째는 뭐죠?"

프라이빗 룸에서 나와 홀에 마주 앉은 두 남자는 얼마 전 나눈 격렬한 몸의 대화를 잊지 않았는지 서로를 보는 시선이 곱지 않았다. 언제라도 다시 싸울 태세를 갖추는 것처럼 어깨에 힘이 들어갔다.

"두 사람 괜한 짓을 하는군요. 거짓말까지 하면서 발악한다고 결과가 달라지진 않을 텐데."

이죽거리는 김석을 보니 테이블 아래 주먹이 불끈 쥐어졌다. 눈앞에 앉아 있는 이 자식이 진미를 며칠 동안 끙끙 앓게 만든 장본인이라는 사실에 울컥 화가 치밀었다. 그날 주먹을 날리지 못한 게 이렇게 아쉬울 줄이야.

"모두 다 거짓말은 아닙니다."

윤제가 분노를 삭이며 차분하게 대응했다.

"미국에서 오셨다더니, 뉴욕 호텔 총지배인이었습니까?"

며칠 간의 동거를 통해 윤제가 하우스키핑과 온갖 기기 수리에 탁월하다는 걸 알게 된 진미는 그가 미국에 있을 때 매든스 호텔의 직원이 아닐까 하는 합리적 의심을 했었다. 총지배인까지는 아니어도 설비 관리를 하는 직원이었을지 모른다고. 윤제도 본능적으로 몸이 기억하는 기술에 흠칫 놀랄 때가 있었기에 그 추측이 제법 그럴듯하다고 생각했다.

그 추측을 바탕으로 진미는 리뉴얼 중인 매든스 호텔의 대표 메일을 어렵게 알아냈고, 그곳에서 30대 동양인 남성 직원이 근무한 적 있었는지 문의 메일을 보냈다. 하지만 현재까진 답신을 받지 못한 상태. 그리하여 아직까지 그 가정이 거짓일지, 진실일지는 확신할 수 없었다.

"호텔 총지배인은 아니지만 그 호텔에서 진미 씨를 처음 만난 건 사실입니다."

진위를 가늠하듯 김석의 눈썹이 꿈틀거렸다.

"그럼 뭐가 진짜고 뭐가 거짓말이란 거죠?"

"진미 씨가 제 여자친구인 건 사실입니다."

"여자친구?"

"그날 친구 사이라고만 말씀드린 건, 오해하지 마십시오. 회사 상사가 직원의 사생활을 너무 많이 알면 안 될 것 같아 둘러댄 것뿐이니까."

김석의 얼굴이 순간 굳어졌다. 홍천 리조트에서 진미에게 했던 말들이 떠올랐기 때문에.

"저도 들어서 알고 있습니다. 제 여자친구한테 프러포즈를 하셨다구요. 그건 이해합니다. 교제 중인 사람이 있는 줄 모르고 하신 말씀일 테니까요. 하지만 본인도 결혼상대가 있었다면 이야기가 좀 다르죠."

윤제는 감정을 싣지 않은 채 사무적인 어조로 경고했다. 오히려 그게 더 살벌한 느낌을 주었다. 생각지 못한 조우지만 이 사태의 주범인 김석의 평정심을 최대한 흩뜨려 놓으리라 작정했다.

"그쪽 피앙세는 이 사실을 알고 있나 모르겠네요. 추파를 던진 사람은 제 자릴 지키고 있는데 애먼 진미 씨만 좌천 당했다는 걸."

김석의 동공이 바람에 나부끼는 나뭇잎처럼 흔들렸다. 수세에 몰린 김석이 애써 페이크 모션을 취했다.

"지금 날 협박하는 겁니까? 결혼한 사이도 아니면서 오버하시네요."

그의 빈정거림에 윤제가 잠시 입을 닫았다. 공격이 먹혔다 생각한 김석이 한 발 더 나아갔다.

"협박을 하고 싶으면 해보시죠. 그러다 제 혼사가 깨지면 저라고 가만 있을까요. 그땐 진미한테 적극적으로 다가갈 수도 있죠. 골키퍼 있다고 골 안 들어가는 건 아니니까."

윤제가 머릿속에서 이성의 끈이 툭, 끊어지는 것 같았다. 한 호흡을 고른 윤제가 입을 뗐다.

"골도 축구장 문이 열렸을 때야 들어갈 수 있는 거죠."

"뭐라고요?"

김석이 새된 목소리로 되물었다.

"진미 씨와 저, 동거 중입니다."

윤제는 김석의 눈을 똑바로 보며 말했다.

의외의 말에 김석이 동공이 커졌다. 신중한 오진미가 남자와 동거하기로 마음 먹었다면…… 둘 사이가 정말 진지하단 건가. 황망해하는 김석을 보며 윤제는 다시 한번 쐐기를 박았다.

"저, 진미 씨와 함께 살려고 서울로 들어온 겁니다. 그러니까 축구장 문 닫혔단 말입니다."

미리 짜놓은 시나리오이긴 했지만 이렇게까지 진심으로 이야기하게 될 줄은 윤제 자신도 몰랐다. 김석의 도발이 결국 윤제의 심기를 건드렸고 준비한 대사를 진심으로 연기하게 만들었다. 것도 훌륭한 애드리브를 섞어서. 덕분에 김석은 진미와 윤제 사이를 감쪽같이 믿는 눈치였다.

"두 번째는⋯⋯."

말을 잇지 않고 진미는 잠시 고민했다. 김석과 자신 사이의 추문을 이야기하면서까지 상대를 언짢게 해도 될까. 하지만 마음을 굳게 먹고 이 사태의 핵심을 찌르기로 했다.

"구성그룹 정보력이 웬만한 정보기관 못지않다고 들었는데요. 김석 본부장과 저 사이의 떠도는 소문이 사실이 아니란 건 모르셨나 봅니다. 제가 남자친구가 있다는 얘긴 못 들으셨나요? 아니면, 제가 남자친구가 있어도 김석 본부장을 넘볼 거라고 생각하신 건가요?"

"⋯⋯?"

남자친구? 김석과 오진미 사이가 어떻다 하는 소문에만 신경 쓰느라 정작 당사자인 오진미의 이성 관계를 생각해보지 못했다. 그저 자신이 점찍은 M&A 상대가 추문에 얽히는 게 싫어 소문의 근원을 제거한 것뿐이었다. 자신의 세력을 불리기 위해, 부모와 두 오빠를 속이기 위해, 상대와의 만남을 사랑이란 포장지로 씌웠는데 그 상대가 목하 밀회 중이면 안 될 말이니까.

"지금 같이 들어왔던 그분이 남자친구란 말인가요?"

"정확히 말하면 동거하는 남자친구죠."

"동거?"

"저를 대표님의 라이벌로 봐주셔서 황송합니다. 그런데 솔직히 김석 본부장이 제 남친의 라이벌이 될 정도는 아닌 것 같네요."

대놓고 자신이 선별한 열매가 별로라는 이야기를 듣다니. 구상경의 입가가 어쩔 수 없이 실룩였다. 진미는 그녀의 미세한 표정 변화를 포착하자 더 세게 밀어붙였다.

"보시면 아시겠지만 본부장님보다 키 크지, 몸도 좋지, 훨씬 잘 생겼습니다. 뭐…… 외모야 취향 문제지만 전 김석, 줘도 안 갖습니다."

구상경은 조금 전 봤던 훤칠한 남자를 떠올렸다. 오진미의 발언을 한창 열애 중인 여자의 콩깍지라 치부할 수도 있었지만 저 남자는 한눈에 보기에도 매력이 있었다. 그간 잘생기고 매력 넘친다는 남자 배우들을 숱하게 봐왔지만 그들과는 다른 야성적인 건강미가 있었다.

"능력도 있고, 남친도 있는 제가 제주도로 가면 가장 손해 보는 건 구 대표님일 겁니다."

"……!"

"사람들이 저를 오피스 와이프라고 부른다던데…… 대표님도 저를 그렇게 오해하셨다면, 좋습니다. 집에는 재벌 허즈번드 들이시고, 투자하신 회사에는 일 잘하는 오피스 와이프 하나 두시죠. 저도 같은 여자인 대표님의 오피스 와이프가 되면 오해도 안 받고 좋을 것 같은데요. 아니, 오피스 와이프란 말 자체가 사라지겠죠."

잠시 프라이빗 룸 안에 침묵이 흘렀다. 호기롭게 패를 던졌는데 상대가 거들떠도 안 본다면 그냥 쓰레기통으로 직행이다. 정적의 시간이 지날수록 초조해지는 마음을 억누르기가 힘들었다. 젠장, 이렇게 나는 패대기쳐지는 건가.

낙심하는 쪽으로 마음이 기울려 할 때, 구상경이 갑자기 웃음을 터뜨렸다. 시원한 웃음의 정체는 여러 가지였다. 조롱하거나 비아냥거리는 걸 수도 있고, 그 반대로 호의적인 의미일 수도 있었다. 진미는 본능적으로 그녀의 웃음이 어떤 쪽인지 알아챘다. 거기엔 긍정적인 사인이 담겨 있었다. 사람이 마음에 들면 저렇게 호쾌한 웃음이 터지기도 한다. 진미는 직감했다. 그녀는 자신의 배포를 건방지다고 치부하지 않았다. 그녀가 괜히 기업 경영에 본격적으로 뛰어든 게 아니었다. 그제야 진미의 쿵쾅대던 심장박동이 제 페이스를 찾아갔다.

"일단 그 말 믿어보도록 하죠. 다만……."

"다만?"

"오늘 가지고 온 자료나 했던 말이 진실이 아니거나 눈가림용이었단 게 밝혀질 경우, 인사이동보다 더한 조치가 취해질 겁니다."

구상경이 남자들이 나가 있는 홀 쪽을 바라보며 말했다.

"난 누가 내 걸 뺏어가는 거 무지 싫거든."

진미가 자기도 모르게 꿀꺽, 침을 넘겼다. 그 소리가 저 밖의 남자들까지 전해지진 않았길 바랐다.

"그리고 기대만큼 매출이 안 나올 경우, 책임은 오진미 팀장이 져야 할 겁니다."

"물론입니다, 대표님."

"이걸로 우리 거래는 성사된 건가요."

결정도 빨랐지만 결정에 따른 태도 변화도 순식간이었다. 구상경은 진미에게 대뜸 오른손을 내밀었다. 악수를 청한 것이다. 그녀가 내민 손을 보며 진미는 속으로 안도의 한숨을 쉬었다.

적진을 향한 기습공격이 결국 조건부 평화협정을 이뤄낸 것인가.

진미는 소기의 성과를 얻었다는 기쁨을 안고 그녀의 악수에 응했다. 두 여자는 서로를 향해 보일 듯 말 듯한 미소를 지으며 일시적 동맹을 확인했다.

진미가 용건을 마치고 프라이빗 룸을 나가자 기다렸다는 듯 구상경의 수행비서가 들어왔다.

구상경은 테이블을 손가락으로 톡톡 치며 과감하고 계획적인 불청객의 방문을 곱씹었다. 그러다 혼잣말처럼 내뱉었다.

"오진미가 등장하는 바람에 두 가지 사실을 알게 됐네."

수행비서가 좀 더 고개를 숙였다.

"오진미는 정말 김석에게 마음이 없다는 거. 그래서 안심이 된다는 거."

"……."

"그런데 김석은 아니라는 거……."

한 자리에 있었던 시간은 짧았지만 김석과 오진미 사이에 오가던 기류를 구상경은 예리하게 읽어냈다.

"계속 지켜봐요."

"사내 정보원한테 오 팀장 동향을 계속 보고하라 하겠습니다."

"아니, 두 사람 다. 그 남자친구란 사람까지."

구상경은 덧붙여 말했다.

"진짜 김석 따윈 줘도 안 가질 정돈지…… 알아봐야지."

텅, 고급 세단의 문이 닫히자 경쾌한 소리가 났다. 호텔을 나와 차에 올라탄 진미와 윤제는 한동안 말이 없었다. 둘 다 멍한 표정이었다.

총칼만 안 들었지 전장이나 다름없던 곳에서 그야말로 사력을 다해 싸워서일까. 피로가 한꺼번에 몰려왔다. 완전히 탈진 상태였다. 두 사람은 입을 벌린 채 그저 눈만 끔벅거리고 있었다. 한 사람이 문득 혼잣말처럼 중얼거렸다.

"집에 가기 싫다."

작전 성공을 자축하는 첫 문장치고 왠지 부적절하게 들리는 말이 진미의 입에서 툭 튀어나왔다. 늦은 밤, 남자에게 꺼내놓기엔 미묘한 어감이 있는 말이지만 옆자리 앉은 이 남자는 어차피 같은 집으로 돌아갈 사람이었다.

윤제는 무슨 말인가, 하는 표정으로 운전석의 진미를 가만히 바라봤다.

"지금 이 머리랑 메이크업이 얼마짜린 줄 알아요? 이렇게 화장 잘된 날에 집에 일찍 가면 손해야."

일생일대의 도박을 해놓고 와서 처음 한다는 소리가 놀러 가자는 말이라니. 윤제는 은근 어디로 튈 줄 모르는, 배짱 좋은 여자를 보며 풋 웃어버렸다. 하긴 그러니 겁 없이 자신을 집 안에 들인 거겠지.

"그래도 그렇지, 이 밤에 어딜요?"

눈을 동그랗게 뜨는 윤제를 보며 진미는 피식거렸다.

"서울을 진짜 하나도 모르는구나."

진미는 내일이면 돌려주어야 할 검은 차의 엑셀러레이터를 밟으며 말했다.

"서울 관광은 내가 책임질게. 기대해요."

불야성의 동대문과 가장 어울리지 않는 이들이 있다면 단연코 윤제와 진미였다.

밤거리를 오가는 사람들 사이에서 슈트와 칵테일 드레스 차림의 두 사람은 드러내지 않으려 해도 자연스레 눈에 띄었다. 당장이라도 선상 파티에나 가야 할 차림을 하고서 어묵 국물을 마시고, 떡볶이를 먹고 단돈 천 원짜리 액세서리를 진지하게 고르는 두 사람은 여기 있는 누구보다도 이곳의 밤을 즐기는 듯 보였다.

노점에서 파는 버블티를 손에 들고 두 사람은 동대문에 착륙한 우주선 같은 멋진 건축물 사이를 걸었다.

"고마워요. 윤제 씨가 도와준 덕분에 잘 넘겼어요."

"내가 빚진 게 더 많아요."

"앞으로는 내가 더 신세질 게 많을걸요. 계속 내 남친인 척도 해줘야 되고……."

진미는 윤제가 맡아주어야 할 역할에 뒤늦게 동의를 구하고 있었다. 자신이 짠 연극의 파트너에게.

"그게 뭐 어렵다고."

그런 거라면 어렵지 않다. 싫지도 않고. 윤제가 문득 떠올랐다는 듯 물었다.

"그럼 계속 한집에 있어야 하는 건가?"

"아…… 아무래도 그래야겠죠."

두 사람은 난처하지만 어쩔 수 없다는 듯 연기를 했다. 눈치 빠른 누군가 이들 모습을 봤다면 입가에 아주 잠깐 머물다 간 미소를 포착했을 거다.

"나야 머물 곳이 있어 좋긴 한데……. 그래도 계속 신세 지는 건 미안하고."

"그럼 이렇게 하면 어떨까요. 내가 계속 숙박을 제공해주는 대신, 윤제 씨는 하우스키핑과 애인 행세를 해주는 거."

윤제가 바로 대답하지 않고 침묵하자 진미는 공연히 긴장했다. 무리한 부탁이었나 싶어 뒷말을 붙였다.

"그 대신 다른 일 해도 돼요. 현아 계속 도와줘도 되고……."

윤제는 뭔가 가만히 생각하더니 조심스럽게 입을 뗐다.

"그럼……."

"……?"

"자기야, 내가 열심히 내조할게."

드라마에서 배운 대사를 연기하듯 따라하는 게 티가 나자 진미는 웃음이 터지고 말았다.

"진짜 그런 말은 어디서 배우냐니까."

윤제가 검지 손가락을 들어 올리며 다시 진미의 말문을 막았다.

"또 있어."

"……?"

"자기야. 돈 많이 벌어 와야 돼."

아, 이 사람이 진짜. 그런데 이 말이 왜 듣기가 좋지. 희한한 일이었다.

"이제 알았다."

"뭘?"

"내가 그동안 왜 결혼에 관심이 없었는지 이유를 알았어."

진미는 꽤나 심오한 진리를 발견한 사람처럼 눈을 크게 뜨며 말했다.

"난 안사람이 아니라 바깥사람이 되고 싶었나 봐. 시뮬레이션 해보니 알겠네."

윤제는 진미 자신도 차마 알아채지 못한 그녀의 속마음을 읽어냈다.

"그 말은…… 이런 결혼은 괜찮다는 거예요? 아님, 내가 안사람으로 괜찮다는 건가? 나랑 이렇게 살면 좋겠다는 뜻?"

"그 말을 왜 그렇게 해석해요? 이상한 사람이네."

무심결에 뱉은 말이 묘한 고백이 되어버린 것 같자 진미가 헛기침을 하며 앞서 걸었다.

"이제 다음 코스로 가죠."

당황해하는 진미 뒤를 따라가며 윤제가 짓궂게 물었다.

"근데 나 궁금한 게 있는데…… 우리 뉴욕에서 처음 만나고 나서,

다시 뉴욕에 출장 왔을 때 나 찾았다면서요? 왜 그랬어요?"

"참나, 누가 그래요?"

"현아 씨가 그러던데?"

"미쳤나 봐. 걔는 그런 말은 왜 해."

진미가 붉어진 얼굴로 혼잣말처럼 투덜댔다.

"왜 그랬어요? 응? 나 보고 싶어서?"

"오늘 아니면 서울 관광 또 못 해요. 내일부터 바쁠 예정이라서."

그녀가 말을 돌리곤 주차된 차로 종종걸음을 쳤다. 윤제는 허둥대는 그녀의 뒷모습이 귀여워 그림을 감상하듯 지켜보았다. 걸을 때마다 살랑이는 그녀의 치맛자락과 또각대는 하이힐 소리. 윤제가 처음 마주한 서울 밤의 이미지란, 그녀라는 경쾌한 리듬이었다.

차에 타서도 계속 놀려대는 윤제의 입을 막으려고 진미는 일부러 라디오 볼륨을 크게 틀었다. 때마침 심야 라디오 DJ는 어반 자카파의 '서울 밤'을 선곡했다. 노래는 하룻밤 호박마차가 남산 오르막길을 가볍게 오르도록 격려하는 응원가처럼 들렸다.

남산타워의 형형색색 조명이 보이는 중턱에 다다르자 진미가 차를 세웠다.

낮 동안의 요란한 소요가 가라앉은 남산에는 호젓한 밤공기만 한적하게 떠다녔다. 살랑이는 바람이 긴장을 털어주고, 나무들이 내뿜는 시원한 공기가 스포트라이트를 비추듯 두 사람의 머리 위로 쏟아졌다. 아늑한 분위기가 연출되자 두 사람은 아까까지 투닥거리던 건

잊고 말없이 산책로를 걸었다.

진미 옆에서 보조를 맞춰 걷던 윤제가 침묵을 깼다.

"근데 뭐 하나 물어봐도 돼요?"

"하지 마요."

또 짓궂은 질문을 하려는 줄 알고 진미가 사전에 차단했다.

"아니, 그거 말고."

아까와는 다른 진지한 눈빛이라 진미는 자기도 모르게 작게 끄덕였다.

"다른 회사로 옮겨도 되고, 제주도에서 잠시 쉬었다 와도 될 텐데…… 왜 이렇게까지 하면서 이 프로젝트 하려는 거예요?"

왜 이렇게까지……. 진미는 대답을 고르며 무심코 하늘을 올려다봤다. 까만 도화지 위엔 뉴욕의 그날 밤과 같은 모양의 하얀 달이 떠 있었다.

"뉴욕 델리카시에서 꼭 식사를 대접하고 싶은 사람이 있었어요."

"……."

"모든 걸 포기하고 싶었을 때, 발길 닿은 곳에서 아무렇게나 살고 싶어졌을 때…… 서울로 돌아갈 힘을 준 사람. 그 사람을 그곳에서 꼭 대접하고 싶었는데, 이제 그럴 수가 없으니까."

"왜요?"

"그 사람은 다시 뉴욕에 못 가거든요."

윤제가 그 자리에 우뚝 멈춰 서서 그녀를 바라봤다. 이 여자는 겁도 없이, 상처받을 걱정 따위도 없이 불쑥불쑥 진심을 말한다. 그 모습에 나는 왠지 모르게 안심하고, 안심해서…… 그러다 결국 그녀를 마음속에 너무 많이 담아버렸다.

"그곳을 서울로 옮겨와서, 내 첫 손님으로 초대하고 싶어요."

이제 제 손으로 그렇게 만들 수 있다는 사실에 기뻐 진미는 조그맣게 미소를 지었다.

세상에는 호의를 당연한 것으로 받아들이고, 적반하장의 태도를 취하는 사람도 많다. 헌데 이 여자는 베푼 사람도 기억 못 하는 하룻밤 호의를 고마워하고 그 호의를 배의 배로, 그 배의 배로 갚으려 한다. 단단해 보이지만 그 내면은 한없이 보드랍다. 그 부드러운 것으로 꽉 채워 단단함을 만든 사람. 그녀에게 너무 많은 빚을 지고 있다. 하지만 내가 지금 할 수 있는 것은 그저 그녀의 마음을 성심껏 받아들이는 것뿐.

"기대할게요."

진미는 윤제의 대답만으로도 이미 소망을 이룬 듯 활짝 웃었다. 그러다 문득 자신의 호의가 되레 이 남자에게 부담이 되는 건 아닐까, 하는 노파심이 찾아왔다.

"혹시 나 때문에…… 머뭇거리진 마요."

"……?"

"기억이 돌아오면 언제든지 떠나도 돼. 윤제 씨를 이 연극에 계속 붙들어 둘 권리, 나한텐 없으니까."

기억을 찾은 나는, 그녀와 이별해야만 하는 나일까. 혹은, 그녀 옆에 남아서는 안 되는 나일까.

짐짓 심각해진 윤제의 표정에 진미는 농담처럼 가볍게 뒷말을 붙였다.

"기억이 돌아오거나, 윤제 씨가 누구인지 알게 되면 나한테 꼭 말해줘요. 윤제 씨 부인이라도 나타나서 갑자기 머리채 붙잡으면 곤란하니까."

무시무시한 농담을 하며 그녀는 따뜻한 미소를 지었다. 그 미소로 못내 쓸쓸한 기색을 지우려 했지만 배우가 아닌 그녀에겐 어려운 일이었다.

"그래, 기억이 돌아오면…… 말할게요."

윤제는 그녀의 촉촉하게 젖어드는 눈을 바라보며 기약할 수 없는 약속을 했다. 오늘 한 거짓말 중 가장 큰 거짓말이 될지도 모르는 약속을.

두 사람의 목소리 말고는 아무것도 들리지 않을 것 같은 곳에서 무언가 수풀 사이로 사사삭 숨어드는 소리가 들렸다.

혹시?

"누가 우릴 따라오는 거 느꼈어요?"

"설마?"

구상경이 김석과 자신의 사이를 의심해 사람을 붙인 것처럼 지금도 미행을 붙인 것일까.

윤제와 자신의 관계를 의심해서? 진미가 반사적으로 뒤돌아보려 고개를 돌리는데, 윤제가 그러지 말라는 듯 그녀의 뺨을 손으로 감싸며 막아섰다.

"뒤돌아 보지 마요. 데이트로 보일 기회니까."

"……!"

"대신 확신을 주는 게 나을 거 같은데……."

"음……."

"어떻게 하면 진짜 연인처럼 보일까요."

질문인지 아닌지 모르겠는 윤제의 말에 진미의 심장이 쿵쾅댔다.

"연인이라면…… 이런 어두운 밤에……."

진미의 입술은 거기까지 말한 후 더는 움직이지 않았다. 윤제의 시선이 이미 자신의 입술을 뚫어지게 보고 있었기 때문에. 대신 그의 눈빛을 바라봤다. 내가 바라는 사람이, 자신을 간절히 바라는 눈빛을 보일 때 앞으로의 일 따위는 더 이상 생각할 수 없었다. 그녀가 천천히 눈을 감자 윤제는 진미의 목과 뺨을 그러쥐며 자신의 입술로 끌어당겼다. 부드러운 입술과 입술이 움직이며 서로의 체온을 조금씩 조금씩 높여갔다.

달빛이 하나의 그림자가 된 그와 그녀의 실루엣에 닿았을 때, 수풀 사이로 숨어들었던 고양이가 작게 야옹 소리를 내며 건너편 길가로 사라졌다.

진미는 그 순간, 깨달았다. 달과 뉴욕 사이에서 할 수 있는 가장 최

선의 일이 사랑에 빠지는 것이라면, 달과 서울 사이에서 할 수 있는
가장 최선의 일도 사랑에 빠지는 일이라는 걸.

그녀의 입술에 키스하며 윤제는 생각했다. 세상에서 가장 완벽한
거짓말이란 진실을 알면서도 서로가 서로에게 속아주는 달콤한 거짓
말이란 걸.

8장
서울의 저녁, 뉴욕의 점심

서린F&B 사내는 두 가지 소문으로 들끓었다. 이번 프로젝트의 최대 투자자가 김석의 예비신부인 구성그룹 구상경이라는 것. 그리고 오진미가 김석이 아닌, 구상경을 등에 업고 화려하게 컴백한다는 것.

이미 발표한 인사이동을 없던 일로 하는 건 이례적인 일이었고, 그건 구상경이 진미의 실력을 인정했다는 뜻으로 이해되었다. 거기에 김석과 오진미가 진짜 아무 사이도 아니니까 컴백이 허락된 것 아니겠냐는 추측도 더해졌다.

그 다음 월요일에 출근한 진미는 사뭇 달라진 직원들의 시선을 느꼈다.

자기들끼리 수군대다가도 그녀가 오면 서둘러 흩어지던 사람도 없었다. 대신 그녀를 향해 가식적인 웃음이라도 지으려 애쓰는 것 같았다. 이런 게 재벌 빽이라는 건가. 씁쓸했지만 이상하게 어깨에 힘이 들어가는 것도 사실이었다.

홍천 워크숍 이후로 얼굴 볼 일이 없던 디자인팀 노 차장은 진미를 복도에서 마주치자 잠시 머뭇대다 입을 뗐다.

"오 팀장, 그동안 오해해서 미안해요."

일처리가 깔끔한 그녀는 잘못을 인정하는 데도 주저함이 없었다. 그때는 오해할 수밖에 없었다느니 하는 구차한 변명도 붙이지 않았다.

"고맙습니다."

진미의 대답에 노 차장은 눈을 동그랗게 떴다.

"고마……워요?"

"오해했다고 사과하신 분은 차장님이 처음이라서요."

"……?"

"다들 아님 말고, 은근슬쩍 넘어가던데요?"

노 차장 역시 쿨하게 나오는 진미의 태도에 웃음을 터트렸다.

"곧 뉴욕 출장이 있는데…… 힘드시면 말씀해주세요."

진미는 노 차장이 싱글맘이라는 사실을 뒤늦게 알게 됐다. 아이 때문에 출장과 야근을 최대한 피하려 한다는 것도. 워크숍 때 진미에게 왜 날을 세웠는지 사정을 듣지 않아도 알 것 같았다.

"말이라도 고마워요. 그래도 일에 지장 주면 안 되죠."

노 차장은 시원한 성격답게 그렇게 한마디를 더하고 자리를 떴다.

다들 각자의 사정이 있지만 속속들이 알 수 없어 오해가 쌓인다. 허리를 꼿꼿이 세우며 걷는 노 차장의 뒷모습에서 사회생활의 피로

마저 단단하게 단련해버린 연륜이 느껴졌다. 지금 내 뒷모습은 어떻게 보일까, 진미는 문득 궁금해졌다.

윤제와의 동거 코스프레를 위해 진미는 오늘 반차를 썼다. 구상경이 언제 감시를 붙일지도 모를 일이기에 안이 훤히 들여다보이는 1층 식당에 윤제를 계속 둘 순 없었다.

두 사람은 엄마의 방을 정리하고 그곳으로 윤제의 짐을 옮기기로 했다. 그런데 문제는 윤제가 돕겠다고 나선 진미를 못마땅하게 여긴다는 것. 진미가 퇴근하기 전까진 수월하게 일이 진행됐는데 진미가 합류하자 속도가 눈에 띄게 느려졌다.

"아, 진짜! 가만있는 게 도와주는 거라니까."

매일 아침, 엄마가 로션을 찍어 바르던 앉은뱅이 화장대, 그 위에 놓인 어린 진미와 엄마의 사진들, 서랍 속 엄마의 낡은 장부와 요리 수첩…….

방을 치우다 말고 주저앉아 추억여행을 하는 진미를 보다 못한 윤제는 버럭 소리를 질렀다.

사실, 우리 키스하고 나서 좀 어색했잖아요? 왜 버럭 하세요? 진미도 지지 않고 소리를 질렀다.

"아, 왜 소리를 질러요! 간 떨어지게."

윤제가 진미를 번쩍 들어 거실 소파 위로 패대기치며 말했다.

"제일 큰 짐은 이거네, 오진미!"

허, 지금 굴러온 돌이 박힌 돌한테…….

"사람 짐짝 취급하는 거예요?"

진미가 버둥대며 일어나려 하자 윤제가 진미의 머리를 손으로 지그시 눌렀다.

아, 이 사람이 진짜!

손을 뻗어 윤제를 잡으려 버둥댈수록 윤제는 그런 진미를 내려다보며 놀리듯 말했다.

"그러니까 저 방은 그냥 두자고 했죠? 내가 진미 씨 방에서 잔다니까. 동거 커플로 보이려면 그게 더 맞지."

진미는 오랫동안 엄마의 방을 그대로 방치했다. 보기만 해도 아픔을 들춰내는 풍경이라 방문을 여는 것조차 진미에겐 어려운 일이었다. 하지만 윤제가 같은 방을 쓰겠다며 넉살을 부리자 마음의 정리는 순식간에 이루어졌다.

"얄미워, 정말."

실실거리며 능글맞게 웃는 윤제에게 진미는 눈을 흘기며 회심의 일격을 날렸다.

"어, 어?"

진미의 발길질을 피하던 윤제는 순간 무게 중심을 잃고 그대로 진미 위로 포개졌다.

"……."

"……."

서로의 호흡이 느껴질 정도로 가까워진 두 사람은 동시에 남산의 밤을 떠올렸다. 진심인지 위장인지 알 수 없던 그날의 우발적 키스를.

　혹여 진심이 섞였다면 진심은 몇 퍼센트였고 역할놀이는 몇 퍼센트였을까. 한 단어로 정의할 수 없는 애매하고 미묘한 감정이 잔잔하게 흘렀다.

　자신을 지그시 바라보는 윤제의 눈빛을 의식하고 진미는 화들짝 놀라 몸을 일으키려 했지만 그녀의 팔뚝을 쥔 손은 묵직했다. 진미 눈에 당황한 기색이 스치자 윤제는 그제야 아무 의도도 없다는 듯 두 손을 치켜들었다.

　일어나 앉은 진미가 머리카락을 매만지며 괜한 헛기침을 했다.

　"우리…… 그날은 없던 일로 해요. 우발적 사고였으니까."

　"……우발적 사고?"

　"미행 붙은 줄 알고 그런 거니까……."

　"나는 진짜였는데……."

　머리를 묶으려는 손이 멈칫했다. 진짜였다고? 문득 돌아본 윤제의 얼굴엔 상처받은 듯한 표정이 떠올랐다.

　"내가 지금 느끼는 감정까지 모르면…… 나는 정말 바보잖아."

　윤제는 어느새 실망한 표정을 지우고 진미의 눈을 똑바로 바라보며 말했다. 에두르는 것 없는 남자. 자신이 누구인지는 몰라도 지금 느끼는 감정은 표현할 줄 아는 남자다, 이 사람은.

　그의 태도에 안심이 되면서도 한편으론 말문이 막혔다. 뭐라고 해야 되나. 나도 처음 만난 날 이후로 당신을 계속 생각했다고? 그러니까 당신이 누구든 상관없으니 갈 데까지 가보자고?

윤제도 복잡한 진미의 심경을 읽은 듯 조용히 말을 이어갔다.

"지금은 그냥 내 마음이 이렇다는 것만 알아줘요. 진미 씨한테 아무것도 안 바라. 내가 당신한테 어울리지 않는 사람일 수도 있잖아."

진미는 그 순간 알아챘다. 그가 걱정하는 것과 내가 두려워하는 게 같았다는 걸.

"내가 누구인지 알게 되면…… 아니, 그걸 영영 모르더라도 진미 씨한테 어울리는 사람이 되면, 그때……."

그는 잠시 동안 말을 잇지 못했다.

"그러니까 지금은 참을게. 더는 안 갈 거라고."

자신을 달래듯 그가 힘겹게 읊조렸다. 그게 가능할까. 파란 신호등이 깜빡이는 것만 바라보며 횡단보도 너머에 서 있는 것. 아니, 나는 과연 할 수 있을까. 이미 그의 속마음을 알아버렸는데…….

머릿속이 얽힌 실타래처럼 복잡해졌다. 그 순간 반응이 온 것은 다른 곳이었다.

꼬르륵.

젠장, 이럴 때 왜 하필…… 흠흠, 헛기침하며 진미는 손에 들고 있던 엄마의 요리수첩을 괜히 턱턱 털어댔다.

윤제가 영 어색하게 구는 진미를 보며 웃음이 터지려는 걸 참더니 수첩을 낚아채 1층으로 내려갔다.

"좀 이따 내려와요! 저녁밥 먹게."

30분쯤 지났으려나, 구수한 밥 냄새가 계단을 타고 올라왔다. 1층으로 내려가는데 지지직, 익숙한 소리가 노랫소리처럼 들렸다. 진미가 버릇처럼 간판으로 시선을 옮겼다.

'참맛식당'

깜박대던 간판 불빛이 징, 소리와 함께 불을 밝혔고 그 순간, 진미의 어린 시절 기억이 소환됐다.

"간판 이름 바꿔! 왜 내 이름을 마음대로 쓰냐고!"

가게에 자식 이름을 붙이면 장사가 잘된다는 미신을 어디선가 듣고 와 엄마는 '진미식당'이라는 간판을 떡하니 내걸었다.

허름하고 세련되지 못한 곳. 어디서나 파는 백반을 똑같이 팔면서 내 이름을 붙이다니. 식당 모양새처럼 자신의 이미지도 격하되는 것 같았다.

엄마는 학교에서 내 별명이 오식당인 건 알고나 있을까. 제발 식당 이름을 바꿔달라며 애원했지만 엄마는 그런 딸의 성화를 한마디로 일축했다.

"네가 진미라서 진미식당이 된 줄 알어? 엄만 너 낳기 전부터 식당 차리면 진미식당이라고 하려고 혔어. 네 이름이 나중이랑께!"

아무리 항의해봐도 씨알도 안 먹혔다. 진미도 포기하지 않았다. 빈틈을 기다리며 호시탐탐 기회를 노렸다. 그러던 어느 날, 명절 연휴에 손님이 없자 엄마는 일찍 식당 문을 닫았다.

엄마가 2층으로 올라가고 한참이나 기다렸다가 진미는 식당 전화로 현아에게 연락했다.

"지금이야!"

대기라도 하고 있었는지 얼마 안 있다 현아와 동아가 사다리를 들고 나타났다. 두 사람이 잡아주는 사다리를 타고 진미는 간판을 향해 올라갔다. 두꺼운 색테이프를 잘라 '진'에 네 획을 더 그어 '참'으로 만들고 '미'자에 세 획을 더 붙여 '맛'을 만들었다.

'진미(珍味)'란 뜻이 본디 '참맛' 아니던가. 원래 의미를 훼손하지 않은 완벽한 개조. 진미와 남매는 자신들의 작당 모의에 손뼉까지 치며 좋아라 했다. 하지만 기쁨도 잠시. 정면 간판의 이름도 바꾸려고 다시 사다리에 오르려 할 때. 진미는 엄마에게 뒷덜미를 잡혀 끌려 내려왔다.

그때는 그게 왜 그리 싫었을까. 엄마의 일방적인 작명에 반항하듯 식당 근처에 얼씬도 하지 않았던 어린 시절이 새삼 후회되었다. 엄마는 식당을 열면서 어떤 이름이 좋을까 오래 고심했을 것이다. 그렇게 딸 이름을 내걸었고, 그 이름에 부끄럽지 않은 음식을 내려고 종종대며 식당을 오갔을 것이다. 그렇게 나이를 먹어야만 알 수 있는 마음들이 있다.

"아, 미안. 실수로 건드렸나 봐. 끌게요."

식당 문을 열고 나온 윤제가 멍하니 간판을 올려다보는 진미를 보
며 말했다.

"그냥 두죠, 뭐."

오랜만에 추억에 잠겼던 진미는 심드렁하게 말했다. 마침 윤제가
열어놓은 문 사이로 익숙한 음식 냄새가 흘러나왔다.

"어, 이건?"

식탁에는 놀랍게도 엄마의 메뉴가 차려져 있었다. 방을 치우다 주
저앉아 한참을 바라봤던 엄마의 요리수첩. 거기 적혀 있던 버섯두부
찌개와 불고기 백반. 그녀는 감히 시도할 엄두조차 못 해본, 다시는
맛볼 수 없을 거라 여겼던 요리들…….

진미는 뭉클한 마음으로 수저를 들었다. 그리고 음식을 천천히 음
미했다. 그동안 윤제가 요리한 음식들은 언제나 감탄을 자아냈지만,
이건 정말이지…… 흉내 내는 수준이 아니었다.

엄마의 찌개는 겉보기엔 평범해 보였지만 엄마만의 특별한 양념제
조법이 있어 쉽게 맛을 흉내 낼 수 없었다. 엄마만 알고 있는 비법은 수
첩에도 대충 적혀 있어 일견 암호처럼 보일 정도였다. 그런데 띄엄띄엄
적어놓은 레시피만 보고 이렇게 완벽하게 맛을 재현할 수 있을까.

진미는 혀로 입술을 핥으며 윤제를 가만히 바라봤다. 언제는 짐짝
이라고 패대기치더니 지금은 내 마음속에 들어왔다 나간 듯 그리운
맛을 마법처럼 소환시켜놓았다.

진짜 어떡하지, 당신. 진짜 어떡하지, 나는…….

윤제를 향한 제 마음이 어디로 가고 있는지 몰라 허둥대고 있는데 딸랑, 식당 문에 달려 있던 종이 울리며 진미를 다시 현실로 불러 들였다.

"혹시 식사 되나요?"

20대 중반으로 보이는 여자가 쭈뼛거리며 문가에 서 있었다. 간판 불빛을 보고 영업하는 식당이라 착각한 것 같았다.

이곳이 오랫동안 문 닫은 식당인지 몰랐던 걸 보면 여자는 이 동네로 이사 온 지 얼마 안 됐거나 그냥 지나가는 행인일 것이다. 퇴근 후 집으로 돌아가는 길, 우연히 이곳을 발견한 사회초년생일까. 어쩌면 여기가 그녀가 집에 도착하기 전, 마지막 식당일지도…….

"아, 그게……."

진미와 손님을 번갈아 보며 난처한 표정을 짓던 윤제가 그녀를 보내려 했다. 여긴 식당이 아니라, 하는 윤제의 말을 진미가 급히 끊었다. 그리고 대신 여자에게 의외의 말을 건넸다.

"메뉴가 한 가지뿐인데 괜찮으시겠어요?"

왠지 안쓰럽게 보였던 여자의 얼굴이 환해졌다.

"상관없어요!"

"어서 들어오세요."

진미는 그녀를 테이블로 안내하고 수저와 물컵을 내주었다. 어쩌면 엄마의 손님이 되었을지도 모르는 그녀에게.

음식을 차려주고 나서 진미와 윤제는 나란히 팔짱을 끼고 카운터

쪽에 서 있었다. 손님의 뒷모습만 봐서는 음식 맛을 어떻게 느끼는지 알 수 없었다. 젓가락과 수저가 왔다 갔다 하며 몇 술 뜬 다음 그녀가 고개를 번쩍 들더니 뒤돌아 소리쳤다.

"아, 정말 맛있어요!"

진미와 윤제가 서로 고갯짓하며 흐뭇해했다. 그걸로는 만족하지 못했는지 진미가 행주를 들고 그녀의 옆 테이블로 가 자연스레 앉았다. 그녀의 얼굴이 보이는 자리에서 행주로 상을 훔치며 곁눈질로 흘깃거렸다. 이제는 정확하게 볼 수 있었다. 찌개와 불고기를 허겁지겁 먹던 여자의 얼굴에 흡족한 포만감이 퍼지고 있는 것을.

진미는 온몸이 따뜻해지는 걸 느꼈다. 마음 어딘가 머물러 있던 허기마저 채워지는 것 같았다.

엄마를 떠나보내던 날 만난 영윤제라는 남자가 우연히도 이 집에 불시착했고, 다시 엄마의 맛을 재현했다. 엄마의 방을 정리하면서도 한편에 죄스러운 마음이 남아 있었는데 이제 그럴 필요가 없었다. 엄마의 흔적은 사라지지 않았으니까. 이 식당, 이 요리에 남아 있으니까. 그날 밤, 식당 간판 불빛은 늦도록 꺼지지 않았다.

열네 시간을 날아 도착한 뉴욕.

이스트 빌리지와 놀리타 지역 사이에 위치한 레스토랑 델리카시는 서울 달동네의 허름한 식당과는 비교할 수 없을 정도로 활기가 넘쳤다.

어느 학자가 말했다. 과거에 도시를 매력적으로 만드는 장소가 극장이었다면 지금은 그 역할을 레스토랑이 대신하고 있다고. 그렇다면 50년 동안 매일 다른 식당에서 다른 음식을 먹을 수 있을 만큼 많은 레스토랑을 품은 뉴욕은 지금 현재 지구에서 가장 매력적인 도시일 것이다.

델리카시의 주방에선 이 도시를 더욱 매력적으로 기억하게 해줄 음식들이 쉴 새 없이 만들어지고 있었다.

언뜻 바위를 연상시키는 윤기 나는 파이로 둘러싸인 비프 웰링턴, 그 옆에 꽃의 군락처럼 흐드러진 형형색색의 샐러드 그리고 그 사이를 가로지르는 과일 소스로 만든 초록빛 시내와 나뭇가지 모양의 초콜릿 가니쉬가 한데 어우러져 하나의 숲을 이루는 일명 '리틀 포레스트'와 두툼한 네 개의 토스트 위, 서로 다른 네 개의 토핑이 올라간 '판타스틱 4'는 이곳의 베스트셀러였다.

델리카시의 홀 매니저 제니스가 갓 나온 먹음직스러운 메인 메뉴를 진미와 직원들이 있는 테이블로 손수 서빙 했다. 라틴계와 독일계 혼혈이라는 그녀는 흑발에 파란 눈을 가진 건강미 넘치는 미인이었다. 얼핏 보니 테이블 위로 접시를 내려놓는 그녀의 배가 볼록해 보였다.

"제니스! 임신했어요? 전에 봤을 땐……."

두 달 전, 프랜차이즈 계약을 하러 왔을 때만 해도 제니스는 늘씬한 몸매를 유지하고 있었다.

"그때도 임신 상태였어요. 배가 이제 불러온 거죠."

"그럼 아이 아빠는 혹시……?"

"네, 접니다."

런치를 마감하고 온 오너 셰프 로빈 베일즈가 제니스의 어깨를 감싸 안으며 옆자리에 앉았다. 한국계 혼혈인 로빈은 큰 키에 뚜렷한 이목구비의 소유자였다. 화이츠를 입고 있지 않다면, 뉴욕 증권맨이라 해도 믿을 정도로 명민한 인상을 가졌다. 실제로도 그의 사업 수완이 델리카시를 성공적으로 론칭시켰다는 평이 있었다.

"오늘 제니스 마지막 근무예요. 출산 전까지."

요리학교에서 처음 만나 십 년 넘게 친구로 지내오던 두 사람은 최근에야 연인 사이로 발전한 거라고 했다. 순서가 좀 뒤바뀌긴 했지만 곧 조촐한 결혼식을 열거란 말도 덧붙였다.

"좋은 일이 연달아 생겼네요. 정말 축하드려요."

진심으로 축하 인사를 건네는 진미에게 제니스는 잔잔한 미소로 화답했다. 그런데 어쩐지 그 미소가 조금 쓸쓸해 보였다. 잘못 본 걸지도 모르고, 보는 사람 마음이 투영되면 달리 보일 수도 있는 건데……. 진미는 머리를 젓고는, 잠시 홀 매니저 일을 접어야 해서 그런 걸 거라 짐작했다.

진미는 실제 음식을 만드는 동안 델리카시 주방을 촬영해 효율적인 동선과 분업과정을 확인할 예정이었다. 노 차장은 인테리어를 담당한 디자이너를 만나 도면도와 건축자재 리스트를 받기로 했다. 다른 팀원들은 식기류 구입처를 방문해 한국으로 배송 가능한지 점검

할 터였다. 진미는 제니스에게 필요한 연락처들을 넘겨받았다.

"이 정도면 된 것 같네요. 빠뜨린 건 메일로 보낼게요."

"잘 부탁드립니다."

"참, 미스터 베일즈가 한국에 한 번은 오셔야 하는데요. 오시는 김에 서울 지점 메인 셰프를 뽑아주시는 건 어떨까 싶어요. 노하우도 직접 전수해주시면 좋고요. 아무래도 동영상만으로는 한계가 있으니까."

"물론입니다. 스케줄 확인해볼게요."

곁에서 가만히 듣고만 있던 제니스가 의외의 말을 꺼냈다.

"나도 가보고 싶어, 한국."

진미가 그거 좋겠다며 같이 오라고 말하려다 말고 흡, 입을 닫았다. 로빈의 미간이 티가 나도록 찌푸려졌기 때문이다. 아내 될 사람의 부탁인데, 과민한 반응이 어색해 진미는 오라는 말을 쉽사리 꺼내지 못했다. 인상을 쓴 만큼 로빈은 목소리도 거칠었다.

"임신한 사람이 어딜 간다고 그래?"

"당신 어머니 고국이기도 하잖아. 한 번쯤 가서 보고 싶어."

"뭘 보고 싶은 건데?"

로빈이 더욱 날을 세웠다. 이게 그렇게 흥분할 일인가? 지켜보는 진미는 당황할 수밖에 없었다. 일단 어색해진 분위기를 누그러뜨리려 진미가 한마디 했다.

"제니스, 출산하신 후에 저희가 정식으로 초대하겠습니다."

제니스는 뭔가 할 말이 있는 듯 입술을 달싹였지만 이내 입을 다물었다.

그제야 로빈도 자신이 너무 예민하게 굴었다 생각했는지 출산 후 같이 가자며 가볍게 분위기를 정리했다. 서로 몇 마디를 더 주고받고 나서 로빈과 제니스는 편하게 회의를 마저 하라며 자리를 떴다.

브레이크 타임 동안 진미와 팀원들은 식당 구석 자리에 앉아 할 일을 배분했다. 그리고 주방 구조와 동선을 화면에 담기 위해 카메라를 설치하고 디너 시간이 되기 전에 레스토랑을 나섰다.

뉴욕에 도착하자마자, 일정을 정리하느라 여독은 더욱 쌓여갔다. 진미와 팀원들은 호텔에서 잠시 한숨을 돌렸다 다시 만나기로 하고 뿔뿔이 흩어졌다.

호텔로 돌아온 진미는 객실 문을 열자마자 침대 위로 지친 몸을 던졌다.

이번 출장은 델리카시 론칭 실무를 위주로 스케줄이 짜여 있었지만 진미는 이번 출장에 개인적으로 해야 할 일이 하나 더 있었다. 윤제에 대한 단서들을 가지고 뉴욕에서 그의 흔적을 찾는 것. 무작정 그러기로 마음먹고 왔지만, 과연 어디에서, 무엇부터 찾아야 할까. 그를 아는 사람을 찾아야 할 텐데, 어디 가면 만날 수 있을까. 아니, 빡빡한 출장 일정 속에서 그럴 시간이나 있을까.

일정을 다시 확인하기 위해 핸드백에서 수첩을 꺼내려는데 딸려 나온 1달러 동전이 바닥으로 톡, 떨어졌다. 땡그르르, 동전이 곡선을 그리며 구를 때 진미는 조건반사처럼 익숙한 선율을 떠올렸다.

If you get caught between the moon and New York city
Best that you can do is fall in love.

달빛 아래, 달의 노래를 듣던 그녀의 오른손엔 행운을 가져다준다는 1달러 동전이 쥐어져 있었고, 그 동전을 선물한 남자는 그녀의 왼손을 붙잡고 그녀를 다시 호텔 방으로 인도했다.

다시 돌아온 진미의 눈앞엔 룸서비스 카트가 놓여 있었다.

"룸서비스 시킨 적 없는데⋯⋯."

"어때요? 1달러가 준 첫 번째 행운?"

남자는 흐뭇한 표정을 지으며 디쉬 커버를 열었다. 그 아래엔 먹음직스러운 파스타와 은은한 열기를 내뿜는 수프가 다소곳이 놓여 있었다.

"다 먹으면 식사비는 받은 걸로 할게요."

그는 음식들을 테이블 위에 차려놓고 진미가 앉기 편하도록 의자를 빼주었다.

그가 능숙한 솜씨를 발휘하자 그녀의 호텔 방은 금세 레스토랑으로 바뀌어 있었다. 그의 진정 어린 배려에 진미는 할 수 없이 수프 한 모금을 떠서 목으로 넘겼다. 이내 따뜻한 스프가 그녀의 몸에 남았던 한기를 사르르 녹여주었다. 커리를 닮은 매콤한 향이 은은하게 혀끝을 맴돌았다. 코앞까지 다가와 연신 간질거렸던 감기가 고개를 떨구고 물러가는 듯했다. 고맙다는 표시를 하려고 일단 먹는 시늉만 해야지 했다가 자기도 모르는 사이에 스프 한 그릇을 남김없이 비웠다.

파스타까지 다 먹는지 보고 나가겠다는 듯 그는 옆에 팔짱을 끼고 앉아 말없이 지켜보았다.

정말 접시를 다 비울 때까지.

이상했다. 아까까지만 해도 이 세상에 완벽하게 홀로 남겨진 기분이었는데, 견딜 수 있겠다는 생각이 문득 고개를 들었다. 하루하루 견디다 보면 어떻게든 살아지겠지. 그녀 안에서 다시 싹트는 기운이 옆에 앉은 남자 탓인지, 지금 먹은 음식 때문인지 알 수 없었다. 안심해도 될 것 같은 느긋한 감정이 천천히 차오르더니 급기야 물기로 맺혀 자기도 모르는 사이, 눈가에서 흘러내렸다.

"아, 잠깐 화장실 좀……."

갑자기 울컥한 건 엄마의 말이 떠올라서였다. 바닥을 쳤을 때 밥한 끼 사주는 사람을 기억하라는 말. 아무리 힘들어도 그이를 떠올리며 그 밥심으로 살아라. 엄마는 사람들이 흔히 말하는 밥심을 다른의미로 해석하며 말했다.

어린 시절에는 고리타분해 보이는 그 말이 와 닿지 않았다. 바닥을칠 일은 대관절 무엇이며, 아무리 그렇다 해도 어른이 밥 한 끼도 못사 먹을까. 그런데…… 살다 보면 그런 일이 생기기도 했다.

운 흔적을 지우고 진미가 화장실에서 나왔을 때 이미 남자는 사라지고 없었다. 감사하다는 인사도 제대로 전하지 못했는데……. 이름도 물어보지 못했는데…….

아쉬운 마음에 밤새 뒤척인 진미는 다음 날, 프런트부터 찾았다. 하지만 전날 밤 그녀에게 객실을 배정해준 남자의 친구는 보이지 않았다.

잠시 자리를 비운 게 아닐까 싶어 진미는 로비를 서성이며 오가는 사람들을 눈여겨보았다. 마침 나이트 근무를 마치고 퇴근하는 직원을 발견했다.

"저, 어젯밤에 체크인했던……."

"아, 편한 밤 보내셨나요?"

"네, 덕분에요. 근데 어제 그분께 감사인사를 전하고 싶은데……."

"아, 그 친구. 신경 쓰지 마세요. 자기 얘긴 한 마디도 하지 말라고 신신당부하고 갔어요."

그는 이름 없는 천사로 남으려 했던 모양이었다. 그런데 이 여자의 얼굴을 보니 상대는 그 반대인 것 같았다. 마치 그를 수호성인이라도 삼고 싶어 하는 것처럼 보였다.

"그래도 꼭 감사인사는 하고 싶어요. 밥 한 끼, 딱 점심 한 끼만 대접할게요."

그녀의 간절한 표정에 직원은 마음이 약해졌다.

"그럼 얘기는 전해볼게요. 하지만 너무 기대는 마세요. 어디로 가라고 할까요?"

진미는 어디를 만남의 장소로 정해야 할지 얼른 떠오르지 않았다. 그녀에게 뉴욕은 너무도 낯선 도시였다. 더군다나 은인에게 대접할 만한 훌륭한 레스토랑은 전혀 아는 바가 없었다.

"여기 괜찮은 레스토랑이 어딘가요?"

진미는 근방의 관광지를 잘 알고 있을 것이라 예상하며 직원에게 되물었다. 남자는 잠시 머리를 갸웃거리며 생각하는 것 같더니 이내 확신에 찬 표정으로 입을 열었다. 선택지도 보여주지 않고 단 하나의 이름만 내뱉었다.

"델리카시! 이스트 빌리지와 놀리타 사이에 있어요."

진미는 약속한 시간보다 일찍, 떨리는 마음으로 델리카시를 찾았다. 구석 자리에 앉아 혹시 그를 놓칠세라 지나는 사람 하나하나 살폈다. 그러나 기다리는 얼굴은 나타나지 않았다.

음료만 시켜놓고 마냥 기다릴 수는 없었다. 브레이크 타임이 다가오자 서버들은 몇 번이나 다시 와 음식 주문을 재촉했다. 런치 오더가 곧 마감될 예정이라며.

진미는 할 수 없이 메뉴판을 들어 베스트셀러라 쓰인 메뉴 두 가지를 골랐다. 하지만 진미가 식사를 다 마치도록 그는 끝끝내 나타나지 않았다. 그날, 진미는 그에 대해 어떤 것도 알 수 없었다, 다만 한 가지는 정확히 알게 되었다. 호텔 직원의 추천만큼이나 이 레스토랑의 요리가 정말 훌륭하다는 것. 그것이 델리카시 서울 1호점을 추진하게 된 계기였다.

그날을 떠올리니 그때의 아쉬웠던 심정이 고스란히 되살아났다. 진미는 탁자 아래 숨어버린 1달러 동전을 줍기 위해 바닥에 무릎을 꿇고 팔을 힘껏 뻗었다. 얄밉게 숨어 있던 동전을 낑낑 대며 집어 올리는 순간, 탁자에 머리를 쿵, 부딪쳤다.

"앗!"

그와 동시였다. 무언가 머릿속을 번쩍 하고 지나간 것은.

욱신거리는 머리를 문지르며 진미는 후다닥 노트북을 꺼냈다. 메일 서버에 접속해 매든스 호텔이 보내온 답신을 찾아냈다. 작년 추수감사절 날, 프런트에서 야간근무를 했던 남자직원과 동양인 남성을 찾는다는 진미의 메일에 보내온 회신이었다.

Dear Ms. Oh
메일로 문의주신 사항 답변 드립니다.
말씀하신 날짜에 야간에 프런트 근무를 선 직원을 확인해보았으나
퇴사 후, 개인 연락처 변경으로 현재 연락이 닿지 않고 있습니다.
더불어 그즈음 저희 호텔에 근무한
30대의 동양인 남자직원도 없었음을 알려드립니다.
더 이상 도움을 드리지 못해 안타깝게 생각합니다.
- NY 매든스 부티크 호텔

진미는 메일을 다시 읽으며 깨달았다. 그간 헛다리를 제대로 짚었다. 질문 자체가 잘못된 것이다.

진미는 매든스 호텔 메일 주소를 클릭해 질문을 바꿔 다시 메일을 쓰기 시작했다.

9장
우리들의 셰어 허즈번드

내리쬐는 정오의 해가 사람들을 실내로 몰아넣은 시각, 윤제는 식당 유리 너머로 골목을 살피더니 소리 나지 않게 블라인드를 내렸다. 검은 모자를 눌러쓴 그의 눈빛이 거울 속에서 날카롭게 빛났다.

뒷문으로 식당을 빠져나간 윤제는 날렵하게 옆집 담장을 넘었다. 대담하게 옆집 대문으로 걸어 나온 후, 지나는 택시를 잡아탔다.

목적지에 도착해 딩동, 초인종을 눌렀다.

현관문 안쪽에서 부스럭거리는 소리가 들리더니 곧 문이 열렸다. 부스스한 몰골을 하고 잔뜩 인상을 찌푸린 집주인이 얼굴을 내밀었다.

"아! 또?"

트레이닝 바지에 러닝셔츠 차림으로 나온 현아 남편은 막 깨어났는지 머리가 산발인 데다 잠이 덜 깨 연신 하품을 해댔다.

"왜 또 왔어요?"

"나 다시 안 봤음 좋겠죠?"

"말이라고 합니까."

"그럼 어떻게 해야 그만 볼 수 있을까요?"

윤제는 능글맞게 씨익 웃더니, 열린 문틈 사이로 스윽 발을 들이밀었다. 기필코 안으로 들어가겠다는 의사 표시였다.

아 씨, 남자는 머리를 벅벅 긁어대더니 다시 들어가 겉옷을 가지고 나왔다.

"하면 되잖아요. 갑시다, 가."

가사도우미 윤제의 첫 방문 이후, 현아는 당신이 윤제에게 집안일을 배우지 않으면 집으로 돌아가지 않겠다고 선전포고했다. 어쩔 수 없이 백기를 든 남편은 정기적으로 윤제의 방문을 받고 있었다.

아파트 단지를 빠져나와 마트로 향하는 두 남자는 사이좋게 장바구니 하나씩을 나눠 들었다.

"오늘은 미역국이랑 장조림을 만들어 보죠."

"아, 됐고. 그냥 라면 맛있게 끓이는 법이나 알려줘요."

"산모가 직접 미역국 끓여 먹게 만들 거예요?"

윤제가 보란 듯이 소매를 걷자 그를 지레 겁먹게 만든 문신이 다시금 꿈틀거리며 드러났다.

"아, 알았어요. 뭐부터 사면 됩니까?"

다소 험악해진 분위기에서 재료를 고르기 시작했지만 분위기는 금세 반전되었다. 마트 원정대는 이내 오래 알고 지낸 사내아이들처럼 투닥대더니, 어느새 합심해 카트에 식재료를 채워 넣었다.

현아 남편도 장보기가 성가실 법한데 아주 싫지만은 않은 표정이었다. 가득 채운 카트를 전리품이라도 되는 듯 흐뭇하게 바라봤다. 그건 윤제에 대해서도 마찬가지였다. 연신 툴툴거리며 까탈스럽게 구는 건 윤제가 편해졌다는 뜻이었다. 윤제 특유의 유머 감각과 서글서글한 성격이 현아 남편의 경계심까지 허물어버린 것이다. 윤제의 친화력은 실로 성별을 뛰어넘었다.

집으로 돌아와 윤제의 사사로 현아 남편은 미역국과 장조림을 그럴듯하게 만들어냈다. 맛을 감상하고는 연신 원더풀을 외쳤다. 스스로 뿌듯해하는 게 우뚝 솟은 어깨에서 고스란히 엿보였다.

이제 시간이 된 것 같아 손을 털고 떠나려는데 현아 남편이 윤제를 붙잡았다.

"다 해놓고 밥도 안 먹고 간다고요?"

"가야 돼요, 바빠요."

"이제 저녁 시간인데 뭐가 바쁘다고. 그러지 말고 맥주 한잔 콜?"

"안 돼요. 다음 손님 예약 있어요."

"예약은 뭐고 손님은 뭐야? 현아 부탁으로 잠깐 알바 하는 거 아녔어요?"

윤제는 진미 남자친구 코스프레를 시작하면서 진미에게 선물 받은 핸드폰을 꺼내 'share_husband'라는 인스타그램 계정을 보여줬다.

"집안일 똑 소리 나게 하는 저희 남편을 공유합니다."

- 가사노동, 요리, 고장 수리 가능 -

프로필 글귀는 현아의 작품이었다. 실상은 가사도우미 영업 계정
이었지만 현아는 방송작가답게 번뜩이는 아이디어로, 윤제 아내로
빙의해 남편을 공유하겠다는 발칙한 문구를 달았다.

현아 남편은 계정에 올라온 사진들을 클릭했다.

"뭐야, 이거 우리 집이잖아!"

게시물에는 여러 집들의 청소 전후 사진과 다양한 요리 사진들이
올라와 있었다. 하지만 그중에서도 폭발적인 하트 수를 기록한 건 현
아네 집이었다. 현아 남편이 만든 돼지우리가 윤제의 손길을 거친 후,
윤이 날 정도로 반짝반짝해진 비포 애프터 사진.

"현아 씨가 허락했어요. 현아 씨 아는 연예인이 리그램 해줘서 팔
로워도 많아요."

현아 남편은 허락도 없이 자기 집 사진을 올렸다는 사실에 화가 치
밀었다가 팔로워 수를 보고는 입을 쩍 벌렸다. 비포 앤 애프터 사진
에 솔깃한 사람들이 계정을 팔로우하고, DM으로 청소와 요리를 의
뢰해왔다. 본명과 실물이 공개되지 않아 수상쩍게 여기던 사람들도
직접 서비스 받은 고객들의 칭찬 댓글을 보고는 안심하며 일을 맡기
기 시작했다. 만족스런 후기 댓글이 끝도 없이 이어졌다.

도우미 의뢰를 하는 집들에는 공통점이 있었다. 바빠서, 아파서, 어

떻게 해야 할지 잘 몰라서……. 각자의 사연을 가지고 윤제에게 SOS 를 쳤지만 그들에겐 일상을 유지하고 싶다는 명백한 의지가 있었다. 어떻게든 깨끗한 집에서 잠들고 세끼 밥을 챙겨 먹겠다는 안락함을 향한 의지.

그런 공간에 들어가면 윤제에게도 이상한 소속감이 생겼다. 이곳 에 존재하는 안정감을 한 조각 얻어가는 기분도 들었다. 그리고 이런 기분을 자신도 모르는 과거에도 느낀 것 같다는, 확신할 수 없는 확 신 같은 것도.

하지만 윤제의 막중한 제1 업무는 진미의 동거인 및 남자친구 코 스프레였다. 주 4일 근무, 오전 10시에서 5시까지만. 딱 그 시간에 할 수 있는 일만 받았다. 진미 퇴근 전까지 무조건 집으로 돌아가자는 게 윤제가 정한 규칙이었다. 하지만 요 며칠 동안 진미가 없으니 사 정이 딱한 의뢰인의 집을 특별히 저녁 시간에 방문하기로 한 것이다.

현아네 집을 나선 윤제는 진미네 집에서 1km 정도 떨어진 빌라로 향했다.

도착해 벨을 누르자 익숙한 목소리가 반사되어 나왔다.

"아저씨!"

동물병원 앞에서 만난 아이가 현관으로 뛰어나와 윤제를 반겼다.

그 뒤로 어딘지 낯이 익은 포메라니안이 꼬리를 흔들며 윤제를 반 겼다. 윤제는 반갑다고 발밑에서 빙그르르 돌아대는 강아지를 보며 말했다.

"근데 이 꼬마, 동물병원에 있던 애 아냐? 한빈이 받아쓰기 100점 맞았구나!"

"네!"

"이 강아지 다리가 다쳐서 버려져 있었대요. 내가 엄마한테 꼭 이 강아지 데려가고 싶다고 졸랐어요."

"착하네, 우리 한빈이."

윤제는 기특해하며 아이의 머리를 쓰다듬었다.

얼마 전, 워킹맘인 엄마를 대신해 한빈이를 돌보던 할머니는 깜빡거리는 신호등 불빛에 뛰어가는 손자를 쫓아가다 무릎 연골이 파열되는 사고를 당했다. 그때 횡단보도 근처를 지나던 윤제가 주저앉은 할머니와 아이를 발견했고, 곧바로 병원으로 데려갔었다.

당분간 걷지 않는 게 좋겠다는 의사의 진단에 할머니는 저보다 손주 걱정이 앞섰다. 아이 등하교는 어떻게 시키며, 밥은 어떻게 만들어주냐며 생판 남인 윤제를 붙잡고 하소연을 늘어놓았다.

할머니의 걱정을 다 듣고 난 윤제는 할머니가 완쾌될 때까지 도움을 드릴 수 있다고 조심스럽게 말했다. 하지만 아이 엄마는 결사 반대였다. 누군지도 모르는 성인 남성한테 어떻게 아이를 맡기냐며. 하지만 곧 출장 날짜가 잡히고 마땅히 아이를 부탁할 데가 없던 아이 엄마는 윤제가 보여준 인스타그램 계정을 보고 마음을 돌렸다. 단, 출장 기간 동안만 임시로.

윤제는 간단히 집을 치우고 식사를 만들었다. 아이 할머니는 밥 한 숟가락 뜰 때마다 윤제에게 고맙다며 연신 고개를 숙였다.

"아이고, 그만하고 드세요. 누가 보면 음식 앞에 두고 제사 지내는 줄 알겠어요."

한빈이 주문한 함박스테이크를 아이와 할머니 모두 남김없이 해치웠다. 깨끗하게 비워진 접시들을 보며 윤제의 마음에 충일한 기쁨이 피어올랐다.

처음엔 자신의 요리를 맛있게 먹는 진미를 보면서 그런 감정을 느꼈다. 그건 진미를 좋아하기 때문에 그런 것이라 생각했다. 하지만 아이와 할머니도, 밉살스러웠던 현아의 남편도, 다른 의뢰인들에게도 그런 느낌을 받는 걸 보면, 이건 인간의 DNA에 새겨진 원초적인 감정이 아닐까 싶었다. 누군가를 먹이고 보살필 때 생기는 본능적 기쁨.

밥상을 치우고 윤제와 한빈은 새 친구와 함께 저녁 산책을 나왔다. 포메라니안과 동네 한 바퀴를 돌 동안, 아이는 윤제가 듣던 말던 쉬지 않고 조잘댔다. 거기 맞춰 윤제도 제 사정이 자연스레 튀어나왔다.

"이제 알았다! 아저씨가 다쳐서 어떤 아줌마가 돌봐줬고, 이제 아저씨가 다 나았으니까 우리를 돌봐주는 거구나."

"그래, 한빈이 말이 맞아. 한빈이 엄청 똑똑하구나."

아이의 명쾌한 상황정리에 윤제는 피식, 웃어버렸다.

놀이터로 들어서니 아이들이 강아지를 만지러 우르르 몰려왔다가 쪼그만 놈이 으르렁대며 의외로 사납게 굴자 흥미를 잃고 다시 미끄럼틀과 시소로 돌아갔다.

"아저씨는 원래 어디 살았어요?"

"아저씨는 미국에서 왔어."

"우리 아빠도 미국에 있는데! 내가 중학생 되면 온댔어요. 아저씨, 혹시 우리 아빠 알아요?"

"글쎄…… 전에도 말했지만 아저씨는 별로 아는 게 없어."

아이는 시무룩해졌다. 잠시 서로 말이 없는 틈에 누군가 한빈이를 불렀다.

"한빈아!"

목소리의 주인공은 한빈이 또래 여자아이였다. 주전부리를 사오는지 소녀의 아빠가 편의점 비닐봉투를 들고 느긋한 걸음으로 뒤따랐다.

"김한빈 안녕!"

친구에게 사뿐히 인사한 여자아이는 윤제를 보고 고개를 갸웃했다.

"아저씨 미국에서 왔어요?"

"응, 어떻게 알았어?"

"아빠! 이 아저씨가 한빈이 아빠래!"

한빈이는 평소 친구들에게 아빠가 미국에 있다고 말하고 다닌 모양이었다. 그러니 소녀는 단박에 윤제를 한빈이 아빠로 착각한 것이다. 말로만 듣던 한빈이 아빠가 정말 미국에서 돌아왔다는 게 신기했는지 제 아빠까지 불러대며 요란을 떨었다.

딸내미가 부르는 바람에 엉겁결에 다가온 아이 아빠가 허리를 숙이자 윤제도 반사적으로 꾸벅거렸다.

"한빈이 엄마 출장 가셨다더니 아빠가 보러 와주셨구나."

남자는 난감해하는 윤제의 기색을 눈치채지 못하고 말을 붙였다.

"미국에 파견근무 가셨었나 봐요? 어디 계셨어요?"

"뉴, 뉴욕이요."

"아, 뉴욕 지사 계셨구나. 회사에서 되게 인정받으시나 보다."

"아, 뭐 그렇죠……."

어쩔 수 없이 고개만 주억거리는 그에게 소녀의 아빠는 마침 생각 났다는 듯 물었다.

"참, 이번 체육대회 오시나요?"

"네?"

남자는 '아빠와 2인3각' 종목에 출전하게 돼서 연차를 냈다는 둥, 요즘 배가 나와서 실력 발휘를 잘 할 수 있을지 모르겠다는 둥 아이 들 화제로 이야기를 이어갔다. 윤제는 난감한 듯 한빈이를 내려다봤 고, 한빈이는 윤제의 옷자락을 잡고 애원하듯 그를 바라봤다.

이 일을 어쩐다…….

윤제는 한빈이의 간절한 눈길에서 불길한 예감을 받았고, 그 예감 은 여지없이 들어맞았다.

"1학년 3반, 김한빈 어린이와 아버님!"

교감의 호명에 번뜩, 정신이 들었다. 주변 학부모들이 윤제에게 얼 른 단상으로 올라가라며 등을 떠밀었다.

아이고, 내가 지금 뭘 하고 있는 건지……. 진미 남자친구 코스프레에, 한빈이 아빠 코스프레까지.

이들 중에 진미의 지인이 없기만을 바랄 뿐이었다.

윤제는 한빈이 손을 잡고 운동장 단상에 올랐다. 한빈이가 1등 상장과 상품인 문구 선물세트를 직접 받았다. 상품을 품에 안은 한빈이는 그동안 윤제에게 보여준 표정 중에서 가장 행복한 표정을 지었다. 그래, 네가 좋으면 그걸로 됐다.

출장으로 체육대회에 오지 못하는 엄마를 대신해 윤제는 기꺼이 가짜 아빠 역할을 수락했다. 아이가 기죽지 않게 참석하는 데만 의의를 두려고 했다. 하지만 윤제의 허우대를 매의 눈으로 훑어보던 같은 반 엄마들은 그를 가만두지 않았다. 아빠들이 출전하는 2인3각 경기에 등 떠밀려 출전했고 번번이 승리하고 말았다. 이길 때마다 폴짝대며 좋아하는 한빈이를 보자니 저도 모르게 승부욕이 솟아올랐기 때문에…….

결국 결승전에 올라간 윤제는 휘슬이 울리자 또다시 눈빛이 돌변했다. 한빈이의 어깨를 잡고, 거의 들고 뛰다시피 했다. 두 사람은 점점 선두로 치고 나갔다. 한빈이의 발은 허공에서 허둥댔지만 입꼬리는 귀에 걸리기 직전이었다.

관중석의 환호성이 점점 커졌다. 아빠들은 얼음이 됐고 엄마들은 젊은 아빠의 괴력에 괴성을 질러댔다. 청팀, 백팀을 초월해 모두 윤제를 응원하는 기현상마저 벌어졌다. 엄격히 말하면 제대로 2인3각을 지키며 뛴 것이 아니기에 누군가 항의하고 나오면 1등 수상은 취소될 수도 있었지만 초등학교 체육대회에 그렇게 엄격한 룰은 적용되지 않았다. 분위기를 띄워주는 사람이 최후 승자일 뿐.

윤제와 한빈이는 학부모들의 열렬한 박수를 받으며 단상에서 내려왔다. 뒤늦게 현실 자각 타임을 가진 윤제는 머리가 어질거렸다.

돌아오는 길에, 두 사람은 햄버거 가게에 들렀다. 걱정하는 윤제를 위로한 건 되레 한빈이었다.

"엄마가 아시면 혼나겠다."

"괜찮아요. 우리 엄마, 학교 친구들 아무도 모르고요, 친구 부모님들이랑도 안 친해요."

아직 들뜬 열기가 가시지 않은 아이는 문구세트를 뜯으며 마냥 행복한 얼굴이었다. 괜한 걱정은 조금도 하지 않았다.

"그래, 엄마한테 들키면 잠깐 유괴 당했다고 해. 이상한 아저씨가 아빠라고 우기면서 체육대회에 난입했다고."

윤제는 한숨을 쉬며 고개를 절레절레 저었다. 그러면서도 손으로는 깔끔하게 포장을 벗겨 햄버거를 아이의 손에 쥐여주었다.

3일 동안 메일함을 수천 번쯤 열었다 닫았다. 노 차장과 인테리어를 점검할 때도, 로빈과 재료 목록을 확인할 때도, 델리카시의 식기류와 소품 목록을 체크할 때도 몰래 핸드폰으로 메일 앱을 확인했지만 매든스 호텔 측은 메일 수신확인도 하지 않은 것 같았다.

이제 내일이면 서울로 돌아가야 한다. 진미는 지푸라기라도 건지자는 마음에 로빈 베일즈와 잠깐 독대를 했다. 사방을 두리번거리고 나서 조심스럽게 물었다.

"혹시 매튼스 호텔 주방 직원 중 아는 분이 계신가요?"

진미가 놓친 사실은 이것이었다. 윤제가 매튼스 객실 직원일 거란 가정에만 몰두해, 주방 직원일지도 모른다는 사실을 간과한 것이다.

주방 스태프는 조리부에 소속되어 있지만 몇몇 셰프만이 정규직원으로 이름을 올리고 그 밑의 프랩쿡, 보조 셰프 등은 수시로 바뀌고 또 그만뒀다. 그렇기에 호텔 측에서 이들까지 파악하긴 현실적으로 불가능했다.

"매튼스 호텔이요? 거기 리뉴얼 중 아닌가요?"

진미는 에둘러 사정을 설명했다. 예전에 뉴욕에 왔을 때 새벽 시간, 룸서비스를 해준 직원에게 감사 인사를 전하고 싶은데 연락이 닿지 않아서 그렇다고.

진미의 말에 로빈은 잠시 생각해보더니 고개를 저었다.

"음…… 매튼스에는 딱히 생각나는 사람이 없네요. 주변에 한번 물어볼게요. 몇 다리 건너다보면 아는 사람이 나올 수도 있어요."

요식업이 발달한 뉴욕은 도시 전체가 커다란 주방이라고도 할 수 있다. 건강한 사람의 피가 혈관을 따라 활발하게 움직이듯 뉴욕 레스토랑의 인력들도 어느 도시보다 더 유연하게 움직였다.

어제 장 조지 레스토랑에서 일한 프랩쿡이 오늘 노마스의 셰프 보조가 되기도 하고, 오늘 르 베르나딘의 수 셰프가 내일 새로운 퓨전 레스토랑의 주인이 되기도 한다. 아마 로빈 베일즈도 주방에 공백이 생겼을 때 당장 부를 만한 일꾼 네댓은 알고 있을 것이다.

진미는 지푸라기라도 잡는 심정으로 핸드폰을 꺼내 사진첩을 열었다. 주방 스태프 중에서 누구라도 윤제를 알아보지 않을까 싶었던 것이다. 그런데…… 눈 씻고 뒤져봐도 윤제의 사진이 없었다.

동거인 코스프레를 하면서 사진 한 장 찍어놓질 않았다니!

진미는 양해를 구하고 밖으로 나가 윤제에게 전화를 걸었다. 얼른 셀카 한장 찍어 보내달라고 할 참이었다. 신호음을 들으며 초조하게 구두코를 까닥이는데 시선 끝에 묵직한 그림자가 드리웠다.

"오 팀장, 여기서 뭐해요?"

"본부장님?"

고개를 드니 김석이 뚜벅뚜벅 일정한 보폭으로 다가오고 있었다. 공식적으로 김석은 LA 출장 중이었다. 그 후엔 한국으로 복귀하는 스케줄일 텐데 여긴 왜……?

너무 당황한 나머지 진미는 핸드폰을 제대로 가리지 못했다. 김석이 그녀의 핸드폰 액정에 뜬 윤제의 이름을 보더니 얼굴이 싸늘하게 굳어졌다.

"출장 와서 매분 매초가 정신없이 바쁠 텐데 애인한테 한가롭게 전화할 시간은 있나 봐요?"

그는 좋아하는 여학생에게 차이곤 팬스레 엉뚱한 데 심술부리는 사춘기 중학생처럼 굴었다. 진미가 김석 뒤에 따라온 비서에게 왜 알리지 않았냐는 눈짓을 보냈지만 그는 얼른 시선을 피했다.

레스토랑 안에 있던 로빈 베일즈가 마침 김석을 알아보곤 입구로 나와 악수를 청했다.

"기다렸습니다, 미스터 김."

"제가 프로젝트 책임자인데 당연히 와봐야죠. 제가 이래 봬도 완벽주의자라 하나하나 챙기지 않으면 안심이 안 돼서요."

서로 인사하는 게 자연스러운 걸 보니 로빈 베일즈는 김석이 방문한다는 사실을 알고 있던 모양이었다. 두 사람은 유창한 영어로, 진미가 다 알아듣기엔 벅찬 대화를 주고받으며 간간이 웃음을 터트렸다.

이 정도 타이밍이면 되었다고 여겼는지 사보담당 직원들이 들어와 김석과 로빈의 사진을 찍기 시작했다. 로빈과 김석이 매장을 함께 둘러보며 담소를 나누는 모습이 연신 카메라에 담겼다. 김석은 지역 행사가 모두 끝나고 폭죽을 터뜨리기 전 카운트다운이나 하며 생색내는 군수처럼 웃고 있었다. 원래 상사들이 하는 일이 이런 거라지만 이걸 찍겠다고 굳이 뉴욕까지 날아와 뭘 이렇게까지…….

거기까지 생각하니 김석의 꿍꿍이가 뭔지 짐작됐다. 그동안 자신의 것으로 포장해왔던 실적을 진미가 구상경 앞에서 제대로 커밍아웃 하는 바람에 김석의 자존심은 구겨질 대로 구겨졌을 것이다. 그러니 이번 프로젝트만큼은 내 것이다, 제대로 도장 찍고 싶을 터였다.

기동대처럼 자신들의 임무를 후딱 끝낸 사보담당 직원들이 모두 사라지자 김석은 바로 진미를 찾았다. 짐짓 근엄한 표정을 연기하며 말했다.

"오 팀장, 그간 진행상황 보고하세요."

여보세요, 뭐라고요? 진미의 진두지휘 아래 계획된 일들은 착착 마무리되고 있었고, 출장 보고서도 매일 밤 세밀하게 올렸건만 연락도 없이 나타나 A부터 Z까지 읊으라고? 출장 와서 매분 매초가 바쁜데 너는 대체 무슨 짓이죠?

진미는 어쩔 수 없이 주문 받는 서버처럼 김석 옆에 서서 그의 높은 지위를 확인시켜주었다. 이런 식이면 비행기에 오르기 전까지 꼼짝없이 그 옆에서 의전을 해야 할 판이었다.

젠장, 서울로 돌아가기 전. 사람 찾는 사설탐정 노릇 좀 해보려 했는데…….

진미는 김석의 눈을 피해 슬쩍 핸드폰 액정을 켰다. 여전히 어떤 답신도, 전화도 오지 않았다.

"김석 본부장이 뉴욕에 도착했다고 합니다."

포크와 나이프가 찰랑 소리를 내며 접시 위로 떨어졌다. 구상경이 인상을 쓰며 냅킨으로 입가를 닦아냈다.

"진짜 마음에 안 드네."

그녀의 말 한마디에 펜트하우스엔 살얼음이 내려앉았다. 뒤편에 겁먹은 얼굴로 서 있던 조리사는 몸 둘 바를 몰라 했다. 구상경은 그에게로 고개만 살짝 돌려 말했다.

"내일부터 나오지 마세요."

조리사는 울 것 같은 얼굴로 몇 번이나 허리를 꾸벅이다 사라졌다.

"왜 이렇게 스테이크 하나 제대로 굽는 사람이 없어?"

결혼 발표 후, 그녀는 부모님을 비롯해 두 오빠와의 관계가 더 나빠져 이곳 펜트하우스로 거처를 옮겼다. 구성그룹에도 계열 식품회사가 있건만 그녀가 따로 세를 키우려는 속셈이 드러나자 가족들은 그녀를 탐탁지 않게 여겼다. 상경은 그녀를 잡아먹을 듯한 눈길들을 피해 이곳으로 온 것이다. 혼자 지내니 차라리 잘 됐다 싶었지만 음식만큼은 영 성에 차지 않았다.

태어나 살아온 29년이라는 시간 동안 그녀는 한국보다 미국에서 더 오래 머물렀다. 자연히 입맛도 미국인에 가까웠다. 게다가 까다로웠다. 이곳에선 그녀가 만족할 만한 양식 조리사를 찾기 힘들었다. 본가의 조리사를 빼올 수도 없는 노릇이었고. 임시방편으로 호텔 레스토랑에서 중간급 셰프를 데려왔지만 만족스럽지가 않았다.

진미는 푸짐하게 차려진 식탁을 미련없이 떠나 소파로 가 앉았다.

"그리고 또."

비서가 얼른 들고 있던 서류 봉투에서 사진을 꺼내 건넸다. 동네 마트에서 윤제가 현아의 남편과 다정하게 장을 보는 사진이었다. 구상경이 눈썹을 치켜떴다.

"이게 뭡니까?"

"그러니까 그게 저……."

수행비서는 파악은 했으나 해석이 안 되는 이 상황을 어떻게 보고해야 할지 몰라 난감해했다.

"정기적으로 또래 남자의 아파트를 찾았습니다. 둘 사이가 꽤 각별해 보였고요."

주말 낮, 마트에서 장을 봐 나란히 아파트로 향하는 두 남자라니. 그들이 마주보며 웃는 모습은 누가 봐도 충분히 의심할 만한 것이었다.

"이것들 봐라. 재밌네."

구상경은 한쪽 입꼬리를 끌어 올리며 피식거렸다가 이내 표정을 일그러뜨렸다.

"그런데 속이는 게 어느 쪽이죠?"

진미가 게이 친구를 데려다 애인이라고 거짓말이라도 한 것일까, 아니면 클로짓 게이인 윤제가 진미를 속이고 이중생활을 하는 것일까.

"어쨌거나 게이를 데려다가 내 눈속임을 한 거네요?"

"저, 그런데 말입니다. 저도 처음엔 그런 줄 알았습니다만, 딱히 그렇다고 할 수도 없는 게……."

"그건 또 무슨 말이에요?"

비서는 또 다른 사진을 내밀었다.

"아이가 있는 것 같습니다."

"아이……?"

햄버거 가게에서 윤제와 아이가 마주앉아 있는 사진.

이 사진 속에서 윤제는 영락없이 다정한 아빠였다.

"이웃들 말로는 초등학교 체육대회에도 참석했다고 합니다."

다른 여자 사이에서 아이도 있다? 대체 이 남자 뭐지. 양다리도 아니고 삼다리? 게다가 이쪽, 저쪽 다 만나는 마성의 바이섹슈얼이란 말인가.

아무튼 결과는 명백했다. 누군가는 나를 속이고 있다는 것. 그렇다면 확인을 해봐야겠지.

사진을 탁자에 던지며 비서에게 말했다.

"내 앞에 데리고 와요. 이 남자."

퍼스트 클래스의 널찍하고 푹신한 좌석에 앉았지만 진미에겐 가시방석 그 자체였다. 차라리 화물칸에 있는 게 나을 성싶었다. 김석은 진미를 옆자리에 앉혀놓고 쉼 없이 말꼬리를 잡고 있었다.

한국에서 딜(dill)은 구하기 힘들 텐데 대체품이 있습니까?

이건 원가율이 얼마죠?

이 식기는 국내에 없는 게 확실합니까? 수입하는 게 최선이에요?

아까 제대로 씹지 못한 기내식이 거꾸로 쏠리는 기분이었다. 확 이 대로 허벅지 위에다 테러를 해버릴까 보다.

"야! 너 진짜 유치하게 굴래?"

이 말이 목구멍까지 차올랐지만 불굴의 의지를 발휘해 꾹꾹 눌러 담았다. 마음에 안 드는 부하 직원이 있으면 일처리를 문제 삼아 갈

구는 게 상사들의 전형적인 복수 방법이라지만 천하의 신사라던 김석, 너마저……. 하나님, 저를 다만 악에서 구하소서.

"승객 여러분들, 곧 대한민국 인천공항에 도착합니다."

비행기가 활주로에 안착하자 드디어 열네 시간의 지옥 체험이 종료되었다. 진미는 수하물을 찾아 그대로 내빼고 싶은 생각이 간절했지만 공항 입구까지는 꾹 참기로 했다.

"본부장님, 회사에서 뵙겠습니다."

공항에 미리 대기하고 있던 김석의 차 앞에서 진미는 90도로 꾸벅 인사하곤 냉큼 뒤돌아섰다.

바로 핸드폰부터 확인하는데 윤제로부터 정체불명 메시지가 도착했다.

  – 비상! 구상경비 서하테 납치댐.

이 무슨 외계 신호란 말인가. 윤제의 한글 실력이 이 정도였다고?

진미는 다시 차근히 문자를 발음해보았다. 구,상,경,비,서,하,테,납,치,댐.

뭐어? 구상경 비서한테 납치됐다고?

대체 왜? 뭐가 걸린 건데? 김석이 뒷좌석에 올라타려는 찰나, 진미가 그 옆으로 엉덩이를 들이밀었다.

"오 팀장, 지금 뭐하는 겁니까?"

"구상경 집이 어디예요?"

"오 팀장이 그걸 알아서 뭐하게……."

"지금 내 애인이 그쪽 애인한테 납치됐다고!"

버럭 소리치는 진미를 김석과 운전기사가 동시에 돌아봤다.

"달려요, 빨리!"

서울에서 가장 높은 펜트하우스로 올라가는 엘리베이터.

그 안에서 시간은 느리게 흘렀다. 초조한 마음에 손톱을 물어뜯는 진미와 좁은 엘리베이터 안을 서성이며 식은땀을 닦느라 바쁜 김석.

"대체 어떤 놈이랑 작당모의해서 이 지경을 만들어? 어쩐지 그 새끼, 처음 볼 때부터 수상하다 싶었어. 문신이며 흉터며…… 질이 안 좋은 놈 같더라고. 그놈 진짜 정체가 뭐야?"

진미는 머릿속이 터질 만큼 복잡했다. 구상경이 알아낸 게 대체 뭘까. 윤제가 미국에서 추방됐다는 사실? 아니면 우리의 동거인 코스프레가 부족했나?

가뜩이나 헷갈리는데 김석까지 성가시게 굴자 진미는 자기도 모르게 빽 내질렀다.

"넌 문신 같은 걸로 사람 판단하냐? 그리고 내가 그 사람하고 사귄다는데 네가 뭔 상관이야!"

두 동창은 어느새 지위고하를 집어던지고 막말을 쏘아대고 있었다.

"뭐든 잘못 한 게 있으니까 구상경이 저럴 거 아냐!"

"잘못한 게 뭐냐고? 네가 뉴욕에 온 거!"

그 말에 김석의 얼굴이 하얗게 질렸다.

"그, 그게? 일하러 간 건데 그게 뭐?"

구상경이 소문만으로 김석과 진미 사이를 오해했던 것처럼 이번에도 예비 남편의 예정에도 없던 뉴욕 행을 진미와의 밀월로 착각했을지 모른다. 그래, 그것밖에 설명할 길이 없어. 진미는 그간 쌓인 울분을 쏟아냈다.

"그러게 왜 와서 사단을 만들어? 사람 복장 터지게 만드냐고!"

"진짜 그것 때문에 그런 거라고? 내가 뭘 했다고! 내가 널 건드리길 했어, 질척거리길 했어?"

김석의 창백해진 얼굴은 거의 사색이 되어 있었다.

도착할 때까지 아옹다옹하던 두 사람을 엘리베이터가 땡, 소리와 함께 뱉어냈다.

문 앞에 선 진미는 먼저 심호흡부터 하고 초인종을 눌렀다. 이미둘의 방문 소식을 들은 비서가 두 사람을 맞았다.

"사이좋게 등장하시네요?"

동시에 들어서는 두 사람을 보니 구상경의 심기는 더욱 불편해졌다.

"상경 씨, 그게 아니라 사보에 실릴 사진 찍으러 뉴욕에 간거……."

김석이 득달같이 변명을 늘어놓을 때, 진미는 먼저 소파에 멀뚱멀뚱 앉은 윤제의 상태부터 살폈다. 편한 고급 소파에 윤제는 딱딱한 자세로 앉아 입을 꾹 다물고 있었다. 눈짓으로 괜찮냐 묻는 진미에게 윤제는 고개를 끄덕거렸다.

오진미, 괜찮아. 호랑이굴에 들어와도 정신만 똑바로 차리면 산다. 진미는 스스로를 그렇게 다독였다. 자신만 살아야 하는 게 아니라 윤제까지 무사히 빼내야 하는 자리였다.

괜한 변명을 늘어놓아봤자 괜히 구상경의 분노만 자극하고 말 것이다. 이 사태의 핵심을 파악해야 한다. 진미는 얼른 실내를 훑어봤다. 테이블 위에 사진들이 흐트러져 있었다.

사진이었구나! 이게 무슨 빌미가 되었던 거야. 그런데 그사이에 자신이나 김석을 찍어봤자 나올 게 없었을 텐데…… 그럼 영윤제?

그제야 알 만했다. 타깃은 자신이 아니라 윤제였던 것이다. 윤제를 미행하며 사진을 찍었다는 건데, 그렇다면 밀릴 필요가 없을 것이다. 윤제가 특별히 의심 살 만한 짓을 할 게 없다는 판단이었다. 그렇다면 세게 나가야지!

"제가 없는 사이에 윤제 씨 뒷조사 하셨나 봐요? 그런 일이라면 여자친구인 제가 해야 할 일 같은데요?"

구상경이 이것 봐라, 하는 표정으로 진미를 빤히 쳐다봤다.

이 여자, 항상 핵심을 제대로 치고 들어와.

구상경은 입꼬리를 씨익 올리며 말했다.

"안 그래도 나도 좀 고민했어요. 영윤제 씨가 속이는 게 나일까, 오진미 팀장일까 확신할 수 없어서."

구상경이 탁자의 사진을 집어 올려 진미에게 던지듯 내밀었다. 김석이 옆에서 사진을 뺏어보며 입을 떡 벌렸다.

"뭐야? 너 이 새끼!"

진미는 다시 김석에게서 사진을 뺏어 들었다.

사진 속 두 남자. 윤제와 다정하게 장을 보는 이 남자는…… 맞다, 현아의 남편이었다. 몇 번 집안일을 도와줬다는 이야기는 들어서 알고 있었다. 이건 충분히 설명 가능해. 그리고 다음 사진은…… 뭐야, 이 남자아이는?

햄버거를 먹는 윤제와 아이를 측면에서 찍은 사진. 둘은 아빠와 아들처럼 다정하게 웃고 있다. 진미는 당혹스러운 두 사람의 구도를 어떻게 해석해야 할지 머리를 굴렸다. 설마 유부남이었던 거야? 한국에 아내와 아이를 두고 미국에서 일하다 불법체류로 추방당했던 거야? 그 사이에 기억이 돌아와 가족들을 찾아간 거냐고!

"설명해보시죠. 두 사람이 날 속인 게 아니라는 걸."

구상경이 다그쳤지만 진미는 아무 대답도 할 수 없었다. 아무것도 아는 바가 없었으니까.

"계속 묵비권을 행사하면 구속수사 할 수밖에……. 진실을 말하기 전까지 이 집에서 아무도 못 나가요."

윤제는 난감했다. 애먼 진미까지 추궁 당하니 더 이상 견디기 어려웠다. 진미마저 흔들리는 눈빛으로 자신을 바라보자 윤제는 눈을 딱 감고 입을 열었다.

"가사도우미."

구상경, 김석이 동시에 윤제를 돌아다봤다.

"뭐라고요?"

"가사도우미 한 거라고요. 이게 제 SNS 계정입니다."

윤제가 핸드폰을 테이블 위에 올려놓았다.

구상경이 손을 뻗기도 전에, 진미가 핸드폰을 낚아채 윤제의 인스타 계정을 확인했다.

뭐, 셰어 허즈번드? 진미의 손에서 힘이 빠지는 걸 보자 이번엔 구상경이 핸드폰을 낚아챘다.

"남편을 공유합니다?"

구상경은 인스타 계정에 올라온 사진들을 유심히 살폈다. 윤제가 의뢰받고 청소한 집들의 비포 애프터 사진, 요리 사진, 의뢰인들과 함께 찍은 사진들도 몇몇 보였다. 의뢰인 중에는 구상경이 사진에서 본 현아 남편도 있었다. 그는 깨끗한 아파트를 배경으로 엄지손가락을 치켜 세우며 웃고 있었다. 구상경은 진미와 윤제가 짜고 자신을 속이는 건 아닌지 두 사람을 번갈아 살폈다.

"이거 내가 믿어야 돼요? 세상 잘난 오진미 팀장이 남자 가사도우미와 동거한다고?"

가사도우미가 어때서! 직업 비하하지 말라는 말이 먼저 나올 뻔했지만, 진미는 입을 꾹 다물었다. 지금 상황에서 적절한 대응은 아니었다.

"그럼 초등학교 체육대회에는 왜 갔습니까? 사람들이 아이 아빠라고 알고 있던데…….”

뭐? 미쳤구나, 영윤제. 커플 코스프레 한다고 남산에서 키스까지 해놓고 남의 집 애아빠 노릇을 해? 진미는 윤제에게 눈빛으로 욕을 퍼부었다. 윤제가 곁눈질로 진미를 보았다가 얼굴에 불이 붙은 걸 보고 슬쩍 눈을 피했다.

“그 아이 부모님 모두 체육대회를 못 온다니까……. 어린 게 불쌍하잖아요.”

잔뜩 째려보는 눈빛을 의식했는지 윤제의 목소리는 다시 기어 들어갔다.

구상경은 기가 막혔다. 코미디 같은 상황에 자신이 재판관 노릇을 하고 있다는 사실이 더 어이가 없었다. 그녀의 목소리가 곱지 않게 나왔다.

“오 팀장, 우리가 한 약속 잊지 않았죠? 그 날 했던 말이 진실이 아니거나 눈가림용이었단 게 밝혀질 경우, 인사이동보다 더한 조치가 취해질 거란 거.”

날이 선 목소리에 진미는 꿀꺽 침을 삼켰다. 퍼뜩 정신이 들었다. 안 돼. 이렇게 금방 덜미를 잡히면……. 그래, 여긴 호랑이굴이다. 끝까지 정신을 차려야 돼. 진미는 그녀와 눈을 마주치며 당당하게 말했다.

“대표님, 상황이 의심스러운 건 맞지만 윤제 씨랑 저, 진짜 연애 및 동거 기타 등등 하는 것 맞고요. 하필, 그 타이밍에 본부장님이 예정에 없던 출장을 오시긴 했지만 전 24시간 내내 갈굼만 당했습니다.

김석 본부장과의 관계를 눈속임하려고 영윤제 씨 이용한 거 아닙니다. 상상하시는 그런 거 전혀, 낫씽, 제로, 1도 없었습니다!"

구상경이 눈을 가늘게 뜨며 진미를 노려봤다. 특히 갈굼을 당했다는 포인트에서, 울분에 찬 진미의 표정은 꽤 진실해 보였다. 그렇다고 이대로 그렇구나, 하고 넘어갈 일은 아니다. 그럼 남는 게 하나도 없다. 해프닝으로 끝난다면 오히려 우스운 꼴이 되는 건 자신일 것이다. 구상경은 더 밀어붙였다.

"그럼 이 말도 안 되는 얘기, 내가 믿을 수 있게 해줘 봐요."

믿게 해달라니? 뭘? 진미는 윤제의 의뢰인들 연락처라도 넘겨줘야 하는 건가 고민했다. 그들로부터 직접 증언을 받으면 구상경이 믿어줄까. 어쩔 수 없다는 듯 진미는 현아의 번호를 찾은 다음 구상경 앞에 핸드폰을 내밀었다.

"원하시면 바로 확인해드릴 수 있습니다. 사진 속 이 남자가 제 친구 남편이거든요."

진미의 핸드폰을 들여다보다 구상경이 천천히 입을 열었다,

"그렇다면……."

진미와 윤제가 동시에 긴장했다. 무슨 말이 나오든 그건 심각한 사태를 불러일으킬 것만 같았다. 이 여자는 합리적이거나 논리적인 기준으로 이해할 수 있는 상대가 아니다. 상식적으로 상대할 수 있을 만큼 호락호락하지 않다는 것이다. 아니나 다를까 그녀의 입에서 나온 말은 전혀 뜻밖의 것이었다.

"내 예비 부군께서도 와이프가 둘인데, 나도 하나 더 갖지 뭐."

"에?"

"뭐?"

예상치 못한 발언에 진미와 김석이 동시에 새된 소리로 되물었다. 구상경은 개의치 않고 말을 이었다.

"나한테도 공유해줘요."

"……?"

"당신 허즈번드."

그녀의 폭탄 발언에 세 사람은 동시에 말문이 막혔다. 윤제와 진미, 진미와 김석, 김석과 윤제, 세 사람의 시선이 복잡하게 뒤엉켰다.

10장
4인용 식탁

윤제가 방금 손에 쥐어준 걸 진미는 물끄러미 내려다보기만 했다.

이게 대체 무엇에 쓰는 물건인고?

"회사 가서 먹어요. 아침밥도 계속 걸렀잖아."

도시락이라니. 초등학교 소풍 이후로 본 적도, 싸 본 적도 없는 물건.

"수작 부리지 마요. 어디서 이걸로 때우려고!"

겨우 4박 5일 집을 비운 사이에 이 집 저 집 드나들며 마구잡이로 사고를 쳐도 유분수지 구상경이 성 정체성까지 의심하게 만들고…….

진미는 아직 다 풀리지 않은 화를 모아 눈으로 레이저를 쐈다. 윤제는 주인에게 혼나는 강아지처럼 눈을 내리깔며 웅얼거렸다.

"그래도 꼭 다 먹어요. 새벽부터 만든 거니까."

안 그래도 아침마다 몸이 천근만근인데 도시락마저 묵직했다. 가

다가 그냥 버려버릴까? 그래도 제 딴에는 신경 써 사과의 제스처를 보낸 거니 일단은 받아주마.

"오늘은 몇 시에 들어올 건데요?"

진미가 여전히 토라진 기색을 감추지 않고 되물었다.

"저녁식사 준비해야 해서……."

내 그럴 줄 알았다. 구상경의 저녁식사를 만들어주려고 내 도시락을 챙긴 거였군.

윤제가 펜트하우스로 출근한 지도 일주일이 넘어가고 있었다. 구상경은 윤제에게 집안일 몇 가지를 시켜보더니 그를 요리 담당으로 점찍었다고 했다. 레시피 복사기가 까다로운 재벌 3세의 입맛을 만족시킨 것이다.

윤제가 펜트하우스에서 구상경의 저녁식사를 준비하는 날엔, 진미는 가라앉아 있던 한기를 맞으며 텅 빈 집안으로 들어서야 했다. 사람 든 자리는 몰라도, 난 자리는 안다더니……. 강아지처럼 반겨주던 윤제가 새삼 그리웠지만, 이 정도는 견뎌야 했다. 구상경이 마음먹기에 따라 파장이 커질 수도 있었는데, 이 정도에서 사건을 수습할 수 있었으니까 그나마 다행이었다. 동거인 코스프레가 들통나지도 않았고, 구상경의 가사도우미가 된 덕분에 윤제는 돈도 더 벌게 됐으니.

그런데 왜 이렇게 찜찜한 거지.

사무실에 도착해 의자에 털썩 앉은 진미는 윤제가 싸준 도시락이 불편한 감정의 원흉이라도 되는 듯이 째려봤다.

"팀장님, 그게 뭐예요?"

팀원들은 진미의 시선 끝에 놓인 물건을 겁에 질려 바라보며 물었다. 도시락을 닮았지만 도시락은 아닐 거야. 오진미 팀장이 그런 걸 회사에 가져올 리가……. 도시락 폭탄이면 몰라도. 그래도 확인은 필요했다.

"팀장님, 설마…… 도시락 싸오신 거예요?"

직원 하나가 눈이 휘둥그레져 물었다.

"어, 그게……."

"설마 팀장님이 아침부터 도시락을 만드셨을 리는 없고……. 혹시 남자친구?"

진미가 대답은 않고 애매한 미소만 짓자 팀원들이 환호성을 지르며 3단 도시락 앞으로 모여들었다.

팀원들의 쏟아지는 관심을 받으며 개봉한 도시락. 그 안엔 밥 대신 리조또처럼 만들어진 능이 삼계죽, 김치볶음밥 아란치니, 에그베이컨과 칠리크랩 샌드위치, 과일을 설탕 조림한 디저트까지 코스별로 그득그득 담겨 있었다.

"대박! 이거 남친분이 다 만드신 거예요?"

"팀장님 남친 진짜 금손이시다!"

아란치니 위 김으로 만들어진 테디베어의 눈코입이 진미를 보며 활짝 웃고 있었다. 유치하게 이게 뭐야. 어린이집 소풍 가나. 진미는 자기도 모르게 비어져 나오는 웃음을 감추려 입술을 앙다물었다.

"역시 팀장님은 제 롤 모델이세요."

여자 팀원들이 하트 눈을 하고 진미를 우러러봤다. 김석과의 불미스런 소문이 정리되고 직원들의 태도가 호의적으로 바뀌긴 했지만, 이런 반응은 처음이었다.

"팀장님이 능력 있으니 남친이 성심성의껏 내조도 하고. 저도 팀장님처럼 내조해주는 남자 만나고 싶어요."

그런 말까지 듣고 나니 진미는 간사스럽게도 윤제에 대한 마음이 살짝 풀어졌다. 덕분에 팀원들과 둘러앉아 도시락을 나눠 먹으며 아침 회의는 화기애애하게 진행되었다.

어깨가 으쓱했던 것도 잠시. 입맛을 사로잡았던 식사도 잠시. 회의가 끝나고 빈 도시락을 챙기던 진미는 한쪽에 치워두었던 불편한 감정의 실체를 깨달았다. 그건 질투였다. 윤제가 해주는 맛있는 요리를 구상경도 먹는다니! 게다가 그 집에 밤늦게까지 단둘이 있다니!

구상경은 어리고 매력적인 데다 어마어마한 부자다. 이 대형견 같은 남자는 구상경이 먹이를 주면 꼬리를 살랑거리면서 쫓아갈지도 몰라. 헤프게 웃고 있는 윤제의 얼굴이 떠오르자, 진미는 갑자기 초조해졌다. 구상경에게서 빼내와야 한다, 이 남자.

펜트하우스로 출근하는 내내 윤제의 발걸음은 날 듯이 가벼웠다. 진미에겐 동거인 코스프레를 들키지 않으려다 보니 그야말로 살얼음을 걷는 것처럼 불안하다고 엄살을 부렸지만, 속내는 정반대였다. 그 이유는 무엇보다 근무환경 때문이었다. 구상경의 주방에는 그야말로 없는 게 없었다. 거품기, 파스타 쿠커, 케이크 테스터, 서큘레이터까지……. 조리 기구가 웬만한 레스토랑 못지않을 만큼 제대로 갖춰져 있었다. 구상경의 펜트하우스는 윤제에게 놀이동산이나 마찬가지였다. 출근 직전, 입꼬리가 올라가는 걸 진미에게 들키지 않으려 입술을 얼마나 앙다물었는지…….

특히 나이프 키트는 최상급이었다. 길이와 굵기, 날의 두께가 각각 다른 십 수 개의 나이프가 정렬된 모습을 볼 때면 신의 경지에 다다른 예술품을 보는 것처럼 눈물이 흐를 지경이었다.

윤제는 누가 귓속말로 알려주는 것처럼 생선 내장을 제거할 땐 미세한 틈 사이를 미끄러지듯 정확하게 파고드는 호네스키를, 고기 막을 제거할 땐 스지히키를 자연스럽게 집어 들었다. 9인치의 요데바로 관절을 가를 땐 황홀하기가 오르가즘을 느끼는 수준에 맞먹었다. 채소와 과일을 다듬느라 가장 자주 쓰는 규토를 집어들 땐 어린 시절 상상의 친구에게 인사하듯 이렇게 읊조렸다.

"엑스칼리버. 오늘도 잘 부탁해."

매번 쓰임에 맞는 칼을 무의식적으로 뽑아들 때면 윤제 자신도 흠칫 놀라곤 했다. 내가 어떻게 다양한 칼들의 쓰임새를 알고 있는 거지. 아무리 요리를 좋아하는 사람이었다 해도 전문가용 조리도구 사용법을 속속들이 알긴 힘들 터였다.

기억상실에 걸린 사람이 자전거 타는 법은 잊어버리지 않는 것과 같은 이치일까. 몸이 기억한다는 말을 바로 이럴 때 쓰는 건지도 몰랐다. 어쩜 자신은 요리하는 사람이었을지도 모른다. 그렇다면 어디서, 어떤 요리를 하는 사람이었을까.

구상경의 주방에서 다양한 요리를 해보며 윤제는 그 수수께끼를 조금씩 풀어가고 있었다. 당장은 정확한 답을 내릴 순 없었지만 한 가지만은 확실했다. 자신이 요리를 꽤나 사랑하는 사람이었다는 것. 그리하여 기억이 영영 돌아오지 않는다 해도 어쩌면 요리를 업으로 삼을지도 모른다는 것. 윤제는 그렇게 과거의 자신에게 한 발자국씩 다가가고 있었다.

"오늘은 파스타와 스테이크 준비하시랍니다."

저녁 메뉴는 구상경이 도착하기 두어 시간 전 즈음, 수행비서로부터 하달받았다.

펜트하우스 근처 홀푸드 마켓에서 최상급 식자재를 사며 구상경이 건네준 골드카드를 내밀 때면 세상 제일가는 부자가 된 것 같았다.

"행어 스테이크입니다."

최상급 식재료로 원 없이 실력을 발휘한 다음 윤제가 구상경 앞에 접시를 내려놓으며 말했다.

"행어?"

"소의 옆구리 횡격막에 붙은 가장 맛있는 부위입니다."

구상경이 나이프와 포크를 들어 스테이크 한 점 썰어 입에 넣었다. 몸 한구석이 저릿하는 걸 느꼈다.

착각일까. 허기와 피곤으로 굳어 있던 얼굴도 조금 펴지는 것 같았다.

"음식 더 있나요?"

"더 가져오겠습니다."

"아니요, 영윤제 씨 걸 가져오세요."

말벗이 필요한 건가, 아니면 음식에 문제가 있나? 윤제는 구상경을 빤히 바라봤지만 그녀는 더 할 말이 없다는 듯 차분하게 다시 스테이크를 썰 뿐이었다.

윤제는 군말없이 파스타와 남은 스테이크를 그릇에 담아와 그녀 맞은편에 앉았다.

상대방은 여전히 말없이 식사에 열중하기만 했다. 지켜보던 윤제도 스테이크를 한 점 썰어 입에 넣었다. 육즙이 배어 나와 입안에 진한 풍미가 돌았다. 스테이크는 완벽해. 하지만 디쉬의 전체적인 구성이 빈약해 보였다. 스테이크 옆에 샐러드를 담으면 어떨까. 식용 꽃잎을 섞어 숲을 만들고 푸른색 소스를 가로질러 배치하면……

캔버스를 바라보는 화가처럼 윤제가 흰 접시를 내려다보는데 구상경이 스테이크를 썰며 무심한 듯 물었다.

"오 팀장이랑 어떻게 만났어요?"

윤제는 이미 예상했던 터였다. 그러면 그렇지. 아마도 본론은 이거였을 거다. 식사를 하자는 권유는 진미와 윤제의 진짜 관계를 떠보기 위한 밑밥이었을 뿐.

"뉴욕에서요. 말씀드렸던 적 있는데."

"뉴욕 어디?"

구상경이 더 말해보라는 듯 이번엔 느긋하게 의자에 등을 기댔다. 비서를 통해 알아본 바에 의하면 이 남자는 미국에서 추방당해 이곳에 왔다. 하루아침에 집도 절도 없어진 남자. 만약 오진미가 나를 속이기 위해 역할 대행을 제안했다면, 그는 그 제안을 쉽사리 뿌리치지 못했을 것이다. 아무것도 가진 게 없으니까.

"소매치기 당할 뻔한 진미 씨를 구해줬습니다. 브루클린 브릿지에서."

윤제는 진미에게 들었던, 하지만 기억나지 않는 그들의 첫 만남을 들려주었다.

구상경은 겨우 그거야, 하는 표정을 숨기지 않았다. 식상하네. 더 그럴듯한 이야기가 필요하지 않나. 하지만 그의 말을 좀 더 들어보기로 했다. 관전 포인트는 그의 연기력.

"오지랖이 넓은 편인가 봐요."

"계속 보고 있었으니까."

"……?"

"처음부터 시선이 갔어요. 그때 진미 씨는 한글이 적힌 철제통을 들고 있었는데 되게 슬퍼 보였거든요. 머리엔 하얀 핀을 하고 있었는데……. 한국에선 그게 상을 당했단 뜻이라더군요."

철제통과 하얀 머리핀……. 진미가 이런 이야기까지 했었나. 윤제는 제가 말을 꺼내놓고도 헷갈렸다. 자신이 진짜 보았던 걸 말하고 있는 건지, 진미로부터 들은 이야기를 끊임없이 재생시키다 보니 자신도 모르게 디테일을 추가한 것인지…….

"누가 돌아가셨나요?"

"나중에 들었는데 어머니가 돌아가셨다고 했어요."

어머니……. 생각지도 못한 전개에 구상경은 잠시 동안 말을 잇지 못했다.

"금방이라도 죽어버릴 것 같아서 계속 눈으로 쫓았어요."

진미가 일러준 당시의 이야기에는 당연히 윤제의 감정에 대한 것은 없었다. 그걸 알 수 있을 리도 없고. 하지만 그 말을 하는 윤제는 자기도 모르게 가슴이 저릿해졌다. 그날 그녀의 얼굴이 진짜 기억이라도 난 것처럼.

"나도 그랬던 적이 있거든요."

여기까지 말하고 윤제는 소스라치게 놀랐다. 돌아가신 아버지에 대한 기억이 연쇄작용처럼 떠오른 탓이었다.

브롱크스 뒷골목에서 차에 치인 아버지. 그걸 지켜보던 어린 자신. 그렇게 밤새 거리를 떠돌며 누구에게 퍼부어야 할지 알 수 없는 분노를 자신에게 돌리던 그때를…….

얼마 전 꾸었던 악몽은 악몽만이 아니었다. 뒷골목에서 누군가 지프차에 치이는 꿈의 원본은 기억이었다. 끊임없이 얼굴이 바뀌던 신원 불상의 사람은 아버지였고. 안개에 휩싸인 기억과 알 수 없는 두려움, 그리고 소중한 사람을 또 잃고 싶지 않은 공포. 윤제의 꿈속에서 그 모든 게 뒤섞여 정체를 드러낸 것이다.

뉴욕에서 그녀를 처음 만난 날, 유독 한 여자, 진미에게 끌렸던 것도 우연이 아니었다. 두 사람의 슬픔은 똑같은 경험을 나눈 것처럼 닮아 있었고, 그는 본능적으로 그것을 알아보았다. 그들의 슬픔은 보이지 않는 연약한 선으로 연결되어 있었다. 그리고 그 길고도 짧았던 하룻밤…….

구상경은 먼 이국의 달빛 아래 두 남녀의 옷자락이 손에 잡힐 것처럼 윤제의 이야기에 빨려 들어갔다. 그리고 그날을 눈에 그리듯 회상하고 있는 저 남자의 처연한 눈빛에도.

구상경은 최근에 자주 그녀 맞은편에 앉아 함께 식사하던 남자가 떠올랐다. 언제나 예의 바르게, 하지만 영혼 없이 무슨 대답이든 늘 적당하게만 주워섬기던 남자.

그 남자는 윤제처럼 자신에게 진심 한 조각이라도 성심성의껏 보여준 적이 있었나. 오진미에게 뺏길까 봐 두려워한 남자가 고작 그런 인간이라는 게 화가 났다. 구상경은 식사를 미처 다 마치지 못하고 입가를 닦아내며 자리에서 일어났다.

"내일 김석 본부장이랑 저녁 식사할 겁니다. 준비하세요."

"메뉴는 어떻게 할까요?"

"알아서 하세요."

구상경은 잘 가란 말도 없이 그를 남겨두고 방으로 들어갔다. 잠시 후, 샤워기 물소리가 들렸다.

펜트하우스에서 나온 윤제는 서둘러 택시를 탔다. 마음이 바빠졌다. 지금 당장 진미가 보고 싶었다.

큰길가에서 동네 어귀로, 골목에서 진미의 집이 있는 언덕으로. 윤제는 어느덧 2층 진미의 방 창문이 잘 보이는 맞은편 인도에 다다랐다.

택시에서 내려선 윤제의 왼편엔 있는지도 몰랐던 녹슬고 칠이 벗겨진 마을버스 정류장 팻말이 서 있었다. 더 이상 쓰이지 않는 이정표엔 '진미식당 앞'이라는 글자가 희미하게 남아 있었다.

윤제는 정류장 팻말 아래 서서 불 꺼진 그녀의 방을 올려다봤다. 청천벽력과도 같은 상실을 혼자서 온전히 견뎌낸 그녀가 여기 있다. 슬픔이 격랑처럼 덮치는데도 도망가지 않고 이 자리에 꼿꼿이 남아 버티고 있다. 윤제는 예전에도 이 자리에서 서서 진미의 방을 바라본 것 같다는 착각이 들었다.

얼마나 그러고 있었을까, 진미의 방에서 딸깍, 불이 켜지는 소리가 들렸다. 곧이어 창문이 열리고 진미가 고개를 빼꼼 내밀었다.

"……!"

"……!"

두 사람의 눈이 마주쳤다.

"거기서 뭐 해요? 스토커처럼."

"안 자고 뭐 해요? 오밤중에."

윤제는 괜히 말을 둘러댔다.

"윤제 씨 짐 빼려고요. 구상경 집에 입주 도우미로 아주 들어간 것 같아서."

그녀는 토라진 마음을 숨기지 않고 날것 그대로 드러냈다. 그런데…… 왜 이렇게 안심이 되지? 내가 돌아오는 걸 기다려 주는 사람. 늦게 왔다고 화를 내는 사람이 있다. 윤제가 보일 듯 말 듯 희미한 미소를 지으며 진미를 올려다봤다. 침상에서 뒤척인 기색이 역력한 그녀의 얼굴이 오늘 더욱 예뻐 보였다.

"나 쫓아내려고?"

"이렇게 늦게 다니면 쫓아내야지."

진미는 윤제를 한 번 흘겨보곤 허공에다 대고 무뚝뚝하게 말했다.

윤제는 달빛에 비친 그녀의 환하디환한 얼굴을 가만히 바라보고 섰다. 구상경에게 털어놓았던 그녀와의 첫 만남을 떠올려보았다. 낯선 여행자에게 손을 내밀 만큼 친절했던 나는 무슨 연유로 강제추방 당했을까. 나란 사람은 과연 어떤 사람이었기에…….

나는 정말 선한 사람이 맞는 걸까. 저 여자 역시 나의 단면만 보고 날 오해하고 있는 건 아닐까. 내 과거를 스스로도 용납할 수 없어 기억의 빗장을 단단히 걸어 잠궜던 건 아닐까. 그만큼 나의 과거가 기구했던 건 아닐까.

갑자기 인천공항에서 도로 한가운데 망연자실 서 있었다던 자신의 모습이 떠올랐다. 동시에 머릿속에서 왱왱 사이렌 소리가 울려댔다. 귀가 먹먹해지자 머릿속이 텅 비어버린 것 같았다. 여기서 더 이상 기억을 떠올리지 말라는 듯 경고하는 소리 같았다.

강제추방 당한 날, 공항 도로에서 일어났던 교통사고가 우연이 아니라면? 혹시…….

"혹시 공항에서 내가…… 죽으려고 했어?"

진미의 얼굴이 순간 굳어졌다.

그 표정엔 모르는 게 나았을 거라는 의미가 고스란히 담겨 있었다.

아, 그랬구나. 스스로 삶을 포기할 만큼 절망적인 상태였구나. 윤제의 눈가에 맺힌 습기가 가로등 불빛에 비쳐 반짝였다. 심상치 않다고 여겼던지 진미가 다급한 목소리로 말했다.

"기다려요."

"아니, 내려오지……."

말을 끝맺기도 전에 진미는 창가에서 사라졌고, 이내 계단을 급하게 내려오는 소리가 들렸다.

숙였던 고개를 들자 이미 진미가 눈앞에 서 있었다. 걱정을 머금어 흔들리는 눈빛을 하고 윤제 앞에서 숨을 몰아쉬었다.

"내려오지 말지, 추운데……."

짝짝이 슬리퍼를 신은 맨발이 눈에 들어왔다. 구멍 난 티셔츠가 찬바람에 팔락였다. 윤제가 외투를 열어 진미를 품에 안았다. 윤제의 턱이 그녀의 정수리에 닿았다.

"근데 왜 그랬어?"

"……?"

"공항 도로에서 왜 날 구하려고 뛰어들었어? 다치면 어쩌려고."

"그땐 아무 생각이 안 들었어. 내가 아는 사람이 또 다치는 게 싫어서……."

아, 이 여자는…….

"고마워요, 늦었지만."

윤제가 그녀를 제 안으로 더욱 꼭 끌어당겼다. 진미의 가슴에서 그의 심장박동이 느껴졌다.

"왜, 무슨 일 있었어요?"

"아니."

"거짓말."

"당신이랑 뉴욕에서 처음 만난 날이 떠올랐어. 근데 그 다음부터 기억이 안 나."

진미가 윤제의 뺨을 쓸어주며 말했다.

"기억하지 마. 아무것도 기억 못 해도 돼."

그래, 이대로 영원할 수 있다면 아무래도 좋다. 하지만 윤제의 심연 어딘가에선 지금 이 순간은 연기처럼 사라져버릴 것이고, 사라지면 또 다른 고난이 닥칠 거라는 불안이 스멀스멀 피어올랐다.

하지만 지금 중요한 건 뉴욕에서 내가 당신을 알아보았고, 서울에 불시착한 날 그녀가 날 알아봐 주었다는 사실. 그래서 지금 우리가 서로의 체온을 나누고 있다는 사실. 두 사람의 머리 위로 드리운 가로등 불빛이 그들에게 온기를 더해 주었다.

다음 날 아침.

간밤의 꿈속에 난입한 어지러운 이미지들이 윤제의 기상 시간을 놓치게 하고 말았다. 진미가 번데기처럼 허물을 벗고 출근한 흔적들 사이에서 윤제는 낯선 풍경을 발견했다.

"이게 다 뭐……?"

식탁 위엔 어설프게 잘라놓은 과일과 팬케이크가 가지런히 올려져 있었다. 눈웃음이 그려진 메모와 함께.

'오늘은 내가 해봤어요. 차린 건 없지만 맛있게 먹어요.'

어린 학생들이 요리 실습 때나 만들었을 법한 어설픈 모양새였다. 진짜 다음부터 요리엔 손도 못 대게 해야겠네. 윤제는 너무 바싹 익혀 딱딱해진 팬케이크를 피식피식 웃으며 먹었다.

그러고 보니 오늘은 구상경이 김석과의 식사를 부탁한 날이었다. 아침도 같이 못 했는데 저녁에도 얼굴을 못 보겠네. 윤제는 도시락을 싸서 회사를 찾아갈까 생각하다 진미와 그럴듯한 곳에서 외식을 한 적이 없다는 사실을 떠올렸다. 남산에 다녀온 이후 이렇다 할 데이트를 한 기억도 없다.

윤제는 거실을 치우고 저녁 찬거리를 사와 냉장고에 넣어놓고 집을 나섰다.

점심시간, 서린F&B에서는 한 끼만큼의 휴식 시간을 보장받은 직장인들이 건물에서 쏟아져 나오고 있었다. 윤제는 진미를 깜짝 놀라게 해줄 생각으로 미리 연락도 하지 않고 안내 데스크로 향했다.

"혹시 오진미 팀장님 계신가요?"

윤제가 데스크 직원에게 호출을 부탁하는데, 마침 지나가던 직원들이 윤제에게 말을 걸어왔다.

"팀장님 외근 중이신데 누구신지?"

윤제가 뭐라고 말해야 하나 머뭇대는데, 옆에서 예리한 눈으로 윤제를 신속하게 스캔하던 여직원이 대답을 가로챘다.

"혹시 오 팀장님 남친?"

"아, 네……."

"아, 어쩐지! 왠지 남친분이실 것 같았어요. 참! 덕분에 저희도 도시락 잘 먹었습니다."

얼결에 감사 인사까지 받는 바람에 윤제는 덩달아 꾸벅 인사했다.

"점심 같이 하려고 했는데 제가 날을 잘못 잡았네요."

"서프라이즈 하시려고 그랬나 보다. 그러지 말고 현장으로 가보세요."

직원들은 윤제에게 델리카시 공사 현장이 어디인지 주소를 알려줬다.

윤제는 다시 한번 고맙다고 꾸벅 인사하고 돌아섰다. 그의 뒷모습 지켜보며 직원들이 수군거렸다.

"그거 알아? 오 팀장님이 저 남친, 구상경한테 보여줬대. 이런 남친 있는데 자기가 왜 본부장 사귀겠냐고."

"그럴 만도 하네. 저런 남친 두고 본부장이랑 사귄다고 소문났으니 오 팀장님도 무지 답답했겠다."

택시에서 내린 윤제는 직원들이 알려준 장소로 곧장 내달렸다. 여기서 또 어긋나면 점심 데이트는 물 건너갈 판이었다.

공원 앞, 내부 공사 중인 2층 건물이 보였다. 유리창 너머로 빠끔 안을 들여다보니 진미가 공사 담당자와 건축 도면도를 보며 얘기를 나누는 게 보였다. 입을 오므렸다가, 담당자가 가리키는 곳을 올려봤다가, 골몰히 생각에 잠겼다가, 그러다 상대를 부드럽게 설득하는 모습이……. 저 여자가 일할 땐 저런 얼굴이구나.

대형 스크린 속 여배우를 감상이라도 하듯이 윤제는 그녀의 움직임을 쫓아 시선을 옮겼다.

가만히 서서 고개만 천천히 옮기고 있을 뿐인데도 진미의 신경을 자극한 모양이었다. 밖에서 어른거리는 그림자의 정체가 뭔가 싶어 고개를 든 진미는 창밖에 우두커니 선 윤제를 발견했다.

진미가 그의 얼굴 위로 유리창을 똑똑 두드렸다.

'여기서 뭐 해요?'

눈이 동그래진 진미는 입 모양을 크게크게 움직이며 윤제에게 묻고 있었다. 여기서 뭐 하냐고. 윤제는 어깨를 으쓱하며 웃기만 했다.

'잠깐만 기다려요.'

얼마 지나지 않아 인부들이 점심 메뉴를 뭘로 할지 두런두런 얘길 나누며 우르르 현장을 빠져나갔다.

인테리어가 한창인 현장을 기웃거리며 남은 사람이 없는지 확인하곤 유리문을 열어 윤제를 맞았다.

"여긴 어떻게 알고 왔어요?"

"이제 다 알아. 오진미 가는 데는."

그녀의 얼굴에 물음표가 여러 개 떠올라 있는 걸 보곤 그제야 윤제가 실토했다. 회사에서 우연히 팀원들을 만나 진미가 있는 곳을 알게 됐다는 걸. 그 바람에 자신이 오진미 남자친구라는 게 소문이 났을 테니 이제 게임은 끝났다는 말도 함께 덧붙였다.

윤제는 자신을 흘겨보는 진미를 못 본 척 말을 돌렸다.

"여기예요? 내가 첫 손님이 될 레스토랑?"

진미가 피식 웃으며 고개를 끄덕였다. 아예 윤제의 소매를 잡고 주방으로 이끌었다. 작게 마련된 커피 스테이션을 지나자 주방이 드러났다. 공사 진척도가 가장 빠른 그곳은 이미 주방 설비 80퍼센트가 갖춰져 있었다.

"여기가 이 레스토랑의 심장."

진미는 유기적으로 연결된 주방 라인을 따라 걸으며 말했다.

"프랩쿡이 프랩 구역에서 다듬은 채소를 콜드 사이드로 보내면 여기서 샐러드를 세팅하고, 핫사이드에선 로티셰가 미리 반죽한 파이를 소고기에 둘러 오븐에 집어넣고……."

마법사의 주문처럼, 진미의 해설에 따라 윤제의 눈앞에서 요리가 만들어졌다. 화이츠를 입은 십 수 명의 사람들이 촌각을 다투며 채소를 다듬고, 소스를 끓이고, 파이 반죽을 하고, 고기를 구우며 일사불란하게 움직였다. 불길만큼이나 뜨거운 소음과 구미를 자극하는 냄새가 윤제의 코끝에도 닿는 듯했다.

"그리고 다 만든 비프 웰링턴을 마지막으로 패스에 보내면⋯⋯."

진미가 패스를 향해 사뿐히 걸어와 눈에 보이지 않는 요리를 내려놓았다. 형용하기 힘든 설렘이 윤제의 가슴 한구석을 사알짝 부풀게 만들었다.

"메인 셰프는 요리를 디쉬에 예쁘게 담고 소스를 뿌리죠. 그리고⋯⋯."

'리틀 포레스트'의 조리과정을 설명하는 진미의 표정이 어느 때보다 사랑스러웠다. 아무것도 담기지 않은 손동작 하나하나가 천사의 손짓처럼 우아하고 아름다웠다. 그 손짓에 따라 순식간에 화려한 음식들이 차려지는 듯한 착각은 덤이었다.

윤제의 뜨거운 시선을 느꼈는지 진미는 자기도 모르게 말을 멈췄다. 두 사람의 시선이 맞부딪히자 진짜 요리라도 만들어지는 듯 주방의 온도가 살짝 올라갔다. 진미의 이마에 달라붙은 머리카락을 귓등으로 넘기며 윤제는 말을 이었다.

"이제 맛있게 먹으면 되지."

윤제는 그 말과 동시에 진미의 아랫입술을 살짝 물었다 놓았다. 그리고 이어진 짧은 키스. 윤제는 참지 못하고 이번엔 진미의 허리를 부드럽게 감싸 안으며 더욱 깊이 그녀의 입술을 탐닉했다. 윤제를 밀어내려던 진미의 손에서 허망하게 힘이 빠져나갔다. 강렬하던 움직임이 감미롭게 감겨오자 진미는 항복하듯 윤제의 어깨를 잡았다.

웅―웅

누가 질투라도 하는지 진미의 자켓 주머니 안이 진동했다. 잠깐 황홀경 속을 헤매다 현실로 돌아온 진미는 손등으로 입술을 훔치고 얼른 핸드폰을 꺼내 들었다. 김석 본부장. 아마도 상부 보고를 위해 진미를 급히 찾는 모양이었다.

흥분한 몸을 가라앉히려 깊은 숨을 몇 번 뱉어낸 다음 진미는 홀쪽으로 나서며 전화를 받았다.

"네, 본부장님. 메인 셰프는 아직 적임자를 찾지 못해서……."

패스 모서리에 아슬아슬하게 놓여 있던 레시피북이 진미가 지나가자 툭, 소리를 내며 바닥으로 떨어졌다. 진미와 외식개발부 팀원들, 조리개발실장, 김석 본부장 그리고 구상경에게만 배포된 델리카시의 레시피북.

윤제는 허리를 숙여 레시피북을 집어 올리곤 표지에 들러붙은 공사장 먼지를 툭툭 털어냈다.

딱 열권만 만들어진 레시피북 표지엔 큼지막하게 '관계자 외 열람 금지'라 쓰여 있었다.

예비 신혼부부의 단란한 식사.

아니, 식사를 가장한 대면보고.

김석은 이 시간이 몸서리치게 싫었다. 구상경은 이런 대면이 이루어질 때마다 항상 델리카시 진행 상황을 철저하게 물어왔다. 사적인 자리에서 공적인 사무라니!

어찌 되었든 김석은 쏟아지는 질문에 적절하게 대응하기 위해 진미를 통해 꼼꼼히 상황을 보고 받고 있었다. 일개 투자자라면 이런 식의 보고는 절대 하지 않을 것이었다. 다만 구성그룹 구상경만큼은 예외였다. 그녀가 투자, 그러니까 결혼을 결정하면서 결국 이 사업의 최종 결정권자는 구상경이 되었기 때문에 김석은 식탁에서 그녀를 대면할 때마다 체기가 올라오는 듯 했다.

구상경을 다른 곳에서 만났다면 어땠을까. 그녀의 화려한 외모에 김석은 한 번쯤 뒤돌아봤을지도 모른다. 괜히 날씨 같은 이야기로 말을 붙여보았을지도……. 하지만 구상경은 김석에게 여자로서, 미래의 배우자로서의 어떤 여지도 주지 않았다. 그 태도가 김석의 위치를 매번 상기시켰다. 구성보다 한참 아래 있는 서린의 재계 서열. 그리고 결혼이란 허울을 뒤집어쓴 전략적 파트너 관계.

김석은 언젠가부터 후회하고 있는 건 아닌가 의문이 들었다. 이 여자가 평생 나를 쥐고 흔들 거라 생각하니 목이 조여왔다. 그런 기분은 갈수록 잦아졌고, 그럴수록 진미가 생각났다. 시작도 하지 못한 관계. 아니, 스무 살에 시작했지만 끝까지 가보지도 못한 인연을…….

"아직 메인 셰프를 못 정했다고요?"

구상경이 파고드는 것처럼 묻는 질문에 김석은 집었던 샐러드 조각을 다시 접시 위로 내려놓았다.

"스타 셰프 몇몇과 접촉해봤는데, 레시피 구현도가 낮아서 더 찾아보고 있습니다."

"오픈 날짜 얼마 안 남았는데 진행 속도가 느리네요. 저희 쪽에서 파견 직원을 보낼까요?"

그녀의 채근에 오늘따라 속이 더 답답해졌다. 마침 옆에서 서빙을 하던 윤제가 김석의 빈 잔에 소다수를 따랐다. 마치 그의 속을 다 안다는 듯.

다 싫다! 식사 시간까지 상사처럼 구는 그녀도, 보이고 싶지 않은 속살까지 들여다보는 진미의 남자친구란 작자도. 게다가 저 자식은 겨우 가사도우미나 하는 주제에, 어떻게 두 재벌 사이에서 제일 여유로운 표정을 짓고 있는 거야. 대체 오진미는 이런 남자가 뭐가 좋다고.

"식사 준비해드리겠습니다."

구상경이 샐러드를 물리는 것을 확인하고 주방으로 들어간 윤제가 곧 하얀 접시 두 개를 들고 나왔다.

식탁 위에 놓인 디쉬를 보자마자 구상경과 김석의 얼굴이 동시에 굳어졌다.

이건……? 구상경이 옆에 선 윤제를 올려다보았다.

"내가 오늘 메뉴를 지정했나요?"

"아닙니다. 알아서 준비하라셨습니다."

"그런데 이건 뭐죠?"

구상경의 목소리가 차갑고도 매섭게 나왔다. 불쾌하다는 표현인지, 단순한 질문인지 구분하기가 어려웠다. 분명한 건 구상경이 빨리 대답하라고 다그치고 있다는 것이었다. 얼른 이 상황을 설명해보라는 듯 김석과 윤제를 번갈아 봤지만 두 남자 중 누구도 해명할 말을 찾지 못했다. 구상경은 이번엔 또렷하게 화가 난 목소리로 말했다.

"오진미 팀장, 당장 불러요."

30분 전까지만 해도 진미는 샤워를 마치고 머리를 말리던 참이었다. 그런데 지금 진미는 구상경의 펜트하우스로 올라가는 엘리베이터 안에 막 몸을 밀어 넣고 있었다. 긴급한 호출에 머리를 다 말리지도 못하고 급하게 택시를 잡아타고 달려온 것이다.

구상경의 펜트하우스를 두 번이나 오게 될 줄이야. 대관절 무슨 일이지? 메인 셰프를 구하지 못한 것을 추궁하려는 걸까? 아니면 나도 모르는 무언가 치명적인 실수를 했나…… 불길한 예감이 스멀스멀 피어 올랐다.

엘리베이터에서 내린 진미는 곧장 구상경의 궁전에 입궐했다. 그리고 또 맞닥뜨린 기시감 느껴지는 풍경. 식탁에 마주 앉은 김석과 구상경. 그리고 그 옆에 죄인처럼 서 있는 윤제까지. 이 광경이 상황 판단을 더욱 어렵게 했다.

"부르셨나요."

진미가 윤제를 향해 어떤 분위기냐는 눈빛을 보냈지만, 복잡한 표정을 한 윤제는 진미의 사인을 알아차리지 못했다.

"두 사람 다 앉아요. 해명이 길어질 것 같으니까."

김석 옆에 진미가, 구상경 옆에 윤제가 앉으며 구상경의 4인용 식탁은 처음으로 만석이 됐다.

구상경은 바로 본론으로 들어갔다. 지극히 사무적인 태도였다.

"나한테 델리카시 레시피북 건넬 때, 유출금지라고 하지 않았나요?"

"맞습니다."

"그럼 이건 어떻게 설명할 거죠?"

진미는 구상경의 눈길을 따라 식탁 위로 시선을 옮겼다.

두 사람 앞에 놓인 흰 접시엔 꽃 수풀 모양의 샐러드, 시냇물 빛깔의 소스, 먹음직스럽게 구워진 비프 웰링턴이 있었다. 초콜릿 나뭇가지가 식빵 스틱으로 대체되었을 뿐. 이것은 완벽한 '리틀 포레스트'였다.

이 메뉴가 왜 여기에?

설마…… 이걸 윤제가 만들었다는 건가? 어디서 레시피를 봤지? 아, 공사 현장에서 레시피북을 봤을지도 몰라. 통화하느라 잠시 자리를 비운 사이에 그걸 볼 수는 있었을 거야. 그렇지만 말이 안 되잖아. 그걸 잠깐 보고 똑같이 만들었다고?

진미가 생각의 숲을 뒤지느라 정신이 없는데, 구상경이 일침을 놓았다.

"오진미 팀장 그렇게 안 봤는데, 연인 사이면 회사기밀도 알려주고 그러나요? 직업윤리가 그 정도였어요?"

분위기가 순식간에 싸늘해졌다.

"죄송합니다."

자초지종은 모르지만 일단 진미는 고개부터 숙이며 연신 사과했다. 윤제를 공사 현장에 들인 것, 레시피북을 방치한 것 모두 자신의 잘못이 맞으니까.

윤제는 이 상황을 견디기 어려웠다. 머리를 조아리면서까지 사과하는 진미를 보니 머릿속 필라멘트가 툭 끊어지는 것 같았다. 당장 진미를 데리고 여길 나가고 싶었지만, 그게 진미에게 도움이 될 것 같진 않았다. 겨우 이성을 부여잡고 무엇이 진미를 곤란하게 만든 것인지 헤아려보았다. 지금 이 순간, 무엇을 잘못했는지는 몰라도 잘못한 사람은 내가 되어야 한다. 윤제는 이 사태에서 빠져나가는 대신 모든 관심을 자신에게 돌리려 했다.

"진미 씨는 잘못 없습니다. 제가 경솔했습니다."

윤제는 일단 상황을 수습하기 위해 사과의 말부터 분명하게 건넸다.

구상경은 윤제의 말을 들은 체 만 체하며 다시 진미를 추궁했다.

"레시피북은 누가 또 봤죠?"

"셰프 후보자들한테 비밀각서를 받고 보여줬습니다. 하지만 결단코, 다른 사람한테는 보여준 적 없습니다."

그 바람에 진미는 또 한 번 사과하느라 고개를 숙여야 했고, 윤제는 이미 아랫입술을 깨물고 있었다. 이제야 알았다. 나는 지금 알아서는 안 되는 걸 알아버렸고, 그걸 버젓이 이 사람들 앞에서 전시해버린 것이다.

윤제가 자리에서 일어나 식탁에서 접시를 치우며 말했다.

"지금 이건 머릿속에서 싹 지우겠습니다. 다음부턴 이 비슷한 요리도 하지 않겠……."

"잠깐!"

구상경이 윤제의 팔을 붙잡고 막아섰다. 모두의 시선이 윤제의 팔과 그 팔을 힘주어 붙잡은 구상경의 손으로 쏠렸다. 그녀의 입에서 의외의 말이 튀어나왔다.

"이런 오만을 부린 건 레시피를 구현할 자신이 있어서였겠죠?"

구상경이 슬며시 포크와 나이프를 잡았다. 그리고 비프 웰링턴을 한 조각 썰어 입에 넣고 천천히 씹었다.

뭐 하자는 거지? 그녀의 돌발행동에 진미와 김석은 긴장했다. 이 상황에 홀로 고기 맛을 음미하는 것 같은 저 표정을 어떻게 해석해야 할지 난감했다. 식탁 위로 무거운 긴장이 흘렀다.

구상경이 당혹해하는 세 사람을 천천히 훑어보며 대수롭지 않다는 투로 말했다.

"이왕 차린 거, 먹어나 봐요."

왜 갑자기 태도가 돌변한 건지 알 수 없었다. 대체 무슨 뜻인 거냐고! 진미는 호기심을 참지 못하고 김석의 포크와 나이프를 낚아채 비프 웰링턴 한 조각을 입에 넣었다. 그리고 3초 만에 느낌표 하나가 그녀의 머리 위로 땅, 떠올랐다.

"이건……!"

진미가 화들짝 놀란 토끼 눈을 하고 윤제를 올려봤다.

진미의 반응에 김석도 참을 수 없었던지 비프 웰링턴을 한입 썰어 입에 넣었다.

　잠시 후, 진미와 김석, 구상경 세 사람의 눈이 서로 교차하며 마주쳤다. 처음으로 세 사람은 무언가에 동의하는 듯한 눈빛을 주고받았다. 상황을 무마하고자 하는 동의가 아니었다. 이것이 최선책이 될지도 모른다는 적극적 의미의 동의였다. 지금 이 상황이 가장 이해가 안 되는 건, 요리를 만든 윤제 본인뿐이었다.

11장
아는 맛

뉴욕발 비행기가 인천공항에 착륙하자마자 로빈 베일즈는 어딘가로 전화부터 걸었다.

"찾았습니까?"

"아니요, 입국 기록은 있는데 그 이후 종적은 알 수 없습니다."

전화 너머에서 들리는 목소리에 로빈의 얼굴은 신경질적으로 일그러졌다.

"찾아서 입막음을 하든, 영원히 땅으로 꺼지게 만들든 방해 못 하게 하세요."

델리카시 서울 1호점 오픈 준비를 위해 방문한 로빈은 이번 출장에서 처리해야 할 일이 하나 더 있었다. 델리카시 론칭 프로젝트에 방해가 될지도 모르는 사람을 찾아 처리하는 일.

과연 출장 기간 안에 골칫거리를 깔끔하게 해결할 수 있을까, 골몰하며 입국장 안으로 들어섰다. 대한민국 서울, 좋은 일로 찾은 곳인데 발걸음은 무겁게 느껴졌다. 주위를 둘러보다 미리 마중 나온 진미를 발견했다. 진미도 바로 그를 알아보곤 다가와 반가워했다.

"미스터 베일즈, 먼 길 오시느라 고생 많으셨습니다."

진미가 미리 대기시켜놓은 차로 로빈을 안내했다. 그의 옆좌석에 앉아 진미는 바로 한국에서의 일정을 브리핑했다.

"일단 호텔로 모시겠습니다. 그 후에 1호점 공사 현장 둘러보시죠."

진미가 건넨 일정표를 넘겨다보다가 로빈이 물었다.

"셰프 후보자 프로필을 볼 수 있을까요?"

"없습니다."

"네?"

너무도 당당하게 대답해 로빈은 귀를 의심했다. 잘못 들었나? 진미는 그간 접촉한 유명 셰프들과의 미팅 과정을 설명하며 끝내 적임자를 찾지 못했다고 설명했다. 그리고 의외의 제안을 했다.

"블라인드 테스트를 해보시는 건 어떨까요?"

"블라인드 테스트요?"

"델리카시 서울 1호점은 뉴욕 본점의 맛을 제대로 구현하는 데 포커스를 맞춰야 합니다. 그래서 네임밸류는 낮아도 실력 있는 이들 중에 요리만 보고 메인 셰프를 선택하는 게 어떨까 합니다. 그 맛은 베일즈 씨가 제일 잘 아실 테니까 테스트를 통해 셰프를 정해주셨으면 하고요."

블라인드 테스트 참가자 중엔 윤제도 포함되어 있었다. 그날 밤, 4인용 식탁에서 윤제의 요리를 맛 본 세 사람 모두 의견이 일치했다. 윤제의 요리가 지금껏 먹어본 셰프 후보자들의 요리 중 가장 델리카시의 맛에 가깝다고 입을 모은 것이다.

특히 델리카시 요리를 가장 많이 맛본 진미는 윤제가 잠깐 사이에 레시피를 훑어보고 그만큼 구현했다는 사실이 솔직히 믿기지 않았다. 레시피 복사기란 별명을 얼결에 붙여주긴 했지만 이 정도였다고? 마침 블라인드 테스트 이야기가 나오던 중이라 이왕 이렇게 된 거 윤제를 테스트에 참여시키자고 세 사람은 의견을 모았다.

불분명한 이력과 미국에서 추방당했단 딱지가 걸림돌이었지만 계급장을 떼고 붙는다면 승산이 있었다. 만약 윤제가 델리카시 서울 1호점의 메인 셰프가 된다면 자연스럽게 구상경의 집에는 출근하지 않아도 된다. 최종 보스에게서 오케이 사인까지 받았으니 진미로서는 도전해볼 만한 미션이었다. 어쩌면 절호의 기회일지도 몰랐다. 윤제 역시 그들 의견에 군말 없이 동의했다.

"대신 델리카시 서울 1호점이 오픈되면 로빈 베일즈 씨를 전면에 내세워 홍보할 예정입니다."

진미의 야심찬 홍보 계획을 듣고 로빈 베일즈는 잠시 고민했다. 한국 언론에 전면에 나선다는 건데……. 그가 주저하는 건 차마 밝힐 수 없는 위험부담을 안고 있었기 때문이다. 하지만 거절해서 한 발 빼는 것처럼 비치고 싶지는 않았다. 그동안 미국 언론에 주도적으로 홍보를 해왔던 것도 자신이 아니었던가. 뉴욕 타임즈, 워싱턴 포스트의 평론가들은 그 누구도 아닌 '로빈 베일즈의 독창적인 레시피'를 열렬하게 칭송해왔다.

로빈은 마음을 다잡듯 조금은 단호하게 말했다.

"알겠습니다. 해보죠."

반색하는 진미를 보며 로빈은 한마디를 더했다.

"대신 적임자가 없으면 뽑지 않겠습니다."

구상경의 배려, 아니 명령으로 윤제는 서린F&B 조리개발실에서 블라인드 테스트를 준비할 수 있었다.

윤제 말고도 두 명의 지원자들이 더 있었는데 그들은 이미 자기 레스토랑을 가진 셰프들이라 소유한 주방을 이용하면 되었다. 윤제는 사정이 달랐다. 양식 조리시설이 없는 진미네 주방에서 테스트를 준비하기엔 어려움이 컸던 것이다. 그런 차에 구상경이 나서서 트레이닝 장소를 마련해주었다.

구상경은 맘에 드는 개인 요리사를 눈앞에서 놓치게 됐지만 크게 괘념치 않았다. 타고난 사업가인 그녀는 자신의 영토 확장에 윤제가 필요하다면 과감히 놓아줄 줄 알았다.

덕분에 진미는 일타쌍피의 효과를 누렸다. 더 이상 윤제가 구상경의 집으로 출근하는 모습을 보지 않아도 됐고, 윤제 역시 안정된 일자리를 얻을 수 있게 될지도 몰랐다. 그리고 무엇보다 그가 정말 좋아하는 일을 하게 될지도.

그가 가사도우미 일 역시 좋아한다는 걸 알고 있지만, 사실 가장 행복한 표정을 짓고 있을 때는 요리를 할 때였다. 특히 요리를 해준 상대가 맛있게 먹을 때. 그 표정이 어떤지를 진미는 너무도 잘 알고 있었다.

그 바람에 진미의 출근길엔 동반자가 생겼다. 그 동반자는 버스 옆 좌석에 나란히 앉아서 잠깐이나마 졸 수 있게 어깨를 빌려주었고, 차가 밀려 지각이라도 할라치면 그녀의 손을 잡고 함께 달려주었다.

엘리베이터에서는 아침마다 그들만의 작별의식이 거행됐다. 서로 모르는 사이인 척 가장자리에 나란히 서 있다가 조리개발실이 있는 7층에 가까워지면 윤제는 뒷짐을 지는 척 진미의 손을 끌어다 등 뒤에서 꼭 잡았다 놓았다. 그러곤 언제 그랬냐는 듯 먼저 엘리베이터에서 내렸다.

진미는 그의 등을 보면서 왠지 모를 든든함과 편안함을 느꼈다. 이 건물에 내 편이 하나도 없다는 생각이 들 때가 있었는데, 이제 한층 아래 누구보다 든든한 우군이 있었다. 구상경의 집이 아닌 이곳, 서린 F&B에 윤제가 있었다.

조리개발실에 갑자기 훤칠한 남자가 등장하자 직원들은 다양한 관점에서 호기심을 보였다. 구상경의 낙하산이냐, 김석의 낙하산이냐 온갖 추측이 무성했지만 이미 윤제를 본 적 있는 진미네 팀원들 덕분에 공연한 소문은 일어나지 않았다. 팀원들이 그를 보자마자 알은척

해주었고, 근거없는 소문의 파도는 일어날 듯하다가 곧 잠잠해졌다. 미지의 남자가 '오진미 남자친구'란 게 기정사실로 받아들여지면서.

공식적으로 윤제는 뉴욕 호텔 조리실에서 일하다 막 한국에 들어와 이곳에서 테스트 준비를 하는 걸로 얘기가 되어 있었다. 진미와의 특수 관계까지 있으니 특혜라 여길 여지가 생겼다. 사내에선 결국 윤제가 내정자 아니겠냐는 억측까지 나돌았다.

그런 불퉁한 소리들을 닥치게 만들려면 이번 블라인드 테스트에서 꼭 로빈 베일즈의 선택을 받아야 했다. 어떤 이해관계도, 한국에 연고도 없는 델리카시 오너 셰프가 요리만 보고 윤제를 선택한다면 모든 잡소문은 자연히 수그러들 터였다.

블라인드 테스트까지는 앞으로 3일. 어느 때보다 비장한 표정을 한 채 윤제는 열 권밖에 만들어지지 않았다던 델리카시 레시피북을 한참이나 노려봤다.

진미는 물론이고 구상경과 김석 모두 윤제가 공사 현장에서 이 책을 보았을 거라 생각했지만, '관계자 외 열람금지'라는 말뜻을 그는 모르지 않았다. 놀랍게도, 윤제는 그날 레시피북을 한 장도 펴보지 않았다. 그래서 구상경과 김석에게 만들어준 요리가 델리카시의 메인 메뉴라는 말을 들었을 때 윤제는 몹시 혼란스러웠다. 일단 구상경에게 추궁 당하는 진미를 구할 요량으로 자신이 레시피북을 본 것처럼 거짓말을 한 것일 뿐이다. 그래야 말이 되기도 했다. 레시피를 보지 않고 만들었다고 고백한다면 뒤따르는 물음표들에 대답할 답안이 윤제에겐 없었다.

그렇다면 나의 이 기억은 어디에서 온 걸까. 진미가 주방 라인을 보여주며 요리를 설명할 때, 그는 자연스럽게 비프 웰링턴을 만드는 과정이 떠올랐고, 심지어 입안에서 그 맛이 감도는 것처럼 느껴졌다. 그리고 자동 반사처럼 비프 웰링턴을 음미하며 미소 짓는 익숙한 여인의 모습도 흐릿하게 떠올랐다. 그 이미지가 잔상으로 남아 그날 구상경의 저녁 메뉴를 비프 웰링턴으로 결정했던 것이다.

뉴욕에 있을 때 이 레스토랑의 단골이었던 걸까. 아니면 이곳에서 일을 했던 걸까. 이 블라인드 테스트가 끝나면 대답을 알려줄 사람이 그를 기다리고 있을 것이다. 그러니 그를 만나기 위해서는 먼저 이번 테스트에서 기필코 이겨야 한다. 윤제는 비장한 각오로 레시피북을 덮고 요리를 시작했다.

알맞게 구워진 살코기의 빛깔, 초콜릿을 끓일 때 기포가 터지는 경쾌한 소리, 반죽이 익는 고소한 냄새, 익힌 감자를 찔러봤을 때 느껴지는 익숙한 감촉……. 모든 감각의 향연이 이곳 주방에서 펼쳐진다.

윤제는 수천 번, 아니 수만 번은 해본 듯한 익숙한 손놀림으로 각각 요리된 음식들을 일사불란하게 플레이팅 한다. 이 순간만큼은 캔버스에 그림을 그리는 화가처럼 미적 감각을 발휘해 작품을 완성시킨다. 그리고 모든 기도를 마친 예배자처럼 나지막이 읊조린다.

"There."(음식이 나가도 될 만큼 완벽히 준비된 상태. 'ready to go'의 의미)

꿈속의 그는 주방에 있었다. 그곳이 공사 중인 서울의 델리카시인지, 서린F&B의 조리개발실인지, 그도 아니면 매든스 호텔의 조리실인지는 알 수 없었다. 하지만 한 가지는 확실했다. 그에겐 이곳이 집이고, 작업실이고, 인큐베이터다.

그는 주방을 통해서 모든 곳으로 갈 수 있었다. 컴컴한 지하에서 지상으로 나갔고, 그곳에서 친구를 만들었고 그리고 사랑하는 사람에게도 다가갈 수 있었다.

마지막 요리를 마친 그는 직접 접시를 들고 홀 가운데로 뚜벅뚜벅 걸어간다. 한 여인이 테이블에 앉아 그를 기다린다. 어깨까지 내려오는 검은 생머리에 살짝 파인 보조개가 인상적인 그녀. 다가오는 자신을 보며 그녀가 환하게 웃는다. 진미가 웃는다.

꿈을 꾸면서도 그는 생각했다. 이것은 꿈일까, 기억일까, 예지몽일까. 무엇이길 바라야 할까. 갑자기 가슴이 뛰기 시작하는데, 자신을 보며 웃던 진미의 검은 눈동자가 푸른색으로 바뀐다. 바다처럼 파란 눈동자로 그를 바라보며 그녀는 눈물을 흘린다.

동시에 공간이 확장되는 것처럼 그녀가 밀려났다. 점점 멀어지는 그녀를 향해 손을 뻗지만 건장한 남자들이 자신을 붙잡고 어디론가 끌고 간다.

쾅!

그의 눈앞에서 육중한 문이 닫힌다.

그는 사방이 꽉 막힌 곳에 갇혀 있다. 아니, 돌아보니 죄수복을 입은 사내들이 흉기를 들고 어슬렁어슬렁 다가오고 있다. 도망가야 해, 마음먹은 순간 그는 다시 낯선 곳에 와 있다.

엄중한 얼굴로 판결을 내리는 판사. 그 말을 받아들일 수 없다고 판사를 향해 달려드는 자신. 그리고 다시 공간이동. 윤제는 또 다른 낯선 풍경 속에 떨어져 있다. 쓰러져 있다 일어나 돌아서면 헤드라이트 불빛이 자신을 집어삼킬 듯 맹렬하게 달려오고 있다.

다시 쾅!

꿈속에서 내지른 비명이 선명한 절규가 되어 자신의 귀로도 파고들었다.

"윤제 씨! 윤제 씨 괜찮아요?"

외마디 비명 소리에 놀라 진미가 윤제의 방으로 뛰어들었다. 식은 땀으로 범벅이 된 그를 흔들어 깨웠다. 익숙한 목소리를 들었는지 미지의 공간을 헤매던 윤제의 의식이 다시 현실로 돌아왔다.

진미가 눈앞에서 어른거리는 걸 보자 윤제는 혼자가 아니어서 다행이라는 듯 진미의 가슴에 얼굴을 파묻었다. 어린아이를 달래는 것처럼 윤제의 등을 토닥이며 진미가 물었다.

"나쁜 꿈 꿨어요?"

윤제는 고개를 저으며 단순한 악몽이었다고 둘러댔다. 절벽에서 떨어지는 꿈처럼 수많은 악몽 중 하나였다고.

하지만 맥락 없는 단편들로 이루어진 꿈은 실은 며칠째 반복되고 있었다. 어지럽게 교차하는 이미지들이 그를 괴롭힐수록 단순한 꿈이 아니라는 걸 윤제는 어렴풋이 느끼고 있었다. 그 이미지는 뜬금없이 한낮에도 수시로 나타났다가 백일몽처럼 사라졌으니.

이 악몽들은 델리카시 요리들을 직접 만들어보면서부터 시작됐다. 분명 생경해야 할 미각과 촉각인데 왠지 모르게 낯설지 않은 감각들이 세포를 깨우고 기억의 심연에 잔잔한 물결을 일으켰다. 급기야 거대한 파도처럼 어두운 이미지들을 몰고 윤제의 밤에 들이닥쳤다.

잦아들지 않는 거친 숨소리에 진미는 가만히 그의 이마를 짚어보았다. 뜨거운 열이 손등을 타고 전해졌다. 이렇다 할 원인을 알 수 없는 몸살과 오한에 윤제가 몸을 떨었다. 지난 몇 개월 동안 한 번도 본 적 없는 모습이었다. 진미는 덜컥 겁이 났다.

"잠깐만."

따뜻한 차를 가지고 돌아와 윤제를 침대에 기대 앉힌 후 찻잔을 건넸다. 진미는 겉으론 침착하려고 했지만 속으로는 눈물이 조금씩 흐르는 기분이었다. 마음이 울고 있을 땐 언제나 혼자였다. 그럴 땐 소리 내 울어도 아무 거리낌이 없었다. 지금은 달랐다. 눈앞에 무서운 곳을 간신히 헤치고 나온 것 같은 윤제가 지친 몰골로 저를 보고 있었다.

자신을 걱정스럽게 바라보는 여자를 보며 윤제도 가슴 한쪽이 저릿해졌다. 꿈속에서의 이미지가 꿈이 아니라 기억이라면 나는 그다지 좋은 사람은 아닐 터였다. 누군가의 위협을 받고 법정 안에서 소란을 피우던 게 진짜 나라면 이 여인이 내게 남아 있어 줄까. 아니, 내가 먼저 떠나야지. 그녀를 위해서라도 곁에 머물러 있어서는 안 된다.

"응급실 가요."

진미가 걸터앉은 침대에서 일어서자 윤제는 그녀의 손목을 잡으며 고개는 저었다.

"그럼 나 여기 있을까?"

목소리가 떨려서 나오는 걸 듣곤 윤제는 다시 고개를 저었다. 지금 진미가 자신을 흔들면 영영 놔주고 싶지 않을 것 같았다.

"나 괜찮아. 가서 자요."

하지만 진미는 그럴 수 없다는 듯 찻잔을 쥐지 않은 쪽 손을 꼭 쥐었다. 지금 그가 무엇 때문에 아파하는지 알 것 같았기에.

진미는 틈틈이 윤제 대신 병원을 찾았었다. 의사는 지금껏 기억이 돌아오지 않는 건 아마도 그의 무의식이 그를 보호하기 때문일 거라했다. 기억하지 않는 편이 더 행복하기에 자기 보호 기제를 발동시킨 걸 거라고.

그런데 며칠 전부터 그의 낯빛이 지나치게 어두워졌다. 심각한 상황에서도 태연해하며 농담을 잃지 않던 그가 어쩐지 웃지 않았다. 아니, 웃고 있어도 마음은 웃고 있지 않는다는 걸 알 수 있었다. 대체 어떤 기억의 편린이 그토록 깊고 무거운 그늘을 만든 건지 나에게도 알려주면 좋으련만.

윤제는 크고 검은 기억에 목이 졸릴까 봐 아이처럼 떨며 잔뜩 웅크리고 있었다.

어떻게 해야 그를 안심시킬 수 있을까. 당신이 어떤 기억의 조각을 찾아내든 옆에 있을 거라고 어떻게 해야 내 마음을 전할 수 있을까…….

진미가 팔을 내밀어 그의 얼굴을 쓸었다. 그녀의 엄지손가락이 그의 파래진 입술 위를 지나갔다. 윤제가 그만 멈춰달라는 듯 그녀의 손위에 자신의 손을 포갰다. 그녀의 손길은 항상 버거웠다. 아무렇지 않은 척했지만 그는 몇 번이나 그녀를 끌어당겨 안고 또 안고 싶었다. 윤제가 힘겹게 숨을 토하며 말했다.

"내가 말했잖아. 더는 안 간다고."

"왜? 당신이 나한테 어울리지 않은 사람일지도 모르니까?"

윤제는 긍정하는 것인지 침묵했고 대답 없는 윤제를 원망하듯 진미가 말을 이었다.

"어울리고 어울리지 않는 건…… 누가 정하는 건데?"

그의 눈빛이 흔들렸다. 침대 끝에 불안하게 걸터앉은 그녀를 보며 무겁게 되물었다.

"당신은 정말 내가 누구라도 괜찮아?"

"……."

그의 눈망울에 일렁이는 슬픔이 진미의 가슴을 철렁 내려앉게 했다. 그녀의 삶으로 부지불식간에 성큼 들어와서는 밝고 따뜻한 기운으로 그녀를 북돋아준 그였는데 이제야 그의 숨은 얼굴을, 진짜 얼굴을 본 것 같았다. 아무렇지 않은 척했지만 이렇게 아팠나, 당신…….

"난 당신 그대로가 좋아. 내 옆에 있는 지금 당신이······. 그러니까 아프지 마."

마치 치유의 주문을 외는 마법사처럼 진미는 흉터와 문신이 복잡한 지도를 그리는 윤제의 팔을 가만가만 쓸어내렸다. 마치 자신의 손길로 그 흉터를 지울 수 있기라도 한 것처럼. 그리고 그 상처를 하나하나 기억하려는 사람처럼 진미의 손은 다시 그의 팔을 지나 얼굴로 향했다.

그녀는 땀에 젖은 그의 머리를 넘겨주었다. 손가락 사이로 그의 머리카락이 지나가고 그녀의 손이 그의 목덜미에 닿는 순간, 윤제가 깊은 숨을 토했다. 제발, 더 이상은 참을 수가······. 알 수 없는 죄책감과 쉬지 않고 흔들리는 불안이 제동을 걸어왔지만 그는 이미 머리가 내리는 신호를 받아들이기 힘든 상태였다.

바로 그 순간, 물기를 머금었던 윤제의 눈빛이 뜨겁게 변했다. 윤제는 진미의 목덜미를 부드럽게 감싸 쥐고 침대에 눕혔다.

"이제 후회해도 소용없어."

윤제의 묵직한 한마디에 그녀의 가슴이 크게 부풀어 올랐다 내려갔다. 진미는 이내 결심한 듯 그의 눈을 똑바로 바라보며 말했다.

"살면서 가장 후회되는 일이 뭔지 알아?"

"······?"

"후회할 일조차 만들지 않는 거."

그 말이 신호라도 된 듯 윤제가 그녀의 목덜미에 얼굴을 묻었다.

그의 뜨거운 입술에 진미가 옅은 숨을 토해냈다. 처음 만날 날부터 오늘의 밤이 오길 알았던 걸까. 두 사람은 그날 밤, 자연스럽게 하나가 되었고 아침이 밝도록 방문은 열리지 않았다.

드디어 결전의 날, 블라인드 테스트를 위해 조리대를 세팅하고 있던 윤제에게 문자가 왔다.

'잠깐 나와봐요.'

비상구 계단으로 나가자 기다리던 진미가 다가와 손바닥에 무언가를 올려놓았다.

"나한테 준 행운, 돌려줄게요."

1달러짜리 동전이었다. 뉴욕에서 윤제가 진미에게 준 바로 그 동전.

"윤제 씨한테 생긴 나쁜 일들…… 내가 당신한테 동전을 뺏어와서 그런 게 아닐까 싶었어."

진짜 내 행운을 뺏었다고 생각하나. 윤제는 미안한 기색을 하며 말 끝을 흘리는 진미가 귀엽게 느껴졌다.

"당신한테 동전을 주고 난 더 큰 행운을 얻었는데?"

"……?"

"지구를 반 바퀴 돌아 당신한테 왔잖아."

이 사람은 왜 만날 듣기 좋은 말만 골라서 하는 건데? 진미의 죄책감이 한결 덜어지는 것 같았다.

"그래도 원래 주인한테 가면 더 효험이 있을지도 모르잖아."

"효험?"

"굿 이펙트."

동전을 쥔 윤제의 주먹에 입술을 쪽 맞추며 말했다.

"주최 측의 농간 좀 부려보려고 했는데, 그건 못 하니까……. 행운의 키스는 덤."

진미는 윤제에게 찡긋 웃어보였다. 이번 블라인드 테스트 심사에 진미는 참여하지 않았다. 윤제와의 특수 관계를 고려한 조치였다. 대신 조리개발실 실장과 직원들, 김석 본부장 그리고 로빈 베일즈가 엄격하게 심사할 예정이었다.

진미는 로빈 베일즈가 로비에 도착했다는 전화를 받고 아쉬운 마음으로 자리를 떴다.

조리개발실로 돌아온 윤제도 다른 두 지원자들과 함께 테스트가 시작되길 기다렸다. 공기 중에 은은하게 떠다니는 긴장과 견제의 기운. 드디어 조리개발실장이 들어와 테스트의 시작을 알렸다. 테스트의 메뉴는 역시 델리카시의 베스트셀러인 '리틀 포레스트'와 '판타스틱 4'.

윤제를 포함한 두 지원자도 델리카시 본연의 맛을 재현하기 위해 이 메뉴를 수십, 수백 번 연습했을 터였다. 관건은 시간이었다. 짧은 시간 안에 두 가지 요리를 해내려면 레시피에는 정확히 나오지 않은 최적의 요리 순서를 찾아야 할 것이다.

윤제는 먼저 소고기 안심을 실로 동여 매어놓고 패스트리 반죽을 만들어 냉장고에 넣어 발효되길 기다렸다. 그다음은 패스트리와 안심 사이에 들어갈 둑셀 차례. 양송이버섯과 견과류, 다진 마늘, 후추 등을 갈았다. 패스트리 위에 프로슈토를 깔고 그 위에 둑셀 그리고 잘 구운 안심을 올려 패스트리로 단단히 감싸고 패스트리 위에 바위 모양처럼 보이도록 미리 조각해놓은 반죽을 한 겹 더 입히고 노른자 물을 발랐다. 그리고 오븐에서 30분을 굽는다.

비프 웰링턴이 익어가는 사이, 윤제는 '판타스틱 4'를 준비했다. 특히 이삼십대 여성들에게 인기가 많은 델리카시의 이 브런치 메뉴는 특별 제작된 작은 사이즈의 토스트 위에 서로 다른 네 가지 토핑이 올라간 일종의 오픈 토스트였다. 델리카시가 SNS 상에서 유명해진 건 화려한 색감을 지닌 이 메뉴 덕이라고 할 수 있었다.

매콤한 특제소스로 버무린 크랩, 에그 베네딕트가 연상되는 수란, 스파게티 홉스, 캐러멜라이즈된 각종 제철 과일의 네 가지 토핑을 만들어 오픈 토스트 위에 올리자 오븐의 알람이 울렸다.

윤제는 오븐에서 잘 구워진 비프 웰링턴을 꺼내 먹기 좋게 접시에 썰어 넣고 그 옆에 샐러드 숲과 꽃 모양의 과일 디저트, 초콜릿으로 만든 나뭇가지를 곁들였다.

비프 웰링턴 바위와 꽃숲 사이에 시냇물을 연상시키는 키위 베이스의 소스를 세팅하면 한 접시에 애피타이저, 메인 디시, 디저트가 모두 담긴 작은 숲이 탄생한다.

그렇게 탄생한 세 개의 '리틀 포레스트'와 세 개의 '판타스틱 4'가

심사위원 앞에 배달됐다.

각 요리 앞에는 만든 이의 이름 없이 오로지 번호만이 적혀 있었는데, 세 요리의 외양이 놀랍도록 비슷했다.

"겉보기는 완벽하네요. 모두 제가 만든 음식 같군요."

감탄하는 로빈 베일즈 뒤에서 가만히 지켜보던 진미도 그의 어깨 너머로 요리들을 살폈다. 과연 어느 것이 윤제의 요리일까. 진미는 심사위원들이 시식하는 모습을 초조하게 지켜봤다.

로빈은 세 개의 비프 웰링턴을 차례로 썰어 샐러드와 소스를 곁들여 맛을 보았다. 그리고 디저트와 초콜릿 가니쉬를 차례로 시식했다. 진미는 로빈의 표정을 유심히 살폈지만 어느 요리에 후한 점수를 줄지 전혀 예상할 수 없었다.

반면에 김석은 구상경의 집에서 맛보았던 비프 웰링턴을 찾기 위해 집중력을 발휘했다. 비슷한 맛을 찾으면 그 번호에 최하점을 주리라. 심사위원 중 누구보다 골똘히 맛을 헤아리던 김석은 안타깝게도 영윤제의 인장을 구별할 만큼 섬세한 미각을 소유하지 못했다. 김석은 쓸데없는 탐정 놀이를 포기하고 일단 맛있다고 느낀 요리에 높은 점수를 주었다. 델리카시의 성공이 곧 자신의 성공일 테니.

이제 운명의 시간만이 남아 있었다. 심사 결과를 기다리던 두 명의 지원자 역시 초조한 듯 조리개발실을 서성거렸다. 델리카시 서울 1호점의 메인 셰프 자리는 그들 경력에 엄청난 후광효과를 선사할 것이다. 그건 윤제에게도 마찬가지였다. 하지만 그보단 자신에게 던져진 커다란 미스터리를 풀고 싶은 마음이 더 컸다.

심사가 이루어지는 현장에서는 뜻밖의 일이 일어났다. '리틀 포레스트'의 심사점수를 기록하고 '판타스틱 4'를 차례로 맛보던 로빈 베일즈의 낯빛이 급격이 어두워진 것이다.

"미스터 베일즈, 요리에 무슨 문제가 있나요?"

이것도 문제라고 해야 할까. 지나치게 완벽하단 게 문제라고 한다면 문제였다. 비프 웰링턴를 감싼 패스트리의 식감, 키위 소스의 농도, 오픈 토스트 위 토핑의 특유의 배열 등……. 3번 요리에선 다른 두 요리에서 느낄 수 없는 익숙하면서도 신선한 맛이 느껴졌다. 아무리 절대미각을 가진 이라고 해도 이렇게까지 완벽하게 맛을 재현한다고? 아니, 재현이 아니라면?

여기까지 생각이 미치자 로빈 베일즈의 뒷덜미가 서늘해졌다. 확인해야 한다. 혹시 모를 가능성에 대비해.

"지원자들 경력을 확인하고 싶네요."

"말씀드렸지만 블라인드 테스트를 하기로……."

"세 분 실력이 엇비슷해서요. 이왕이면 저희 본점과 무리 없이 소통할 수 있는 분을 뽑고 싶군요."

블라인드 테스트에 순순히 응했던 로빈 베일즈가 예상치 못한 요구를 해오자 진미는 공연히 불안해졌다. 대체 왜? 이제 와서 블라인드를 포기하는 이유가 뭘까?

나머지 두 지원자에 비해 윤제의 경력이 미천하니 이력서를 확인한다면 윤제가 떨어질 확률이 높았다. 김석이 이때다 싶어 말을 보탰다.

"실력도 실력이지만 앞으로 함께 호흡을 맞춰가야 하니 베일즈 씨가 원하는 대로 하죠."

이내 베일즈 앞에 세 장의 이력서가 놓였다. 1번, 2번 지원자의 이력서는 눈에 들어오지 않았다. 하지만 그는 주변 시선을 의식해 가능한 천천히 이력서를 넘겼다. 드디어 3번 지원자의 이력서. '영윤제'란 이름과 낯익은 사진이 눈에 꽂히듯이 들어왔다. 베일즈의 손이 움찔했다가 미세하게 떨렸다.

윤제의 이력서에 베일즈의 시선이 오래 머무는 걸 보고 진미는 조바심이 났다. 초라한 경력 사항을 보고 베일즈가 탐탁지 않게 여길까 걱정스러웠던 것이다. 진미는 영어로 변명을 늘어놓았다.

"직접 맛보셔서 아시겠지만 경력은 부족해도 실력만큼은 출중합니다. 꼭 메인 셰프가 아니라도 스텝으로 일할 마음도 있단 의사를 밝혔고요."

베일즈는 터질 것 같은 심장을 쓸어내리며 '뉴욕 매든스 호텔 조리부'란 단출한 경력사항을 바라봤다. 매든스라면 오진미가 일전에 아는 조리실 직원이 있냐고 물어봤던 곳 아닌가.

로빈 베일즈는 엉켜 있는 생각을 풀기 위해 눈을 감았다. 오진미는 그때 왜 그런 질문을 했을까. 그녀는 윤제와 어떤 관계가 있는 걸까. 그게 이 블라인드 테스트와도 연관이 있을까.

이리저리 아무리 생각을 해봐도 명확한 이유가 떠오르지 않았다.

하지만 로빈이 확실히 아는 게 하나 있었다. 영윤제는 매든스 호텔에서 일한 적이 없다는 사실이었다.

"제가 이 호텔 총주방장이랑 아는 사인데 한번 확인해봐야겠네요. 이 지원자의 실력이 어떤지."

진미는 예상치 못한 로빈 베일즈의 발언에 뒷목이 서늘해졌다.

조리개발실 밖은 분주하고 소란스러웠다. 테스트 결과를 기다리던 윤제와 다른 두 지원자들은 웅성거리는 소리에 신경을 곤두세웠다. 곧이어 조리개발실장이 들어와 난감한 표정으로 소식을 전했다.

"죄송합니다. 결과 발표는 추후로 연기됐습니다. 오늘은 이만 돌아가셔도 좋습니다."

"갑자기 왜 발표가 미뤄졌죠?"

다른 지원자가 불만스레 물었다.

"지원자분들의 경력사항 검증이 끝나지 않아서요."

뒤늦게 경력을 검토한다니 두 지원자는 새삼스럽다는 반응을 보였다. 하지만 윤제의 낯빛은 급격하게 어두워졌다. 매든스 호텔 조리부란 불명확한 경력이 문제가 된 걸까. 아니면 델리카시의 오너 셰프란 자가 자신에 대해 뭔가 알고 있는 걸까.

"심사위원을 만나고 싶습니다. 오늘 요리에 대한 평을 듣고 싶은데요."

일단 그를 만나야 했다. 자신이 왜 델리카시의 레시피를 숨 쉬는 일처럼 자연스럽게 재현했는지 어떤 단초라도 들어야 했다. 하지만 실장이 머리를 긁적이며 말했다.

"그건 좀 곤란하겠는데요."

곤란한 건 자신이었다. 지금이 아니면 기회가 없을지도 모른다. 윤제는 실장을 밀치고 복도를 향해 뛰쳐나갔다.

대회의실에서 나와 엘리베이터로 향하는 로빈의 뒷모습이 보였다. 윤제는 그를 향해 다가갔다.

"저기요!"

"이러시면 안 돼요!"

뒤늦게 뛰쳐나온 실장이 윤제를 향해 소리쳤지만 이미 그는 가속이 붙은 경주마처럼 달리기 시작했다. 윤제는 남자를 부르며 엘리베이터를 향해 달렸다. 하지만 남자가 탄 엘리베이터 문은 이미 닫혀가고 있었다. 그때 좁은 문틈 사이로 자신을 슬쩍 돌아보는 남자의 옆모습이 보였다. 콧날이 날렵한 얼굴선, 미세하게 미간을 좁혔다 펴는 저 표정…….

언젠가 이 장면을 본 것도 같은데?

윤제는 기시감에 자기도 모르게 그 자리에 멈춰 섰다. 뒤늦게 실장의 호출을 받고 달려온 경비직원들이 이미 저항 의지를 잃은 윤제를 붙잡아 어딘가로 끌고 갔다.

진미는 본부장실 비서로부터 호출을 받았다.

본부장실로 가는 내내 진미의 심장은 불길한 예감으로 연신 쿵쿵거렸다. 지레짐작으로 써넣은 '뉴욕 매든스 호텔 조리부' 경력이 진실이 아니라면? 아니, 그가 강제추방 당했단 사실이 탄로 난다면?

침착하자. 호텔 조리부 경력은 비정규직이어서 기록상 오류가 생긴 거라 하고, 강제추방은 비자에 문제가 생겼던 거라고 둘러대면 된다.

본부장실엔 이미 김석과 로빈이 굳은 얼굴로 앉아 있었다. 김석이 진미를 힐끗 보더니 그녀 앞에 윤제의 이력서를 팽개치듯 던지며 말했다.

"베일즈 씨가 이 친구에 대해 조회해보다가 엄청난 사실을 알게 되셨다는군요."

불안의 사이렌이 더 크게 울렸다. 진미는 최대한 덤덤한 얼굴을 가장한 채 되물었다.

"무슨 사실 말씀입니까?"

베일즈가 말을 이었다.

"3번 지원자, 어딘가 얼굴이 낯익다 싶었는데……. 마약혐의로 수감된 전과가 있습니다."

"마…… 마약이요?"

전혀 예상치 못한 내용이었다. 마약이라니! 그건 자신과 가장 멀리 있는, 그래서 평생 닿지도 않을 세계의 이야기였다. 너무도 충격적인 말이라 명치를 두드려 맞은 것처럼 아무 생각도 할 수 없었다.

"뉴욕 식당가를 전전하던 제임스란 친구였는데 식재료 사이에 마약을 숨겨서 옮겼다더군요. 종종 그런 사람이 있단 이야긴 들었지만 실제로 있을 줄은……. 그 일로 뉴욕 레스토랑 일대가 좀 떠들썩했었 죠. 그것 때문에 추방까지 당한 걸로 알고 있습니다."

김석이 이때다 싶어 한껏 조롱을 담은 얼굴로 말했다.

"어쩐지 문신이며, 흉터며 질이 나빠 보이더라니……."

김석이 개인적으로 윤제, 그러니까 제임스를 알고 있단 사실에 놀 랐는지 로빈이 바로 되물었다.

"본부장님도 아는 사이입니까?"

"아, 네. 오 팀장이 강력 추천해서 이번 테스트에 참여시켰었죠."

로빈의 고개가 반사적으로 진미를 향해 돌아갔다. 역시 오진미와 영윤제는 관계가 있었다. 하지만 왜? 어떻게? 하필이면 델리카시 서 울지점 셰프 자리에 제임스를 추천할 수 있지? 조금도 더 나아갈 수 없는 질문 앞에서 로빈은 침만 꿀꺽 삼켰다.

김석이 당혹해하는 베일즈의 표정을 살피다 안 되겠던지 이력을 제대로 확인하지 못해 미안하다며 사과를 늘어놓았다. 베일즈가 손 을 내저었다.

"나머지 두 지원자 중에 고심해보고 다시 연락드리겠습니다."

그러고는 먼저 자리를 떴다.

김석은 우두망찰 서 있는 진미를 보며 빈정거렸다.

"오 팀장, 그렇게 안 봤는데 사람 보는 눈이 없네. 아무리 남자한테 홀려도 그렇지 공과 사는 구분했어야지."

진미는 더 이상 표정을 관리하기가 힘들었다. 김석의 얼굴 위로는 비열한 미소가 스쳐 지나갔다. 그 순간 그녀를 더욱 참담하게 만든 것은 밝혀진 윤제의 과거보다 그것을 사실로 받아들이고 있는 자신의 마음이었다.

본부장실을 먼저 빠져나온 로빈 베일즈가 엘리베이터에 올라타며 핸드폰을 꺼냈다. 윤제를 찾기 위해 한국에서 고용한 변호사에게 전화를 걸었다.

"김 변호사님, 제가 먼저 찾아버렸네요. 제임스 영."

변호사에게 자초지종을 설명한 다음 다급하게 오더를 내렸다.

"이력서 보낼 테니 한국에서 어떻게 지냈는지 알아보세요. 그리고 서린F&B 오진미 팀장과 무슨 사인지도요. 당장!"

12장
요리사, 도둑, 그의 아내,
그리고 그녀의 옛 연인

[인사조치]

서린F&B 외식개발 2팀장 오진미

-

위 직원은 본사에 심각한 해사 행위를 하였으므로

위 직위에서 면하고 대기발령 조치에 취한다.

진미의 이름이 몇 개월 만에 다시 사내 게시판에 올랐다.

예상은 했지만 착잡했다. 직원들은 저희들끼리 수군거리다 진미가 지나가자 입을 꾹 다물었다. 노골적인 경멸과 냉소의 화살이 다시 날을 세워 전방위에서 날아들었다.

본부장과의 묘한 관계로 입방아에 오르내리더니 이젠 남자친구가 마약사범이라니. 자기 지위를 이용해 그런 사람을 메인 셰프 자리에 꽂으려고 했다니, 최악이었다.

진미는 지저분한 추문의 주인공이 되어 속수무책으로 직원들의 뒷담화에 쉴 새 없이 오르내렸다. 소문을 피할 정신도, 비난을 막을 방패도 없었다. 몇 달 전 상황의 되풀이였다. 그야말로 판박이였다. 운명의 장난도 이쯤 되면 도가 지나친 것 아닌가.

김석 본부장은 영윤제가 전과자라는 것과 이력이 불명확한 것을 알고도 셰프 후보에 올린 것은 심각한 해사 행위라며 진미의 대기발령 이유를 설명했다. 말이 대기발령이지 직위를 면하고 받은 대기발령은 정직이나 다름없었다. 애초에 구상경과 자신도 윤제가 블라인드 테스트에 참여하는 데 적극 동의했다는 사실은 까맣게 잊은 듯했다.

"그리고 당분간 델리카시 론칭 작업에서 손 떼세요. 로빈 베일즈의 요청입니다. 관련 사항은 1팀 최 팀장에게 인계하고요. 별도의 발령이 있을 때까지 출근하지 마세요."

진미는 뭐라 항변할 말을 찾을 수 없었다. 그리고 대항할 일말의 의지도 남지 않았다. 그저 지금 그녀의 머릿속을 지배하는 것은 단하나. 윤제의 행방이었으니까.

윤제의 강제추방 사유가 마약 범죄 때문이었다는 얘기를 듣고 본부장실을 빠져나온 진미는 윤제를 찾아다녔다. 그러나 회사 어디에도 그는 보이지 않았다. 윤제가 로빈에게 달려드는 바람에 경비직원들에게 끌려갔다는 말을 듣고 보안실로 내려갔지만 이미 그는 사라진 후였다.

집으로 돌아온 진미는 윤제를 다시 만나면 어떤 표정을 지어야 할까 고민했다. 짐작한 것보다 윤제의 추방 사유는 심각한 수준이었고, 마약사범이라기엔 그간 알았던 영윤제라는 사람과도 전혀 어울리지 않았다. 흔히 알려진 마약사범들의 행동 패턴 같은 게 아예 없었기 때문에 그쪽과 연관되었을 거라고는 추호도 생각하지 못했다. 얼마 전부터 악몽에 시달렸던 게 어쩌면 금단 증세의 발로였던 걸까?

자신도 기억하지 못하는 과거가 그런 식으로 탄로 났으니 윤제도 꽤나 당황스러웠을 것이다. 그가 돌아오면 먼저 변명의 기회를 주자. 어떤 이야기라도 좋았다. 진미는 그 변명에 성의만 있다면 어떤 것이라도 믿어줄 용의가 있었다. 그런 마음으로 기다리니 오히려 차분해졌다.

하지만 대답해 줄 사람은 끝끝내 그녀 앞에 나타나지 않았다. 동네에서도, 회사에서도 그날 이후 그를 본 사람은 없었고 전화를 걸 때마다 들리는 건 고객님의 전화기가 꺼져 있다는 안내뿐.

그는 완벽하게 사라졌다.

어떻게 나한테 이럴 수 있어? 입던 옷을 그대로 두고, 사다놓은 음식도 버려두고, 한마디 말도 없이 그냥 사라져버릴 수가 있어? 어떻게 나를 두고…….

그의 연락두절에 진미는 열 받았다가 서운했다가 하루 종일 감정이 널뛰었다. 하지만 결국 그 감정의 종착역은 걱정이었다. 설마 자신의 과거에 충격을 받고 달리는 차에 또다시 뛰어들었다면? 어딘가에서 또 기억을 잃고 쓰러졌다면?

실종신고를 하고 싶었지만 공항에서 만났을 때나 지금이나 두 사람은 법적으로 아무 사이도 아니었다. 동아는 실종자 신고가 들어오면 알려주겠다고 했지만 진미의 불안은 사그라지지 않았다.

그의 잠적이 길어질수록 진미는 윤제의 과거를 받아들일 수밖에 없었다. 윤제 자신도 모든 것을 인정하기에, 기억이 돌아왔기에 그녀 앞에서 연기처럼 사라진 게 아닐까.

하지만 한 가지 의문은 남았다. 윤제는 왜 로빈 베일즈에게 공격적으로 달려들었던 걸까. 아니, 로빈 베일즈는 뉴욕에서 분명 매든스 호텔에는 아는 사람이 없다고 해놓고 왜 이제 와 매든스 호텔 총주방장과 친분이 있다는 말을 꺼냈을까.

윤제가 마약사범이라는 말을 전해준 게 매든스 호텔 총주방장이라면……. 그에게 다시 확인해보면 되지 않을까.

진미는 이메일 창을 열어 매든스 호텔 메일 주소를 클릭했다. 저번에는 호텔 조리부에 동양계 30대 남성이 있었는지 확인을 부탁한다는 메일을 보냈었다. 하지만 매든스 호텔 측은 아직까지도 수신확인 자체를 하지 않은 상태였다. 지푸라기라도 잡는 심정으로 진미는 다시금 작년 추수감사절 저녁, 직접 룸서비스를 해주었던 동양인 직원을 찾는다고. 그때 일했던 총주방장에게 직접 물어봐주길 부탁드린다고 정중한 어조로 메일을 보냈다.

진미는 담당자가 빨리 메일을 읽어주길 기도했다. 수신확인 버튼을 연신 새로 고침하며 뜬눈으로 밤을 새웠다.

책상에 엎드린 채 깜박 잠이 든 진미의 얼굴 위로 햇살이 드리워졌다. 뒤척이던 진미가 마우스를 잠결에 건드리자 메일함 최상단에 있던 메일이 딸깍, 내용을 드러냈다.

Dear Ms, Oh
리뉴얼 중인 관계로 그간 메일에 회신을 못 했던 점 사과드립니다.
저희에게 보내주신 두 통의 메일에 대한 답변을 드리겠습니다.
작년 추수감사절 즈음 근무했던 총괄 셰프는 애덤 위버였습니다.
하지만 애덤에게 확인해본 결과,
그 시기에 조리부에 근무했던 동양 직원은 없었다고 확인해주었습니다.
헌데 최근 메일에서 추수감사절 룸서비스 담당직원을
문의하셨던데 착오가 있으신 건 아니신지요?
저희 호텔은 개업 이후, 조식과 디너 이외에는
어떤 룸서비스 요리도 제공하지 않고 있습니다.
도움이 되셨길 바라며.
– NY 매든스 부티크 호텔

메일을 확인하고도 진미는 모니터에서 눈을 떼지 못했다. 멍한 눈길로 보고 또 보기만 반복했다.

매든스 호텔엔 룸서비스가 없다니? 그럼 그날 밤 그녀 앞에 차려진 식사는 무엇이었을까. 윤제가 매든스 호텔 조리부가 아니라면 혹시……?

진미는 당장 현아에게 전화해 자초지종을 설명했다.

"어쨌든 윤제 씨 미국 이름이 제임스 영이란 거지? 너랑 공항에서 만난 날, 입국했을 테니까 강제추방일은 그 전날이나, 그 전전날이 되겠고."

현아는 이제 윤제의 신원을 알았으니 그의 사건기록을 보면 단서를 찾을 수 있을 거라 말했다.

현아는 즉시 시사프로그램 작가 시절 알게 된 국제 변호사를 통해 '제임스 영'의 범죄기록을 알아봐 달라 부탁했다. 며칠 후, 현아에게서 다시 전화가 왔다.

"변호사가 범죄기록을 조회해줬는데 좀 이상한 게 있어."

"뭐가?"

"기록에는 피의자가 직장을 통해 마약을 밀반입하고 판매했다고 되어 있다는데……."

"그런데……?"

"그 직장이 '레스토랑 델리카시'라 적혀 있대."

"뭐? 매든스 호텔이 아니고?"

"응, 마약 발견 장소가 델리카시래."

"……!"

윤제가 델리카시에 근무했고 마약이 발견된 곳도 델리카시라고? 그렇다면 베일즈는 왜 윤제를 모른 척했을까.

진미는 그 날 베일즈의 행동을 되짚어봤다. 윤제가 만든 3번 요리를 먹은 후에 이력서를 확인하자고 했던 것. 윤제의 매든스 호텔 조리부 경력을 보고 갑자기 매든스 호텔 총주방장을 안다고 한 것. 그러더니 별안간 호텔 총주방장에게 들은 척 하며 윤제의 마약 전과 이야기를 꺼낸 것……. 하나같이 수상했다.

베일즈는 윤제가 델리카시에서 근무했다는 사실을 왜 쏙 빼고 이야기했을까. 자신의 레스토랑에서 일어난 일이라면 자신의 증언이 가장 힘이 있을 텐데 왜 자신을 그 사건에서 지우려 했을까. 지우려고 한걸까. 감추려고 한 걸까.

끝도 없는 '왜'의 실마리를 찾기 위해선 지금 이곳은 적당한 장소가 아니었다. 진미는 핸드폰 너머의 현아에게 결심하듯 말했다.

"나 뉴욕에 가야겠어."

"뉴욕을 간다고?"

"델리카시에 가서 직접 알아볼 거야."

"뭘 더 알아본다는 거야? 윤제 씨가 마약 소지한 건 사실이잖아."

"로빈이 윤제 씨를 모른 척한 게 걸려. 로빈 베일즈가 한국에 있으니까 지금이 기회야."

로빈 베일즈가 윤제에 대해 감추는 것이 무엇인지 알아야 했다. 저번 출장에서는 어디서 윤제의 흔적을 찾아야 할지 몰라 허둥댔지만 지금은 다르다. 이번 목적지는 델리카시다.

비행기 아래 새털처럼 깔린 구름이 걷히며 뉴욕의 마천루가 드러났다.

볼 때마다 새롭게 다가오는 풍경을 내려다보며 진미는 1년 사이 자신에게 일어난 많은 일들을 곱씹어봤다. 엄마의 납골함을 들고 뉴욕에 발을 디딘 후, 그곳의 한 레스토랑에 반해 프랜차이즈 계약을 하고…… 그리고 이어진 서너 번의 출장. 애초에 윤제가 아니었다면 뉴욕과의 인연은 이어질 수 없었을 것이다.

그리고 오늘, 다시 뉴욕에 왔다. 윤제, 아니 이곳에선 제임스 영이라 불렸던 남자의 행방을 알기 위해.

세상 모든 곳에 갈 순 있어도 미국만은 올 수 없는 그 남자가 이곳에서 무슨 일을 겪었는지 알기 위해.

지금까지는 델리카시 직원들의 환대를 받으며 이곳을 방문했지만 오늘은 그럴 수 없었다. 제임스 영의 마약사건을 제대로 알려면 자신이 이곳에 왔다는 사실이 로빈의 귀에 들어가지 않아야 했다.

출장 올 때마다 델리카시 주방의 이모저모를 친절히 알려줬던 주방 직원을 은밀히 만나기 위해 진미는 비밀지령을 수행하는 요원처럼 레스토랑 근처 카페테리아에 숨어들어 그의 퇴근을 기다렸다.

커피와 간단한 음식을 주문하고 앉아 있자니 20대 중반의 히스패닉 웨이트리스가 알은체를 해왔다.

"오랜만에 오셨죠?"

"네?"

진미가 의아한 표정을 짓자 '베티'라는 이름표를 단 웨이트리스가 곧장 사과를 해왔다.

"아, 죄송해요. 왠지 얼굴이 익어서 단골이신가 했어요."

내 얼굴이 낯이 익다고? 그녀의 말에 진미는 찬찬히 가게 안을 훑어보았다. 그러고 보니 이 풍경 어딘가 낯이 익었다. 진미는 희미하게 남은 기억의 퍼즐을 맞춰보았다.

"아…… 한 번 온 적이 있는 것 같아요. 작년 추수감사절 때."

자신없이 내뱉은 진미의 말에 웨이트리스는 금방 유레카라도 외칠 듯 눈이 커다래졌다.

"오! 화이트리본 걸!"

그녀는 작년 추수감사절에 하고 있던 진미의 하얀 리본까지 기억하고 있었다. 납골함을 들고 도망치듯 오느라 장례식장에서부터 꽂고 있던 하얀 리본을 미처 떼지 못했었는데 그걸 다 기억하고 있다니.

"기억력이 엄청 좋으시네요."

"기억력이 좋다기보다 잊을 수가 없었죠."

"그게 무슨……?"

"아, 그게……."

자신의 눈썰미에 스스로 감탄하던 그녀는 웬일인지 말을 쉽게 잇지 못했다.

"그날 음식 시켜놓고 드시질 않아서 근처 테이블에 계시던 한국계 단골손님한테 물어봤어요. 저런 상황에서 한국인들이 쓰는 말이 있지 않냐고요. 사실 제가 한국 드라마 매니아거든요."

"아……."

"제임스는 그 말을 모르더라고요. 대신 손님 머리에 꽂힌 하얀 핀을 보더니 무슨 일인지 손님을 따라나갔어요."

"잠깐만요. 그 사람 이름이 뭐라고요?"

"제임스요. 제임스를 아세요?"

예상치 못한 곳에서 그 이름을 듣다니.

"혹시 제임스 영 말씀하시는 건가요?"

"네, 그걸 어떻게? 혹시 그날 만나신 건가요?"

진미의 머릿속이 급속도로 움직이며 그날의 타임라인을 다시 조립하기 시작했다. 그렇다면 브루클린 브릿지에서 만나기 전에 이미 윤제는 이 카페테리아에서 자신을 보고 따라오기 시작했다는 건가? 내 머리에 꽂힌 하얀 핀을 보고? 그렇다면……?

내 눈앞에 있는 이 여인이 카페테리아의 단골이었다는 윤제의 존재를 누구보다 잘 알 터였다. 진미는 다급한 마음에 델리카시 직원에게 물어보려고 했던 질문을 베티에게 쏟아냈다.

"그럼 제임스 영을 잘 아시겠네요. 그 사람이 어디서 일했는지 아세요? 델리카시와 무슨 관계가 있는지는요?"

긴장한 얼굴로, 간절한 표정으로 바라보는 진미를 향해 웨이트리스는 오히려 가볍게 웃으며 말했다.

"델리카시와의 관계야…… 아주 많죠."

"네?"

"델리카시를 만든 사람이 제임스잖아요."

머릿속에 벼락이 쳤다. 웨이트리스의 말은 담담했지만, 그 의미는 놀라운 반전이었다. 로빈 베일즈가 아닌 제임스 영, 그러니까 영윤제가 델리카시의 창업자라는 말인가. 그럴 리가 없었다. 프랜차이즈 계약을 맺을 때 몇 번이나 소유주와 최대 주주를 확인했다. 그때마다 맨 앞에 나와 있는 이름은 로빈 베일즈, 단 하나뿐이었다.

누구보다 눈치 보지 않고, 스스럼없이 진실을 이야기해줄 사람. 이 사람에게 되도록 많은 진실을 들어야 했다. 진미는 마약사건을 알고 있는지 연이어 물었다.

"저도 제임스가 마약 혐의로 추방됐다는 소식 들었어요. 델리카시에선 메인 셰프가 마약 사건 연루된 게 소문나면 안 되니까 제임스가 셰프였다는 사실은 비밀로 하라고 했나 봐요. 그것 때문에 공동 오너 셰프 자리에서도 물러났고요. 저도 델리카시 직원들한테 들은 얘기지만요. 지금 델리카시에서 '제임스 영'은 금기어인 모양이에요."

진미의 머릿속은 퍼즐을 짜 맞추느라 연신 바쁘게 돌아갔다. 윤제가 한국으로 추방당한 충격으로 기억을 잃었을 때, 로빈 베일즈는 자신이 윤제와 한집에 산다는 사실을 꿈에도 모른 채 자신과 프랜차이즈 계약을 했을 터였다. 그렇다면 다시 블라인드 테스트에서 윤제를 만났을 때 누구보다 반갑게 인사를 했어야 하는 게 아닐까. 왜 아는 척을 하지 않았을까.

단지 마약사범이 오너 셰프였단 사실을 알리고 싶지 않아서? 끝없이 이어지는 '왜'가 진미의 나쁜 상상력을 자극했다. 제임스 영과 로빈 베일즈 사이에는 무슨 일이 있었던 건 아닐까. 둘 사이의 일을 추측해보기 위해서 우선 하나의 사실을 짚고 넘어가야 했다.

"정말 제임스가…… 마약을 했을까요?"

"글쎄요. 저도 처음 그 얘기를 듣고 믿기지가 않더라고요. 제임스는 누구보다 밝고 건강한 사람이었으니까. 그래서 곧 무죄 판결 받고 풀려날 줄 알았는데, 추방까지 될 줄은 몰랐죠."

"혹시 델리카시 직원 중에 자세한 상황을 아는 사람이 있을까요?"

베티가 난감한 표정을 지었다. 제임스와 로빈이 델리카시의 공동 셰프였지만, 무슨 이유에서인지 제임스가 마약 사건에 연루되기 전에도 인터뷰나 홍보를 로빈만 전면에 나서서 해왔다는 것이다. 공동 셰프인 경우엔 어디든 함께 출연할 때 홍보 효과도 더 높을 텐데, 이상한 일이긴 했다. 제임스가 체포된 이후엔 델리카시에서 제임스는 아예 사라지다시피 했다. 볼드모트처럼 제임스란 이름은 언급 자체를 하면 안 되는 분위기라고 덧붙였다. 특히 로빈 앞에서는.

"그렇다면 차라리……."

그녀가 머뭇거리다 입을 뗐다.

"제니스를 만나보시는 게 어떨까요?"

"제니스요? 임신해서 휴직 중인 제니스 말씀하시는 건가요?"

베티가 고개를 끄덕였다.

"제니스, 제임스의 약혼자였거든요."

제임스의 약혼자였다고요? 로빈이 아니라? 진미는 귀를 쫑긋 세우고 다시 물었다. 돌아오는 대답은 같았다. 로빈의 아이를 임신한 그녀가 제임스의 연인이었다니, 도무지 이해가 되지 않았다. 겨우 풀어놓은 실타래가 머릿속에서 다시 엉켜버린 것 같았다.

"제임스의 사정을 가장 잘 아는 건 제니스겠죠. 로빈이 뉴욕에 없으니까 지금이 그녀를 만나 제임스에 대해 물어볼 절호의 기회 아닐까요."

베티가 다른 주문을 받느라 돌아간 뒤에도 진미는 한동안 자리에서 일어나지 못했다. 제임스, 로빈, 제니스. 이 세 사람의 관계는 단순한 식당의 공동창업자 이상으로 복잡하게 얽혀 있는 것 같았다. 진미는 흐린 하늘을 올려다보며 짧은 한숨을 토했다. 머리에도 부옇게 안개가 들어차는 기분이었다.

솔직히 말하면 말도 못 하게 떨렸다. 윤제가 사랑했던 여자, 결혼까지 약속했던 여자를 만난다고 생각하니 묘한 긴장이 가슴을 간질였다. 이렇게 손을 뻗으면 닿을 곳에 윤제를 잘 아는 사람이 있는 줄도 모르고 그의 과거를 찾아 헤맸다니.

진미는 차이나타운 식당으로 들어서서 두리번거리는 그녀가 새삼 낯설어 보였다. 이미 여러 번 출장을 와서 그녀와 많은 작업을 같이 해왔는데도.

"전화 받고 놀랐어요. 제임스를 한국에서 만나셨다고요?"

코트를 벗고 맞은편에 엉거주춤 앉은 제니스의 배가 테이블에 닿을 듯했다. 지금은 다른 남자의 아이를 가진 만삭의 임부에게 전 남자친구의 불행을 어디까지 말해야 할까. 진미의 흔들리는 눈빛에서 그런 망설임을 읽었는지 제니스가 차분히 말했다.

"괜찮아요. 제임스가 살아있다는 걸 알려주신 것만으로도 안심이 됐으니까요."

진미는 공항에서 윤제가 자신의 핸드폰을 훔쳐 제니스에게 전화를 건 일, 그러다 교통사고를 당해 기억을 잃은 일, 그날의 사고 때문에 자신의 집에서 머무르게 된 일을 차근차근 설명했다. 그러다 우연히 윤제가 요리에 소질이 있다는 걸 알게 되고 델리카시 셰프 테스트까지 치르게 된 일과 블라인드 테스트에서 로빈을 만난 이후 감쪽같이 사라져버린 일까지…….

하지만 인천공항에서 윤제를 만나기 전, 뉴욕에서 그에게 하룻밤 도움을 받았단 이야기는 하지 않았다. 이미 끝난 사랑이겠지만 두 사람의 좋은 추억에 한 점의 얼룩을 남기는 것 같아서. 어떤 사실은 숨기는 것이 예의일 때가 있다.

진미는 그간의 일을 되도록 축약해 말하려 애썼지만 어느덧 30여 분이 훌쩍 지나 있었다. 그리고 모든 걸 이야기해도 괜찮다던 여인은 언젠가부터 하염없이 눈물을 흘렸다.

"다 저 때문이에요. 그렇게 전화를 끊지만 않았어도 공항에서 그런 사고는 없었을 텐데……."

제임스가 수감된 사이, 제니스는 상심에 젖어 무력해진 나날을 보내고 있었다고 했다. 그때 다가온 로빈의 적극적인 위로가 도움이 되었으며, 자연스럽게 관계가 발전했다는 것이다.

국외로 추방되었다는 소식을 들었을 때는 이미 로빈의 아이를 가진 상태였다. 돌이킬 수 없는 상황이라고 판단한 뒤로는 윤제가 마음을 접을 수 있도록 여지를 남기지 말아야 한다고 생각했다. 그래서 그렇게 매몰차게 대한 것인데, 그게 사고로까지 이어질 줄이야.

그날 이후, 제니스는 혼자서 마음을 졸여왔다. 그렇다고 로빈 앞에서 그를 걱정하는 모습을 보일 수도 없었기에 가슴앓이는 지금까지도 계속되었다고 했다.

"기억을 잃은 것도 충격 때문이었을 거예요. 아무도 없는 미국에서 고생하면서 겨우 친구와 가족이 생겼는데 하루아침에 다시 잃어버렸으니……."

어렸을 때 아버지와 단 둘이 미국으로 이민을 온 윤제는 정착한 지 몇 년 되지 않아 큰일을 겪었다. 교통사고로 아버지가 돌아가신 것이다. 교통사고 가해자는 되레 윤제의 아버지가 음주 후 무단횡단을 했다며 책임을 전가했고, 윤제는 이에 분노해 가해자를 찾아가 진실을 밝히라며 위협했다고 한다.

검은 머리 동양인 이민자가 백인을 위협한 사건은 전후 맥락이 삭제된 채 대대적으로 언론에 보도되었고, 그 사건 때문에 윤제는 시민권자 취득도 쉽지 않았다고 한다.

델리카시를 창업할 때도 윤제가 공동 셰프 자격으로 동등하게 나서지 않은 건, 그 사건 때문이었다고 했다. 마약 사건도 뚜렷한 증거가 없었지만 결국 추방 판결이 내려진 것은 그 사건의 여파 때문일 거라고 제니스는 추측했다.

타국에서 온 낯선 이방인이 어린 시절부터 고초를 겪으며 버텨냈지만, 성공의 결실도 보지 못한 채 모든 걸 잃고 결국 추방되었다. 이토록 신산한 삶이 도무지 윤제의 것이라고는 믿기지 않았다. 진미는 듣는 내내 가슴이 먹먹해져 참을 수가 없었다.

낯선 나라에서 혼자가 된 윤제가 느꼈을 상실감과 절망감은 얼마나 컸을까. 자신도 뉴욕의 거리를 헤맬 때 모든 걸 다 포기하고 싶은 심정이었으니까. 돌아갈 곳이 없다고 느꼈으니까. 아마 그 슬픔을 그때의 윤제가 알아봐 준 것이 아닐까.

진미는 이제 진짜 묻고 싶었던 질문을 할 차례가 됐다고 생각했다. 얽힌 실타래를 풀기 위해 가장 먼저 할 일은 실의 끄트머리를 찾는 일이니까.

진미는 자신도 모르게 목소리가 신중해졌다.

"정말 제임스가 마약을 했나요? 제니스가 제일 잘 알고 있을 것 같은데요."

"그건……."

드러난 사실인데도 그녀는 웬일인지 대답을 머뭇댔다.

"적어도 제가 알기론 제임스는 그런 사람은 아니에요. 오히려 주방 직원들이 방탕해지거나 엇나가면 따로 불러다 타이르던 사람이었어요. 특히 이민 온 셰프들은 그를 멘토라고 생각했고요."

"그럼 어떻게 된 걸까요? 혹시 누군가 제임스를 음해했다거나……."

그 말을 꺼내놓자 갑자기 안개 속이던 머릿속이 조금씩 환해지는 것 같았다. 만약 누군가 윤제를 끌어내리기 위해 음해한 거라면! 제임스가 한국으로 추방된 후, 가장 이익을 본 사람일 가능성이 가장 컸다. 그렇다면…….

"글쎄요."

제니스는 대답을 머뭇거리며 슬며시 배를 감싸 안았다. 곤란한 생각을 하면서도 손이 자연스럽게 배를 안고 있는 건 어쩐지 본능적인 행동처럼 보였다. 어떤 일이 일어나도 아이를 지켜야 한다는 본능.

"하지만 한 가지는 확실해요. 그는 절대 그럴 사람이 아니라는 거."

진미는 직감적으로 느낄 수 있었다. 제니스가 더 알고 있는 게 있는데도 자세한 대답을 피한다는 걸. 사실을 알고 있는지, 다만 추측일 뿐인지 판단하긴 어렵지만, 더 캐묻는다 해도 그녀는 쉽게 답을 줄 것 같지는 않았다. 진미는 포기하고 다른 질문을 던졌다.

"혹시 제임스가 한국에 알고 지내는 사람이 있을까요?"

"미국에 오기 전에 잠깐 자길 돌봐줬던 아주머니 이야기를 하긴 했는데 너무 어렸을 때라 이름도, 동네도 자세한 건 기억나지 않는 것 같았어요."

그러니까…… 그는 한국에서조차 완벽한 이방인이었다. 혹시나 했지만 역시나였다. 서울 하늘 아래 갈 곳 없는 그는 지금 대체 어디에 있는 걸까.

"고맙습니다, 고마워요."

제니스는 북받치는 울음을 삼키며 말을 이었다.

"제임스를 보살펴주셔서 정말 고맙습니다."

"아닙니다. 저도 제임스한테 많은 도움을 받았어요."

"다행이에요. 진미 씨처럼 좋은 사람을 만나 정말 다행이에요."

제니스는 혼잣말처럼 다행이란 말을 몇 번이고 되뇌었다. 잠시 감정을 추스르던 그녀는 진미를 똑바로 바라보며 강조하려는 것처럼 말했다.

"그 사람, 좋은 사람이에요. 강한 사람이고요. 운명이 자신한테 그토록 가혹하게 구는데도 이만큼 버텨왔어요. 걸어온 길이 험했다고 해서 부디 편견을 갖지는 말아주세요."

진미는 그녀의 말에서 특별한 뉘앙스를 느꼈다. 제니스는 어떤 당부를 하고 있는 것만 같았다. 윤제를 다시 만난다면 그를 외면하지 말아달라는 당부. 진미는 옅은 미소를 띠며 대답했다.

"알고 있어요. 다시 만날 수만 있다면 이렇게 사라지게 그냥 두진 않을 거예요."

그 말을 듣고 나서야 제니스의 표정이 한결 편해졌다. 제임스에 대한 자기 몫의 걱정이 조금은 덜어졌다는 듯.

"그럼 윤제 씨, 아니 제임스를 찾게 되면 연락드릴게요."

제니스는 힘겹게 고개를 끄덕였다. 진미는 제니스에게 순산하길 바란다는 인사를 남기고 자리에서 일어났다.

식당을 나서며 진미는 생각했다. 제니스가 차마 말하지 못한 행간을 찾아내 그의 명예를 회복시켜주어야 한다. 이대로 두면 그는 계속 떠돌다가 사라지는 삶을 살 것이다. 진미는 많은 사람들이 바쁘게 오가는 거리를 바라보며 결심했다. 영윤제란 남자를 자기 옆에 뿌리내리게 만들겠다고.

델리카시 서울지점의 메인 셰프는 요리 프로그램에 출연하면서 인지도를 쌓은, 프랑스 요리학교 출신의 40대 초반 남성이 최종 발탁되었다. 로빈 베일즈는 그에게 레시피를 전수하고 어느 정도 공사를 마친 레스토랑에서 요리를 해보는 실전 테스트까지 진행했다.

이로써 로빈은 레스토랑 오픈 전, 한국에서의 공식 일정을 어느 정도 마친 셈이었다. 하지만 그에겐 꼭 처리해야 하는 남은 일이 있었다. 영윤제를 만나 문제의 소지를 없애는 것. 회유를 하든, 협박을 하든 그가 델리카시의 공동 오너였던 사실을 발설하지 못하게 해야 한다.

그런데 그가 갑자기 사라졌다. 그게 문제가 쉬워진 건지 더 복잡해진 건지 판단하기 어려웠다. 이대로 아예 사라져버린다면 별 탈 없겠지만, 다시 나타난다면 더 큰 사태를 야기시킬 수도 있었다.

서린 측에는 미국으로 돌아간다고 했지만 로빈은 며칠 더 한국에 머물며 윤제를 찾아보기로 했다.

그가 고용한 국제 변호사란 작자는 일찍이 영윤제를 찾으라는 지시를 내렸는데도 자신의 코앞에 윤제가 나타날 때까지 헛방망이질을 하고 있더니 지금까지도 그를 찾지 못하고 있었다.

"영윤제 사건 조회 기록입니다."

호텔 커피숍에서 만난 변호사는 그에게 서류봉투를 내밀었다. 그건 영윤제의 교통사고 기록이었다.

그랬었군. 추방당해 한국에 오자마자 교통사고를 당해 더 이상 연락이 없었던 거였어. 헌데 사고 목격자에 '오진미'란 이름이 적혀 있었다. 그녀가 프랜차이즈 계약을 맺은 날짜와 제임스 영의 추방날짜가 엇비슷했단 기억이 떠올랐다.

두 사람의 한국 입국이 하필 같은 날이었군. 변호사가 사람을 시켜 알아본 바에 의하면, 그날의 인연으로 제임스가 진미의 집에서 숙식을 해왔다고 했다.

어쨌거나 그는 미국에서도, 한국에서도 누군가에 빌붙어 질긴 목숨줄을 유지하고 있었다. 제임스, 언제나 넌 이런 식으로 살아남는구나.

호텔로 돌아온 그는 소파에 깊이 몸을 파묻고 남은 의문점을 하나씩 떠올려보았다. 그런데 오진미는 왜 하필 제임스에게 블라인드 테스트를 치르도록 했을까? 아니, 서린F&B가 델리카시 프랜차이즈를 진행하고 있다는 사실을 알게 된 제임스가 의도를 갖고 테스트에 참여한 걸까? 그렇다면 왜? 자신에게 복수하려고? 아니면 미련인 걸까. 이렇게라도 자신이 만든 델리카시에 남아 일을 하고 싶었던 걸까. 제임스가 기억을 잃었다는 사실을 모르는 로빈으로서는 이렇게 제 눈앞에 나타난 제임스의 의중을 도저히 알 수가 없었다.

　그랬으면 무슨 사단을 냈어야지. 이제 와서 사라지는 건 그답지 않았다. 로빈은 그의 자발적인 실종이 여간 찝찝한 게 아니었다. 그렇다고 아주 이해가 가지 않는 것도 아니었다. 추방사유가 드러났으니 더이상 얼굴을 들 수 없었겠지. 이제 와 사건의 진실을 밝힐 수도 없는 노릇이니. 너는 애초부터 그림자처럼 숨어 살아야 하는 존재였어. 그러니까 더 이상 남의 걸 앗아가지 말고, 다신 나타나지 마. 사라질 거면 영영 사라져버리라고.

　대상도 없이 헛된 분노를 터트리고 있을 때, 호텔 초인종이 울리며 문밖에서 남자의 목소리가 들려왔다.

　"룸서비스입니다."

　"룸서비스 시킨 적 없어요."

　잘못 온 음식을 돌려보내기 위해 문을 연 베일즈는 얼음처럼 굳어버렸다. 눈앞에는 서 있는 건 자신이 방금까지도 생각하고 있었던 그 남자였다.

　"오랜만이야, 로빈."

　윤제가 안타까움과 슬픔이 뒤섞인 미소를 지은 채 서 있었다.

13장

The Day After Thanksgiving

그날 이후, 윤제는 모든 것이 기억났다. 자신이 델리카시의 오너 셰프였다는 것도, 마약 혐의로 체포되던 날 긴박했던 상황도.

델리카시의 레시피북에 들어 있던 요리들과 엘리베이터 문틈 사이로 본 로빈의 모습이 부스터 역할을 했다. 그 모든 것들 가운데 윤제가 가장 확실히 기억하는 건 자신이 마약 소지 혐의에 있어 결백하다는 것이었다. 하지만 끝내 무죄를 밝히지 못해 미국에서 추방되고 말았다.

지금 그보다 가슴 아픈 건 진미였다. 그녀에게 그간의 사정을 모두 털어놓는다 해도 한낱 변명처럼 들릴지 모른다. 자신의 고백을 믿어야 할지 말아야 할지 고민하는 진미의 얼굴을 상상하는 것만으로도 괴로웠다. 그녀를 그런 곤란한 지경에 몰아넣고 싶지 않았다. 더는 마음의 짐을 지워주고 싶지 않았다. 그래서 윤제는 자신의 결백을 증명할 수 있을 때까지 잠시 진미의 곁에서 떠나 있자, 생각했다.

해결책을 강구하던 윤제에게 한 줄기 빛처럼 한 명의 구세주가 떠올랐다. 뉴욕 클린턴 교도소에 수감됐을 때 같은 방을 썼던 미스터 빅. 멕시코 마피아의 중간 보스인 그는 자신이 출소하더라도 부탁할 일이 생기면 언제든 자신의 회사로 연락하라 했다. 물론 자신의 와이프가 되어달라는 추파가 늘 따라붙었지만.

미스터 빅이 일러준 곳은 멕시코에서 가장 큰 중고가전 체인이었다. 그곳은 탈세와 돈세탁을 위해 명목상 세운 회사라고 했다. 마약 거래 대금이 그곳을 통해 세탁된다나.

그 회사의 이름을 떠올린 윤제는 구글링으로 본사 전화번호를 가까스로 찾아냈다. 여러 번 전화가 돌려진 끝에 겨우 중간급 관리자와 연락이 닿았다.

"미스터 빅과 연락하고 싶습니다. 제임스 영이라고 하면 기억할 겁니다."

못 본 지 오랜 시간은 아니었지만 그사이라도 빅이 자신을 잊었을까 봐 윤제는 수감번호까지 일러두었다. 그로부터 일주일 후, 윤제의 핸드폰 액정에 국제번호가 떴다.

"James, is that you?"

빅이었다. 그는 재판을 받으러 교도소를 나섰던 윤제가 곧바로 추방되었다는 소식을 들었다고 했다. 그 바람에 며칠 밤낮을 눈물로 베갯잇을 적셨다며, 농담과 진담을 반쯤 섞어 반가운 마음을 전했다.

그 역시 윤제가 추방되고 몇 달 후 멕시코로 추방되었고 여전히 '하던 일'을 하며 은은하게 불법을 저지르고 있다며 우스갯소리를 했다.

"그런데 지금 한국이라고? 거긴 동성결혼이 가능한가?"

"미안, 빅. 청혼을 수락하려고 전화했던 건 아니야. 부탁이 하나 있어. 들어줄 수 있을까?"

"그럼! 네가 해준 라자냐와 부리또를 생각하면 백 번이고 들어줄 수 있지. 그 맛을 떠올리면 지금도 여전히 군침이 돌아."

실망했다는 티를 노골적으로 드러내기도 했지만 미스터 빅은 곧 경쾌한 목소리로 윤제의 부탁을 수락했다.

"내가 뉴욕의 델리카시 셰프였던 건 알지? 거기서 일했던 직원의 행방을 알아봐줬으면 좋겠어. 그 친구가 내 결백을 밝혀줄지도 몰라."

"설마 이제 와서 항소하겠다는 거야? 추방 재심은 어렵다는 거 알잖아."

물론 잘 알았다. 그것도 한국에서 미국 재판을 준비한다는 건 더더욱이나. 실제로 추방 선고가 번복되기란 불가능에 가까웠다.

"재판을 위해서가 아냐. 나 때문에 곤란해진 사람이 있어서 그래. 그 사람을 위해서라도 내 결백을 증명해야 돼."

윤제는 구체적인 사정을 설명했다.

"내가 경찰에 체포된 날, 가브리엘이라고 급하게 레스토랑을 그만둔 직원이 있었어. 그 친구가 주방에서 몇 번 마약하는 걸 본 적 있는데 그것 때문에 몇 번 꾸지람을 준 적이 있어. 아마도 그 친구가 내

라커에서 발견된 마약의 주인인 것 같아."

"네가 체포됐던 날이 언젠데?"

"작년 추수감사절 다음날."

추수감사절 아침은 설레는 기분으로 시작되었다.

제임스는 그야말로 하늘 위를 나는 것만 같았다. 방금 전, 자갓 서베이(Zagat Survey)의 미국 전역 레스토랑 랭크 발표가 있었는데 뉴욕 지역에서는 제임스의 레스토랑, '델리카시'가 BEST 10 안에 들어간 것이다. 이미 미슐랭 빕구르망과 블루리본 서베이에도 선정된 바 있지만 이번 선정은 의미가 남달랐다.

자갓은 뉴욕 레스토랑 리뷰를 시작으로 대상을 전 세계로 확대해 간 서베이였다. 때문에 뉴욕 레스토랑에 있어서만큼은 가장 공신력 있었다. 게다가 전문가들이 준 4.8이란 점수는 상당히 높은 편에 속했다. 그보다 높은 점수를 받은 식당은 뉴욕 레스토랑 가의 대부나 다름없는 장 조지의 식당이 유일했다.

이 기쁜 소식에 델리카시는 흥분으로 일렁거렸다. 모두가 축하를 받아야 할 상황이었지만, 주방과 홀 직원들은 특히 제임스에게 돌아가며 진심이 담긴 축하 인사를 건넸다. 추수감사절을 맞아 휴가를 내고 피츠버그 부모님 댁에 간 제니스에게도 곧바로 축하 전화가 걸려왔다.

"제임스, 결국 당신이 해냈어. 당신이 너무 자랑스러워."

"우리가 해낸 거지. 나와 당신 그리고 로빈이."

로빈과 제니스는 제임스와 함께 델리카시를 일군 창업 멤버였다. 세 사람은 미국 명문 요리학교인 CIA 동기였다. 제니스와는 학교에서 만나 연인 관계로 발전했지만 로빈과의 인연은 그것보다 오래 되었다.

아버지가 교통사고로 돌아가시고 하루아침에 고아가 된 제임스는 위탁가정에 맡겨졌는데, 그곳의 친아들이 바로 로빈이었다. 위탁가정은 아버지와 단둘이 지냈던 쪽방보다 아늑했다. 하지만 아무리 몸을 편하게 누일 수 있는 공간이라 하더라도 그는 온전히 안락함을 느낄 수 없었다. 아버지를 잃었다는 슬픔, 낯선 땅에서 처절하게 혼자가 되었다는 공포가 매일 밤 그의 잠을 앗아갔다.

아직 서툰 영어 때문에 세상에 태어나 처음 겪는 격렬한 감정을 나눌 사람도 없이 오롯이 혼자 견뎌야 했고, 더군다나 그 가정에 있던 다른 위탁아들도 모두 제임스를 경계했다. 그가 선량한 백인 남성을 위협했다는 소문 때문이었다. 음침한 분위기를 풍기는 동양인 아이를 괜히 건드렸다가 해코지라도 당할까 모두 그를 슬금슬금 피해다녔다.

외톨이가 되어 홀로 섬처럼 지내던 어느 날 새벽, 눈물로 기운을 다 쏟아낸 그에게 미친 듯 허기가 몰려왔다. 누군가를 깨워 밥을 달라고 할 순 없었다. 아니, 자신이 그런 요구를 할 수 있는 입장인지도 알 수 없었다.

살금살금 주방으로 나가 냉장고에서 햄과 샐러드 볼 안의 브로콜리, 양배추 같은 채소를 꺼내 대충 넣고 볶았다. 그렇게 정체를 알 수 없는 볶음밥을 만들어 한입 뜨려는데, 어둠 속에서 누군가 모습을 드러냈고 스스럼없이 주방으로 다가왔다.

"나도 먹어도 돼?"

로빈이었다. 미국인 아버지와 한국인 어머니 사이에서 자란 로빈은 서툴지만 한국말을 조금 할 줄 알았다. 제임스는 자기 몫을 덜어 로빈에게 주었다. 두 사내아이가 달그락거리며 야식을 나누고 있으려니까 다른 아이들도 하나둘 깨어나 식탁 주변을 괜히 서성거렸다. 제임스는 그날 밤, 냉장고를 털어 정체를 알 수 없는 요리를 몇 인분 더 내놨다. 어떤 격식도 없고, 눈치도 보지 않는 아이들만의 만찬이었다.

그 순간 제임스는 아이들이 자신과 그들 사이에 굳건히 세워진 벽이 거두어지는 것을 느꼈다. 그러곤 어렴풋하게나마 희망을 봤다. 내가 요리를 하면 친구가 생길지도 모른다. 아니, 적어도 내가 만든 요리를 먹고 싶은 사람들은 나에게 다가올 것이다. 그러면 혼자가 되지 않을지도 몰라.

그때의 막연하지만 희망적인 예감은 현실이 되었다. 델리카시의 영업시간이 끝나고 시작된 축하파티에는 제임스의 수많은 친구와 동료들이 속속 모여들었다. 근무 교대를 하고 온 호텔 매니저와 벨보이, 손님들의 피팅을 돕고 물건을 팔던 샵걸, 잡화점의 캐셔들……. 모두 제임스의 요리를 사랑하는 뉴욕의 동지들이었다.

진심어린 축하를 받아 기분이 더욱 좋아진 제임스는 멕시코, 홍콩, 인도, 남아공 등 세계 각국에서 온 축하사절단에게 특별메뉴를 주문받았다. 그날 밤 그들은 뉴욕 베스트 레스토랑 셰프의 공짜 PX(Personne Extraordinaire, 특별손님)였다.

레스토랑의 모든 알코올을 다 마실 기세로 즐겁게 취해가는 이들을 보고 있자니 제임스의 마음에는 묘한 충일감이 떠올랐다. 낯선 침대에 웅크린 채 몰래 훌쩍이던 무수한 밤들. 그 막막한 시간을 보내던 가련하고 어린 제임스는 몰랐으리라. 20년이 지나 이렇게 따뜻하고 행복한 밤을 맞이할 거라곤······.

'이보다 더 좋을 순 없어.'

가족 같은 친구이자 공동 오너 셰프 로빈과 사랑하는 연인, 제니스 그리고 매일같이 하루 두 끼를 함께 하는 델리카시의 스태프들. 거기다 이방인이란 공통분모로 뭉친 이 거리 곳곳의 친구들. 결국 그의 요리가 친구와 가족을 만들어준 것이다.

감격의 눈물이 차오르려는 걸 겨우 참으며 바에 기대 있는데 로빈이 자신이 먹던 요리를 들고 그의 앞에 앉았다.

"우리 집 주방에서 해준 볶음밥. 그게 네가 나한테 해준 첫 요리였는데······."

"네가 내 첫 손님이었고."

오래된 친구는 서로를 바라보며 흐뭇하게 웃었다. 그간의 고생과 무용담을 나누던 두 친구는 뉴욕 레스토랑계의 성공적인 안착을 자축하며 술잔을 부딪혔다.

술로 목을 축이던 로빈이 조심스럽게 입을 열었다.

"자갓 서베이 발표 나자마자 홍콩 회사에서 다시 연락이 왔어. 로열티는 원하는 대로 주겠대."

얼마 전, 로빈은 홍콩 외식기업에서 프랜차이즈 제안을 받았다고 했다. 아시아 주요 도시에 델리카시의 지점을 내자는 것이었다. 멀리 떨어진 아시아에서 이런 제안을 한 데는 그럴 만한 이유가 있었다.

식당을 오픈한 지 얼마 안 됐을 때 델리카시는 영화 'Between Moon and New york city'의 배경으로 등장했다. 영화는 기대만큼 흥행을 하진 못했지만 나름대로 가치를 인정받아 알 만한 전문가들 사이에서는 호평을 받았다. 미국은 물론 아시아에서도 입소문을 듣고 영화를 뒤늦게 본 관객들이 꽤 있었고, 몇몇 관객들은 실제 촬영 장소인 델리카시를 찾아왔다.

영화 속 주인공이 먹었던 것과 똑같은 메뉴를 먹은 손님들이 블로그와 SNS에 사진을 올리면서 델리카시는 영화보다 더 유명해졌다. 그 유명세가 생각보다 오래간 건 순전히 음식의 맛 때문이었다. 호기심에 들른 브런치 레스토랑이, 까다로운 뉴요커들과 관광객의 입맛을 기대 이상으로 만족시킨 것이었다.

자갓에도 선정됐겠다, 꽤 유리한 조건으로 계약이 진행될 테니 로빈은 이 제안을 수락하자고 설득했다. 그러나 제임스는 고개를 저었다.

"지금은 확장할 때가 아니라 퀄리티를 유지할 때야."

책임 셰프가 관리하지 못하는 식당은 어떤 방식으로든 표가 나기 마련이다. 게다가 1년에 몇 번 가보지도 못할 먼 거리의 아시아라니. 초반에는 레시피를 비슷하게 흉내 내겠지만 점차 음식은 변해갈 테고 퀄리티도 장담할 수 없어질 거다. 어렵게 쌓아놓은 본점의 이미지까지 금이 가게 될지도 모른다. 그게 제임스의 우려 섞인 생각이었다. 그러나 이번엔 로빈도 쉽게 물러서지 않았다.

"제임스, 현실을 생각해보라고. 뉴욕의 상가 월세는 살인적이야. 매출만 오르면 뭐해? 하루아침에 월세가 뛰어버리면 우린 문 닫아야 돼. 미드타운에 아이언 셰프 우승자가 연 식당 알지? 며칠 전에 문 닫았어. 거기도 처음엔 손님들이 들끓었다고."

뉴욕은 셰프들이 인정하는 명예의 전당이었다. 전 세계 내로라하는 셰프들이 뉴욕에 식당을 내고 싶어 하지만 막상 이 정글에서 끝까지 살아남는 사람은 얼마 되지 않았다. 꼭짓점의 끝에는 언제든 그들을 삼킬 블랙홀이 기다리고 있었다. 스타 셰프가 떠들썩하게 오픈한 식당도 맥없이 그 속으로 빨려 들어가고 마는 게 다반사였다.

"월세 때문이 아냐. 그 사람 미드타운에만 식당을 세 군데 냈어. 제대로 관리를 못 해서 망한 거라고."

제임스의 일리 있는 반박에 로빈은 잠시 침묵했다. 제임스에 말에 설득이 된 건지, 아니면 동업자의 고집에 일단 한 수를 접은 건지 알 수 없었다. 로빈은 그저 제임스의 왼손에 끼워진 반지만 물끄러미 내려다볼 뿐이었다.

사업적 마인드가 강한 로빈은 다른 도시에 지점을 여러 개 내서 안정적인 수익을 유지하고 뉴욕 본점은 플래그샵처럼 운영해야 한다고 주장해왔다. 하지만 제임스는 리스크가 높다면 뉴욕이 아닌 다른 곳으로 식당을 옮겨도 된다고 생각했다.

형제나 다름없는 두 사람의 생각이 이렇게나 다르다는 걸 식당을 오픈할 때까지만 해도 미처 알지 못했다. 로빈은 제임스에게 프랜차이즈 건을 좀 더 생각해보라는 말을 남기고 먼저 파티 현장을 떠났다.

손님들이 모두 떠나고 홀을 정리하던 제임스가 마지막으로 델리카시를 나섰다. 하지만 이대로 아파트로 돌아갈 수가 없었다. 절친의 제안을 단칼에 거절한 것이 못내 신경 쓰였다. 여전히 그 제안에는 반대였지만 친구의 부탁대로 조금만 더 생각해보기로 하자. 제임스는 델리카시에서 멀지 않은, 늘 들르던 24시간 카페테리아로 향했다.

그리고 그곳에서 만난 화이트 리본 걸. 그 여자의 이름이 오진미라는 사실은 나중에 알게 됐지만 그날 그는 허무에 허덕이다 금방이라도 삶을 포기할 것 같은 그 얼굴에서 20여 년 전 거리를 떠돌던 자신의 얼굴을 봤다.

윤제는 그녀를 보며 생각했다. 오늘은 한 해 동안 내가 얻은 것에 감사하는 날. 그 감사에 대한 보답은 누구에게 하든 상관없겠지. 신은 그러지 않았던가. 연약한 자에게 베푸는 것이 곧 나에게 베푸는 것과 같다고. 그렇게 그는 홀린 듯이 진미를 따라 카페테리아를 나섰다.

브루클린 브릿지 파크까지 뒤따라갔던 제임스는 그녀를 호시탐탐 노리던 소매치기들로부터 구해내고 안전하게 호텔로 인도했다. 그리고 잠시 델리카시에 들러 음식 재료를 챙겨서 호텔로 돌아가 그녀를 위해 새벽의 만찬을 만들었다.

새벽까지 요리하느라 몇 시간밖에 못 잤지만 추수감사절 다음 날 아침, 제임스는 여느 때보다 개운한 기분으로 눈을 떴다. 어젯밤의 작은 선행이 그의 피곤을 상쇄시켜준 것만 같았다.

델리카시에 누구보다 일찍 출근한 제임스는 조리복으로 갈아입으러 탈의실로 향했다. 라커를 열자 제임스의 눈에 전날 그녀가 들고 있던 철제통이 보였다. 아, 맞다. 어제 그녀 대신 철제통을 들고 있다가 무심결에 들고 왔었지. 식재료를 챙기러 들렀다가 잠시 라커에 넣어두었던 기억이 났다.

이게 뭐였을까. 그는 철제통 뚜껑을 열어 안을 들여다 봤지만 표면에 가루 같은 것이 희미하게 남아 있을 뿐 아무것도 들어있지 않았다. 중요한 물건인가. 돌려주어야 하나. 고민하던 그에게 막 출근한 로빈이 인사하며 들어섰다.

라커 안 철제통에 힐끗 눈길을 주던 로빈이 제임스에게 지나가듯 물었다.

"참, 어젯밤 얘기는 생각 좀 해봤어?"

"로빈……."

제임스는 더 이상 말을 잇지 못했다. 거절 의사를 또다시 입 밖으로 꺼내면 그의 마음이 상할지도 몰랐다. 하지만 이내 표정으로 대답을 파악했는지 로빈이 손을 내저으며 말했다.

"알았어. 그 제안은 거절할게."

잠시 둘 사이에 정적이 흘렀지만 곧 로빈이 뭔가 떠오른 듯 말을 이었다.

"참, 그리고 가브리엘이 그만 둔대."

주방직원이었던 가브리엘이 오늘 아침 로빈에게 전화해 고향의 부모님댁에 급한 사정이 생겨 일을 그만두겠다고 했다는 것이다. 보통 주방 직원들은 퇴사 등의 문제가 생기면 제일 먼저 제임스에게 알리고 상담했다. 그런데 로빈에게 직접 퇴사하겠다는 말을 전했다니 다소 의아했다. 그리고 이렇게나 급하게 일을 관둔다고?

하지만 지금 그걸 이상하다고 따져볼 겨를이 없었다. 자갓 서베이 발표 직후인 오늘, 얼마나 많은 손님들이 들이닥칠지 모른다. 만반의 준비를 위해 제임스는 전쟁터에 나가는 장수의 기분으로 앞치마의 매듭을 동여매었다.

출전 준비를 다 마쳤을 때, 어젯밤 신세를 졌던 매든스 호텔의 친구에게서 전화가 왔다.

"제임스, 어제 네가 호텔에 데려온 손님 말야. 그 여자분이 너한테 식사 대접을 하고 싶대."

"한국에서 온 여자?"

"응, 그 코리안 걸이 하도 사정해서 점심에 델리카시로 가라고 일러줬어."

제임스는 이를 어쩌나, 난감해졌다. 어제 호텔에서 나올 때 그는 호텔리어 친구에게 신신당부했다. 그녀가 혹시나 자신의 이름과 연락처를 물어봐도 알려주지 말라고. 그런데 바로 다음 날 아침, 당부가 무색하게 자기 대신 식사 약속을 잡아버리다니. 그런데 그 약속장소가 내 레스토랑이라니.

"그럼 지금 내가 만든 요리를 나한테 대접하라는 거야?"

"뭐 어때? 대접하는 사람도 이왕이면 맛있는 걸 먹어야지."

수화기 너머로 짓궂은 웃음소리가 들려왔다. 그리고 그는 꽤나 뿌듯한 목소리로 한마디를 덧붙였다. 네 부탁대로 이름과 연락처는 절대 알려주지 않았노라고.

그 너스레에 제임스는 피식 웃어버렸다. 그래, 그녀가 온다면 한국으로 무사히 잘 돌아가라고 작별인사를 해야지. 자신에게 식사로 보답할 생각까지 한 걸 보면 어젯밤 그녀의 침울한 얼굴에서 느꼈던 걱정은 기우였으리라. 아마 그녀는 앞으로도 잘 살아갈 거야. 지옥 같은 날들을 이겨냈던 나처럼.

그녀를 떠올리며 옅은 미소를 짓던 제임스는 홀 직원에게 미리 언질해 두었다. 혼자 온 동양 여자가 있으면 자신에게 알려달라고.

예상대로 레스토랑은 문전성시였다. 선수 하나가 퇴장한 상황에서 남은 주전들은 환상적인 팀플레이로 밀려드는 주문을 해치웠다. 드디어 정신없던 전반부 경기가 끝나가고 있었다.

"셰프, 지금 동양인 여자 한 명이 왔는데 주문을 안 하고 있어요. 일행을 기다린다고 하네요."

한차례 전쟁을 치르느라 그녀의 방문을 까맣게 잊고 있던 제임스는 주방에서 나와 홀 쪽을 내다봤다. 홀 가장 안쪽 구석에 앉아 있는 여자는 어젯밤 그녀가 맞았다.

시간이 그녀에게서만 멎어 있는 것 같았다. 다른 손님들은 하나같이 분주했다. 일행들과 대화를 나누며 손과 입을 놀리느라 바빴는데 그녀만이 섬처럼 우두커니 앉아 핸드폰만 내려다보고 있었다. 아마 자신이 오기 전까진 주문을 할 생각이 없는 듯했다.

"곧 런치 마감이라고 일단 주문부터 하라고 해줘."

홀 직원이 여러 번 주문을 닦달하자 그녀는 브레이크 타임 전, 마지막 주문을 했다. '리틀 포레스트'와 '판타스틱 4' 두 가지 메뉴로 제임스의 몫까지 주문했다.

오더를 받은 제임스는 노래까지 흥얼거리며 직접 요리하기 시작했다. 어쩌다가 어제 새벽, 오늘 점심까지 두 번이나 그녀를 위해 요리를 하는 걸까. 어제는 그녀가 마음껏 울 힘을 내라고 요리했다면, 오늘은 한국으로 힘을 내 돌아가라고 요리하는 것일지도 모른다. 제임스는 유독 그녀의 식사에 공을 들이며 그런 자신을 합리화했다.

리틀 포레스트의 마지막 가니쉬까지 올린 제임스는 잠시 자신의 작품을 흡족하게 바라본 후 벨을 눌렀다.

"There."

홀 직원이 마지막 두 개의 디시를 들고 그녀의 테이블로 향했다. 식사를 마친 손님들이 이미 식당을 빠져나가기 시작한 시간이었다.

이제 화이츠를 벗고 그녀에게 인사를 건네야지. 홀이 조용해진 틈을 타 그녀와 조용히 대화를 나눌 수 있을지도 모른다. 제임스는 탈의실로 발길을 옮겼다. 화이츠를 벗어 옷걸이에 걸고 라커에 넣었다. 그의 시선 끝에 철제통이 놓여 있었다. 맞다. 이게 있었지. 혹시 그녀에게 중요한 물건일지도 모르니 가져다줘야지. 그가 철제통에 손을 뻗는 순간, 뒤통수 너머로 낯선 남자가 위협적으로 외치는 소리가 들려왔다.

"그대로 멈춰!"

지금 뭐라 그런 거지? 적어도 이 레스토랑 안에서 자신에게 그런 강한 어조로 명령을 내릴 사람은 없는데…….

"손들고 그대로 뒤돌아!"

고개를 살짝 돌려 뒤를 돌아보았다. 제복을 입은 뉴욕 경찰 두 명이 자신을 향해 총을 겨누고 있었다.

"무슨 일이시죠?"

"이 주방에서 마약 거래를 한다는 제보가 들어왔어. 손들고 뒤돌아!"

경찰 하나가 말을 마치기도 전에 다른 경찰이 제임스를 거칠게 라커 쪽으로 밀어 넣고 두 손을 뒤로 잡아 수갑을 채웠다.

"뭔가 오해가 있나 본데…….."

경찰이 바로 제임스의 라커를 뒤졌다. 거기서 철제통을 집어 들어 흔들어보더니 뚜껑을 열었다. 경찰이 그 안에서 꺼낸 건 하얀 가루가 담긴 주먹만 한 비닐봉지였다. 말도 안 돼. 오늘 아침까지 빈 통이었는데 그게 왜 저 안에……?

경찰은 비닐을 열어 하얀 가루의 냄새를 맡았다. 그러곤 제임스를 결박한 동료에게 의심한 게 맞다는 듯 고갯짓을 했다.

"제 게 아닙니다. 그건 빈 통이었어요."

증거가 나온 이상 그런 말이 들릴 리 없었다. 경찰은 아랑곳없이 그들이 해야 할 말을 건조하게 읊조렸다.

"제임스 영, 당신을 마약 소지 및 판매 혐의로 체포한다. 당신은 불리한 진술을 하지 않을 권리가 있으며……."

급작스런 NYPD의 방문에 탈의실로 모여든 직원들이 놀란 눈으로 제임스를 쳐다봤다.

제임스는 그들 사이에서 로빈을 찾았다. 제니스도 없는 상황에서 나의 편이 되어줄 유일한 사람. 적어도 나를 믿어줄 단 한 사람. 당장 나서서 내 친구에게 무슨 짓이냐고 해명하려 할 것이다. 무슨 오해가 있을 거라고. 오히려 제임스는 걱정했다. 그가 너무 과격하게 나오면 그마저 함께 끌려갈지도 모른다고. 하지만 로빈은 그러지 않았다. 조금 떨어진 자리에서 눈이 마주치자 시선을 피했다. 제임스는 시선을 돌린 채 방관하는 로빈의 옆모습을 속수무책으로 바라보았다. 입을 앙다물고 미세하게 미간을 좁혔다 펴는 로빈의 표정에서 직원들은 어떤 시그널을 받은 듯했다. 자신들의 셰프가 그럴 리 없다 생각했던 직원들의 눈빛이 서서히 의심으로 물들어가고 있었다.

그 시각, 홀에 앉아 있던 진미는 아직 손도 대지 않은 요리를 앞에

놓고 하염없이 거리를 바라보고 있었다. 자신이 기다리는 남자가 영영 이곳에 나타나지 않을 거라는 걸 알지 못한 채.

제임스는 자신을 향한 직원들의 눈빛이 미묘하게 변하는 걸 지켜보며 경찰들에 의해 레스토랑 뒷문으로 끌려 나갔다. 진미에게 만들어준 요리가 이곳에서 만든 마지막 요리가 될 줄은 꿈에도 모른 채.

"오랜만이야, 로빈."

윤제를 대면한 로빈의 얼굴에는 황망한 표정이 떠올랐다. 망부석처럼 얼어붙은 채 인사도 받지 못했다. 그런 로빈을 슬쩍 옆으로 밀어내고 객실로 들어선 윤제가 소파에 털썩 앉으며 말했다.

"할 말이 많은데 앉아서 얘기할까."

감정을 드러내지 않은 목소리였다. 노골적으로 감정을 드러내는 것보다 더 섬뜩하게 느껴졌다. 제임스의 건조한 말투에 로빈은 생각이 복잡해졌다. 다시 만나길 원했지만 그것은 어디까지나 자신이 제임스를 찾아가는 것이었지 이렇게 불시에 기습을 받는 것은 아니었다.

"서린에서도 그렇고 오랜만에 친구를 만났는데 반응이 영 시원찮네."

그제야 로빈은 버퍼링 걸린 영상처럼 한발 늦게 어색한 미소를 지어 보였다.

"생각지도 못한 데서 널 보니까 당황해서 그랬어. 그동안 어떻게 지냈어? 그동안 얼마나 찾았는지 알아? 서린에서도 끌려가는 널 보고 바로 찾아갔는데 사라지고 없던데…… 대체 어떻게 된 거야?"

자신의 연기가 그다지 훌륭하지 않다는 걸 알면서도 로빈은 애써 오랜 친구의 역할을 흉내 냈다. 일단 그의 방문 목적을 알아야 했기에.

"날 찾았다고? 내가 마약범이라고 온 동네에 떠들어놓고서는? 그것 때문에 오진미까지도 곤란하게 만들어놓고?"

정곡을 찌르는 말이 화살처럼 로빈의 가슴에 박혔다. 정말 화살이라도 맞은 것처럼 주춤 물러서며 입을 열었다.

"공식적으로 난 델리카시 오너잖아. 어쨌거나 네 마약 혐의는 유죄였으니까 범죄 이력이 있는 네가…… 블라인드 테스트에 참가했다는 사실을 알고 이성적인 판단을 한 것뿐이야."

"그렇다고 이미 벼랑 끝에 서 있는 사람을 밀어버릴 것까지 없었잖아. 다른 이유가 있었던 건 아니고? 예를 들면, 네 치부를 덮기 위해서라던가."

제임스가 핸드폰을 꺼내 로빈 앞에 내려놓았다. 그리고 액정을 터치해 동영상 하나를 재생시켰다. 장소는 어느 어두운 창고 안. 웬 남자가 의자에 결박당한 채 앉아 있었다.

"기억나, 이 친구?"

그건 미스터 빅이 보내준 동영상이었다. 온몸이 문신투성이인 거구들이 결박당한 남자의 고개를 치켜들자 얼굴이 드러났다. 가브리엘이었다. 그 얼굴을 단번에 알아본 로빈은 단숨에 표정이 굳어졌다.

"내가 마약혐의로 잡혀가던 날, 가브리엘이 갑자기 그만뒀던 게 기억나서 나도 좀 알아봤어. 감옥에 가는 바람에 마피아 인맥이 좀 생겼거든."

화면에는 멕시코 갱들이 가브리엘을 둘러싼 채 서 있었고 미스터 빅은 카메라 뒤에 서 있는지 목소리만 들려왔다.

"요리사라고 했나? 묻는 말에 사실대로 대답하면 네 손모가지는 지켜주지."

가브리엘은 사시나무 떨 듯 몸을 떨어댔다. 화면에 보이지 않는 존재가 상황을 압도할 만큼 위협적이라는 것이 그대로 느껴졌다.

"왜 델리카시를 갑자기 그만뒀지?"

"고향집에 일이 생겨서……."

말을 마치기도 전에 거구들이 가브리엘이 움직이지 못하도록 목과 팔을 압박했다. 그러자 다른 한 명이 의자 위에 결박당한 가브리엘의 오른손을 향해 엄청난 크기의 돌망치를 조준했다.

그가 돌망치를 있는 힘껏 치켜들자 가브리엘이 비명을 지르며 소리쳤다.

"저는 시키는 대로 했을 뿐이에요! 정말이라고요!"

"시키는 대로 뭘 했는데?"

"제가 갖고 있던 마약! 그걸 제임스의 라커에 넣으라고 했어요. 그것만 하면 퇴직금을 넉넉히 주겠다고 했어요."

"그걸 누가 시켰는데?"

가브리엘의 진술을 듣고 있던 로빈이 사색이 되어 얼른 동영상을 중단시켰다. 그 뒤에 나올 이름은 뻔했다. 자신의 눈과 귀로 그 사실을 확인하고 싶진 않았다. 그의 입에서 되는 대로 말이 튀어나왔다.

"제임스, 원하는 게 뭐야?"

"원하는 거?"

제임스가 피식 웃으며 되물었다.

"그러는 너는 원하는 게 뭐였는데? 날 바닥으로 떨어뜨리고 네가 얻은 건 대체 뭐였냐고? 델리카시의 단독 오너 셰프 타이틀? 프랜차이즈 로열티로 받는 돈?"

맞다. 제임스의 말대로 단독 오너 셰프 타이틀도 얻었고 서린과 프랜차이즈 계약을 하면서 돈도 벌었다. 하지만 이런 것들을 얻기 위해 제임스를 나락으로 밀어 넣었던 게 아니다. 내가 진정 원하던 게 뭐였을까, 로빈은 잠시 자신의 마음을 헤아려봤다.

그는 뭔가를 얻으려 하기보다 뭔가를 지우려 했다. 어느 날 갑자기 자신에게 뚝 떨어진 '열등감'이란 감정을. 제임스 영의 존재 때문에 생겨난 이 더럽고 불편한 감정의 원흉을 지우려 했던 것이다.

처음부터 제임스에게 열등감을 느낀 건 아니었다. 이민자에, 고아인 그에게 열등감이라니 말도 안 됐다. 하지만 점점 자신과 동등한 지위를 획득해가는 제임스를 보며 로빈은 불편한 진실을 알게 됐다. 그간 자신이 제임스를 시혜적인 시선으로 보고 있었다는 사실을.

세상은 두 사람의 관계에 친구라는 이름을 붙여줬지만 로빈은 마음 깊은 곳에서 제임스를 자신보다 못한 존재로 보고 있었다. 가족도, 경제적 여유도 없는 위탁아 제임스와 허물없이 지내면 세상 사람들은 자신을 착한 아이라 칭찬했다. 위탁아들과 자신을 똑같이 대하는 부모님을 보면서도 그는 서운한 마음보단 뿌듯한 감정을 느꼈다. 이곳에서 나고 자란 내가, 경제적으로도 안정적인 우리 부모님이 편견 없이 너를 대하고 너에게 많은 걸 베풀고 있어. 알고 있니, 제임스. 그래, 너는 나에게 마땅히 고마워해야 해.

하지만 같은 요리학교에 진학하고, 어려운 수련 과정을 거쳐 끝내 같은 오너 셰프라는 타이틀을 획득하자 로빈은 뭔가 잘못되어가고 있다 느꼈다. 실력 면에서 제임스는 로빈보다 월등했고 넉살 좋은 성격 덕에 요리사들과 직원들도 제임스를 더 허물없이 대했다. 아니, 그를 존경했다.

제임스가 아니었다면 제니스의 옆자리도 일찍이 자신이 차지했을지도 모른다. 오랫동안 그녀를 짝사랑해왔지만 친구로만 지내왔는데 제임스를 소개시켜 주자마자 두 사람은 연인이 되었다. 그리고 결정적으로 두 사람의 손에서 같은 반지를 발견한 후부터 그의 영혼은 질투로 완전히 잠식되어갔다.

이게 아닌데…… 자신이 아는 모두가 이제는 자신을 제임스보다 못한 존재로, 제임스의 그늘 아래 있는 2인자로 여기는 것만 같았다. 자신이 그의 옆자리를, 친구 자리를 제임스에게 내어주지 않았다면 절대 일어날 수 없는 일이었을 거다. 내가 그를 친구로 받아들이지 않았다면 그 모든 게 오롯이 다 내 것이었을지도 모른다. 로빈은 급기야 자신이 받아야 할 애정과 인정을 제임스가 도둑질한다고 느꼈다.

거기까지 생각이 미치자 로빈은 더욱 견딜 수 없었다. 내가 고작 그것 밖에 안 되는 사람이었다니. 내가 그릇이 큰 사람이라 착각하며 평생을 살았는데 내가 갖고 있는 건 고작 알량한 선민의식이었을 뿐이었다니. 자신의 바닥을 알아채게 만든 제임스가 죽도록 싫었다. 그렇게 아무도 모르게 제임스에 대한 미움을 키워가고 있을 때, 결정적인 사건이 일어났다.

제임스가 델리카시의 프랜차이즈 제안을 거절한 것이다. 자신이 투자를 따라서 세운 델리카시마저 고작 레시피를 만들었단 이유로 멋대로 하려 하다니, 고까웠다. 내 바닥을 보게 만들더니 이젠 부와 명예를 누릴 수 있는 기회마저 없애려는 거야? 넌 끝까지 내 발목을 잡는구나. 이렇게 두면 제임스가 평생 옆에서 자신을 방해할지도 모른다는 생각이 들자 로빈은 간신히 붙들고 있던 이성의 끈마저 놓아버렸다. 제임스가 아예 눈앞에서 사라져버리면 이 불편한 감정 따위 느끼지 않아도 될지 몰라…….

로빈은 제임스가 여러 번 시민권 취득 심사에서 탈락했단 사실이 떠올랐다. 어린 시절 아버지를 교통사고로 죽게 만든 가해자를 협박한 사건 때문에 매번 심사에서 미끄러진 것이다. 로빈은 그때마다 상심한 제임스에게 세상이 그를 오해하고 있다며 위로했었다.

그래, 오해. 세상은 제임스를 잠재적 범죄자로, 시민권을 갖기에 부적절한 사람으로 오해하고 있으니 나도 그걸 이용하면 되지 않을까. 아주 아주 작은 수고만 들이면 그를 눈앞에서 치워버릴 수 있을지도 몰라. 제임스, 너는 원래 그런 놈이잖아. 범죄를 범죄인지도 모르고 아무렇지도 않게 저지르던 그런 놈. 내가 널 친구로 받아 들여준 덕에 지금의 지위를 얻은 것뿐이잖아. 언제 본성을 드러낼지 모르는 너 같은 놈을 델리카시에, 제니스 옆에 둘 수 없어. 이제 제자리로 돌아갈 때야, 원래 니가 태어난 그곳으로. 로빈은 제임스를 자신의 옆자리에 치워버리는 게 아주 나쁜 일은 아닐지 모른다는 생각이 들었다. 자신이 저지르게 될 일이 악행이 아니라고 믿는 지경에 이른 것이다.

추수감사절 다음 날, 로빈은 출근하던 가브리엘을 만나 그를 안타까운 눈빛으로 보며 말했다. 가브리엘, 내가 널 동생처럼 생각해서 미리 일러주는 건데 제임스가 널 마약 혐의로 신고했어. 곧 경찰이 들이닥쳐 델리카시 곳곳을 뒤질 거야. 네 소지품 사이에서 마약이 발견되면 넌 감옥에 가고 네 요리사 경력도 박살 날 거야. 이렇게 허무하게 끝낼 순 없잖아. 니가 돈을 못 벌면 고향 있는 너희 가족들을 어떡하니.

가브리엘은 겁에 질려 물었다. 그럼 어떻게 하면 되나요. 로빈은 깊은 고민 끝에 모두를 위한 방법이라는 듯 조심스레 말했다. 가브리엘, 네가 가진 마약을 제임스의 라커에 넣어. 그런 다음 바로 고향으로 돌아가는 거야. 퇴직금은 넉넉히 챙겨줄게. 혹시나 나중에 경찰이 마약에 대해 물어온다면 이렇게 말해. 제임스가 숨어서 마약하는 걸 본 적이 있다고. 심지어 식재료 사이에 마약을 들여오기도 한다고……. 제임스는 걱정 마. 아는 경찰이 있어서 잡혀간다 해도 바로 풀려날 거야.

그렇게 로빈은 제임스를 자신의 옆자리에서 치워버렸다. 세상은 정말 제임스를 단단히 오해해 그를 감옥으로 보냈다. 그리고 종국에는 멀리 한국으로 쫓아버렸다.

생각보다 간단하잖아. 로빈이 진정 원하던 일, 불편한 감정의 원흉을 치워버리는 일이 너무 허무하게도 손쉽게 끝났다. 로빈은 그걸로 정말 끝인 줄 알았다. 하지만 제임스는 부지불식간 자신을 뒤쫓아와 자신이 남몰래 쌓아온 어두운 감정과 추악한 행동을 발가벗겨버렸다. 자신의 벌인 악행이 부메랑처럼 돌아와 네 진짜 얼굴을 얼른 드러내라 재촉하고 있었다.

하지만 이대로 물러나면 내 악하고 추잡한 면면이 만천하에 드러날지도 모른다. 냉정을 되찾은 로빈이 이내 윤제를 싸늘하게 바라보며 되물었다.

"이제 와서 날 협박해봤자 넌 제자리로 돌아갈 수 없어. 뉴욕에 갈 수도 없고 델리카시도, 제니스도 이제 네 사람이 아냐."

그를 자극하는 말에도 로빈을 바라보는 윤제의 표정은 도무지 읽을 수 없었다. 차라리 욕을 하며 달려들어 먹살이라도 잡는다면 그를 폭행죄로 신고해 더 바닥으로 끌고 내려갈 참이었다. 폭행 전과가 두 번이나 있는 사람의 주장은 더더욱 신빙성이 없을 테니. 그러나 그는 조금도 움직이지 않았다. 그게 무엇을 뜻하는지 몰라 심장이 터질 것만 같았다. 그의 알 수 없는 태도에 조급해진 로빈이 다시 다그쳤다.

"말해! 제임스, 네가 진짜 원하는 게 뭐야?"

14장
빈 칸

"원하는 게 뭐죠, 오진미 팀장?"

비서에게 오진미가 면담을 원한다는 말을 들었을 때부터 구상경은 머리가 지끈거렸다.

가짜 이력과 전과 때문에 영윤제가 셰프 후보에서 탈락했다는 사실은 진작 들어서 알고 있었다. 오진미 역시 델리카시 프랜차이즈 작업에서 손을 뗐다는 사실도.

아마 정직이나 다름없는 대기발령 조치를 항의하러 온 것이겠지. 진미의 인사에 개입하면서부터 이런 골치 아픈 일들이 벌어질 것까지 예상했어야 했는데……. 너무 깊이 들어와 버렸다. 구상경은 관자놀이를 꾹꾹 짚으며 오진미의 방문을 수락했다.

하지만 정작 펜트하우스에 나타난 진미는 구상경에게 읍소하지도, 선처를 구하지도 않았다. 구상경이 샤워를 마칠 때까지 거실에서 기다리던 오진미는 샤워가운 차림의 구상경에게 다짜고짜 파일부터 건네며 말했다.

"일단 이것부터 보시죠."

구상경은 파일을 내려다보며 표정을 구겼다. 이 여자는 대체 뭐지. 비빌 언덕도 하나 없는 주제에 이렇게 재벌한테 경우 없이 굴어도 되는 거야?

짜증이 났지만 일단 오진미가 내민 서류를 훑어보았다. 그건 델리카시의 지분율이 시기별로 정리된 문서였다. 현재 최대 주주는 로빈 베일즈와 그의 아내 제니스 베일즈. 헌데 작년 추수감사절 즈음으로 날짜를 거슬러 올라가자 제임스 영이란 사람의 이름이 나타났다. 그의 지분율은 40%에 육박했다.

"제임스 영이 누구죠?"

구상경이 결연한 얼굴로 앉아 있는 진미에게 성가시다는 듯 물었다.

"영윤제입니다. 대표님의 가사 도우미이기도 했던."

의외의 이름이 나오자 구상경의 눈이 화들짝 커졌다.

"델리카시는 제임스 영과 로빈 베일즈가 공동으로 운영했던 레스토랑입니다. 헌데 제임스 영이 마약 혐의로 수감되자 그의 지분이 로빈과 제니스에게 양도되었죠."

제임스 영, 그러니까 영윤제가 델리카시의 오너 셰프였다는 말이었다. 믿기지 않았다. 김석으로부터 들었던 것과는 전혀 다른 사실이라 구상경은 흠칫 놀랐다. 하지만 놀란 모습을 보여주고 싶지는 않아

서류를 보는 척 고개를 숙인 채 되물었다.

"범죄를 저지른 오너의 해임은 당연한 일 아닌가요?"

진미가 이번엔 주머니에서 USB를 꺼내 테이블에 올려놓았다. 그 안엔 현아가 국제변호사를 통해 준비한 또 다른 증거들이 담겨있었다.

"델리카시 직원들의 증언이 담긴 영상입니다. 확인해보시면 아시겠지만 그들 모두 일관되게 제임스 영은 마약을 하지 않았다고 증언하고 있습니다. 제임스의 개인 라커에서 발견된 마약은 그날 아침, 그만둔 직원의 것일 거라 이야기하고 있고요. 그 직원에게 로빈 베일즈가 거액을 건넸단 증거도 그 안에 담겨 있습니다. 즉 로빈 베일즈가 제임스 영에게 마약죄를 뒤집어씌웠단 얘기가 되죠."

사실상 모두 정황 증거에 지나지 않았다. 법적 효력도 없고 협박거리도 안 되는 정황 상의 증거들일 뿐이었다. 똑똑한 오진미가 그걸 모르지 않을 텐데 왜 내 앞에서 이런 쇼를 하는 걸까.

"제 절친이 시사 프로그램 작가입니다. 남편이 피디고요. 그 프로그램에 이 사실을 제보할까 합니다. 구성그룹이 투자하고 서린F&B가 추진 중인 프랜차이즈 레스토랑의 오너 셰프가 동업자를 마약 혐의로 음해했다고요."

아, 구상경의 입이 저절로 벌어졌다. 머리가 앞뒤 가리지 않고 욱신거렸다. 오진미가 정말 제 말대로 한다면 이건 예상보다 파장이 큰 사건이 될 것이다. 일단 윽박질러서 눌러보려고 목청을 높였다.

"이건 명백한 해사 행위예요. 그걸 모르진 않잖아, 오진미 팀장?"

"네, 알고 있습니다."

"게다가 오진미 팀장은 이 프로젝트의 담당자였습니다. 이걸 폭로하면 본인 커리어를 본인 손으로 먹칠하는 셈이 될 텐데."

"상관없습니다."

"자신의 커리어를 걸고 거래를 하시겠다? 폭로가 목표는 아닌 것 같은데 원하는 게 뭐죠?"

스무고개 끝에 이 질문을 나오길 기다렸다는 듯 진미가 숨을 고르더니 말을 이었다.

"구성그룹 정보력이 국정원보다 낫다고 들었습니다."

느닷없는 주제 전환에 구상경이 미간을 찌푸렸다.

"그래서요?"

"영윤제 씨를 찾아주세요. 그 사람만 찾아 주신다면 제가 알게 된 사실은 무덤까지 가져가겠습니다."

그제야 구상경은 진미가 진짜 원하는 게 뭔지 알아챌 수 있었다.

진미는 그동안 윤제의 행방을 찾기 위해 모든 방법과 인맥을 동원했다. 동아를 통해 하루에도 몇 번씩 신고가 들어온 실종자와 무연고자 신원을 확인했으며, 현아와 현아 남편의 인맥까지 끌어들여 핸드폰 위치 추적을 하기도 했다.

한번은 경기도 외곽 쪽에서 핸드폰 전원이 잠시 켜졌다는 정보를 듣고 그곳으로 달려갔었다. 발가락과 발등에 물집이 잡힐 정도로 하루 종일 그 일대를 맴맴 돌며 사람들에게 윤제의 사진을 보여줬지만 모두 절레절레 고개를 흔들 뿐이었다.

　그림자도 찾을 수 없이 감쪽같이 사라진 윤제를 생각하면 자다가도 가슴이 쿵쿵댔다. 혹시나 또다시 기억을 잃고 거리를 방황하면 어쩌나. 기억을 잃지 않았다 해도 자신의 상황을 비관해 달리는 차에 또 뛰어들지 말란 법이 없었다.

　그러니까 찾아야 했다. 하루라도 빨리, 한시라도 빨리 찾아야 했다. 앞뒤 잴 상황이 아니었다. 그래서 진미는 마지막 보루로 구상경을 찾아온 것이다. 구상경을 움직일 수 있는 카드를 들고.

　대담하게 재벌을 협박하는 여자를 보며 구상경은 잠시 고민했다. 보따리를 내놓으라는 협박범을 신고할지, 일단 그녀의 부탁을 들어주는 척 달래며 그녀가 쥔 카드를 공수표로 만들어버릴지.

　획획 머리를 굴리던 구상경은 영윤제를 찾아 그 입까지 단속하는 것이 자신에게도 가장 유리한 일이라는 결론에 이르렀다.

　"기다리세요. 하지만 구성이라고 해서 모든 걸 다 알아낼 수 있는 건 아닙니다."

　절반의 성공으로 딜을 마치고 펜트하우스에서 나온 진미는 다리에 힘이 풀려 넘어질 듯 비틀거렸다. 자기도 모르게 가방을 쥔 손에 힘이 잔뜩 들어갔다. 방금 전까지 자살폭탄을 들고 기세등등하게 적진에 돌진했던 막무가내 여자는 감쪽같이 사라지고 없었다. 그저 간신히 살아남아 벌벌 떠는 겁많은 여자가 휘적거리며 걷고 있을 뿐이었다.

　겨우 집으로 돌아온 진미는 주인이 떠나고 쓸쓸해진 침대를 손바닥으로 가만히 쏟어보았다. 그리고 하루에도 수십 번씩 읊조리는 주문을 또다시 빌었다.

'어디 있는 거야. 죽지 마. 사라지지 마. 제발 내 눈앞에 다시 나타나.'

단지 방 한 칸 내주었을 뿐인데 주인이 사라진 빈 칸은 점점 더 커져 커다란 홀이 생겨버렸다. 느닷없이 그 가운데로 바람이 휙 불면 온몸이 시려왔다. 진미는 이곳이 다시 온기로 채워지길 바라며 몸을 잔뜩 웅크렸다.

그로부터 며칠 후, 핸드폰에 낯선 번호가 떴다.

기다리던 소식이길 바라며 재빨리 받았지만 수화기 너머론 의외의 목소리가 들려왔다.

"오진미 팀장님, 서린F&B 인사팀입니다. 한번 뵀으면 하는데요."

드러내놓고 할 얘기가 아니었던지 인사팀장은 회사 근처가 아닌, 진미의 집 근처 커피숍에서 보자며 전화를 끊었다.

약속장소에 나가니 인사팀장은 의례적인 안부를 몇 마디 건네고는 바로 본론을 꺼냈다.

"김석 본부장님께서 오 팀장님 대기발령을 철회하고 대신 유급휴가 처리하라고 지시하셨습니다."

"조건이 뭐죠?"

인사팀장은 서류봉투를 열어 진미 앞에 계약서처럼 보이는 문서를 꺼내놓았다.

"이 비밀유지각서에 사인해주셨으면 합니다. 델리카시 프로젝트를 진행하면서 알게 된 모든 정보는 발설하지 않는다는 내용입니다. 각서 내용만 차질 없이 이행해주시면 복귀하셨을 때 승진을 보장해드리겠습니다."

난데없는 희소식이라고 할 수 있었지만 진미는 되레 불쾌해졌다. 구상경은 자신이 찾아간 사실을 김석과 공유했을 테고 이제 와 인사 조치를 번복한 것은 구상경과 자신의 거래 때문일 터였다. 하지만 진미가 구상경에게 들고 간 협박카드는 영윤제를 찾기 위한 것이었지 회사에 남거나 승진을 위해서가 아니었다. 윤제의 불행을 자신의 승진을 위해 이용한다면 그것만큼 자신을 나쁜 사람으로 만드는 건 없을 것 같았다.

"싫은데요."

"네?"

회사의 사규를 모두 건너뛰고 파격적인 인사 제안을 했는데도 단번에 퇴짜를 놓자 인사팀장의 눈이 휘둥그레졌다.

"팀장님은 이 인사 조치가 어떤 경위로 이뤄졌는지 자세히는 모르시겠지만 구상경 대표든, 김석 본부장이든 이걸 지시한 사람한테 전하세요. 비밀유지를 하고 싶으면 이런 거 들이밀지 말고 찾아달라는 사람이나 찾으라고요."

전례 없는 조치에 못마땅해하던 인사팀장도 진미의 예상치 못한 거절은 몹시 당황스러웠다. 그런데 알다가도 모를 말을 하던 진미가 갑자기 눈앞의 비밀유지 각서를 뒤집더니 인사팀장이 들고 있던 펜을 뺏어 들었다.

"안 그래도 찝찝했었는데 잘됐네요. 사표 내겠습니다."

진미는 각서의 이면에 일필휘지로 사직서를 써내려가기 시작했다.

윤제가 잠수를 선택한 것은 어쩌면 자신 때문 아닐까. 로빈을 응징하고 싶어도 델리카시에 내가 연관되어 있기 때문에 이러지도 저러지도 못하는 건 아닐까. 델리카시에서 당신이 만든 마지막 요리를 먹고 이 레스토랑을 한국에도 만들고 싶다고 생각했지만 델리카시 서울지점을 내는 게 내 인생 전부는 아니야. 그러니까 제발 나타나.

델리카시의 프랜차이즈 계약을 할 때만 해도 로빈 베일즈의 악행을 몰랐지만 지금은 다르다. 윤제의 행방을 알기 위해서이긴 하지만 로빈의 범법에 침묵을 택한 것이 못내 찝찝했었다. 이제 그 석연치 않은 감정에 마침표를 찍을 때였다.

사직서 마지막에 서명까지 마친 진미는 인사팀장에게 종이를 접어 내밀며 말했다.

"죄송해요. 봉투는 마련을 못 해서……. 팀장님이 대신 봉투에 넣어 본부장님한테 전해주세요."

오진미가 사표를 냈다는 소식은 삽시간에 퍼졌다. 서린F&B 사내뿐 아니라 다른 동종업계에도.

방구석에 처박혀 폐인처럼 지내던 진미의 귀에까지 '오진미가 사표를 냈다더라'는 소문이 다시 들릴 정도였다.

그 소문을 어떻게 듣게 됐냐면 헤드헌팅 업체와 다른 외식업체, 식품업체들 덕분이었다. 사표를 냈다는 소식을 들었다며 당장 만나자고 스카웃 제안을 해왔기 때문이다. 하지만 기다리던 연락을 놓치게 될까 봐 생각해보겠다는 말만 서둘러 남기고 진미는 전화를 끊기 일쑤였다. 그날도 방에 틀어박혀 구상경의 전화만을 기다리는데 현아에게서 연락이 왔다.

"현아야, 내가 나중에 전화……."

"오진미! 당장 집으로!"

다급한 절규과 연달아 이어지는 비명! 이건 긴급 상황이다.

진미는 매무새를 확인할 정신도 없이 서둘러 현아의 본가로 뛰쳐나갔다.

현아의 엄마가 외출한 사이, 진통이 시작됐고 엄마가 돌아오길 기다리는 새에 진통이 더욱 심해진 것이었다. 현아가 고통스런 비명을 지르며 현관으로 들어서는 진미를 향해 차 키를 던졌다.

"제일산부인과! 네비에 있어!"

현아를 부축해 차 뒷좌석에 싣고 나서 진미는 달렸다. 자신이 차선 끼어들기에 놀라우리만큼 재능이 있다는 사실을 처음으로 알게 됐다. 가까스로 병원에 도착한 진미는 현아를 베드에 실어 양수가 터지기 일보 직전, 분만실로 들여보냈다.

몇 시간 후, 현아는 엄마가 됐다. 건강하고 예쁜 딸이었다. 신생아인데도 엄마를 닮아서인지 눈을 끔뻑이는 것도, 하품을 하는 것도 왠지 야무져 보였다.

초등학교 시절부터 같이 코를 흘리던 꼬맹이가 엄마가 되다니. 아이를 안고 미소 짓는 현아를 보니 진미는 괜히 코끝이 찡해졌다. 아이를 다시 간호사에게 넘겨주고 나서 현아는 그제야 한숨을 돌렸다. 그리고 진미를 찬찬히 보더니 말했다.

"여기 누워야 될 사람은 너 같다?"

고개 돌려 병실에 있는 거울을 보니 생기를 다 잃은 여자가 자신을 공허한 눈으로 바라보고 있었다.

"그러게. 내일 쓰러져도 이상하지 않겠네."

"야, 너 가."

"……?"

별안간 현아가 진미의 등을 떠밀었다.

"너, 당장 집에 가서 밥 먹어. 아니, 집에 가면 안 챙겨 먹을 테니까 나가서 밥 먹고 와. 너 오늘부터 우리 애 대모니까 건강하란 말이야."

"싫어. 남편도 있고 동생도 있으면서…… 내가 왜 대모를 해?"

"남편이 있으면 뭐하니. 출장 가서 오지도 않는데! 동생 놈은 문자 보내도 답도 없다."

"……"

"나 죽으면 네가 우리 애 후견인이란 소리야. 넌 이제 아파도 안 되고 말라도 안 돼. 알았어? 너 지금 꼴을 봐라. 누가 보면 기아후원 해주겠어, 아주."

현아의 속뜻을 알아차린 진미는 훗 미소를 지으며 말했다.

"기운 내라는 말을 길게도 한다."

오랜 친구는 타박인지 걱정인지 모를 말을 꿋꿋이 이어갔다.

"바보야, 네가 씩씩하게 살아야 윤제 씨도 미안하지 않지. 네가 이러고 있는데 어떻게 돌아오니?"

몸을 추스르라는 친구의 남다른 위로였을 뿐인데 진미에겐 다르게 들렸다. 정말 윤제가 돌아오고 싶은데 돌아오지 못하는 거라면? 그게 진짜 나 때문이라면? 그렇게만 생각해도 가슴이 턱 막히는 것만 같았다. 그런데 그간 속으로만 품어왔던 불안은 제 혼자 한발 앞서가 불길한 상상까지 불러 일으켰다. 진미가 혼잣말처럼 나지막이 읊조렸다.

"안 돌아오는 게 아니라, 못 돌아오는 거면…… 만약 잘못된 거면 어떡해?"

그간 쌓아뒀던 감정의 둑이 속수무책으로 무너지자 진미의 손끝이 미세하게 떨리기 시작했다. 진미의 눈망울은 이미 젖어 들고 있었다.

그동안 속앓이를 얼마나 했을까. 그런 진미를 안타깝게 보던 현아가 말을 이었다.

"윤제 씨 과거는 잘 모르지만 한 가지는 확실히 알아. 윤제 씨 강한 사람이란 거. 처음 한국에 왔을 때는 이 세상에 아무도 없다고 생각해서 나쁜 마음 먹었겠지만 지금은 아니잖아. 이제 여기에 네가 있으니까."

몇 시간 사이에 엄마가 되었다고 혼자서만 훌쩍 어른이 되어버린 걸까. 현아는 진미의 마음을 다 안다는 듯 그녀의 손을 잡고 다독였다.

"그러니까 윤제 씨 믿고 너도 씩씩하게 지내. 우연히 지나쳐도 아무 일 없었다는 듯 밝게 재회할 수 있게. 네가 바닥을 칠수록 그 사람은 너한테 미안해서 더 숨을지도 몰라."

진미의 눈가에 눈물이 맺혔다. 윤제가 사라지고 난 후, 소리 내어 울었던 적이 없는데 구슬 같은 눈물이 뚝뚝 흐르더니 이내 끅끅대는 소리가 터져 나왔다.

"나도 그러고 싶은데……. 현아야, 아침이면 눈을 뜨고 싶지 않아. 부엌에 가면 그 사람이 쓰던 앞치마가 있고 화장실에 가면 그 사람 면도기가 있어. 그걸 보면 자꾸 눈물이 나서…… 매일매일 눈을 뜨는 게 무서워."

진미의 눈물에 현아도 덩달아 눈물이 그렁그렁해지기 시작했다.

"너 이씨, 울지 마! 안 그래도 호르몬 날뛰는데 너까지 울면 어떡해?"

눈물에 전염된 현아도 진미를 껴안고 울기 시작했다.

왜 사랑하는 사이일수록 아픔이 고스란히 전해지는 걸까. 별안간 들려오는 통곡 소리에 놀란 간호사가 병실 문을 열었다가 부둥켜 우는 두 여자를 보고 조용히 문을 닫았다.

다음 날, 진미는 아침 일찍 일어나 마트로 향했다.

현아의 말대로 씩씩하게 살아야지. 눈 밑에 짙게 내려온 다크서클을 지우고, 좋은 옷을 챙겨 입고 지갑을 들고 집을 나섰다. 장을 봐온 음식들로 냉장고를 꽉꽉 채워 넣고 못 하는 요리지만 하루에 두어 가지씩 반찬을 만들었다.

내 손으로 직접 끼니를 챙겨 먹자 조금씩 무너진 일상이 되돌아오는 것 같았다.

그리고 아직 산후조리로 본가에 머무는 현아를 매일매일 보러 갔다. 현아가 밥을 먹거나 화장실을 갈 때 대신 아이를 봤는데 아이가 뻗대며 칭얼거릴 때면 꽤나 진땀이 났다. 현아에게 말한 적은 없지만 그럴 때마다 대모 직위를 내려놓아야 하나 진미는 심각하게 고민했다. 내가 직접 보는 것보단 좋은 보모를 두는 게 나을지도 모르겠단 생각에 다다르자 진미는 그러려면 돈을 많이 벌어야겠단 결론을 혼자 내리기도 했다.

몇 달이 지나자 진미는 스카웃 제의를 해온 모든 곳에 회신을 돌리기 시작했다. 전화로 제안을 들어보기도 하고, 헤드헌팅 업체 사람을 직접 만나기도 했다. 6개월 내 동종업계 이직 금지 조항이 있었으므로 당장의 이직은 불가능했지만 진미가 만난 회사들 대부분 입사 후 6개월 동안 월급에 상당하는 인센티브를 제공해주겠다는 제안을 해왔다. 하지만 급하게 결정할 마음은 없었다. 아직 서린에서 받은 퇴직금이 남아 있었고 이번에는 잡음 없이 새출발하고 싶어 장고에 장고를 거듭했다.

그러던 어느 날, 한 헤드헌터에게서 흥미로운 제안을 받았다. 홍대 근처에서 만난 그는 제주도에 오픈 예정인 레스토랑의 브랜드 매니저를 해볼 생각이 없냐고 물어왔다.

"저는 브랜드 매니징을 전문적으로 해본 적이 없는데요."

"무슨 말씀이세요. 오진미 씨가 서린에서 론칭한 레스토랑이 몇 갠데요. 그게 다 브랜딩 작업 아닌가요?"

듣고 보니 그랬다. 하지만 제안을 해온 레스토랑은 기업의 프랜차이즈 레스토랑도 아니고, 개인 사업자의 단일 레스토랑이었다. 제주도 본점이 잘 되면 다른 지역에도 분점을 낼 수 있다지만 그건 어디까지나 가정이었다.

새로 시작하는 일인데 너무 규모가 작은 게 아닌가 고민하는데 헤드헌터가 그런 진미의 마음을 눈치 챈 듯 다른 미끼를 던졌다.

"왕복 항공권, 호텔 숙박비, 렌트비 모두 그쪽에서 부담할 겁니다. 거마비라고 생각하시면 될 거예요. 긍정적인 답변 안 주셔도 되니까 부담 갖지 마시고요. 머리 식히실 겸 여행 간다 생각하고 인터뷰만 해보시면 어떨까요."

진미는 고민해보겠단 말을 남기고 그와 헤어졌다.

선뜻 수락할 수 없는 제안이긴 했지만 진미는 오늘 미팅으로 또 하나의 가능성을 발견했다. 굳이 회사에 소속되지 않아도 프리랜서로 브랜딩 작업을 할 수도 있다는 것. 그것만으로도 소기의 성과는 거둔 것 같았다.

헤드헌터와 헤어지고 이대로 집으로 돌아가기엔 조금 아쉬웠다.

이왕 번화가로 나온 김에 새로 생긴 핫플레이스를 구경도 할 겸, 시장조사도 할 겸 홍대를 크게 돌았다.

어느덧 발길은 경의선숲길로 이어졌고 근처 식당과 가게들을 둘러보며 몇 달 동안 체크하지 못한 트렌드를 눈으로 확인했다. 그러다 문득 고개를 드니 익숙한 곳이 보였다. 델리카시였다.

습관이 이곳으로 발걸음을 옮기게 만든 건지, 한 번쯤은 우연을 핑계대서라도 오픈한 델리카시를 눈으로 확인하고 싶었던 건지 진미는 알 수 없었다.

오픈한 지 얼마 안 된 레스토랑 앞에는 화환이 즐비했고 유리 통창 너머로 현장 지원 나온 팀원들이 보였다. 식당 안에는 많은 손님들이 테이블을 빠짐없이 채우고 있었다.

진미는 멀리서 그 모습을 한참 바라봤다. 불명예 퇴진 비슷하게 그만뒀는데도 이상하게 속상하거나 씁쓸한 기분이 들지 않았다.

갓 나온 요리를 보며 감탄하고 사진을 찍고 맛있게 먹고, 즐겁게 대화하는 손님들의 모습을 보니 그간의 마음고생과 서운함이 눈 녹듯 사라지는 것 같았다. 저 자리에 내가 남진 않았지만 누군가는 그곳에서 행복한 시간을 보내고 있다. 나는 그 자리를 마련한 것만으로 충분해. 그래, 그거면 됐어. 그리고…….

윤제가 이 모습을 보면 어떨까. 자신이 공들여 지은 벌집을 다른 벌에게 뺏긴 기분일까. 아니면 그도 나처럼 손님들이 맛있게 음식을 먹는 모습을 보며 행복해할까.

그런 생각들에 휩싸여 어떻게 걸어왔는지도 모르는데 어느새 동네가 익숙해졌고, 집이 가까워지고 있었다. 모퉁이를 돌자 드디어 집이 보였다. 그리고 그 앞에 누군가 서성이고 있었다. 집 앞 가로등 아래로 보이는 건 분명 남자의 실루엣이었다.

설마? 진미는 저기 서 있는 남자가 또다시 신기루처럼 사라질까 봐, 가로등이 꺼지면서 그도 훅 연기처럼 꺼질까 봐 달려가며 외쳤다.

"윤제 씨!"

그가 천천히 등을 돌렸다. 그녀를 돌아본 사람은 윤제가 아니었다.

"잘 지냈어?"

김석이 멋쩍은 미소로 진미에게 인사를 건넸다.

서운한 표정 같은 걸 드러내면 안 된다고, 약한 감정을 엿보게 해선 안 된다고 머리가 명령했지만 진미의 얼굴에선 쉽게 그 표정이 지워지지 않았다.

"미안. 오해하게 하려던 건 아닌데……."

김석이 되레 사과를 건넸다. 헌데 여기까지 무슨 일일까. 예전 상사에게 존대를 해야 할지 진미는 잠시 고민했다. 하지만 김석의 표정에서 읽을 수 있었다. 그저 옛 친구를 만나러 왔다는 걸.

"아니야. 내가 착각한 건데, 뭐."

진미는 김석을 오랫동안 닫아두었던 1층 식당 안으로 안내했다.

"미안. 오래 닫아둬서 먼지가 좀 많아."

김석이 식당 안을 둘러보며 말했다.

"오랜만이네, 여기. 그때는 영윤제 씨한테 끌려내려 왔었는데……."

세 사람이 처음 대면한 날이 떠올라 진미는 속으로 훗 웃었다. 결코 아름다운 장면은 아니었지만, 우당탕거렸던 그것도 추억이라면 추억이라고 할 수 있을까.

진미가 차를 끓여 내놓자 김석이 찻잔을 만지작거리다가 불쑥 방문한 목적을 말했다.

"그냥 한 번쯤 보고 싶었어. 우리 제대로 인사도 못 했잖아."

제대로 된 인사……. 그 말에 진미는 고개를 들어 김석을 바라봤다.

그녀 앞엔 회사에서 내내 날이 서 있던 김석 본부장이 아닌 말간 얼굴을 한 대학생 김석이 있었다. 한때 좋아했던 청년의 얼굴이 아직도 그에게 남아 있었다. 희미하게 떠오른 옛 얼굴에 어쩐지 서운했던 감정마저 스르륵 사라지는 것 같았다.

한결 부드러운 얼굴이었지만, 김석은 여전히 진미를 바로 쳐다보지 못하고 찻잔만 내려다봤다.

"로빈 베일즈 씨 건은 더 문제 삼지 않아줘서 고마워."

"나도 도의적 책임이 있었으니까. 처음 델리카시 프랜차이즈를 제안한 건 나잖아. 그리고 문제 제기를 해도 내가 아니라, 영윤제 씨가 해야겠지."

김석은 고개만 주억거리며 잠시 말이 없었다. 민감한 이야기라 주저하는가 싶었는데 그는 침묵 끝에 의외의 말을 꺼냈다.

"그건 정리됐어."

"……?"

정리되다니. 그게 무슨 말이지?

"영윤제 씨가 날 찾아왔었어."

"윤제 씨가 너를?"

그가 가만히 고개를 끄덕였다.

"그쪽도 로빈 베일즈의 불법에 대한 증거를 가지고 있었어. 꽤 구체적인 증거를. 그런데 그걸 폭로하지 않는 대신 한 가지 조건을 걸더라. 널 서린에서 해고하지 말아 달라고. 좋아하는 일을 계속하게 해달라고. 그래서 비밀유지각서 써주는 대신 승진시켜주겠다는 제안을 한 거야."

몰랐다. 구상경과 한 거래 때문에 승진 제안을 해온 거라 생각했는데, 그게 윤제의 부탁이었다니.

어떻게 이런 아이러니가 다 있을까! 윤제는 진미의 회복을 위해 진실을 밝히길 포기했다. 진미는 윤제를 찾기 위해 사표를 냈다. 서로가 서로를 위해 가장 중요한 것 가운데 하나를 포기했다.

그렇지만 결국 두 사람의 배려는 엇갈리고 말았다.

진미는 울컥 올라오는 무언가를 목으로 삼켰다.

"그런데 네가 사표를 내서 좀 당황스러웠어. 영윤제 씨한테 이 사실을 알리려고 했는데 그 이후엔 연락이 닿지 않았고. 네가 그만둔 걸 알고나 있는지 모르겠다."

그나마 다행이라고 해야 할까. 윤제가 기억을 잃거나, 적어도 달리는 차에 뛰어들진 않았다는 뜻이니까. 윤제의 안부가 확인되자 갑자기 다른 감정이 밀려들었다. 나쁜 놈. 김석은 직접 만나서 부탁까지 하고 나한텐 전화 한 통이 없어? 왠지 모를 배신감에 진미는 자기도 모르게 입술을 앙다물었다. 그때 김석이 묻지도 않은 자기 신상의 고백을 해왔다.

"그리고…… 나 파혼했다."

진미는 놀라 흠칫했지만 담담한 척 되물었다.

"……무슨 일 있었어?"

"그동안 너랑 영윤제 씨 보면서 생각이 많았어. 아무리 이 결혼이 전략적 제휴라지만 같이 밥만 먹어도 숨 막히는 사람이랑 내가 평생을 같이 할 수 있을까, 회의가 들더라."

같이 밥만 먹어도 숨 막히는 사람……. 그 심정이 어떤지 잘 알 것 같았지만 진미는 오히려 그 반대의 마음을 떠올리고 있었다. 같이 밥만 먹어도 숨 막히게 행복한 사람. 진미는 윤제와 함께했던 무수한 식사 시간을 하나씩 떠올렸다. 매번 즐겁고 행복했던, 그런데도 항상 달랐던 그 시간들을. 안타깝게도 김석과 구상경 사이에는 그런 좋은 기억들이 없었던 모양이었다.

"너도 알겠지만 나 서자잖아. 내가 정략 결혼하는 거, 솔직히 집안사람들은 아무도 원치 않았어. 그냥 내 욕심이었지. 그런데 그 욕심이 내 인생을 숨 막히게 만들 거라 생각하니까 도저히 못 하겠더라고. 너 같은 사람을 다신 못 만날지도 모르지만 일단은 구상경과 결혼은 맞는 답이 아닌 것 같았어. 스스로 진흙탕에 들어갈 필요는 없으니까."

두 사람은 잠시 엇갈렸던 자신들의 과거를 떠올렸다. 김석은 재벌 아버지를 재회한 후, 그녀를 떠났었다. 서린F&B에서 다시 만났을 땐, 진미가 청혼 아닌 청혼을 거절하자 구상경을 택했다. 김석은 자신이 놓친 두 번의 기회를 후회하고 있었다.

"너도…… 좋은 사람 만날 거야."

진미가 위로를 담은 눈길로 김석을 바라보자 그는 괜찮다는 의미로 미소를 지어 보였다.

"고맙다."

김석은 고맙다는 말을 하면서 동시에 하지 못한 말을 떠올렸다. 용기가 없어 미처 그녀에게 전하지 못한 말을.

"그리고…… 미안해."

차마 바로 보지 못하겠는지 김석이 진미의 눈을 피하며 말끝을 흐렸다.

"내 욕심이 결국 널 힘들게 한 건 아닐까, 계속 생각했어."

진미는 그 미안하다는 말에 포함된 의미를 직감적으로 파악했다. 어머니가 돌아가시고 퇴직을 생각할 정도로 힘들어하던 그녀를 붙잡았던 것도 김석이었고, 구상경과 결혼 때문에 진미를 좌천시키려 했던 것도 그였다. 그리고 구상경의 의심을 피하려 윤제와 가짜 연인 행세를 하게 만든 장본인도 김석이었다. 어쩌면 김석이 제공한 그 기회와 시련들 덕분에 윤제와의 인연도 더 깊게 이어질 수 있었을지도 모른다.

"힘들었던 건 맞아. 그런데 힘들기만 했던 건 아니야. 너 때문에 윤제 씨와 더 가까워졌고, 그래서 그 사람이 좋은 사람이란 걸 알게 됐으니까."

진미는 김석의 고해성사를 받아주듯 옅게 웃으며 말했다.

끝이 날 인연이 있고, 계속될 인연이 있다. 하지만 사람들은 모른다. 자신들이 지금 맺는 이 관계가 추억으로 남을지, 현재진행형으로 계속 될지를…… 그럼에도 최선을 다해야 한다. 끝이 날 인연이라도 악연으로 남을지, 선연으로 남을지는 마지막 끝맺음에 달려있으니까.

진미는 자신과의 관계를 잘 끝맺으려 먼저 찾아와준 그가 고마웠다. 그리고 어렵게 잘못을 고백하는 그가 참 용기 있다고 느꼈다. 아마 그런 모습 때문에 20대 초반의 진미는 그를 좋아했을지도 모른다.

"네가 날 원망해도, 욕해도 괜찮아. 하지만…… 내가 널 좋아했다는 건 기억해주라. 날 위해서가 아니라, 널 위해서. 그만큼 네가 좋은 사람이란 뜻이니까."

김석이 최선을 다해 마지막 진심을 꺼내 보였다. 그리고 갑자기 할 일이 생각난 사람처럼 서둘러 자리에서 일어났다.

"그럼 갈게."

짧은 인사를 마치고 문 쪽으로 발걸음을 옮기는 김석을 보자 진미는 다급해졌다. 나의 마지막 인사는 무엇이 좋을까. 진미가 불쑥 한

마디를 내뱉었다.

"나도……."

식당 문 손잡이를 잡으려던 김석이 멈칫하며 진미를 돌아봤다.

"나도 널 좋아했다는 거 기억해줘. 날 위해서가 아니라, 널 위해서."

잠시 두 눈빛이 맞부딪혔다. 자기도 모르게 눈동자가 촉촉해지자 두 사람은 누가 먼저랄 것도 없이 눈동자를 굴려 다른 곳을 바라봤다. 잠시 천장에 시선을 두었던 김석이 입가에 미소를 띠곤 조용히 식당 문을 나섰다.

진미는 혹시라도 김석이 뒤돌아보다 자신을 볼까 봐 식당 문가에 비켜서서 떠나는 그의 뒷모습을 지켜보았다. 뒷모습을 지켜봐 주는 것이 마치 그의 남은 인생을 응원해주는 의식이란 듯이.

15장
제주도 푸른 밤

아침부터 하늘은 화창했다. 제주공항에 내리자마자 빌린 하얀 렌 트카가 햇빛에 반사되어 더욱 빛났다.

운전석에 올라타자마자 진미는 목적지도 없이 해안도로를 무작정 달렸다. 옆으로 바다를 끼고 탁 트인 도로 위를 시원하게 질주했다. 차 창 너머로 보이는 윤슬이 파노라마로 펼쳐지며 끊임없이 반짝거렸다.

엊그제까지만 해도 진미는 제주도에 내려올 생각이 없었다. 그날 도 현아 집에서 아이를 보며 어떤 회사로 이직해야 좋을지 이야기를 나누고 있었다. 그러다 제주도 레스토랑에서도 날 찾는다는 말이 농 담처럼 불쑥 나왔다.

부담스러워서 그냥 거절하려고 한다니까 막 아기 낮잠을 재우고 돌아서던 현아가 홱 쏘아봤다.

"그걸 왜 안 가? 당장 가!"

"넌 가라는 말을 꼭 그렇게 무섭게 하더라?"

"누군 여행을 가고 싶어도 못 가는데 숙박비, 교통비 다 대준다는데 왜 안 가?"

협박으로 안 되겠는지 현아가 별안간 진미의 두 손을 덥썩 잡더니 투정 부리듯 말했다.

"제발 가줘. 나 대신 제주도 여행 간다고 생각해. 내 아바타로. 만날 애만 보니까 미칠 것 같단 말이야. 맛집 가서 맛있는 것도 먹고, 좋은 풍경 배경으로 사진도 찍어서 보내줘. 응?"

육아로 눈이 쑥 들어간 현아가 지금처럼 절박해 보인 적은 없었다. 그렇담 내가 영화 '아멜리에'에 나오는 난쟁이 인형이 되는 건가. 현아의 여행 욕구를 대신 풀어주는?

현아의 시퍼런 서슬에 놀란 진미가 얼른 고개를 주억거리며 말했다.

"알았어. 가면 되잖아."

그렇게 반강제로 내려왔더니, 오 분도 안 돼서 내려오길 정말 잘했다는 생각이 들었다.

현아 덕분에 이런 눈호강을 하는구나. 차에서 내려 제주도 푸른 바다를 바라보니 새삼 현아가 고마워졌다. 진미는 해변을 배경으로 첫 인증샷을 찍어 현아에게 보냈다.

인터뷰는 내일 오후였다. 지금부터 내일 오후까진 내내 자유시간인 셈이었다. 하지만 막상 혼자 여행을 하려니 망설여졌다. 오가며 만난 20대 친구들은 씩씩하게 혼자 맛집도 가고 셀카봉으로 사진도 잘만 찍던데……. 진미는 그런 자신의 모습을 상상해봤다가 괜스레 혼자 어색해했다.

아마도 저 친구들에겐 이 모든 게 첫 경험이라 그런 게 아닐까. 어려서는 무얼 해도 신났으니까. 갈 데도 많고 볼 것도 많아 누군가 동행하는 것보다 나 혼자 빨리빨리 새로운 곳으로 발걸음을 옮기고 싶었으니까.

헌데 지금은 뭘 먹어도, 뭘 봐도 누군가와 함께였으면 더 좋겠다는 생각이 먼저 들었다. 가까운 식당 아무 곳에나 들어갔다가 기대보다 정갈한 음식에 감탄하고, 풍광이 좋은 곳에서 사진을 찍는 순간에도 진미는 자기도 모르게 그런 생각을, 아주 자주 하고 있었다.

그런 싱숭생숭한 생각들을 하다 보니 어느덧 현아가 좌표를 찍어준 뷰가 좋은 카페에 도착했다.

바다가 보이는 창가 자리에 가방을 놓고 카운터로 갔다. 음료를 주문하고 지갑에서 카드를 꺼내려 고개를 숙였는데 앞섶에 꽂아둔 선글라스가 보이지 않았다. 면세점에서 사자마자 개시한 선글라스였다.

진미는 점원에게 카드를 내밀고 영수증을 받아든 다음 음료를 기다리는 동안 생각을 더듬어보았다. 식당 테이블에 두고 왔나. 해변에서 조개껍질을 줍다가 떨어뜨렸나. 왔던 길을 다시 되짚어가야 하나. 뷰가 좋은 자리를 맡아두고 되돌아가자니 아까운데……. 어떡하지?

음료를 받아들고 맡아둔 자리로 돌아와 보니 테이블 위에 잃어버린 줄 알았던 선글라스가 놓여있었다. 원래 그 자리에 있었던 것처럼.

누구지? 선글라스를 집어 들고는 주변을 이리저리 둘러보았다. 눈을 마주치는 사람은 아무도 없었다. 카페 안 손님들에게 진미는 안중에도 없는 것 같았다. 모두들 함께 온 일행들에게 열중하고 있을 뿐이었다.

설마 주차장에 차를 세워두고 카페로 걸어오면서 떨어뜨렸던 걸까. 점원이 발견하고 자리에 놓아준 걸까. 진미는 다시 카운터로 가 선글라스를 찾아 준 사람이 있나 물었지만 세 명의 점원들은 서로 자신은 아니라는 듯 고개를 저어 보였다.

어쨌거나 오늘은 운이 좋은 날인가 보네. 진미는 선글라스를 끼고 창가에 앉아 맘껏 햇살을 즐겼다. 시원한 음료 한 모금이 기분을 더욱 상쾌하게 만들어주었다. 하지만 한 시간을 넘어가니 좋은 자리를 혼자 차지하고 있기가 무안해졌다. 뷰가 좋기로 유명한 곳이라 그런지 시시각각 커플과 가족 손님들이 몰려들었고 진미는 쫓기듯 자리에서 일어섰다.

다시 운전대에 앉은 진미는 다음 행선지를 찾았다. 이미 갈 만한 여행지는 예전에 한 번쯤 다 들러본 곳이었다. 밥을 먹고, 차까지 마시니 막상 할 일이 없어져 진미는 일단 숙소에 체크인하기로 했다.

헤드헌터가 예약해준 리조트 체인은 제주도에만 서너 군데가 있는 곳이었다. 덕분에 발길 닿는 대로 움직이다 가장 가까운 지점으로 가 바우처만 내밀면 됐다.

프런트에서 객실 키를 받아들고 대충 짐을 푼 다음 TV를 켜 이리저리 채널 재핑을 했다. TV를 좀 보다 저녁을 먹으러 나가야지 하며 침대에 기대 누웠는데, 피곤했는지 어느새 눈이 감겼다. 어젯밤까지 포트폴리오를 준비하느라 피곤했던 모양이었다. 그쪽이 먼저 인터뷰를 청했지만 그래도 포트폴리오 정도는 건네는 게 예의일 것 같아 서둘러 준비했던 것이다.

결국 감긴 눈은 스르르 잠을 불러왔다. 자기도 모르게 까무룩 잠이 들었다가 화들짝 놀라 눈을 떠보니 이미 사위는 어두워졌고 시간은 9시를 넘어서고 있었다.

프런트에 전화해 리조트 내 문 연 식당이 있는지 물어보니 이미 디너 오더는 마감됐다는 답변이 돌아왔다.

아, 젠장! 편의점에도 식사가 될 만한 도시락과 김밥 같은 건 이미 매진이었다. 컵라면 코너에서 서성이다가 제주도까지 가서 컵라면을 먹느냐는 현아의 타박이 들려오는 것 같아 그만두었다.

진미는 차키와 지갑만 들고 주차장으로 향했다. 문을 연 식당이 어딘가에는 있겠지.

어느덧 진미의 렌트카는 다시 제주공항 쪽으로 향하고 있었다. 달리다 보니 용두암 표지판이 눈에 띄었다. 그래, 관광지니까 그 근처에 분명 식당이 있을 거야.

근처 주차장에 차를 대고 불이 켜진 간판을 향해 발걸음을 재촉했지만 가까이 가보니 식당 내부와 간판에만 불이 켜져 있을 뿐 영업은 이미 마친 상태였다.

제주도에 공짜로 여행도 오고 잃어버린 줄 알았던 선글라스도 찾아서 운이 좋은 날이라 뿌듯해했는데⋯⋯. 그래도 좀 더 걷다 보면 영업 중인 식당이 나오지 않을까. 진미는 저 멀리 반짝거리는 불빛을 향해 설레는 마음으로 걸어가기 시작했다.

아. 가까이 다가가 보니 자기도 모르게 짧은 탄성이 터져 나왔다. 가게의 불빛이라 생각했던 조명은 야경을 위해 켜둔 용연구름다리의 조명이었다. 바다에서 흘러든 물줄기가 하천으로 향하고 있었고 아름답게 굽이진 물길 위에 출렁다리가 세워져 있던 것이다.

다리에서 보는 하천과 계곡, 그리고 한편에 세워진 정자는 밤을 맞아 더욱 운치 있었다. 그리고 그 모습은 자연스럽게 어떤 풍경을 떠올리게 했다.

브루클린 브릿지. 그랬다. 여기보다 규모는 몇 배 크지만 그곳도 바다에서 하천으로 물길이 이어지는 지형에 다리가 세워져 있었고, 특히나 야경이 아름다웠다. 지금 눈앞의 풍경과 그때 본 풍경이 겹쳐지자 그곳에서 만났던 사람도 자연스럽게 떠올랐다.

인생의 바닥에서 내게 손 내민 사람, 서슴없이 내게 외투를 벗어준 사람, 미지의 위험에서 나를 구해준 사람. 그래, 당신은⋯⋯.

'나빠.'

나쁘고 또 나쁜 사람. 좋은 곳에 갈 때마다 같이 왔으면 좋겠다고 생각하게 만들어 나쁘고, 일상에서 복병처럼 숨어 있다가 불쑥불쑥 튀어나와 당신을 추억하게 만들어 나쁘다. 그래도 함께한 시간 동안은 한없이 다정했기에 끝까지 원망할 수는 없게 만든다. 그래서 당신은 정말 나쁘다.

다리를 굽어보며 상념에 빠졌던 진미는 부지불식간 눈에 맺힌 이슬을 손등으로 쓱 닦아냈다. 그런데 별안간 빗물이 후드득 떨어지더니 손등 위의 눈물을 씻어냈다. 아까부터 심상치 않던 바람은 곧 비바람이 되어 진미의 시야를 가렸다.

구름다리를 지나 계곡 산책로까지 걸어갔던 진미는 내리는 비를 온전히 다 맞으며 왔던 길을 되짚어갔다. 하지만 무서운 제주바람이 진미의 몸을 휘청거리게 만들었다. 이래서야 용두암 주차장까지 제대로 찾아갈 수 있을까. 아, 오늘은 운이 좋은 날인 줄 알았는데…….

"에이취!"

설상가상 기다렸다는 듯 재채기가 터져 나왔다. 그 순간 빗물이 무언가에 튕겨져 나가는 소리가 들렸다. 그리고 쏟아지던 빗물이 머리 위를 비켜가기 시작했다. 뭐지, 비가 그쳤나. 위를 올려다보니 시커먼 것이 그녀 위를 천막처럼 덮고 있었다.

빗소리에 누군가 다가오는 소리를 듣지 못했던 진미는 그것이 누군가의 외투라는 것을 뒤늦게 알아차리고 선의를 베푼 상대를 향해 꾸벅 인사를 했다.

"아, 고맙습니……."

꾸벅 숙였다가 고개를 쓱 올리던 진미의 표정이 화악 굳어졌다. 아니, 어떤 표정을 지어야 할지 몰라 그대로 굳어버렸다는 표현이 맞겠지. 자기는 비를 쫄딱 맞고 있으면서 내게 외투를 덮어주는 이는⋯⋯ 윤제였다.

"왜 맨날 춥게 다녀요?"

방금 전까지도 함께 있었던 사람처럼 진미를 내려다보며 미소를 던지는 이는 다시 봐도, 윤제였다.

생각지도 못한 곳에서 만난 그리운 얼굴과 목소리. 하지만 나를 너무 오래 기다리게 한 사람.

무슨 말을 어디서부터 어떻게 꺼내야 할까.

"이거 우연이에요? 아니면⋯⋯."

망설이는 윤제의 표정에서 진미는 대답을 파악했다.

"그럼 어디서부터 날 쫓아온 거예요? 여기 있는지 어떻게 알고?"

한 번에 설명할 수 없는 일들이 윤제의 머릿속을 스쳐 지나갔지만 윤제의 입에서 나온 말은 이것뿐이었다.

"진미 씨⋯⋯."

오랜만에 듣는 그의 목소리는 그녀 마음에 응축되어 있던 멍울을 건드렸다. 원망은 걷잡을 수 없이 진미의 마음에 퍼져나갔고 그녀의 입술에선 뾰족한 말이 튀어나왔다.

"이렇게 올 수 있었으면서 왜 안 왔어? 적어도 연락은 할 수 있었잖아!"

자기도 모르게 터져 나오는 화로 윤제의 외투를 홱 걷어버린 진미는 무작정 돌아서 걷기 시작했다. 최대한 윤제에게서 멀리 떨어지고 싶었다. 맞는 방향으로 가고 있는지조차 알 수 없었지만 진미는 온몸을 뒤덮듯이 내리는 비를 그대로 맞으며 앞으로 앞으로만 걸었다.

윤제도 토라진 진미를 뒤따르며 점점 젖어가는 그녀의 뒷모습을 안타깝게 지켜봤다. 빗줄기가 더욱 거세지고 있었다. 참다못한 윤제가 진미의 손목을 잡아챘다.

"진미 씨, 제발. 감기 들어."

윤제가 바람막이 외투를 다시 진미의 머리 위에 씌워주며 말했다. 그 말에 진미는 윤제를 획 돌아봤다.

"아, 그거야? 이렇게 위기상황에서 나타나면 내가 반길 줄 알고?"

"그런 거 아냐. 난……."

"히어로 콤플렉스 있어? 아님 스토킹을 즐겨?"

진미는 다시 한번 윤제를 두고 멀어져갔다. 하지만 짙게 내린 어둠과 세차게 퍼붓는 비가 도로와 인도의 경계를 지워버렸다. 아슬아슬하게 그 경계를 오가던 진미에게 뒤늦게 달려오는 차의 불빛이 보였다. 하지만 너무 뒤늦게 알아챘다. 코앞까지 달려든 전조등이 진미의 눈을 질끈 감게 만들었다.

어둠 속에서 윤제의 비명만이 브레이크 소리처럼 들려왔다.

"안 돼!"

눈을 떠보니 하얗고 눈부신 천장이 보였다. 응급실의 소란이 뒤늦게 진미의 귀에 쏟아져 들어왔다.

의식을 찾은 진미는 응급실 안을 둘러보며 어안이 벙벙해졌다. 정신을 차린 진미를 발견하고 간호사가 다가와 침착한 목소리로 자초지종을 설명했다.

　"교통사고로 잠시 의식을 잃으셨어요. 검사했는데 머리에는 이상이 없었고요. 타박상은 치료했습니다. 곧 의사 선생님 오실 테니까 말씀 들으시고 퇴원하시면 됩니다."

　그제야 몸을 훑어보니 팔과 다리 서너 군데에 거즈와 반창고가 덕지덕지 붙어 있었다. 상처 부위를 확인하자 뒤늦게 그 부위가 욱신대는 것 같았다.

　"저, 그런데…… 저랑 같이 온 남자는 없었나요?"

　진미가 불안한 눈빛으로 묻자 간호사의 표정이 일순 굳어졌다.

　"아, 저 그게……."

　간호사가 대답을 망설이는 사이, 사고의 순간이 파편처럼 스쳐 지나갔다.

　뒤늦게 발견한 승용차의 전조등 불빛, 자신에게 소리치는 윤제의 단말마, 달려드는 차 앞에서 자신을 밀치자마자 윤제가 무언가에 부딪히는 둔탁한 소리, 끼익! 비에 젖은 도로와 타이어의 마찰음, 차에서 내린 운전자가 윤제를 향해 달려가는 발소리, 윤제의 상태를 확인하는 119 구조대의 다급한 목소리.

　그렇다면 윤제는……?

　머릿속에서 타임라인이 재조립되자 아, 탄식이 먼저 터져 나왔다.

눈에서 뜨거운 것이 뿜어져 나왔다. 그리고 주체할 수 없는 눈물이 얼굴을 뒤덮었다. 어떻게 이런 일이 벌어진 건지 믿을 수 없지만, 이미 가슴은 무너져내렸다.

결국 나를 구하고 당신이…….

막심한 후회가 가장 먼저 밀려들었다. 이럴 줄 알았으면 그렇게 매몰차게 대하지 않았을 텐데……. 그렇게 무작정 도망가지 않았다면 사고가 나진 않았을 텐데……. 그게 당신을 향한 마지막 말이 될 줄 알았다면 좀 더 다정하게 말했을 텐데…….

끅끅, 애가 끓는 듯한 진미의 울음소리가 응급실 안의 소란한 소리를 모두 삼켜버렸다. 응급실이란 공간에서 충분히 예상 가능한 누군가의 불행. 오가던 의사와 간호사, 환자와 보호자들은 모두 숙연해져 진미를 말없이 바라보기만 했다.

"환자분 진정하시고요. 제 말 좀 들어보……."

느닷없이 터져 나온 진미의 대성통곡에 간호사는 난처해져 발을 동동 굴려야 했다. 아직 그녀가 듣지 못한 뒷말을 설명하려 했지만 지금 진미에겐 그 어떤 소리도 귀에 들리지 않았다.

응급실로 들어서던 환자복 차림의 남자가 무슨 일인가 영문을 몰라하며 잠시 서서 둘러보았다. 남자는 곧 응급실 안 곡소리의 진원지를 확인했다. 진미가 얼굴이 눈물 콧물로 범벅을 한 채 창피한 줄도 모르고 꺼이꺼이 울고 있었던 것이다. 남자는 머리를 한 번 짚고 나서 결심이라도 한 듯 그녀를 향해 성큼성큼 다가갔다.

"진미 씨, 왜 울어요?"

넋을 놓기 일보 직전이던 진미가 별안간 드리워진 그림자에 휙 고개를 들었다. 눈앞에 멀쩡한 남자를 확인하자 주르륵주르륵 흘러내리던 눈물이 막 지나간 소나기처럼 뚝 멈췄다.

"윤제 씨?"

그가 살아있는 건가. 아니면 내가 유령을 보는 건가. 영화 '사랑과 영혼'의 우피 골드버그조차 유령의 목소리만 들을 수 있던데 유령의 모습까지 다 보이다니. 나는 특별한 능력이 있는 걸까. 별 잡스런 생각까지 뒤엉켜 정말 반쯤 넋이 나갔다.

"진미 씨, 무슨 일 있어요? 검사 결과가 안 좋대요?"

진미는 입을 헤 벌린 채 얼음이 되어 아무 소리도 내지 못했다.

윤제가 그 옆에 우물쭈물 서 있는 간호사에게 대신 물었다.

"무슨 일이에요?"

간호사는 난감한 얼굴로 먼저 윤제를 나무랐다.

"그러니까 제가 나가지 말라고 말씀드렸잖아요. 의사 선생님이 한 시간 정도는 누워서 경과를 봐야 한다고 하셨는데…… 누워 있어야 할 분이 없어져서 제가 대답을 못 하니까 이분이 오해를 하셔 가지고……."

윤제에게 대화까지 시도하는 간호사를 보며 진미는 눈이 동그래졌다.

"간호사님도 이 남자가 보여요?"

"네? 무슨 말씀이신지?"

간호사가 되묻는 걸 보니 정상은 내가 아니라 간호사라는 확신이 들었다. 진미는 그제야 눈앞의 남자가 진짜 형체를 가진 인간이란 걸 믿을 수 있었다. 그래도 일단 진미는 조심스럽게 확인했다.

"윤제 씨 살아있는 거 맞지? 그치?"

"미안. 진미 씨 옷이 다 젖어서 갈아입을 옷을 구하러 나갔다 온 건데……."

윤제는 손에 든 종이 쇼핑백을 침대 위에 내려놓았다.

쇼핑백과 윤제를 번갈아 보더니 진미는 양손에 얼굴을 파묻었다. 언제 그랬냐는 듯 눈물을 그쳤는데 다시 입술을 울먹거리더니 급기야 서럽게 울기 시작했다.

"죽은 줄 알았잖아. 그럼 내가 눈 떴을 때 있었어야지! 왜 자꾸 사라지고 난리야!"

진미가 상상의 언덕을 어디까지 혼자 헤매고 다녔는지 알게 되자 윤제도 진미를 꼭 껴안아 등을 다독거렸다

"미안. 젖은 옷 다시 입으면 감기 걸릴까 봐 그랬어. 사라져서 미안해. 내가 다 잘못했어."

진미의 눈물이 어느새 윤제의 환자복 가슴께를 흠뻑 적셨다. 남자의 품에 안겨 우렁차게 울어대는 진미를 지켜보던 응급실 사람들도 안도하는 표정이 되어서는 다들 자신의 처지로 돌아갔다.

윤제는 차에 부딪힐 뻔한 진미를 옆으로 밀어내고 그 자리에 쓰러졌다고 했다. 운전자가 일찍 브레이크를 밟아 충돌하지 않은 건 천운

이었다. 부딪치기 직전의 그 짧은 시간이 만들어낸 기적은 놀라웠다. 윤제도 타박상이 고작이었고, 길가로 밀쳐지며 바닥에 긁힌 상처는 진미와 비슷한 수준이었다.

혹시라도 뒤늦게 후유증이 생기면 다시 병원을 찾으라는 의사의 설명을 듣고 나서 두 사람은 윤제가 구해온 옷을 입고 응급실을 나섰다.

윤제는 렌트카 보조석에 진미를 조심해서 앉혀놓고 뒤늦게 운전석에 올라타며 말했다.

"숙소가 어디예요? 내가 데려다 줄게."

그때까지도 감정을 주체하지 못해 훌쩍거리던 진미가 입을 뾰로통하게 내밀고는 일체 대답이 없었다. 살아있어 줘서 고맙지만 그렇다고 그간의 행방불명에 대해서 이대로 넘어갈 순 없었다. 금방 화를 풀어서는 안 되는 일이었다.

"미안해, 진짜."

안전벨트를 매주던 윤제는 그 마음을 짐작하는지 그렁거리는 진미의 눈물을 엄지손가락으로 쓱 닦아냈다. 그러곤 토라진 아이를 달래는 것처럼 부러 과장되게 말했다

"숙소가 어디예요? 어, 기억이 안 나? 큰일 났네. 다시 검사를 받아야 되나? 숙소가 어딘지 모르면 내가 보쌈 해가도 되나?"

태연하게 넉살을 부리며 네비게이션을 뒤적이는 윤제를 보자 진미는 그제야 어쩔 수 없는 웃음이 비어져 나왔다. 그래도 지금은 들키고 싶지 않았다. 윤제가 저에게 고개를 돌리자 진미도 얼른 반대쪽으

로 몸을 틀었다.

윤제가 잘못된 줄 알고 한바탕 눈물 바람을 했던 진미는 자신이 밤 늦게 숙소를 나섰던 이유가 그제야 생각났다.

"나 배고파."

윤제는 가슴이 자르르 울렸다. 잔잔한 파도가 자갈 해변을 훑는 소리 같은 게 들렸다. 이렇게 내 앞에서 어린아이가 된 이 여자가 미치도록 예뻐 보였다. 터져 나오려는 웃음을 참기 위해 입술을 앙다물며 말했다.

"나 아는 식당 있는데 거기로 갈까요?"

두 사람의 재회를 시끌벅적하게 만들었던 얄궂은 비는 어느새 그쳐 있었다. 대신 도로 위엔 짙은 어둠만이 무겁게 내려앉았다. 주변에 불빛도 없어 시커먼 도로는 사위를 가늠하기 어려웠는데, 윤제는 어느새 제주도 지리에도 익숙해졌는지 능숙하게 운전해 나갔다.

"그런데 나 거깄는 거 어떻게 알았어요?"

운전에 집중하던 윤제의 표정이 순간 얼어붙었다.

"화내면 안 돼."

"말해요, 빨리."

"그 일 있고 나서 계속 제주도에서 지냈거든요. 며칠 전에 현아 씨랑 연락이 됐는데 현아 씨가 마침 진미 씨 제주도 내려온다길래……."

윤제가 말끝을 흐렸다. 이 말을 해놓고 아차, 싶었다. 설명을 하려면 어쩔 수 없지만 진미의 심기를 건드리기에 충분한 내용이었다. 아니나 다를까 진미의 목소리가 서늘하게 나왔다.

"그러니까 현아랑은 연락을 했다는 거네요. 그런데! 나한테는 연락은 안 했단 말이에요, 지금?"

"화 안 낸다며?"

진미가 윤제를 노려보며 씩씩거리다가 다시 숨을 고르며 물었다.

"그럼 어디서부터 날 쫓아온 건데? 용두암부터? 구름다리부터?"

몇 군데를 거론하다 보니 진미의 머릿속에 무언가 스쳐 지나갔다.

"설마 카페에서 선글라스 찾아준 사람이 윤제 씨야?"

윤제가 무안한 듯 고개를 끄덕였다. 허, 기가 막혔다.

"그럼 내가 그 선글라스 떨어뜨린 데가 어딘지도 알겠네. 대체 언제부터 날 따라온 거야? 카페? 식당? 바다? 설마…… 공항?"

"어, 도착했다."

윤제가 어느새 식당 앞 주차장에 차를 세우며 말을 돌렸다. 식당이라고 하지만 불은 꺼져 있었다.

차에서 내리자 저기가 산방산이고 저기가 바다라고 일러주었다. 곧 식당의 윤곽이 선명하게 들어왔다. 그 옆으로 유채꽃이 밭을 이룬 채 흐드러지게 피어 있었다. 식당은 유채꽃밭 속에 세워진 2층 건물이었다. 어두워서 풍경이 잘 보이지는 않았지만 바람에 실려 온 상쾌한 바다 내음과 풀 내음이 좋은 입지라는 걸 대변하는 듯했다.

"배고플 테니까 얼른 식사 준비해올게요. 쉬고 있어요."

식당의 보안장치를 능숙하게 해제하곤 안으로 들어섰다. 윤제는 진미를 편한 자리에 앉혀놓고 바로 주방으로 들어갔다.

이 남자가 우리 집에서도 식객 노릇하며 남의 집 주방을 마음대로 쓰더니 제주도에서도 똑같은 짓을 해? 그럼 오갈 데 없는 윤제를 자신처럼 거둬주고 주방까지 내어준 사람은 누굴까? 진미는 이 식당 주인의 성별이 미치도록 궁금해졌다.

작은 단서라도 찾을 수 있을까 싶어 가만있지 못하고 식당 안을 이리저리 둘러봤다. 그런데 이 식당, 막 지어진 것처럼 모든 것이 반짝였다. 옆 테이블에 놓인 메뉴판이 눈에 띄었다. 주방 쪽을 힐끔 돌아보니 윤제는 요리하느라 정신이 없어 보였다.

슬쩍 메뉴판을 가져와 펴본 진미는 곧 그 메뉴판이 시안이라는 걸 알 수 있었다. 메뉴 이름에 줄이 쫙쫙 그어지고 새로 고친 메뉴 이름이 쓰여 있기도 하고 중간 중간 '글씨 키우고', '굵게' 등의 수정사항도 적혀 있었다.

왼쪽 페이지에 적힌 단품 메뉴를 훑어보니 이곳은 한식 퓨전 레스토랑인 것 같았다. 그리고 셰프 스페셜 코스가 적힌 오른쪽 페이지로 시선을 옮기는 순간, 진미는 고개를 갸웃했다. 코스 메뉴는 두 가지로 나뉘었는데 메뉴 이름이 각각 '진미 밥상', '진미 술상'이었다.

진미라고? 진미는 내 이름이기도 하지만 보통명사이기도 하니까 뭐 그럴 수 있지. 헌데 그 아래 적힌 코스메뉴의 요리들은…… 능이 삼계 리조또, 김치볶음밥 아란치니, 주방장 특제양념으로 만든 버섯

두부찌개와 불고기백반……. 모두 진미의 식탁 위에, 도시락에 올라왔던 메뉴들이었다.

설마? 진미가 천천히 고개를 들었다. 마침 주방에서 윤제가 나오고 있었다.

"따뜻할 때 먹어요, 어서."

윤제가 내놓은 요리는 쳐다보지도 않고 진미가 메뉴판을 던지듯 내려놓았다.

"이거 뭐예요?"

진미의 무표정한 얼굴에서 단박에 질문의 요지를 파악했지만 윤제는 대답을 망설였다.

"아, 진미 씨 밥 다 먹으면 설명하려고 했는데……."

진미가 대꾸 없이 윤제를 빤히 쳐다보았다. 묻는 말에 대답하지 않으면 한 숟가락도 뜨지 않겠다는 듯.

머뭇대던 윤제가 입술을 두어 번 다시다 어쩔 수 없이 털어놓았다.

"내일 진미 씨가 인터뷰할 식당이 여기예요."

혹시나 그럴지도 모른다고 생각했지만 막상 윤제의 고백을 들으니 진미는 말문이 턱 막혔다.

어디서부터 이야기를 시작해야 할까. 입술을 지그시 문 윤제의 머릿속엔 그간 있었던 일들이 획획 스쳐 지나갔다. 그의 고해성사는 블라인드 테스트 날로 거슬러 올라갔다. 그곳에서 로빈을 만나 모든 것이 기억났던 그날 이후로.

미스터 빅이 보내준 동영상을 들고 로빈을 찾아간 날.

로빈은 적반하장 격으로 윤제에게 협박을 하듯 물었다. 미국으로 돌아갈 수도, 그렇다고 제니스를 만날 수도 없는 네가 이제 와 이러는 이유가 뭐냐고. 진짜 원하는 게 뭐냐고.

윤제는 제 몫의 델리카시 지분을 처리해달라고 했다. 교도소에 있는 동안 로빈의 종용에 마지못해 그에게 양도했던 델리카시의 지분을. 그리고 델리카시 프랜차이즈 지점에서 나오는 수익도 자신에게 배분해줄 것을 요구했다.

윤제는 당장이라도 로빈을 고소할 수 있지만 한때 연인이었던 제니스를 염려해 참는 거라는 걸 분명히 했다. 약속을 이행하지 않을 경우, 이 동영상은 언제든 공개할 것이라 엄포도 놓았다.

그리고 윤제는 가장 중요한 조건을 마지막으로 내걸었다. 오진미가 델리카시 프랜차이즈 작업을 제 손으로 마무리 할 수 있도록 제자리로 돌려놓을 것.

그리고 자신과 로빈 사이에 있었던 이 모든 일을 그녀에게는 비밀로 할 것.

진미와 관련된 조건을 듣자 로빈은 델리카시 서울지점 오픈에 그녀가 꼭 필요한 이유가 뭐냐 물었다.

"델리카시를 위해 그 사람이 필요한 게 아냐. 그 사람한테 이 작업이 의미가 있어."

윤제는 진미가 델리카시에서 자신이 만든 마지막 요리를 먹고 프랜차이즈를 만들겠다 결심하기까지의 마음을 헤아려보았다. 어머니가 돌아가시면서 삶의 의욕을 잃고 허우적댈 때, 델리카시 프로젝트가 그녀에게 던져진 단 하나의 구명정은 아니었을까. 삶을 이어갈 이유를 찾지 못했을 때, 수렁에서 나와야 할 유일한 목표였을 것이다. 이 작업을 마무리하는 게 지금 누구보다 그녀에게 가장 중요한 일일지도 모른다고 여겼다.

"그 사람, 델리카시에서 내 마지막 손님이기도 해. 그곳의 추억 때문에 프랜차이즈를 만들고 싶어 한 거고. 네가 한 짓 때문에 그 좋았던 기억을 망치고 싶지 않아."

"그래, 네가 우리 사이의 일을 비밀로 한다 치자. 헌데 오 팀장한테도 비밀 지킨다는 보장이 있어? 너와 오진미는 동거까지 하는 사이던데?"

"걱정하지 마. 어떻게든 그 약속은 지킬 테니까."

그 다음 날, 윤제는 무작정 떠났다. 진미 가까이 있다가는 그녀에게 달려가고 싶은 마음을 억누르지 못할까 봐 그럴 수 없는 곳을 찾았다. 가능한 서울에서 가장 먼 곳, 한국이라는 나라 안에서 가장 멀리 갈 수 있는 제주도로 향했다.

얼마 후, 윤제의 계좌에 거액이 입금됐다. 일이 커지는 것을 우려한 로빈은 순순히 델리카시의 지분과 윤제 소유의 뉴욕 아파트까지 처분한 돈을 입금했고, 그 액수는 상당했다. 이 정도라면 한국 어디서든, 무엇을 하든 다시 시작할 수 있었다.

새로운 시작이 어려운 건 아니었지만, 쉽게 마음을 정할 수는 없었다. 시작할 수 없는 마음의 근저에 진미라는 한 여자가 있었다. 그녀는 밥을 먹을 때, 잠에서 깨어날 때, 홀로 있을 때 아무데서나 문득문득 떠올랐고, 어느새 여러 명의 진미와 살고 있는 착각에 빠질 정도였다. 안부가 궁금해져 무작정 공항에 갔다가 발길을 돌린 적도 여러 번이었다.

그 마음이 도저히 참을 수 없을 만큼 커지면 어디로든 무작정 걸었다. 올레길이라는 것을 따라 걷다 보니 제주도 한 바퀴를 다 돌았다. 걷다가 아름다운 풍광이 나오면 그냥 주저앉아 근처에 숙소를 잡고 며칠을 묵기도 했다.

제주도 일주가 끝나고 나니 윤제는 다시 무료해졌다. 마냥 노는 게 체질에 맞지는 않았다. 아침에 일어나 조깅을 하고 식당에 출근해 하루 종일 몸을 쓰던 습관은 쉽게 사라지지 않았다. 윤제는 제주도에 내려와 식당을 차린 젊은 부부의 가게에서 아르바이트를 시작했다. 그곳에서 허드렛일을 하며 진미와 재회할 날을 손꼽아 기다렸다.

식당에 오는 커플 손님, 가족 손님, 혼자 온 손님들을 볼 때마다 그는 자신에게 가사도우미를 부탁한 의뢰인들을 떠올렸다. 현아와 현아 남편, 한빈이와 한빈이 엄마, 할머니, 까다로운 고객이었던 구상경 그리고 진미까지……

자신의 요리를 먹으며 행복해하던 그 사람들과 이곳의 풍광을 함께 즐기면 어떨까 상상했다. 일상을 떠나와 낯선 곳에서 낯선 즐거움을 느낀다면, 그게 좋은 기억으로 바뀐다면 유쾌한 마음으로 일상으로 돌아갈 수 있겠지. 마치 뉴욕에 불시착한 진미가 자신과의 추억을 안고 한국으로 돌아간 것처럼.

식당 주인 부부는 일당백 아르바이트생을 아주 마음에 들어 했다. 건장하고 잘생긴 웨이터를 보러오는 단골도 생겨나는 것 같았다. 덕분에 그들 부부의 제주 정착은 성공적으로 진행되고 있었다.

그러던 어느 날, 일손이 바빠져 윤제에게 주방 일을 맡기게 됐는데 그가 웍을 휘두르는 스냅을 보고 부부는 화들짝 놀랐다. 당신 정체가 대체 뭐냐며 캐물었지만 그는 예전에 주방보조를 한 적 있다고만 얼버무리며 어물쩍 넘겼다.

하지만 얼마 지나지 않아 윤제의 정체가 발각되는 사건이 생겼다. 구상경이 이 작은 식당에 행차한 것이다. 온몸을 명품으로 휘두른 그녀는 또각또각 구두소리를 내며 수행비서와 함께 등장했다.

뉴스에서나 보던 얼굴이 나타나자 놀란 식당 주인 부부는 잠시 브레이크 타임 팻말을 걸어놓았다. 그리고 주방 구석에서 숨죽인 채 두 사람의 대화 내용을 엿들었다.

"영윤제 씨, 사람을 정말 귀찮게 하네요."

이런 식당까지 자신을 직접 오게 만든 영윤제가 정말 성가시다는 듯 구상경은 손부채질을 하며 곧장 본론을 꺼냈다. 당신이 로빈을 상대로 그동안 벌어진 일을 알아낸 것처럼 오진미도 그 일을 똑같이 알게 됐고, 그걸 빌미로 당신을 찾아내라 협박했다는 것.

"내가 정말 어이가 없어서……. 당신 커플은 재벌 협박하는 게 취 미닙니까?"

윤제는 구상경을 찾아간 진미의 배짱에 사뭇 놀랐다. 그리고 꽁꽁 숨어 있던 자신을 찾아낸 구상경의 능력에도 혀를 내둘렀다.

"절 어떻게 찾았습니까?"

"제주도에 있는 건 진작 알았죠. 내가 그것도 몰랐을까 봐요? 근데 정확히 어딨는지 당최 알 수가 있어야지. 그래서 우리 비서팀이 고생 좀 했어요. SNS 뒤지느라."

구상경이 설명하기 귀찮다는 듯 손을 내젓자 옆에 서 있던 수행비 서가 윤제를 발견한 과정을 조목조목 설명했다. SNS에 올라온 식당 사진들을 검색하다 사진 끄트머리에 찍힌 영윤제를 발견했고, 그 식 당을 수소문해 찾아왔다고 했다. 말을 다 마친 비서의 표정에는 인터 넷을 뒤지느라 고생했던 그간의 고달픔이 서려 있었다.

설명이 끝나자 구상경이 핸드폰을 들어 진미의 전화번호를 누르며 말했다.

"그럼 나 약속 지킨 겁니다. 곧 델리카시도 오픈 하니까 오진미가 일 저지르기 전에 영윤제 씨 행방을 알려서 화근을 제거해야지."

윤제가 번호를 누르려던 구상경을 말렸다. 아직은 진미를 만날 수 없다고. 이왕 늦어진 거 좀 더 안정적인 상황이 되면 그때 직접 그녀 를 찾아가겠노라고.

"대체 그놈의 안정적인 상황이 언제 오는 건데요?"

구상경이 일부러 짜증을 부려대자 윤제는 별수 없이 식당 창업 계획을 밝혔다. 식당에서 허드렛일을 하며 윤제는 자신의 레스토랑을 만드는 구상을 하고 있었다. 한국 사람들의 입맛에 맞는 요리를 자기만의 스타일로 재현하고 싶었다.

그의 계획을 솔깃해 듣던 구상경이 대뜸 숟가락을 얹었다. 아니, 숟가락을 냅다 던졌다는 표현이 더 정확할 것이다.

"거기에 내가 투자해도 되죠? 아니, 내가 투자할 거야. 당신은 선택권 없어. 두 사람 사랑놀음에 끼어서 나 너무 피곤했어. 나한테도 떨어지는 게 있어야지."

앞뒤 안 가리는 저돌적인 투자자가 두 팔 걷어붙이고 나서자 구상에 불과했던 일들이 착착 진행되기 시작했다. 윤제가 일했던 식당 주인 부부는 그간 군말 없이 허드렛일을 해줘서 고맙다며 열렬히 응원해주었다. 다만 새로 차릴 식당은 자신들 식당과 많이 떨어진 곳이면 좋겠다는 바람도 넌지시 전했다.

이미 호텔 몇 군데를 짓느라 제주도 입지에 훤한 구상경은 윤제에게 몇몇 장소를 추천했고, 특히 자신이 새로 짓고 있는 호텔 근처인 산방산 근처를 강력 추천했다. 구상경은 호텔 손님 때문에 매출이 오를 것이라며 윤제를 꼬드겼지만 사실 속으로는 윤제의 식당을 제대로 키워 역으로 식당 손님들을 호텔로 유치하겠다는 큰 그림을 그리고 있었다.

이 꿍꿍이까진 알 수 없었지만 윤제 역시도 그곳이 퍽 마음에 들었다. 마침 올레길을 돌 때 눈여겨 본 곳이기도 했다. 시야가 탁 트이는 바다와 너른 들판 그리고 한편에 아담하게 자리 잡은 산방산과 유채 꽃밭이 조망을 더욱 풍부하게 만들어주고 있었다. 이 풍경을 바라보고 있노라면 고즈넉하고 평화로운 일상이 언제까지고 계속 될 것만 같은 착각에 빠져들었다.

식당을 오픈하면 진미를 초대할 수 있겠지.

그날이 어서 오길 바라며 윤제는 일사천리로 일을 진행해갔다. 부지를 선정하고 여러 번의 수정 끝에 설계를 확정 지었다. 건물이 빠르게 올라가는 동안, 식당 메뉴들 역시 윤제의 손에서 매일매일 새롭게 리뉴얼 되며 하나씩 완성되어 갔다.

문제는 브랜딩이었다. 식당 이름을 짓는 것부터, 컨셉을 정하고 주요 고객층에게 홍보하는 것까지……. 전문가의 손길이 필요한 영역이었다.

구상경에게 적임자를 추천해달라고 하자 구상경은 이제야 생각났다는 듯 능청스럽게 말했다.

"아, 참! 오진미 팀장이 사표 냈다는 말, 내가 했었나요?"

"진미 씨가 사표를 냈다고요?"

단전 깊은 곳에서부터 올라온 듯 굵직한 목소리가 터져 나왔다. 투자자에게 쌍욕을 내뱉을 순 없어 이를 악물며 되물었다.

"그 얘길 왜 지금 합니까?"

로빈과의 거래, 그러니까 서린F&B와의 거래에서 오진미의 안전한 자리는 가장 큰 조건이었다. 헌데 그걸 어겨놓고 고작 감자튀김에 케첩을 깜빡한 것 같은 태도를 보이다니.

"영윤제 씨가 이럴 줄 알았으니까. 참고로 사표는 오 팀장이 낸 거예요. 우리는 승진까지 약속 했었다고."

자초지종을 다 듣고 나자 윤제는 일견 진미의 선택이 이해되기도 했다. 아마도 그 일을 계속하는 게 윤제를 음해한 로빈의 배만 불려주는 게 아닐까 고민됐을 것이다. 하지만 구상경의 함구는 여전히 이해가 가지 않았다.

"오 팀장이 사표 냈다는 얘길 하면 영윤제 씨가 진실을 폭로하느니 마느니 난리 칠 거잖아요. 나도 델리카시 투자자예요. 내 밥그릇에 내 손으로 재 뿌릴 필요는 없잖아요?"

결국 구상경이 바라던 대로 델리카시 서울지점은 성공적으로 오픈 됐고, 양손 모두에 떡을 쥔 그녀는 급할 것이 없었다. 오진미란 대어가 서린이란 양식장에서 바다로 나왔으니 어떻게 내 쪽으로 옮길까만 고민하면 되었다. 구상경은 구성그룹 계열사 인사팀과 헤드헌터 등을 통해 여러 조건과 방식으로 미끼를 던졌지만 진미는 여태껏 어떤 떡밥도 물지 않았다고 윤제에게 전했다.

그럼 진미는 지금 어떻게 지내고 있는 걸까.

며칠 동안 속앓이를 하던 윤제는 현아에게 먼저 연락을 취했다. 왜 이제야 연락하는 거냐고 노발대발하는 현아의 핀잔을 한 30분쯤 듣고 나서야 진미의 근황을 겨우 전해 들을 수 있었다. 한참 동안 동굴

속에 웅크리고 있다가 이제야 밖으로 나와 한 걸음씩 떼고 있다고. 그리고 현아는 진미의 상태를 한마디로 정리했다.

"아직 씩씩하진 않는데 열심히 씩씩한 척하고 있어요."

마침 레스토랑은 대강의 얼개가 잡혀가고 있었다. 이 모습을 얼른 그녀에게 보여줘야지. 윤제는 헤드헌팅 업체에 연락해 진미와 컨택해달라 요청했다. 진미의 제주도 항공권과 숙박, 렌트카 비용까지 모두 책임진 건 바로 윤제였다.

그리고 오늘, 드디어 진미가 제주도에 온다. 하루만 더 참으면 진미를 만날 수 있었다. 내일, 진미가 이곳에 도착하면 실은 인터뷰를 요청한 업체가 자신이었노라고, 새로 만든 식당을 보여줄 날을 고대했었노라고 고백할 작정이었다.

헌데 진미가 지금 제주도에 있다는 생각에 윤제는 좀처럼 기다리고만 있기가 어려웠다. 언제쯤 공항에 도착할지, 어느 렌트카 업체로 가면 그녀를 만날 수 있을지 모두 알고 있었다. 그는 자기도 모르게 그곳으로 향하고 있었다. 그리고 멀리서 진미가 렌트카를 픽업하는 모습을 먼저 확인했다.

잘 도착한 걸 봤으니 이제 돌아가야지. 헌데 정신을 차려보면 그의 눈은 또 어느샌가 그녀를 쫓고 있었다. 일분일초도 그녀의 얼굴에서 눈을 뗄 수 없었다. 슬픈가, 힘든가, 아픈가, 아니면 모든 게 다 괜찮아져서 나 따위는 이제 필요 없어졌을까. 그녀의 얼굴에서 지난 시간들을 읽어내려 애쓰는 자신을 발견했다.

그러다 해변가를 걷던 진미가 선글라스를 떨어뜨리고 지나가는 모습을 포착했다. 그녀는 미처 눈치 채지 못한 듯했다. 떨어진 선글라스를 집어든 윤제는 돌려줄 타이밍을 잡지 못해 카페까지 따라갔고 그녀가 자리를 맡아둔 테이블 위에 선글라스를 고이 올려놓았다.

음료를 주문한 그녀가 테이블 쪽으로 몸을 돌리는 순간, 가까스로 카페에서 빠져나올 수 있었다.

그렇게나마 진미의 모습을 눈에 담고 식당으로 돌아가는 길에 현아로부터 메시지가 왔다.

윤제의 계획을 알고 있던 현아는 30분 간격으로 여행 사진을 올려주던 진미가 몇 시간 동안 감감무소식이라며 걱정을 드러냈다. 윤제는 핸들을 꺾어 바로 진미가 체크인한 리조트를 찾아갔다. 거기서 한참을 기다려 막 리조트를 빠져나와 차에 타는 진미를 먼발치에서 지켜보았다. 그리고…….

정신을 차렸을 땐 자신은 이미 웃옷을 벗어 진미 위로 퍼붓는 비를 가려주고 있었다. 차마 비를 맞는 모습을 바라만 볼 수 없었기에.

브루클린 브릿지 파크에서 처음 만났을 때처럼 어딘지 슬픈 기색을 한 그녀를 차마 두고만 볼 수 없어서……. 이것저것 헤아릴 새도 없이 튀어 나가버린 자신이 당황스러웠지만 이미 엎어진 물이었다.

예상치 못한 곳에서 윤제를 만난 진미는 맹렬하게 화를 내고 다시 안 볼 듯이 비난하고 또 처절하게 원망했다. 너무도 당연하고 자연스런 반응이었다. 아이러니하게도 윤제는 안도했다. 어머, 여긴 웬일이세요. 그동안 잘 지내셨어요. 그럼 갈 길 가세요. 그렇게 말해주지 않아 고마웠다. 자신이 앞으로도 그녀의 삶에 꽤나 상관있는 사람이 되리라는 암시처럼 느껴졌으므로.

그러다 예상치 못한 사고로 병원을 거쳐 이곳 윤제의 새 레스토랑까지.

정말이지 긴 이야기를 윤제는 조금은 두서없이, 때때로 그녀의 기색을 조심스레 살펴가며 이어갔다.

윤제의 긴 고해성사가 끝나고 나서도 두 사람은 한동안 말이 없었다.

"오늘 당신 앞에 불쑥 나타난 바람에 내일 하려던 서프라이즈 이벤트는 실패했네요."

머쓱한 표정으로 윤제가 먼저 침묵을 깼다.

"대실패예요. 계획부터 완전 실패."

윤제의 자책에 진미가 쿵쿵 못을 박았다.

"이게 뭐야. 차라리 제주도 여행에 당첨됐다고 전화를 하지 그랬어요. 면접관한테 잘 보이려고 어제 새벽까지 포트폴리오 썼잖아요."

고개를 푹 숙였던 윤제가 슬며시 얼굴을 들었다. 화가 조금 누그러진 진미가 장난스럽게 받아친 것이다. 내내 긴장하고 있던 윤제는 하, 옅게 한숨을 토했다.

"그랬구나. 그것도 미안해요."

"면접은 내가 아니라, 윤제 씨가 보는 거예요. 먹어보고 맛없으면 이 식당 브랜딩 작업 안 할 거니까."

진미가 벌써 차려진 밥상을 자기 앞으로 끌어당겨 숟가락을 들었다. 윤제가 얼른 진미의 밥상을 뺏어들었다.

"음식이 다 식었는데…… 얼른 다시 만들어올게요."

진미가 윤제의 손목을 덥석 잡아 내렸다.

"요리는 식었을 때 맛있는 게 진짜 맛있는 거예요."

갑자기 정색을 하고 사무적으로 구는 진미의 눈빛에 윤제는 조금 긴장했다.

진미는 다시 숟가락을 들어 그가 만든 찌개를 한술 떴다. 그건 정말이지…… 그리웠던 맛이었다. 엄마의 레시피를 응용한 윤제만의 음식. 왜 밥을 삼키는데 울음이 같이 삼켜지는지.

진미는 눈앞에 자신을 오래 기다렸던 남자에게 그 감정을 들키지 않으려 말 한마디 없이 열심히 음식을 넘겼다.

식사를 다 마침 진미가 수저를 내려놓았고, 윤제는 그녀의 판결을 기다렸다.

"수고했어요."

"……?"

예상했던 판결이 아니었던지 윤제는 고장 난 인형처럼 멈칫했다. '수고'라니……. 그 말은 앞으로 이어질 혹평에 상처받지 말라고 깔아두는 범퍼 같은 단어 아닌가. 하지만 진미는 혹평도 호평도 아닌, 더욱 기대와는 어긋난 말을 이어갔다.

"수고했어요. 지구 반 바퀴를 돌아서 나한테 오느라 수고했고, 나한테 걱정 안 끼치는 사람이 되느라 수고했고."

윤제를 그윽이 바라보는 진미의 눈빛엔 위로가 가득 담겨 있었다.

"기억이 돌아왔어도 절망 않고 다시 일어서느라 수고했고, 날 당신의 마지막 손님으로 받아주느라, 그리고 또 첫 손님으로 만들어주느라 정말 고생 많았어."

진미는 델리카시에 있을 때 윤제가 받은 마지막 손님이었다. 하지만 지구 반 바퀴를 돌아 한국에 불시착한 윤제는 또다시 이곳에서 자신의 식당을 열었고, 그 첫 손님으로 진미를 초대했다.

말하지 않아도 내 수고를 알아주는 사람. 내 마음 씀씀이를 알아봐 주는 사람이 지금 여기, 눈앞에 있다. 그녀의 진심 어린 위로에 윤제는 고단했던 평생을 보상받는 것만 같았다. 울컥, 뜨거운 무언가가 뺨으로 흘렀다. 벌떡 일어나 그의 옆자리로 옮겨온 진미가 손으로 그의 눈물을 가만 쓸어냈다.

섬세한 그 행동이 신호탄이 된 걸까. 그때부터 멈출 수 없는 눈물이 그를 감정의 소용돌이 한가운데로 이끌었다. 인생의 고비마다 들이쳤던 파란과 매복한 적군처럼 예상치 못한 곳에서 맞닥뜨렸던 만장들이 그의 기억을 헤집고 나와 눈물에 섞여 후두둑 떨어졌다.

이렇게 어린애처럼 우는 게 얼마 만일까. 울어도 받아줄 사람이 없고, 운다 해도 나만 더 비참해질 뿐. 그 비정하고 차가운 현실을 너무도 일찍 깨달았던 어린아이는 이제야 그녀의 품에 안겨 뜨거운 눈물을 하염없이 흘렸다.

"이제 괜찮아."

어린아이 달래듯 진미는 그의 등을 가만가만 토닥였다. 윤제는 진미의 어깨 위로 떨어지는 눈물이 다시금 그녀를 적시고 있다는 걸 알았지만 이대로 놓아줄 수 없었다. 지금 눈앞의 이 여자를 다신 놓치지 않으리란 각오 그리고 이 여자를 두고 사라지지 않겠다는 다짐을 실어 윤제는 진미는 더욱 꼭 끌어안았다.

그렇게 포옹이 된 기도는 그날 밤, 오랜 시간 계속되었고, 제주도의 밤은 짙고 푸르렀다.

16장
달과 당신 사이로 완벽한 착륙

오늘 산방산 앞바다엔 잔잔한 물결이 일었고, 수줍게 고개를 내민 해는 구름에 아름다운 음영을 드리워 자꾸만 하늘로 시선을 끌었다. 샛노란 유채꽃밭을 지나던 이들은 감탄을 터뜨리며 1년에 몇 달 없을 풍광을 카메라에 담느라 바빴다.

그 풍경의 일부처럼 하얀 차가 쏟아지는 햇살을 싣고 유채꽃밭 사이를 매끄럽게 가로질렀다. 이내 식당 앞마당에 도착한 렌트카는 현아와 현아 남편, 동아를 한꺼번에 우르르 뱉어냈다. 이제 제법 고개를 가누기 시작한 현아의 딸도 보였다.

한 차에서 내린 이들은 마중 나온 윤제와 진미를 껴안으며 축하 인사를 건넸다.

"개업 축하드려요."

진미의 합류 이후, 윤제의 새 레스토랑 오픈은 착착 진행됐다. 그리고 오늘, 오픈을 며칠 앞두고 윤제와 진미는 그동안 알게 모르게 도움을 주었던 손님들을 초대했다. 윤제는 오늘 초대한 서울 친구들에게 비행기 티켓과 숙소, 렌트카를 일체 제공했다. 덕분에 출산 후 처음 여행에 나선 현아는 누구보다 설렌 얼굴이었다.

진미가 손수 현아를 데리고 다니며 식당을 구경시켜주었고, 현아는 놀이공원에 놀러 온 아이처럼 연신 악악대며 감탄사를 내뱉었다.

2층짜리 건물에서 1층은 식당, 2층은 사무실 겸 숙소로 쓰고 있었는데 진미가 제주도에 내려오면 2층에서 윤제와 함께 지냈다. 아늑하고 모던한 분위기의 2층 숙소를 둘러보던 현아는 산과 바다가 한눈에 보이는 창가 풍경을 보더니 이내 입을 떡 벌리며 말했다.

"내 장래희망이 이효리였는데, 네가 대신 내 꿈을 이뤄주는구나."

"너는 현아잖아. 이효리랑은 가는 길이 다르지."

"아, 그런가."

당분간 서울과 제주도를 오가며 살게 된 진미의 노마드 라이프를 부러워하던 현아는 친구 덕을 볼 생각에 잔뜩 신이 나 말했다.

"암튼 이 언니가 자주 내려올 거야. 빈 방 있지?"

"네, 얼마든지 환영입니다."

현아 일행에게 웰컴티를 건네주고 나니, 또 다른 차가 마당에 당도했다. 차 문이 열리자마자 남자아이가 튀어나와 윤제를 향해 달려왔다.

"아저씨!"

"한빈이 키 많이 컸네. 잘 지냈어?"

"네!"

뒤따라온 아이 엄마와 할머니에게는 진미가 달려가 인사를 건넸다.

"노 차장님, 잘 지내셨어요?"

진미는 윤제가 가사도우미를 했던 한빈이네 엄마가 노 차장이란 사실을 뒤늦게야 알게 됐다. 윤제가 한빈이 어머니께 식당 인테리어를 맡기겠다고 해서 컨셉을 상의할 겸 만났는데 그 자리에 노 차장이 나온 것이다.

노 차장 역시 윤제 씨 여자친구가 오 팀장이었냐며 깜짝 놀랐다. 그때까지 금시초문인 걸 보니 서린에서 일어났던 소동이 노 차장 귀에까지진 들어가지 않았던 모양이었다. 그녀도 서린에서 나와 전문 인테리어 업체로 이직했고, 그 후 윤제의 식당 인테리어를 맡을 수 있었다고 그간의 사정을 설명했다.

진미와 노 차장은 기막힌 인연과 우연에 웃음을 터뜨리고 말았다. 두 사람이 서로를 좀 더 편안하고 애틋하게 느끼게 된 건, 동업이 선사한 보너스였다.

이미 한번 손발을 맞춰본 진미와 노 차장은 일사천리로 일을 진행해 나갔고, 지금과 같은 따뜻하면서도 향수를 불러일으키는 분위기의 식당을 탄생시켰다.

한빈이는 엄마가 진짜 아저씨 식당을 만들었냐며, 식당을 온통 휘젓고 다녔다. 그러다 문득 시무룩해진 얼굴로 엄마에게 다가와 말했다.

"그럼 엄마, 아저씨는 여기 계속 사는 거야?"

"왜, 아저씨가 여기 있는 거 싫어?"

"아저씨 여기 살면 이번 운동회는 누가 와?"

"얘가 진짜…… 아저씨가 네 운동회에 왜 와."

당황한 노 차장이 윤제와 진미의 눈치를 보자 윤제가 한빈이를 달래며 말했다.

"운동회날 되면 아저씨가 서울 갈게. 한빈이가 부르면 가야지."

무안해진 한빈이 할머니까지 나서며 말했다.

"한빈아, 아저씨는 진미 아줌마랑 여기 살아야 되니까 이제 못 와. 기다려봐. 엄마가 다른 아저씨 데려올 거야."

노 차장이 당황하며 한빈이 할머니의 옆구리를 쿡 찔렀다.

"엄마는 참…… 내가 누굴 데려와요."

"너는 노력도 안 해보고 안 된다고 그래? 애가 저렇게 원하는데 노력 좀 해봐."

장난이 일상인 모녀의 실랑이에 윤제와 진미가 또 한 번 웃음을 터뜨렸다.

이제 한빈이는 엄마와 아빠가 이혼했다는 사실을 알고 있었다. 아빠가 미국이라는 먼 나라에 있어 오지 못하는 게 아니라 그냥 자신을 보러 오지 않는다는 사실도. 어떤 아저씨가 되었든 운동회에 달려와주는 아저씨가 필요했던 한빈이는 눈을 끔뻑거리다가 별안간 엄마한테 새끼손가락을 내밀었다.

"엄마 약속해. 다른 아저씨 데려온다고. 빨리, 응?"

당황한 노 차장이 채근하는 아이를 달래려 얼른 새끼손가락을 걸어주었고, 한빈이는 다시 의기양양해져서 식당을 누볐다. 그 모습을 지켜보던 윤제와 진미는 한빈이의 소원이 어서 이뤄지기를 속으로 빌었다.

이내 식당은 속속 모여든 손님들로 북적였다. 윤제가 잠시 일했던 제주도 식당 부부, 식자재를 대주는 업체 사장님들, 건물을 짓느라 고생했던 현지 인부분들, 이곳을 오가며 알게 된 제주도민들까지. 모두 한목소리로 윤제와 진미의 식당 개업을 축하해주었다.

윤제는 좋아하는 요리를 맘대로 가져다 먹을 수 있게 뷔페 스타일로 준비해 식당 앞쪽에 음식을 내놓았다.

오늘 처음 만난 손님들은 각자 입맛대로 음식을 고르다 자연스럽게 안면을 트며 인사를 나눴다.

어느새 한빈이는 현아 딸 앞에서 재롱을 피우며 아기를 방긋방긋 웃게 만들었고, 동아는 마음에 드는 아가씨가 있는지 그 주위를 맴맴 돌며 괜히 이것저것 챙겨주었다.

현아의 남편은 직업병을 버리지 못하고 이 테이블, 저 테이블 오가며 촬영을 하느라 쉴 틈이 없었다. 역사적인 순간이 될지도 모르는 이날을 카메라에 담으며 현아의 남편은 윤제를 넌지시 찔러보았다.

"내가 이번에 휴먼다큐 프로그램을 맡았는데 우리 브로, 한번 출연하는 거 어때? 뉴욕에서 온 셰프, 제주도에 식당을 차리다! 윤제 씨 사연이면 3부작은 너끈히 나올걸?"

방송 출연이라……. 누가 들으면 넙죽 고맙다며 수락하라고 등을 떠밀겠지만 식당이 제대로 자리 잡기도 전에 손님이 쏟아지는 건 사양이었다. 윤제가 얼른 화제를 돌렸다.

"그나저나 내가 가르쳐준 건 잘하고 있어요? 내가 불시점검 갈 거야."

"그럼! 집이 완전 모델하우스라니까. 다음번에는 우리 집으로 와요. 내가 직접 요리도 해줄게. 불시점검 합격하면 내 소원 들어주는 거다!"

다들 화기애애한 와중에 밖에서 요란한 소리가 들렸다. 트럭이 먼저 들어섰는데, 커다란 화환 두 개를 싣고 와 식당 문 양 옆에 놓고 사라졌고, 곧이어 검은 세단이 미끄러지듯 들어왔다.

운전기사가 뒷좌석 문을 열자 밖을 내다보던 사람들 모두 눈이 동그래졌다.

카리스마 넘치는 자태로 가상의 레드카펫을 밟고 식당으로 저벅저벅 걸어 들어오는 이는 구상경이었다. 마치 자신을 위해 미리 준비한 듯 구상경이 두 개의 화환 가운데 포즈를 잡고 섰다. 진미가 자기도 모르게 튀어 나가 그녀를 위해 문을 활짝 열었다.

"오셨어요."

"오 팀장, 아니, 오진미 매니저. 오랜만이에요."

예의 상 초대를 하긴 했지만 진짜 이렇게 직접 올 줄은 꿈에도 몰랐던 윤제와 진미가 몰래 눈빛을 교환했다. 사람들도 예상치 못한 재벌의 출연에 구상경을 힐끗힐끗 쳐다봤다.

인사만 하고 갈 줄 알았더니 구상경은 꽤 오래 앉아 있었다. 그렇다고 제 손으로 음식을 가져와 먹을 것 같지 않아서 진미는 웰컴티를 대접하며 식사하시겠냐고 물었다. 손님들을 유심히 지켜보던 구상경은 손바닥을 내저으며 말했다.

"신경 쓰지 말아요. 우리 호텔 예비 고객님들의 선호도 파악 중이니까. 일종의 잠행이랄까."

꽃길 깔고 오는 잠행도 있나. 공주마마의 남다른 사고방식에 진미는 다시금 그들 사이에 건널 수 없는 강이 있다는 걸 느꼈다. 두 사람 사이를 찬바람 한 줄기가 스윽 훑고 지나갔다.

"아, 네, 뭐…… 그러세요."

진미가 눈만 겨우 웃으며 구상경 앞에서 총총 사라졌다. 그런데 얼마 후, 다시 구상경 쪽을 바라보니 역시 재벌 무서운 줄 모르는 진미 친구, 현아가 화장실이 급하다며 구상경한테 아이를 떠넘기고 있었다.

어정쩡하게 아이를 받아든 구상경은 아주 싫진 않았는지 나중에는 한 손으로 엉덩이를 받치고 다른 손으로 등을 잡아 제법 제대로 아기를 안고 있었다. 아기가 구상경 어깨에 조금 토한 것 같았지만 진미는 못 본 척 얼른 고개를 돌렸다. 재벌인데 옷 한 벌 버린다고 뭐 큰일이야 있겠어.

어스름이 짙어지자 어느새 구름을 걷고 살며시 나온 보름달이 형형한 빛을 발산했다. 제법 선선한 바람이 불자 식사를 마친 손님들은 자연스럽게 마당에 마련된 간이 테이블로 자리를 옮겼다.

현아의 어린 딸은 유모차에 누워 곤히 잠들었고, 손님들은 각자 원하는 주종을 골라 잔을 채웠다. 수런수런 기분 좋은 소음이 마당을 가득 채워가고 있었다.

분위기가 무르익자 윤제가 슬며시 일어나 좌중을 둘러보며 감사 인사를 전했다.

"제주도까지 먼 길을 달려와 축하해주신 여러분들, 정말 감사드립니다. 여러분들이 없었다면 오늘 여기까지 올 수 없었을 겁니다. 그동안 절 걱정해주시고 저에 대한 오해를 풀어주려고 애써주신 여러분 감사합니다. 지금 이 자리에 있는 것은 모두 여러분들 덕분입니다."

윤제가 현아와 현아 남편, 동아가 있는 테이블을 향해 샴페인 잔을 들어 보였다.

윤제의 결백을 밝히려고 온갖 인맥을 동원했던 현아와 현아 남편은 다정하게 손을 맞잡고 잔을 들어 화답했다. 윤제의 생사 여부를 확인하기 위해 애썼던 동아도 크게 '브라보'를 외쳤다. 그 옆에 앉아 있던 진미 역시 그들의 노고를 떠올리며 따뜻한 눈인사를 보냈다.

"낯선 한국에서 와서 방황할 때 이곳 역시 사람 사는 곳이라는 걸 알게 해주신 많은 분들께도 이 자리를 빌어 감사 인사를 전합니다."

한빈이네 가족을 향해 윤제가 작게 고개를 끄덕였다.

그들 역시 윤제에게 환한 미소로 화답했다. 짧은 눈빛 속에 말로 표현되지 못한 많은 감정들이 스쳐 지나갔다.

"그리고 제가 다시 한번 일어설 수 있게 기회를 주신 여러분들. 여러분들이 아니었다면 전 다시 식당을 차릴 생각은 절대 할 수 없었을 겁니다."

윤제는 구상경과 제주도에서 만난 인연들을 향해서도 미소를 보냈다. 뉴욕에서의 그날 밤처럼 내 레스토랑을 사랑하는 PX들로 그득 채울 날은, 다신 없을 줄 알았다. 헌데 어느새 윤제는 불시착한 이곳에서도 귀한 인연들을 만들었다. 이 풍경을 영원히 기억하리라, 마음먹으면서 윤제는 지금 눈앞에 있는 이들을 오래도록 눈에 담았다.

"이제 중요한 이벤트가 있을 예정인데요. 저한테 가장 큰 힘이 되어준 사람에게 감사와 사랑을 전하면서 간판 점화식을 시작하겠습니다. 간판 불이 켜지면 큰 박수 부탁드리겠습니다."

선언과도 같은 윤제의 말에 진미는 자기도 모르게 얼굴이 붉어졌다. 윤제가 신호를 보내자 식당 안에서 대기하고 있던 직원이 스위치를 올렸다.

관중들이 많아서인지 간판은 수줍게 깜빡이더니 이내 환한 불을 밝혔다.

진미식당

아, 결국…… 그렇게 됐다. 불 켜진 간판을 향해 사람들은 박수를 치고, 환호성을 질렀다.

진미의 이름을 아는 사람들은 그녀를 향해 잔을 들어 보이며 미소를 짓거나 어깨를 툭툭 치며 축하한다는 인사를 건넸다.

윤제의 식당 브랜드 매니저 일을 하기로 했을 때 진미는 살짝 긴장했다. 같이 살아는 봤어도 복작거리며 함께 일하는 건 또 다른 문제라서 잘 안 맞으면 괜히 사이만 나빠지는 거 아닌가 싶어서. 하지만 일에서도 윤제와 진미는 손발이 잘 맞았다. 식당 컨셉이며 홍보, 이미지 작업 등을 일사천리로 합의해나갔다. 하지만 막상 식당 이름을 정하는 단계에 이르자 윤제는 이상한 고집을 부렸다. 식당 이름을 꼭 '진미식당'으로 하고 싶다며.

진미는 거짓말 조금 보태서 100개 정도 되는 다른 이름들을 대안으로 제시했지만 윤제는 그때마다 단호하게 고개를 저었다.

"왜 또 그 이름이에요? 내가 싫어하는 거 알면서."

"당신 이름이 진미라서 진미식당이라고 짓는 거 아니에요. 전부터 한국에 식당 차리면 진미식당이라고 하려고 했어요."

윤제는 능청스럽게 웃으며 어디선가 들어본 듯한 변명을 늘어놓았다.

진미는 구상경이라도 반대해주길 바라며 식당 이름 후보를 들고 결제를 받으러 갔지만, 구상경은 되레 레트로한 느낌이 좋다며 '진미식당'에 아예 쾅쾅 도장을 찍어버렸다. 아…….

유채꽃밭들 사이로 환하게 밝혀진 '진미식당' 글씨를 바라보던 진미는 윤제를 향해 아직 남은 앙금의 레이저를 쐈다. 뜻대로 돼서 기분이 좋니? 진미가 보내는 신호를 알아차린 윤제는 두 잔의 샴페인을 들고 진미 옆으로 다가와 귓속말로 속삭였다.

"좋아하는 사람 이름을 거니까 더 열심히 할 수 있을 것 같아."

진미는 윤제를 흘겨보다 결국 그의 눈웃음에 항복하고 말았다.

사람들은 두 사람에게 다가와 잔을 부딪치며 여러 번 축하 인사를 건넸다. 진미와 윤제의 앞날을 축하하는 건지, 식당의 번창을 기원하는 건지 인사를 받는 사람도, 하는 사람도 알 수 없었지만.

진미는 인사를 받느라 바쁜 윤제를 살짝 올려다보았다. 작은 다툼과 실랑이들이 우리 사이를 썰물과 밀물처럼 쉼 없이 드나들겠지만 이 해변에서 나는 가장 평화롭고 행복하리라.

진미는 윤제의 손에 가만히 손깍지를 꼈다.

어둠이 짙게 내려앉자 손님들은 속속 자리를 떴다. 각자 집으로, 미리 정해둔 숙소로 발걸음을 옮겼다. 다음 일정이 있어 곧장 공항으로 향하는 손님들도 꽤 있었다. 주방 직원과 서빙 직원들도 모두 집으로 돌아가고 나자 오늘의 행복했던 소란이 마감되었다는 게 실감 났다.

진미와 윤제는 식당 옥상에 올라 다정했던 밤을 반추했다.

파라솔 아래 따뜻한 차를 들고 나란히 앉은 두 사람 머리 위론 둥근 달이 휘영청 떠 있었다. 수백 년 전, 낯선 땅에 불시착했다는 하멜의 동상도 저 멀리 보였다. 달빛에 비친 윤제의 얼굴이 오늘따라 유독 우수에 젖어 보였다.

"있잖아……."

윤제의 나지막한 목소리에 진미가 고개를 돌려 그를 바라봤다.

"처음부터 내가 도착했어야 할 곳이 여기가 아니었을까 싶어."

"제주도?"

"아니."

"달과 당신 사이에."

윤제가 바라본 진미의 눈동자에는 보석처럼 달이 떠 있었다.

"지구 반 바퀴를 돌아서 다시 당신 앞에."

이 남자는 아무렇지 않게 저런 말들을 잘도 한다. 진미는 피식거리며 윤제를 의뭉스레 바라봤다. 하지만 웃음기 없는 그의 눈빛에 진미의 입꼬리가 슬몃 내려갔다.

"근데 있잖아. 뉴욕에서 당신을 처음 본 날, 처음부터 당신이 낯설지가 않았어. 그런 얘기를 하면 작업 건다고 생각할까 봐 말 못 했어."

윤제의 뒤늦은 고백에 진미는 살짝 놀랐다. 사실 그와 같은 느낌을 진미도 받았었기에.

"왠지 그때부터 어렴풋이 느꼈던 것 같아. 당신을 다시 만날지도 모른다고. 그게 어떤 인연이 될지는 몰랐지만."

"사실 나는…… 만나고 싶다고 생각했어. 그래서 다시 뉴욕에 갔을 때 당신을 찾았고."

그녀의 수줍은 고백에 윤제가 흐뭇하게 눈웃음을 지어 보였다. 우연과 운명, 선의와 본능이 절묘하게 엮어낸 그들의 인연이 오늘 이 자리에 완벽하게 불시착했다.

"그 노래 기억나? 달과 도시 사이에 갇히면 당신이 할 수 있는 가

장 최선의 일이 있는데…….'

"당신이 할 수 있는 최선의 일은 사랑에 빠지는 것."

노랫말을 나지막이 읊조리며 뜻을 헤아려보던 진미의 귓가에 다시 그날의 선율이 들려오는 듯했다.

뉴욕의 호텔 옥상에서 윤제가 불렀던 그 노래가.

뉴욕에서부터 날아온 음률을 머릿속으로 그리며 진미는 눈앞의 풍경을 한참 말없이 바라보았다. 먼 여정을 마친 우리가 같이 당도한 이곳의 풍경을.

"그래서 말인데 이제 식당 오픈하면 밤에 피곤해서 그냥 곯아떨어질지도 몰라."

같은 곳에 시선을 두던 윤제가 문득 진미를 슬쩍 돌아보며 말했다. 말투엔 장난기가 섞여 있었지만 진미의 입술을 집요하게 바라보는 눈빛만은 끈끈했다.

진미가 윤제의 말뜻을 못 알아들은 척 시치미를 떼며 말했다.

"그래서?"

"그래서…… 오늘밤 그냥 넘기면 후회할 거라고."

"누가? 내가?"

진미가 그럴 리 없다는 듯 당당하게 웃어 보이자 보조개 파인 뺨이 달빛 아래 도드라졌다. 그 순간, 윤제가 진미가 앉은 썬베드를 자기 앞으로 확 끌어당겼다.

앗, 반동으로 뒤로 휘청했던 진미의 손을 윤제가 재빨리 붙잡아 제

목덜미로 감아올렸다. 그러곤 등허리와 뒷머리를 잡아 그녀를 지그시 젖혔다.

졸지에 썬베드에 눕혀진 채 진미가 동그란 눈을 하고 윤제를 바라봤다. 윤제가 진미의 머리카락을 뒤로 넘기자 이내 그녀의 하얀 목덜미가 드러났다. 윤제의 입술이 천천히 진미의 목과 어깨 사이로 내려앉자 진미는 깊은 숨을 나누어 토해내며 그의 몸을 제 쪽으로 더욱 끌어당겼다.

선선한 밤바람 사이, 두 사람 사이를 오가는 호흡만은 뜨거웠다. 두 사람의 시선이 다시 맞부딪히자 윤제는 그녀의 뺨을 맞잡고 입을 맞췄다.

길고 진한 키스가 그날 밤, 달빛 아래 오래도록 이어졌다.

아무도 모르는 이야기

"아야, 니는 몇 살이나 묵었냐?"

"열한 살이요."

"열하나나 묵었는디 우째 이래 말랐으까? 피죽도 못 먹은 거 같구마잉."

진미 엄마는 열한 살이라고 제 나이를 대는 사내아이를 앞뒤로 훑어보았다. 옆에 새초롬하게 서 있는 딸을 보고는 이렇게 말했다.

"이 아그는 내 아덜은 아니어도 니한테는 오빠다. 오빠라 불러야."

"내가 오빠가 어딨어? 싫어!"

진미는 비쩍 마른 데다 지저분해 보이는 소년을 죽일 듯이 노려보며 버럭 소릴 질렀다.

"짜증 나. 소문나는 거 싫어서 이사 왔으면서 얠 데려오면 어떡해!"

"그라믄 우짜냐. 아 봐줄 사람이 아무도 없다는디."

얼마 전, 막 아홉 살이 되자마자 진미는 엄마와 쫓겨나듯 살던 동네를 떠나왔다. 그리고 아는 사람 하나 없는 이 동네에 자리를 잡았다. 동네 사람들에게는 남편과 사별하고 모녀 단둘이 산다고 했지만, 한때 진미에게도 아빠라는 존재가 있긴 했다.

　하지만 아버지란 작자는 뱃사람마냥 자주 집을 비웠고, 그 탓에 엄마는 아빠가 바람을 피운다고 의심했다. 그러던 어느 날, 엄마는 마음먹고 다시 나가는 아빠의 뒤를 몰래 쫓았더란다.

　엄마의 말로는 미행이고 자시고 할 것도 없었다 했다. 아빠는 집을 나서는 즉시 의심만 했던 다른 여자가 있는 집으로 곧장 찾아갔으니까.

　엄마는 현장을 잡았다 여겼고, 눈에 보이는 여편네의 머리채를 쥐어뜯으며 온갖 험한 욕을 늘어놓았다. 대판 싸움이 끝나고 다들 지쳐 방에 널브러진 채 얘기를 듣다 보니, 그 여편네 아들이 진미보다 두 살이나 많다는 사실을 알게 됐단다. 결국 세컨드는 그 여편네가 아니라 진미 엄마, 자신이었더라고.

　죽어도 조강지처에게 남편 뺏는 짓은 하기 싫었던 엄마는 아빠를 그 집으로 고이 돌려보냈고, 이후로 일절 소식을 끊었다. 살던 곳도 떠나 낯선 이 동네에 정착했고, 진미의 성도 자신의 성을 따라 아예 오진미로 바꾸어 버렸다. 그리고 딸의 이름을 내건 진미식당을 차려 두 모녀가 먹고 살았다.

　그러던 어느 날, 어떻게 수소문해 알아냈는지 아빠에게 연락이 왔다. 그리고 대뜸 아내가 일을 하다 사고를 당해 수술을 받아야 하는데 아들내미를 잠시 맡아달라고 부탁하더란다.

사람의 도리라는 게 있으면 있을 수 없는 일이라고 버럭 욕을 퍼부으며 화를 냈지만, 딱 거기까지였다. 얼마나 급했으면 자신한테 연락했을까 싶어 엄마는 결국 전 남편의 부탁을 들어주기로 했다.

진미 엄마는 식당 장사가 바쁘니 데리러 가지 못한다고 했다. 대신 아이를 마을버스에 태워 '진미식당' 정류장에 내리게 해놓으라고 일렀다.

다음 날, 진미 엄마는 약속한 시간에 식당 앞 정류장에 내린 소년을 집으로 데려와 보름을 같이 보냈다.

진미는 오빠라며 갑자기 굴러들어온 이 남자애가 마음에 들지 않았다. 자신이 있을 곳이 아니라는 걸 아는지 몹시 눈치를 봤고, 엄마한테는 유독 살갑게 굴었다. 안 그래도 저 애 때문에 아빠를 뺏겼다고 생각하니 공연히 울화가 치밀었는데, 성격도 자기보다 사근사근하니 여러모로 비교가 됐다. 그게 더 밉상이었다.

진미 엄마도 마찬가지였다. 처음엔 이놈 때문에 우리 진미가 아빠 없이 크는구나 싶어 미웠다고 했다. 하지만 진미보다 두 살이 많은데도 저렇게 체구가 작은 걸 보니 괜히 안쓰러운 마음이 커졌다. 딸내미는 놀러 간다고 학교 끝나기 바쁘게 뛰쳐나가는데, 이 아이는 그녀 주변만 맴맴 돌며 시키는 심부름을 곧잘 해주었다.

"아가, 니 아빠 말로는 집에 혼자 있는 시간이 많다드만 밥은 우째 해먹었다냐?"

"혼자 있으면 그냥 라면 끓여 먹어요."

"옴마, 그랑께 키가 고만하제. 니 아줌마 하는 거 잘 봐야. 혼자 있어도 밥은 잘 해먹어야 항께."

진미 엄마는 장사 틈나는 대로 소년에게 계란말이 만드는 법, 맛있는 찌개 끓이는 법, 남은 찬거리로 볶음밥 만드는 법 같은 걸 가르쳤다. 아이는 영특하게도 요리하는 법을 바로바로 알아들었고, 손재주도 좋아 익히는 것도 빨랐다. 자기 살 궁리하느라 어린 나이에 이렇게 눈치가 빠삭해진 건가. 진미 엄마는 아이가 안쓰러워 수시로 밥을 더 먹여댔다.

그렇게 보름이 지났다. 그런데 약속한 날짜가 지나도 아이를 찾으러 오겠다는 연락이 없었다.

기다리다 못해 진미 아빠에게 연락을 했는데 전혀 예상치 못한 말을 듣고 말았다.

"애는 우리 집에 있는데 무슨 말이야?"

무슨 말인가 했더니, 아이를 맡길 다른 곳을 찾은 터라 거기로 보내지 않아도 되게 생겼다며 전화를 넣었다고 했다. 그런데 그 전화를 식당에서 놀던 진미 친구 현아가 대신 받았고, 진미 엄마에게 전하는 걸 까맣게 잊었던 것이다.

그제야 사실을 알게 된 진미와 진미 엄마는 황망한 표정으로 아이를 바라보며 물었다.

"아야, 니 이름이 윤제라 혔제? 니 이윤제 아니냐?"

"저 영윤젠데요."

"오메, 큰일 나부렀네. 여태 남의 집 아를 데꼬 있었는갑다. 아야, 너는 여까지 어뜨게 왔드냐?"

"아빠가 마을버스 태워주고 식당 앞에서 내리라고 했어요. 아빠 친구가 마중 나올 거라고."

그제야 다른 아이를 집으로 데려온 걸 알게 된 진미 엄마는 온 동네를 뒤져서 윤제 아버지의 친구를 찾아냈다.

친구에게 아이를 맡기고 지금껏 안부도 묻지 않았다니, 참 야속하다고 생각했다. 아이의 아버지는 뒤늦게 나타나 연신 고개를 조아렸다. 아이를 맡아줘서 고맙고, 죄송하다며 머리가 땅에 닿을 듯이 고개를 숙였다. 하지만 내내 남자를 마뜩찮게 보던 어린 진미가 남자 앞을 막아섰다.

"자기 자식이 어딨는지도 모르는 사람이 어딨어요?"

아이를 데려가려던 남자는 별안간 나타나 아들 앞을 막아서는 소녀를 보며 당황했다.

지켜보던 진미 엄마 역시 딸의 말에 힘을 보탰다.

"아를 보름이나 잃어버린 지도 모르는 사람한테 우째 애를 내줘야? 굶겨 죽이면 우짤라고? 안 그래요?"

모르는 사람이 보면 누가 진짜 가족인지 헷갈릴 만한 이상한 상황이었다.

그제야 남자는 자초지종을 털어놓았다. 사업이 부도가 나 쫓겨 다니는 중이어서 아이를 친구네 집에 잠시 맡긴 것이라고. 하지만 상황이 여의치 않아 연락을 취하지 못했고, 당연히 아이는 친구 집에 잘 있을 줄 알았다고 했다. 남자의 친구는 정류장에 마중 나왔다가 아이가 나타나지 않자 그냥 없던 일로 하기로 했나 보다 짐작하고 넘어갔다고.

방패막이처럼 서 있던 진미는 그제야 윤제를 남자에게 보내주며 귓속말을 했다.

"혹시 무슨 일 생기면 우리 집으로 와. 2번 마을버스 타고 진미식당 앞에서 내리면 돼. 기억하지?"

내내 새초롬하게 굴던 꼬마아이가 자신을 걱정해주고 있었다니. 놀란 윤제는 소녀의 모습을 한참이나 뚫어지게 쳐다보았다. 그 순간 윤제는 자신이 이 소녀의 진짜 오빠였으면 좋겠다고 생각했다.

"그랴. 그리고 배곯아도 여 찾아와라잉. 밥 한 끼 사 먹을 돈 없어도 주저 말고 오고. 내 니 하나 밥 묵일 여력은 있다. 알아들었제?"

눈물이 핑 돌았다. 잠시 동안이었지만, 진짜는 아니었지만 이 서울 하늘 아래 또 다른 자기편이 생긴 것 같았다. 윤제는 눈물을 쓱 훔치고 고개만 끄덕거렸다.

어린 윤제는 그날, 아빠를 따라 마을버스를 타고 큰길로 나가 더 큰 버스로 갈아탔다. 버스는 공항으로 곧장 내달렸고, 그들 부자는 그 길로 미국행 비행기에 올랐다. 낯선 땅에 가는 것은 두려웠지만 언제든지 배가 고프면 오라는 그 말이 소년의 마음만은 든든하게 해주었다.

그날 밤, 잠자리에 누워 책을 읽던 진미는 엄마에게 물었다.

"근데 엄마, 사람들한테 식당으로 오라는 말은 왜 해? 오란다고 온 사람 아무도 없었잖아."

"그래, 웬만큼 바닥을 치지 않곤 못 오겠제. 밥 한 끼 사먹을 돈도 없다고 인정하는 꼴잉게. 근데 그 말이 힘이 된다. 내가 힘들어도, 바닥을 쳐도 갈 데가 있구나 싶어서……. 사람이 비빌 데가 있다 생각하면 그 힘으로 사는 거여. 밥심으로 산다는 말엔 그런 뜻도 있는 겨."

그 후로도, 오랫동안 진미식당 간판 불빛은 동네의 밤을 밝혀주었다.